Nymphéa

et la chambre rouge

Ce livre est une fiction. Les noms, caractères, professions, lieux, événements ou incidents sont les produits de l'imagination de l'auteur utilisés de manière fictive. Toute ressemblance avec des personnages réels, vivants ou morts, serait totalement fortuite.

Collection New Romance® créée par Hugues de Saint Vincent
et dirigée par Arthur de Saint Vincent
Ouvrage dirigé par Alice Serverin
Couverture : Christophe Petit

34-36 rue La Pérouse
75116 Paris
www.hugopublishing.fr

ISBN : 9782755663815
Dépôt légal : janvier 2023
Imprimé en Espagne par Liberdúplex en octobre 2024

MARGHERITA GABBIANI

Nymphéa

ET LA CHAMBRE ROUGE

Hugo Poche

NEW ROMANCE®

AVERTISSEMENT

Certaines scènes, propos ou passages peuvent heurter la sensibilité des personnes les plus sensibles. Contenu pour adultes et scènes classées 18+.

CHAPITRE 1

ROXANE

« Bonjour Roxane, nous avons le regret de vous informer que malgré la qualité de votre profil, il ne correspond pas à nos attentes. »

Je soupire de frustration devant mon écran d'ordinateur. C'est le troisième e-mail de refus que je reçois depuis le début de la semaine. Cette fois-ci, c'est un magazine de presse féminine. Si je n'étais pas du genre tenace, je commencerais à désespérer. Cela fait plus d'un an que j'ai terminé mon cursus dans mon école de journalisme et que je me suis lancée, mon diplôme en poche, dans ce qu'on appelle le monde professionnel. La belle affaire. Malgré tout ce que l'école m'a appris, je manque cruellement d'expérience et les employeurs à qui j'ai envoyé ma candidature ces derniers mois ne manquent pas de me le rappeler.

D'aussi loin que je me souvienne, j'ai toujours eu envie d'aventures. De vivre de nouvelles choses, de découvrir de nouvelles personnes, de nouveaux lieux. Devenir journaliste devait me permettre de mettre du piquant dans mon existence. Traquer les scoops, mener des enquêtes, écrire sur des sujets divers… Avec un métier aussi varié, il doit être impossible de s'ennuyer, non ?

C'est peut-être parce que j'ai grandi dans une petite ville située dans la partie wallonne de la Belgique où il ne se passait pas grand-chose, toujours est-il que dès que j'ai eu dix-huit ans, j'ai réuni mes maigres économies pour aller poser mes valises à Bruxelles. Mes parents, tous deux agriculteurs, ne s'y sont pas opposés. Au contraire. Ils m'encouragent et me soutiennent du mieux qu'ils le peuvent en m'envoyant un peu d'argent tous les mois, mais ce n'est pas assez. La vie à la capitale coûte cher et vu l'état de mes finances, il faut absolument que je trouve un travail. L'année dernière, je vivais avec mon mec et ça me permettait au moins de diviser mon loyer par deux. Mais ce connard de Thibault a rompu du jour au lendemain sans explication et j'ai dû déménager dans cet appartement mal isolé qui ne compte qu'une seule pièce.

J'ai tenu bon jusque-là, mais hier, j'ai craqué. Il faut que je me fasse une raison : je ne suis pas près de décrocher un poste en journalisme, et il devient urgent que je trouve un job pour payer mes factures. On m'a bien proposé quelques piges, mais c'est payé au lance-pierres. Je n'ai pas un train de vie démesuré. Je ne sors presque pas, je ne fais pas de shopping, je limite mes dépenses au strict minimum. Mais si je veux continuer à vivre à Bruxelles, il me faut un vrai salaire. Même si j'aime mes parents de tout mon cœur, il est hors de question que je retourne vivre avec eux, dans le minuscule village de mon enfance où tout le monde sait tout sur tout le monde. Plutôt me défenestrer tout de suite.

Les dents serrées, je fais basculer mon ordinateur sur mes genoux et retrouve la liste des offres d'emploi que j'ai sélectionnées hier sans avoir le courage d'y postuler. Principalement des postes de caissière ou de serveuse. Pas le plus excitant, mais au point où j'en suis, ma plus grande joie serait de pouvoir manger autre chose que des pâtes à l'eau. La barre est très basse, j'en conviens. Si basse que je pourrais marcher dessus.

La mort dans l'âme, je parcours quelques intitulés avant de tomber sur une annonce dont le titre m'interpelle.

Le Millésime – Recherche serveuse/hôtesse d'accueil

Notre luxueux bar à champagne recrute pour agrandir ses équipes !

Tiens, j'ai sélectionné ça, moi ? En parcourant le descriptif, je m'en remémore la raison. Le salaire est bien plus prometteur que ce que j'ai pu trouver ailleurs. Mais « bar à champagne », c'est un truc bizarre, non ? Mon téléphone se met alors à sonner, ne me laissant pas l'occasion d'en lire davantage. Je réponds au numéro inconnu.

– Bonjour, Roxane ? Jefferson de *La Gazette libre*. Nous avons bien reçu votre candidature. J'ai lu vos articles, et malgré votre manque d'expérience, votre style est intéressant.

Mon cœur s'emballe. Oh putain. Est-ce que c'est enfin mon jour de chance ?

– Néanmoins, il faut que vous sachiez qu'à *La Gazette libre*, nous publions des articles beaucoup plus percutants, plus piquants, disons. Nos lecteurs attendent de l'inédit et des sujets controversés. Avez-vous quelque chose du genre dans votre portfolio ?

Bon. Ne paniquons pas. Je songe aux sujets que j'ai pu couvrir durant mes stages. Parmi les plus palpitants : une affaire de viande périmée dans un kebab et la hausse du prix des croissants à la boulangerie de la gare. C'est pourri, il n'y a pas d'autre mot. Ce Jefferson attend quelque chose de plus piquant… je peux peut-être lui proposer un reportage dans un restaurant mexicain ?

C'est certain, je suis foutue.

Mes yeux se posent à nouveau sur l'écran de mon PC portable ouvert sur l'offre que j'étais en train de consulter. Je relis les premières lignes en réfléchissant à toute vitesse. Un bar à champagne… Vu l'état de mon compte bancaire, ça fait une éternité que je ne suis plus sortie dans un bar, mais ce type d'établissement n'est certainement pas du genre que j'aurais fréquenté. D'après ce que j'en sais, ce sont des lieux assez sulfureux, où il y a des shows et des soirées privées…

C'est *ça* que je dois proposer à Jefferson !

– Ça tombe bien que vous en parliez, je commence tout juste un nouvel article sur un bar très fréquenté du centre-ville, déclaré-je en improvisant totalement. *Le Millésime*, vous connaissez ?

Pourvu que ça marche.

– Ça me dit quelque chose, dit Jefferson après un court instant.

– C'est un bar à champagne, précisé-je avec emphase. Je me suis fait embaucher là-bas en tant que serveuse afin de couvrir ce qui se passe vraiment dans ce type d'endroit, obtenir des interviews exclusives des coulisses, vous voyez, quoi.

– Mais oui, *Le Millésime*, ça me revient !

Banco ! L'intérêt manifeste qui perce dans la voix du patron de *La Gazette* m'indique que mon mensonge a fait mouche.

– Il a ouvert il y a quelques années et depuis le début, ça cartonne. C'est un endroit très select, je n'ai jamais pu y entrer ou y envoyer quelqu'un… On dit qu'il s'y trame plus que ce qu'on veut laisser croire dans l'arrière-boutique. Du lourd, peut-être un trafic de drogue ou un réseau massif de prostitution, qui sait ? Après tout, le patron s'appelle Kabinsky. Rien que ça, c'est un nom qui sonne louche.

Je grince des dents face à cette remarque déplacée. *Reste calme, Roxane*. Son magazine n'est peut-être pas le plus sérieux de l'univers, mais lui au moins est prêt à te donner une chance. Et si ce qu'il dit est vrai, si je tombe sur un trafic de drogue ou que sais-je, c'est le genre de scoop qui pourrait faire enfin décoller ma carrière.

Ça vaut bien de faire le dos rond face à ce type.

– Une fois que je serai embauchée chez vous, vous serez certain d'avoir l'exclusivité de ce que je découvre, glissé-je en tentant le tout pour le tout.

Il éclate de rire.

– Tu as du cran, petite. J'aime ça. Je n'ai pas de poste à te proposer pour l'instant, mais reviens vers moi une fois que tu auras écrit le premier jet de ton article… et on verra ce qu'il est possible de faire.

Je raccroche, l'esprit rempli d'une toute nouvelle détermination. Je ne crois pas aux coïncidences, mais j'ai foi en ma bonne étoile. Si je suis tombée sur cette annonce juste avant le coup de fil de Jefferson, ce n'est pas un hasard. Quelque chose m'attend là-bas, qui va enfin changer la donne pour moi. Je le sens. Je m'empresse de récupérer les coordonnées du patron du *Millésime* et je l'appelle dans la foulée. À ma grande surprise, il décroche tout de suite et, après dix petites minutes de conversation, me propose de se rencontrer pour échanger de vive voix.

Anton Kabinsky semble être un homme direct qui n'aime pas perdre son temps. Tant mieux pour moi, mais vu l'heure et l'endroit du rendez-vous, je n'ai pas une seconde à perdre. J'aurais aimé effectuer des recherches sur lui et son établissement, mais tant pis, ça sera pour plus tard. Le plus urgent pour l'instant c'est : qu'est-ce que je vais bien pouvoir mettre ?

Sans trop de conviction, je m'avance vers l'armoire bancale adossée contre le lit qui fait office de dressing. Des dizaines de tee-shirts et chemises plus tard, je contemple avec désespoir la quasi-totalité de ma garde-robe étalée sur le lit. Rien ne semble convenir. Après quelques minutes de recherche, j'enfile la première chose qui me semble appropriée pour un entretien d'embauche : une jupe noire droite et un chemisier à peu près blanc. Tout en vérifiant que l'ensemble ne comporte aucune tache suspecte, j'essuie une traînée de mascara au coin de mes yeux. C'est la seule chose que j'apprécie réellement chez moi : mes yeux bleus.

Mon regard descend alors sur mon décolleté. *Enfin, presque la seule chose.*

Mes seins, mon plus gros atout et ma plus grande malédiction. Faire un bonnet D quand on mesure à peine un mètre soixante, ce n'est pas de tout repos.

Le temps a filé et l'alarme de mon téléphone me ramène à l'instant présent. Oh non ! L'entretien est dans une heure et je dois traverser tout Bruxelles pour me rendre au *Millésime*. Prise de panique, j'enfile ma sempiternelle paire de baskets et me hâte jusqu'à l'arrêt de bus.

Cinquante-cinq minutes plus tard, je regrette mon choix vestimentaire. Engoncée dans cette jupe trop moulante pour mes formes et ce chemisier dont le premier bouton s'est fait la malle, je vais être aussi décalée qu'un saucisson brioché dans un brunch végane.

Au milieu de mes correspondances, j'ai tout de même eu le temps d'effectuer quelques recherches sur le concept de *bar à champagne*. Moi qui m'imaginais une sorte de club de strip-tease, où les serveuses se baladent en string à paillettes pour servir des cocktails, j'ai été agréablement surprise. D'après ce que j'ai lu, le sexe n'est pas inclus au menu du bar à champagne, ni la nudité trop prononcée.

Ce type d'établissement emploie des filles dans le but de pousser les clients à la consommation, sans trop donner de leur personne. Évidemment, pour parvenir à ce résultat, ils n'embauchent pas des filles qui ressemblent à ma vieille tante Thérèse. Non, leurs recrues ont l'air plutôt jeunes et sexy. Mon angoisse augmente d'un cran.

J'ai beau être jeune, pour le sexy, on repassera. Qu'est-ce qui rend sexy, au juste ? Est-ce que c'est quelque chose qui s'apprend ? Je l'espère parce que si c'est inné, je suis foutue. Soyons clairs : la plupart du temps, je me sens le sex-appeal d'une moule. Je me mords la lèvre inférieure en songeant que je n'ai même pas eu le temps de m'épiler les jambes. Seigneur, faites que ma pilosité apparente passe pour un acte de protestation féministe et non comme le signe de mon laisser-aller.

Au fur et à mesure que j'approche de la rue indiquée sur mon GPS, mon anxiété augmente, si bien que je manque de me tromper d'établissement. Je m'empresse de faire demi-tour devant l'enseigne du bar PMU *Chez Jeannot*, et me retrouve devant une énorme porte blindée.

Les deux pans qui la composent sont entièrement capitonnés de noir, et laissent apparaître une fine écriture argentée. Je m'approche pour y lire en lettres élégantes les mots « *Le Millésime* ».

Je ne suis pas croyante, mais je formule une prière silencieuse dans ma tête. Si jamais quelqu'un là-haut était à l'écoute et avait un peu de temps à perdre ! Après avoir subtilement baissé ma jupe qui remonte sur mes hanches, je me décide à entrer.

CHAPITRE 2

ROXANE

Une fois à l'intérieur, je contemple les lieux avec curiosité. Bon, en fait, ça ressemble à n'importe quel bar. Quoique plus chic que tous ceux que j'ai pu fréquenter.

Intimidée, je m'avance au milieu des tables non dressées. Les lieux sont calmes, il n'y a que deux serveuses qui s'affairent pour préparer le service du soir. J'observe avec intérêt la décoration épurée. Une vingtaine de tables, rondes et argentées, sont disposées dans la pièce. Des chaises rembourrées style Renaissance en tissu blanc cassé les entourent.

En face de moi se dresse un énorme bar circulaire, aux parois de la même couleur. Le plan de travail est dans un matériau noir translucide, parfaitement lisse.

L'ensemble est très classe, moderne. Au premier regard, rien ne pourrait laisser présager que des activités louches ou illégales se déroulent ici. Je me plante devant le type habillé d'un tee-shirt noir à manches courtes qui se tient debout derrière le bar. Je toussote pour manifester ma présence.

– Bonjour, euh… Excusez-moi de vous déranger. J'ai rendez-vous avec M. Kabinsky.

L'homme lève la tête vers moi et me fixe sans rien dire tout en essuyant des verres avec un torchon d'un blanc immaculé.

– Vous êtes là pour quoi ? demande-t-il finalement.

Je me retiens de lever les yeux au ciel. Qu'est-ce qu'il me veut, celui-là ? J'ai l'air d'être là pour quoi, au juste, un match de tennis ? Cela dit, vu la moue désapprobatrice qu'il affiche en louchant sur mes baskets, c'est peut-être ce qu'il pense. Je m'efforce d'esquisser un sourire et reviens à la charge, la bouche en cœur :

– Je suis là pour l'entretien d'embauche. Auriez-vous l'amabilité de m'indiquer où je peux trouver M. Kabinsky, s'il vous plaît *monsieur* ?

Le gars m'adresse à son tour un sourire en coin, mais continue à m'examiner des pieds à la tête sans la moindre gêne. Il commence à m'emmerder. Je suis à deux doigts de lui demander s'il ne veut pas ma photo, tant qu'on y est, mais il finit par déclarer qu'il va me conduire au bureau de Kabinsky. C'est pas trop tôt.

Il passe devant moi pour m'indiquer le chemin. Je le suis jusqu'à une porte qui indique « Personnel uniquement ». Je remarque du coin de l'œil une espèce d'alcôve, cachée par un gros rideau de velours. Tout à coup, j'ai bien envie de fausser compagnie à mon hôte pour aller voir ce qui s'y cache.

Néanmoins, je reste sage et le suis le long du couloir étroit, jusqu'à une porte en bois massif sur laquelle il frappe quelques coups secs. En l'absence de réponse, il ouvre lui-même en grand.

– C'est ici, mais M. Kabinsky ne doit pas encore être revenu de son précédent rendez-vous. Vous pouvez attendre là, il ne devrait pas tarder. Bon courage !

Il me gratifie d'un clin d'œil avant de me laisser plantée là, toute seule, au milieu du bureau vide. Après une seconde d'hésitation, je décide de me débarrasser de ma veste et de mon sac à main et pose le tout sur le canapé massif couleur taupe qui se trouve devant moi. Je profite de ce laps de temps pour détailler le bureau. Si je dois mener l'enquête, autant commencer tout de suite. La décoration est sobre, presque minimaliste. Les différents objets sont posés avec soin sur leur support, alignés au millimètre près. Je souris.

M. Kabinsky aurait-il des tocs ?

J'effleure du bout des doigts le MacBook gris perle qui trône sur la table, à côté d'une agrafeuse et d'un stylo Montblanc. Je soupire. Qu'est-ce que j'aimerais pouvoir me payer ce genre d'ordinateur ! J'aperçois une pile de dossiers sur l'étagère derrière moi et, alors que je commence à me demander si j'oserai fouiller dedans, je remarque les cadres accrochés au mur.

Une série de photographies en noir et blanc représentant des corps d'hommes nus, figés dans des poses plus ou moins suggestives. On ne voit jamais leur visage mais le reste de leur anatomie, si. De manière très détaillée. Et le moins que l'on puisse dire, c'est qu'elle est parfaitement musclée. En m'approchant, je me rends compte qu'il s'agit du même homme sur chaque cliché. Impossible de s'y tromper en voyant les fossettes dessinées de chaque côté de son ventre. Sur une image, le sujet enlace un corps féminin, tout aussi peu vêtu et aux courbes harmonieuses.

Je m'arrête face à un portrait du mâle seul. Le photographe a cadré la silhouette de dos, depuis le haut des épaules jusqu'à mi-cuisses. Le mannequin a les mains posées sur ses hanches, dans une attitude nonchalante. Sous cet angle, j'ai une vue absolument affolante sur son postérieur. Il est parfait : rond, galbé, ferme. On rêverait d'y croquer.

Mamma mia, rien qu'à le regarder, ça donne chaud !

– Vous aimez ce que vous voyez ?

Je sursaute si brusquement que je manque de m'exploser le front contre le mur. Je pivote sur moi-même, morte de honte d'avoir été prise en flagrant délit de *reluquage*, prête à balancer une excuse, mais les mots restent coincés dans ma gorge.

Ma mâchoire manque de se décrocher quand mes yeux découvrent l'homme qui me fait face.

Il est grand, solidement bâti, je dirais au moins un mètre quatre-vingts. Malgré moi, mon regard glisse le long de son torse jusqu'à ses épaules larges moulées dans une chemise blanche soigneusement repassée. Je m'empresse de reporter mon attention sur le haut de son corps, cet inconnu a une gueule d'ange avec sa mâchoire carrée rasée de près et des cheveux clairs coiffés vers l'arrière.

Il m'adresse un sourire aimable tandis que je m'obstine à le contempler, hébétée. Putain, c'est qui, ce type ? La petite chatte qui hiberne en moi depuis des mois se réveille et s'affole face à ce beau spécimen. *Miaou.*

– Euh oui elles sont très jolies, je m'entends balbutier comme une crétine après une trop longue minute de silence.

Son sourire s'élargit. Il doit me prendre pour une folle, plantée là à le fixer sans aligner deux mots cohérents.

– J'en suis ravi. Au début, je ne voulais pas les exposer, mais elles ont eu pas mal de succès, alors l'artiste me les a offertes.

Je cille plusieurs fois sans comprendre. Mon regard passe des clichés suspendus au mur au visage de l'apollon devant moi.

– Vous… vous voulez dire que sur les photos, c'est *vous ?* je m'exclame enfin, abasourdie.

– Eh oui, c'est bien moi, répond-il d'un air modeste. Je suis Anton Kabinsky. Bienvenue au *Millésime*.

Face à son sourire, je me sens fondre comme un Mr. Freeze par une journée de canicule. Il me tend une main que je m'empresse de serrer, encore sous le choc. Et sous le charme, il faut l'avouer. Il est très loin de l'image que je me faisais d'un patron de bar à champagne. J'imaginais plutôt un vieux chauve libidineux.

– Vous devez être Roxane ? poursuit-il face à mon mutisme.

J'acquiesce et toussote pour me sortir de ma torpeur.

– Tout à fait, nous nous sommes parlé au téléphone… Je suis là pour l'entretien.

– Bien sûr. Merci de vous être rendue disponible aussi vite. Nous allons juste attendre… ah, le voilà, s'interrompt-il en regardant en direction de la porte de son bureau.

– Excusez mon retard, j'étais plongé dans des documents administratifs et je n'ai pas vu l'heure.

Je dois cligner plusieurs fois des yeux pour être sûre de ne pas rêver. Est-ce que ma vue me joue des tours ? Peut-être que je vois double.

Aux côtés d'Anton, vient d'apparaître… Anton. Ou plutôt une version alternative de celui-ci. Cheveux plus longs désordonnés, barbe de trois jours, veste en cuir… La parfaite représentation du *bad boy* qui fait fondre toutes les minettes.

Et Seigneur, j'aimerais rester indifférente, mais je ne peux nier que cette allure de mauvais garçon fait un sacré effet sur ma petite culotte. Il pose son regard ténébreux sur moi et je me ratatine sur place.

– Vous… vous êtes des jumeaux ? questionné-je d'une petite voix.

La copie conforme du patron du *Millésime* me jauge une longue seconde avant d'éclater de rire.

– Dis donc Anton, tu nous as déniché une petite maligne !

Aoutch. Il n'a pas seulement de l'allure, il a aussi du caractère. Cela dit, ma question frisait des sommets de débilité.

Le vrai Anton secoue la tête, un sourire gêné sur le visage.

– Tout doux, Matthieu. Roxane est ici pour le poste de serveuse, tu ne veux pas la faire fuir tout de suite.

Puis, se penchant vers moi, il ajoute sur le ton de la confidence :

– Veuillez excuser mon frère et son sarcasme. Il est tombé dedans quand il était petit. Mais vous verrez, si vous travaillez avec nous, vous finirez par vous y faire.

– Si vous travaillez avec nous, en effet, répète ledit Matthieu. À ce sujet, si on démarrait ?

Anton hoche la tête et me fait signe de m'asseoir tandis qu'ils s'installent tous les deux face à moi. Je m'exécute, les joues brûlantes. Je n'avais jamais rencontré d'hommes à la plastique aussi parfaite, on dirait des mannequins. Alors, me retrouver face à deux spécimens en même temps…

Des idées qui feraient rougir le curé de mon village me viennent en tête.

– Comme mon frère l'a précisé, je suis Matthieu Kabinsky, cogérant du *Millésime*, commence-t-il. Notre établissement a ouvert il y a cinq ans et nous travaillons ensemble depuis le début, sur des périmètres bien distincts.

– Matthieu s'occupe plutôt de la gestion du personnel, et moi de la relation commerciale et des fournisseurs, complète Anton en croisant les jambes d'un air décontracté.

– Si vous le voulez bien, on va d'abord parler de votre parcours et de vos motivations, puis nous vous en dirons davantage sur le poste. Est-ce que ça vous convient ?

Les jumeaux complètent naturellement les phrases de l'autre, comme s'ils communiquaient par la pensée. Le regard de Matthieu pèse sur moi et je m'efforce de reprendre mes esprits en me mettant bien droite sur ma chaise.

– C'est parfait. Je m'appelle Roxane Lambert, je viens d'avoir vingt-cinq ans. Je suis venue vivre à Bruxelles pour mes études supérieures, mais je suis originaire de Nobressart, un petit village de la commune d'Attert. J'ai un bachelier en information et communication et un master en journalisme. Au niveau de mes expériences professionnelles, j'ai souvent tenu la buvette lors de la fête de la pomme de Nobressart, qui a lieu tous les automnes. Et j'ai déjà travaillé dans un bar en tant que serveuse.

Aïe. Ma nervosité transparaît dans ce monologue que j'ai débité d'une traite, presque sans respirer. Le seul point positif, c'est que je n'ai pas bégayé.

Si Matthieu m'a écoutée avec attention, son visage est resté impassible. Il ne dit rien et se contente de griffonner sur son carnet, mais je vois son regard me jauger. Toutes mes insécurités remontent à la surface. Tout à coup, je regrette d'être venue en baskets.

– Pouvez-vous me dire ce qui vous a poussée à venir postuler chez nous ? reprend Anton.

Il affiche un air bienveillant. Jusque-là ma prestation est médiocre, mais ils n'ont pas encore mis fin à l'entretien. J'ai peut-être encore une chance de rattraper le coup.

Je poursuis, sur un ton plus assuré.

– Pour être tout à fait honnête, j'ai fini l'école il y a quelques mois et les opportunités en journalisme sont rares. Votre bar a bonne réputation. D'après ce que j'ai entendu, la clientèle est soignée et la paie, satisfaisante. Alors je me suis dit, pourquoi pas ? Je suis certaine que je serai un bon élément pour votre équipe.

Aussi, je veux enquêter pour découvrir si, toi et ton frère, vous ne cachez pas des cadavres de prostituées polonaises dans votre cave.

– Pourquoi ? me renvoie Matthieu du tac au tac.

Sa question me déstabilise, ce qui est évidemment son but. Il n'est pas décidé à me faciliter la tâche, mais je ne me laisserai pas faire. Ce n'est pas la première fois que je me retrouve face à une personne récalcitrante. C'est même l'histoire de ma vie.

– Parce que je suis motivée, investie, et que j'apprends vite. Si vous m'embauchez, vous ne le regretterez pas.

Une nouvelle fois, il prend des notes sans rien ajouter. Son attitude est en train de me crisper. Heureusement, Anton a décidé d'être plus clément avec moi.

– Entendu. Mais je dois vous demander : êtes-vous consciente de la nature particulière du travail de serveuse au *Millésime* ?

J'étire mon cou sur le côté, pour tenter de défaire la tension dans mes muscles. Nous y voilà, les pieds dans le plat ! Au moins un des Kabinsky n'est pas du genre à tourner autour du pot.

– Tout à fait. Bien sûr, on n'a pas d'endroit comme celui-ci à Nobressart. Mais je suis consciente de ce qu'est un bar à champagne. Je me suis renseignée. Et je suis d'accord… avec le principe.

– Ne vous inquiétez pas, ce n'est pas non plus si différent d'un établissement classique. La plus grande partie de votre job consistera à servir les clients. Néanmoins, il faut que vous sachiez que notre clientèle est très aisée et, le plus souvent, solitaire. Les hommes qui viennent ici sont prêts à dépenser une fortune pour boire une bonne bouteille en compagnie d'une jolie jeune femme comme vous.

Jolie jeune femme ? Moi ? Tout à coup, mon visage irradie tellement de chaleur que l'on pourrait y faire cuire un steak. Anton Kabinsky sait parler aux femmes, sans aucun doute.

Alors qu'il me fait un clin d'œil espiègle, la chatonne tapie dans mon ventre se met à ronronner.

– Donc mon rôle serait simplement de pousser ces hommes à boire davantage ? m'enquiers-je en m'efforçant de paraître détachée.

– En premier lieu, oui. Le but est de pousser les clients à consommer toujours plus. Mais vous êtes aussi là pour leur offrir du divertissement, leur donner l'illusion qu'ils peuvent vous avoir, alors que ce n'est pas le cas. Vous comprenez ce que je veux dire ?

Leur donner l'illusion qu'ils peuvent m'avoir ? S'ils sont un dixième aussi agréables à regarder que son frère et lui, ça ne devrait pas être trop difficile.

– Jusqu'à quel point faut-il leur faire miroiter cette illusion ?

Cette fois-ci, c'est Matthieu qui me répond.

– Ça dépend de vous et de ce que vous vous sentez prête à entreprendre. En plus de leur salaire, nos serveuses comptent sur leurs pourboires parfois plus que généreux. Je ne vous cache pas que la nature des hommes fait que ce sont souvent les filles les plus audacieuses qui récupèrent les plus grosses gratifications.

Mon mouvement de recul, bien que discret, n'échappe pas à mon interlocuteur. J'ai beau être dans la quête désespérée d'un emploi, je ne suis plus si sûre de moi tout à coup. Si j'accepte ce poste, jusqu'où devrai-je aller pour ne pas griller ma couverture ? J'ai envie d'écrire cet article et de faire démarrer ma carrière de journaliste, mais à quel point ?

– Nous préférons être honnêtes avec vous mademoiselle Lambert, continue Matthieu. La plupart de nos clients sont de parfaits gentlemen, mais certains sont plus entreprenants que d'autres. Néanmoins, je tiens à ce qu'une chose soit parfaitement claire.

Son ton sérieux m'interpelle et je lève à nouveau le regard vers son visage. Kabinsky pose ses avant-bras à plat sur la surface de la table, se penchant légèrement vers moi. Il est à présent si près que je peux sentir son eau de Cologne, un parfum boisé mais étonnamment délicat. Mon cœur s'emballe quand je prends conscience de sa proximité. Mes yeux louchent sur ses mains, viriles au possible avec leurs veines saillantes. J'ai un petit faible pour les mains des hommes.

Il n'en faut pas plus pour me perdre à nouveau dans des recoins sombres de mon esprit. Des recoins que Matthieu viendrait explorer avec ses longs doigts…

– Au *Millésime* il n'y a pas de prestation sexuelle, rémunérée ou non, entre les serveuses et les clients, poursuit-il. Par prestation sexuelle, j'entends toute pénétration ou caresse à un niveau intime avancé. La politique – et les personnes qui fréquentent le bar le savent – c'est : on regarde, mais on ne touche pas ! Si nous apprenons qu'il y a eu une entorse à la règle, nous n'aurons d'autre choix que de mettre fin à votre contrat. C'est pareil pour la clientèle. Nous avons déjà exclu des hommes du bar pour moins que ça.

Aussi étrange que ça paraisse, je le crois sur parole. Une lueur sombre brille dans ses iris quand il aborde le sujet. Ça sent le vécu, et j'ai envie d'en savoir plus.

– C'est bien compris et accepté.

Un court silence tombe entre nous. Les deux Kabinsky échangent un regard. Contre toute attente, Anton se lève et tape dans ses mains, ce qui me fait sursauter.

– Parfait ! Écoutez Roxane, pour ma part je suis homme à me fier à mon intuition. Et mon intuition m'incite à vous laisser votre chance. Alors, si vous êtes toujours partante, je vous propose de vous prendre une semaine à l'essai. Vous pouvez venir demain à 20 heures pour débuter. Qu'est-ce que vous en dites ?

Je reste bouche bée, surprise par ce brusque revirement. Matthieu garde le silence, mais son léger mouvement de tête m'indique qu'il soutient la décision de son frère.

– Quoi, c'est tout ? Vous m'offrez le poste comme ça, après seulement quelques questions ? ne puis-je m'empêcher de demander.

– Comme Anton vous l'a dit, on va faire un essai. À vous de nous prouver à l'issue de cette semaine que vous méritez cette place, dit Matthieu qui s'est mis debout à son tour.

– Eh bien, j'accepte votre proposition bien sûr. Je serai là demain sans faute. Merci monsieur Kabinsky et… monsieur Kabinsky !

Je serre la main tendue d'Anton, puis celle de Matthieu. Ce dernier se fend de son premier sourire et déclare :

– Bon courage Roxane. Vous en aurez besoin !

J'émets un petit rire, mais vu son expression il n'a pas l'air de plaisanter. Ce Matthieu n'a pas sa langue dans sa poche, contrairement à Anton qui est beaucoup plus diplomate. Au fond, ça ne me dérange pas, car je suis moi aussi plutôt directe.

Une fois à l'extérieur du *Millésime*, je respire un bon coup. Les deux frères ont un charisme magnétique, il m'est difficile de garder l'esprit lucide en leur présence. Mon pouls s'affole et le manque de contact physique de ma dernière année de célibataire endurcie se rappelle cruellement à ma mémoire.

Récapitulons. La première partie de mon plan s'est bien déroulée, j'ai une semaine pour faire mes preuves. Sept jours pour apprendre à jouer la parfaite petite employée de bar à champagne et glaner un maximum d'informations pour mon article.

Ça va le faire. Je vais me comporter exactement comme on me le demande, et voilà. Franchement, qu'est-ce qui pourrait mal tourner ?

CHAPITRE 3

ROXANE

Sur le chemin du retour, mes pensées sont entièrement tournées vers ma rencontre avec les Kabinsky. Ils sont à mille lieues de ce à quoi je m'attendais, c'est le moins que l'on puisse dire. Je sors peu, ça faisait longtemps que je n'avais plus rencontré d'hommes aussi séduisants. Ils sont jumeaux et pourtant, aussi bien dans leur comportement que dans leur apparence, on sent tout de suite qu'ils sont très différents. Ce Matthieu, avec son petit air rebelle, j'en ferais bien mon quatre-heures…

Tu parles. Comme si je pouvais un jour avoir une chance avec ce genre d'homme ! Il ne doit fréquenter que des top-modèles, ou des filles à la plastique parfaite, comme lui. Ce qui est très loin d'être mon cas, avec mes rondeurs et ma petite taille.

De toute façon, les relations amoureuses, ça ne m'a jamais réussi. Je ferais mieux de me concentrer sur le boulot. Avant toute chose, je dois réunir un maximum d'informations sur eux et sur leur établissement. Comme le disait mon professeur à l'école, un bon journaliste vient toujours préparé.

Après un bref arrêt à la supérette du coin, j'arrive chez moi. Le soleil est déjà presque entièrement couché. Je déballe mes courses sur ma minuscule table basse. Youpi, les flocons d'avoine étaient en promotion, deux pour le prix d'un ! Voilà un repas pas cher et nutritif qui me dépannera bien pendant quelques jours. L'argent qu'il me restait de mon précédent emploi étudiant s'est considérablement réduit. Il faut que je limite les dépenses au maximum, le temps de trouver autre chose.

Frustrée de corps et d'esprit, je balance les boîtes en carton dans un coin de la cuisine – si on peut appeler « cuisine » un espace carrelé comprenant un frigo modèle réduit, un mini-four et une machine à café. Je contourne le plan de travail et ajoute ma chemise et mon tailleur trop serré à la pile de linge sale qui trône à côté de la porte. J'irai à la laverie plus tard. Une fois ces tâches ménagères accomplies, je m'affale sur le canapé en soufflant.

J'attrape mon ordinateur portable posé par terre, seul reliquat d'une vie où j'avais encore de l'argent. Si on omet le fait qu'il manque la touche H du clavier, l'appareil est encore en bon état. Même si ce n'est pas toujours évident d'user de subterfuges pour écrire avec une lettre en moins. En un sens, c'est un exercice stylistique intéressant.

Le PC posé sur mes jambes croisées, je me mets à taper les noms qui hantent déjà mes pensées : « Anton et Mattieu Kabinsky ». Zut, il y a un H incommodant dans le second prénom. Il est vraiment décidé à me compliquer la tâche jusqu'au bout, celui-là !

M'enfonçant un peu plus dans le canapé qui fait aussi office de lit, je parcours plusieurs liens. Il y a peu d'informations concernant les Kabinsky sur le Net. Malgré le succès de leur établissement, ils semblent tous deux faire profil bas. Mis à part *Le Millésime*, Anton est reconnu pour son goût prononcé pour l'art. L'article précise même qu'il possède une belle collection de peintures, exposées dans une galerie privée.

En dehors de ça, ils ont le profil du gentleman philanthrope qui n'hésite pas à donner aux œuvres de charité. Je passe très vite sur leur vie familiale, dont le résumé est sommaire : un père homme d'affaires, une mère décédée, pas d'autres frères et sœurs. Je remarque au passage qu'on ne leur connaît aucune femme ou partenaire officielle. Lorsque je surfe sur la banque d'images pour Mattieu – sans H, donc –, je tombe sur quelques rares clichés de lui que je ne peux m'empêcher d'observer avec avidité. Alors qu'Anton paraît élégant, Matthieu semble beaucoup plus indiscipliné, voire sauvage. Sur les photos des soirées du *Millésime*, il se détourne toujours, il fuit la caméra. A-t-il quelque chose à cacher ou déteste-t-il seulement être devant l'objectif ? Je ne peux pas l'en blâmer, je ne suis pas du tout photogénique. Enfin, c'est loin d'être son cas.

Je sais que je devrais poursuivre mes recherches pour déterrer des informations croustillantes sur leur passé, mais je n'arrive pas à détacher mon regard d'une photographie où ils sont tous les deux assis derrière un bureau. C'est un portrait en noir et blanc où ils fixent sagement la caméra, figés dans la même posture. Si Anton sourit, Matthieu se contente de fixer l'objectif avec flegme. Ses mains sont jointes devant lui. Ces mains…

Le souvenir des photographies accrochées dans son bureau me revient en tête, ainsi que les détails des muscles saillants sur le corps nu d'Anton. Je me demande à quoi ressemble le corps de Matthieu. À bien y réfléchir, il m'a semblé un peu plus petit que son frère, mais plus carré, avec son torse en V. Anton est plus longiligne. Je me mords de plus en plus fort la lèvre inférieure, tentant de chasser les idées peu catholiques qui m'assaillent.

Je décide d'aller prendre une douche froide pour calmer mes ardeurs. De retour dans le salon, je griffonne dans un carnet les quelques informations glanées jusque-là. Peu de choses, en réalité.

Le Millésime a ouvert en 2015. Dès le début, le succès a été au rendez-vous. Les différents comparateurs et sites d'avis ne tarissent pas d'éloges sur la qualité des bouteilles et du service. C'est sûr que si les filles se mettent à poil, la clientèle doit être ravie !

Pourtant, nulle part dans les commentaires je ne trouve trace d'une quelconque activité suspecte. Au contraire, quelques internautes confirment ce que Matthieu m'a dit : au club, il n'y a pas de prestations sexuelles, les échanges restent *presque* entièrement platoniques. C'est sur ce « presque » que je dois investiguer.

La nuit est tombée depuis un moment et la faible lumière provenant de mon unique fenêtre s'affaiblit. Trop flemmarde pour me lever et allumer la lampe, je préfère m'user les yeux face au rayonnement bleuté de l'écran. Je me frotte les paupières pour rester éveillée, pestant de plus belle. J'ai beau me creuser la cervelle et fouiller dans les méandres du Web, je ne trouve aucune information réellement susceptible de m'aider.

Je parcours des dizaines et des dizaines de messages sur les forums. Quelques-uns sont cochons, d'autres traitent de questions posées par des badauds sur le fonctionnement du bar et son règlement – je prends note de celles-ci.

Alors que mes yeux commencent à se fermer tout seuls, ma tête bascule et mon menton cogne violemment contre mon thorax. Je tressaille, fixant sans vraiment les comprendre les lignes écrites devant moi. C'est là que je la remarque. Une publication sur un vieux forum d'habitués, quelque part entre la sixième et la septième page de résultats. Le message date d'il y a un peu moins d'un an et a été posté par un membre non enregistré, ou qui n'est aujourd'hui plus actif.

User19327_ 1 écrit :
Amateurs de sensations fortes,
c'est outre les bulles qu'il faut passer.
Dans la Chambre rouge, les tableaux
de vos désirs prennent vie.
Si le corps vous en dit, accrochez-
vous, car vous en sortirez changé.

Je lis jusqu'aux caractères écrits en bas de page, mais il n'y a plus rien d'intéressant. Le fil de discussion a été bloqué et le reste des messages, supprimés. Du moins, c'est ce que me notifie la fenêtre pop-up. Les sourcils froncés, je me mets à ronger l'ongle de mon pouce, sale habitude que j'ai quand je suis stressée.

– La Chambre rouge ? Qu'est-ce que c'est encore que ce truc ? demandé-je à voix haute.

Et quel rapport avec *Le Millésime* ? Nulle part il n'est fait mention explicite du bar. Zut, j'ai ouvert tellement d'onglets que je ne retrouve plus le chemin par lequel je suis passée pour trouver ce message !

Mais quelle est cette mystérieuse pièce rouge ? Non, Chambre rouge. De ce que j'ai pu voir, la décoration du bar n'offre aucune couleur aussi voyante. Mes pensées dérivent vers cette alcôve que j'ai aperçue lors de mon entretien, cet espace caché par des rideaux. Est-ce que c'est là, la « Chambre rouge » ? Je note d'aller fouiner de ce côté dès que je le pourrai.

En attendant, il est plus que l'heure d'aller dormir. Je déplie le canapé-lit et tire sur moi la couverture, frissonnant au contact de l'oreiller froid. La journée a été riche en émotions, c'est peu de le dire. Aussi incroyable que cela paraisse, je tiens peut-être une affaire intéressante. Maintenant, c'est à moi de découvrir ce que cachent les Kabinsky et leur établissement.

Quelque part au fond de moi, je me surprends à espérer qu'ils ne cachent pas tous deux d'horribles secrets. De prime abord, et malgré le ton mordant de Matthieu, je les ai trouvés tous les deux très respectueux, et même *sympathiques*. Alors que je bascule dans le monde des rêves, un sourire m'échappe.

OK, j'avoue, c'est surtout leur petit cul parfaitement bombé que j'ai trouvé sympathique.

CHAPITRE 4

ROXANE

C'est en courant que j'arrive devant les portes du *Millésime* pour ma première soirée. Je m'arrête un instant, les mains sur les genoux, pour reprendre mon souffle. Le sport et moi, ça fait deux. Je me maudis d'avoir mal estimé le temps des correspondances dans les transports en ce vendredi soir. Cette fois, un vigile vérifie mon identité à l'entrée.

Une musique d'ambiance suave m'accueille. Le club semble bien plus animé qu'hier, sûrement parce que c'est le début du week-end. Même si les clients ne sont pas encore arrivés, les tables sont déjà dressées, les lumières sont tamisées et quelques filles en tenue moulante font des allers-retours, les bras chargés de plateaux. Ma main se resserre autour de la bride de mon sac. Je me sens aussi à l'aise qu'un éléphant dans un magasin de porcelaine.

– Tu es en retard, déclare Matthieu en se plantant devant moi, les bras croisés.

Je jette un rapide coup d'œil à ma montre.

– Il est 19 h 02, protesté-je, j'étais à l'heure, mais le vigile ne trouvait pas mon nom à l'entrée.

– Peu importe. Suis-moi.

Je retiens une grimace. Matthieu Kabinsky est-il toujours aussi agréable, ou réserve-t-il un traitement de faveur aux nouvelles recrues ?

Je lui emboîte le pas et, en passant, une fille aux longs cheveux auburn noués en une queue-de-cheval me salue. Elle est perchée sur des escarpins qui doivent faire au moins quinze centimètres. Je me demande comment elle fait pour marcher avec ça.

– Voici le vestiaire où tu pourras te changer et déposer tes affaires. Ton casier porte le numéro trois.

Il me remet une clé et enchaîne :

– On a vingt-cinq minutes avant l'ouverture du bar. On est vendredi, ce qui veut dire que les clients vont affluer très vite et rester tard. En semaine, nous fermons à minuit car nous sommes soumis aux horaires en vigueur dans le centre-ville, mais pour le week-end nous avons une dérogation jusqu'à une heure du matin.

– C'est noté. La pause repas est à quelle heure ? demandé-je en sentant mon estomac se réveiller.

Il faut dire que j'ai mangé à la va-vite ce midi. Mes placards commencent à être désespérément vides.

– Il n'y en a pas. Tu démarres ton service à 19 h 30, tu es censée avoir mangé avant.

– Ah…

Devant mon air effaré, Kabinsky lève les yeux au ciel.

– Je vais demander à Ben, au bar, de te préparer quelque chose.

Je le remercie mais il a déjà tourné le dos. Il ouvre le tiroir d'une grande armoire métallique entreposée au fond de la pièce et se met à fouiller dedans.

– C'est quoi tes mensurations ?

– Pardon ?

– J'ai besoin de connaître ta taille pour te donner ton uniforme.

Je déglutis, mal à l'aise.

– Du M pour le haut, et pour le bas… Plutôt du L, voire du XL selon les modèles, dis-je d'une toute petite voix.

En espérant que l'uniforme taille large.

– Tiens, essaye ça. Tu peux aller dans une des deux cabines pour te changer.

Matthieu me plante dans les bras une jupe ultra-courte et un tee-shirt noir à col rond où le nom du bar est écrit en lettres argentées. Le tout m'a l'air terriblement moulant. Un vent de panique me saisit. Comment vais-je réussir à faire passer mes rondeurs là-dedans ?

Je me dirige vers les cabines improvisées dans l'espace, ferme nerveusement le rideau. Après avoir retiré mes vêtements, je passe le tee-shirt qui se colle à ma peau, puis je retiens ma respiration en enfilant la microscopique jupette qui, par miracle, est faite d'un tissu plus élastique qu'il n'en a l'air. Malgré un passage compliqué au niveau des cuisses, je parviens à la fermer. Incroyable ! C'est passé sans même avoir besoin de beurre et d'un chausse-pied. Raide comme une planche de bois, je me présente devant Kabinsky qui me détaille sans émettre de commentaire. Il n'y avait pas de miroir dans la cabine. Je prie de toutes mes forces pour ne pas ressembler à un saucisson bien ficelé.

– Pour les chaussures, le mieux est que tu emmènes les tiennes, mais pour ce soir je devrais pouvoir t'en prêter. Pour coller au *dress code* de l'établissement, il te faudra des chaussures avec dix centimètres de talon minimum, noires. C'est quoi, ta pointure ?

Dix centimètres minimum ? Mais comment je vais faire pour me mouvoir ? Au lieu d'exprimer à voix haute cette question, je demande à Matthieu une taille trente-neuf. Après quelques longues minutes passées à fouiller le contenu de l'armoire, il secoue la tête.

– Je n'en ai plus en stock. Ça, c'est un trente-huit. En tassant un peu, ça devrait aller.

Sous mes yeux ébahis, il brandit une paire d'échasses qui doivent faire la moitié de ma tête.

– Jamais je ne vais réussir à marcher avec ça, à ma taille ou pas.

– Commence déjà par les essayer. Ça te dépannera, le temps d'en recevoir une nouvelle paire.

Comme prévu, elles sont serrées. Très serrées. J'esquisse quelques pas mal assurés. Bordel, comment je vais faire pour assurer toute la soirée avec ça ?

– C'est mieux, assure Matthieu. Tu verras, avec un plateau tu arriveras à trouver ton équilibre.

J'ai la nette impression qu'il me raconte des salades, mais je me retiens de le lui faire remarquer. Après tout, c'est lui le patron. Et si je dois me fracasser les pieds en exécutant un numéro de danse avec ces escarpins de la mort pour qu'il accepte de me garder dans son équipe, je le ferai.

– Tiens, regarde-toi, propose-t-il en apportant un grand miroir devant moi.

Oh mon Dieu. On dirait que je m'apprête à faire le trottoir ! Le col arrondi du tee-shirt me fait un décolleté pigeonnant, on ne voit que mes seins. Jamais je n'ai porté de vêtements aussi provocants. Je ne me reconnais pas.

– Est-ce que tu as du rouge à lèvres ? Nos clients apprécient les filles qui sont apprêtées, précise Matthieu.

Son regard pèse sur moi. Tout ceci est très étrange. J'ai l'impression d'être la poupée géante de Kabinsky, qu'il s'amuse à vêtir et à préparer à son goût. En plus, avec mes cheveux blonds, la comparaison est pertinente : je suis Barbie version Marilyn Monroe.

En me concentrant sur mon reflet, je me rends compte que je n'ai pas particulièrement fait d'efforts sur mon maquillage ou ma coiffure. Je le regrette. Même si personne ne m'a donné de directives, j'aurais pu l'anticiper. Par chance, je retrouve un rouge à lèvres carmin tapi au fond de mon sac. Je ne sais même pas depuis combien de temps il est là, je ne m'en suis jamais servie à en juger par le tube intact. Tendue à l'extrême, je m'en applique en essayant de ne pas m'en mettre partout.

– Ça fera l'affaire, lâche Matthieu lorsque je me tourne vers lui. On va retourner en salle pour ta formation.

Je roule des yeux face à son absence totale de tact. Un compliment, ça le tuerait ? Je me concentre au maximum pour ne pas tomber tandis que nous retournons dans la salle principale. Autour de nous, les employés s'affairent. Matthieu m'explique le fonctionnement du club et passe en revue le reste de l'équipe. Nous sommes six serveuses en tout, chacune préposée à un coin délimité de la salle. Nous pouvons néanmoins nous rendre dans l'espace de service d'une autre si un client le demande. De toute façon, au *Millésime*, la politique est claire : le client est roi.

Matthieu parle vite, débitant beaucoup d'informations que je peine à retenir. En réalité, j'ai beaucoup de mal à me concentrer à cause de mon petit orteil gauche, douloureusement comprimé dans ces talons de douze centimètres. Alors que je le suis derrière le bar en marchant comme un pingouin, je me retiens de lâcher une flopée de jurons. Mais il y a déjà des clients attablés, alors je m'efforce de rester courtoise.

Avant que je ne comprenne ce qui se passe, je me retrouve avec un plateau dans les mains. Cette fois, c'est une vraie commande. Le plateau est chargé d'un seau à glaçons plein dans lequel repose une énorme bouteille de champagne. Pour corser le tout, Matthieu y ajoute trois flûtes qui tanguent dangereusement quand j'esquisse un premier pas mal assuré.

– C'est lourd ce truc ! grommelé-je.

– Il va falloir te muscler, rétorque Matthieu avec un sourire en coin.

C'est moi ou ça l'amuse de me voir souffrir ?

– Au fait, avant de te laisser commencer ton service, un conseil : ne donne pas ton vrai nom aux clients. C'est plus sûr, au cas où l'un d'eux deviendrait trop collant. La plupart des filles se choisissent un pseudonyme.

Cette dernière information donnée, Matthieu part en me laissant livrée à mon triste sort. Je regarde autour de moi, paniquée. Comment je vais faire pour enchaîner des heures de service avec cette douleur ? Bon, je réfléchirai à ça plus tard. Servir cette commande à la bonne table me paraît déjà un défi difficile à surmonter. La numéro douze… Bordel, c'est où ça, déjà ?

Heureusement, un peu plus loin à ma gauche, un homme me remarque et m'interpelle.

– Mademoiselle ! C'est notre commande, merci.

Tout en prenant mille précautions, je dépose le magnum et les verres sur la table ronde. Je laisse échapper un soupir, soulagée d'avoir mené à bien cette première mission sans catastrophe. J'essuie mon front avec le dos de ma main et en levant la tête, je remarque que les trois hommes assis à la table m'observent avec un intérêt non dissimulé.

Le plus âgé d'entre eux doit avoir la petite cinquantaine. Il porte un costume taillé sur mesure, il est rasé de près et ses longs cheveux gris sont coiffés en catogan. Il émane de sa personne une prestance, un charisme certain qui me permet de déduire sans trop de difficulté qu'il est le chef. C'est le mâle alpha de la bande, ça se sent.

Mais ce qui m'impressionne le plus, c'est la couleur atypique de ses yeux. Ils sont d'un bleu très clair, comme de la glace. Son expression est indéchiffrable et, sans que je sache pourquoi, me met très mal à l'aise. Sensation qui disparaît aussi vite qu'elle est venue lorsqu'il m'adresse un sourire aimable.

– Bonsoir ma belle. Tu dois être nouvelle ici, je ne t'ai encorc jamais vue.

– Oui monsieur, c'est mon premier jour. Je commence tout juste, il va falloir être indulgent avec moi.

L'homme éclate d'un rire rauque. Il y en a au moins un qui me trouve drôle.

– Ne t'inquiète pas, tu t'en sors déjà très bien, me dit-il gentiment.

Il s'attarde un peu trop longtemps sur mes jambes pour être seulement courtois. Je tire discrètement sur l'ourlet. Vu la longueur de la jupe, il ne lui serait pas trop difficile d'apercevoir ma culotte de là où il est.

– N'hésite pas à revenir nous voir après, d'accord ? poursuit l'homme. Je serais ravi de t'offrir un verre.

Ne sachant si j'ai le droit d'accepter alors que mon service vient juste de démarrer, j'esquisse une révérence avant de me rendre compte du ridicule de mon geste. Mon visage vire au rouge cramoisi. Je m'empresse de repartir en direction du comptoir. Ce n'est qu'une fois face au barman que je me rends compte que j'ai oublié de leur laisser le seau à glaçons.

C'était presque un sans-faute.

Je m'arrête net et me retourne, sans prendre garde à ce qui se passe autour de moi et…

– Putain, mais qu'est-ce que tu fous ?

Je me cogne la tête la première contre une masse dure en mouvement. Sous le choc, le plateau m'échappe des mains, tombant avec fracas au sol et renversant l'intégralité du seau sur l'individu que je viens de heurter de plein fouet.

Horrifiée, je suis du regard un glaçon qui glisse sur un jean noir avant de choir par terre, élargissant une flaque d'eau déjà considérable. Je commence à me confondre en excuses quand je lève le nez et constate avec angoisse qui je viens d'arroser.

Matthieu ! C'est sur Matthieu Kabinsky que je viens de déverser un demi-kilo de glace. Il retire sa veste en cuir pour essuyer les dégâts, laissant apparaître un torse musclé sous un fin tee-shirt en coton gris. Ses iris noisette lancent des éclairs tandis que je me confonds en excuses. Mes yeux s'attardent sur ses épaules carrées et ses bras…

Il n'est vraiment pas agréable, mais qu'est-ce qu'il est canon !

Lorsqu'il s'adresse à moi, c'est pourtant la douche froide.

– Eh bien, bouge ! Nettoie-moi ce bordel ! aboie-t-il.

Après avoir lâché une belle brochette de grossièretés, Kabinsky me plante là, sans esquisser un geste pour me venir en aide. Soit il tient beaucoup à cette veste en cuir, soit il a vraiment un caractère détestable. Quoi qu'il en soit, je ne peux nier ma boulette et me promets d'aller le voir pour lui présenter mes excuses encore une fois lorsque mon service sera fini.

Enfin, si je survis… Et si j'arrive à ne pas me faire virer avant la fin de la soirée.

L'heure avance, les tables se vident petit à petit et je finis par trouver mon rythme sans provoquer d'autre catastrophe. Profitant d'un instant de calme, je décide d'aller flâner du côté du rideau de velours qui agrémente un coin de la pièce. Tout au long de la soirée, j'ai noté que des hôtesses y disparaissaient pour un temps, parfois accompagnées d'un seul homme, parfois de plusieurs.

Matthieu ne m'a pas expliqué de quoi il s'agit. Je me note de le lui demander une fois qu'il sera de meilleure humeur… Si seulement ça arrive un jour.

Au moment où je me rapproche du rideau, les types attablés à la numéro douze m'interpellent. Ce n'est plus moi qui suis assignée à leur zone, mais je ne peux pas rester sans répondre. Les ignorer serait suicidaire pour mon emploi, surtout depuis ma boulette avec Kabinsky.

Je me plante devant le type aux yeux couleur glace qui ne cesse de me sourire.

– Viens donc t'asseoir avec nous un moment, propose-t-il.

Sans attendre ma réponse, il esquisse un signe de tête et son acolyte se lève immédiatement pour me laisser la place. Waouh, quelle autorité ! J'avais vu juste en supposant que c'était le chef de leur bande.

L'homme s'empare d'une flûte de champagne qu'il remplit avant de me la tendre.

– Tiens ma belle, bois. Fais-toi plaisir.

– Merci.

Je m'assieds et hume le champagne avec intérêt. Je savoure l'effet des bulles qui me piquent le nez avant de rouler le long de ma gorge. L'amertumc fruitée du champagne fait palpiter mon palais. Quel goût !

– Ça te plaît, ma jolie ?

L'inconnu m'observe avec insistance. Son sourire est un peu de travers mais malgré tout, son assurance lui confère un certain charme. J'essaie de me détendre. Après tout, c'est ça mon job maintenant : boire des verres en compagnie de types ultra-friqués. Tant qu'il ne me demande rien de plus, ça ira. Et puis, ça fait du bien de prendre une pause après l'agitation de ces dernières heures.

– Alors, dis-moi tout. Comment tu t'appelles ?

– Roxane.

Les mots sortent tout seuls. Et mince ! Me maudissant tout bas, je me mords l'intérieur de la joue.

– C'est ton vrai prénom, n'est-ce pas ? demande l'inconnu d'un air goguenard. Ne t'inquiète pas, personne ici ne trahira ton secret.

– Merci, je ne suis pas encore très au fait de toutes ces règles.

– Je n'ai rien entendu. Et si on t'appelait plutôt… Rosie ? Est-ce que ça t'irait ?

Je soupire, soulagée.

– C'est parfait ! Et vous, vous vous appelez comment ?

L'homme visse ses prunelles si particulières aux miennes.

– Moi, tu peux m'appeler Alexeï. Et les deux types là, on va dire que ça n'a pas d'importance. Tu es bien plus intéressante qu'eux. D'ailleurs, ils allaient partir.

J'observe du coin de l'œil ses deux compères qui, une fois encore, lui obéissent sans broncher. Je reporte mon attention sur Alexeï.

– Vous êtes leur boss, ou quelque chose comme ça ?

Il m'observe une seconde avec intensité avant d'éclater de rire.

– Quelque chose comme ça, oui. Alors, comment s'est passé ton premier jour au *Millésime* ? L'ambiance te plaît ?

Je regarde autour de moi tandis que je sirote mon verre. Il reste encore quelques tables, mais la grande majorité des clients sont partis. Vu son comportement, j'imagine qu'Alexeï doit être un habitué.

– Oui, ça me plaît beaucoup ! m'exclamé-je en forçant le trait. C'est très beau, le personnel est sympa. Ça fait longtemps que vous venez ici ?

– Plusieurs années. *Le Millésime* est réputé pour être la crème de la crème, tu sais ? La clientèle est très chic, c'est le lieu idéal pour conclure des affaires.

– C'est donc ce que vous êtes ? Un homme d'affaires ?

Il esquisse un grand sourire avant de poser un bras sur le dossier de sa chaise dans une attitude nonchalante.

– On peut dire ça. Mais ce soir, vois-moi seulement comme un homme qui apprécie un bon verre en compagnie d'une belle femme.

Jc ne peux m'empêcher de rougir.

– Vous êtes plutôt du genre direct, vous, m'exclamé-je pour masquer mon embarras.

– Tu n'aimes pas qu'on te complimente ?

– Non… Enfin, si, je veux dire. Tout le monde aime les compliments. Disons seulement que je n'en ai pas vraiment l'habitude.

– C'est fort dommage. Il va falloir que l'on change ça, ajoute-t-il d'un ton badin.

Je roule des yeux et termine mon deuxième verre d'un trait, sans répondre. Je me sens comme une adolescente en train de se faire draguer pour la première fois, c'est ridicule. Et Alexeï n'est pas vraiment subtil. Pourtant, je dois dire que ce n'est pas désagréable, cette attention qu'il me porte.

Il continue à flirter gentiment et je le laisse faire. C'est peut-être la faute de la troisième coupe qu'il me sert, mais ma langue se délie petit à petit. Je lui raconte mes piètres débuts en tant que serveuse, et je l'interroge sur son activité, sur laquelle il reste très discret. La seule chose personnelle que j'arrive à apprendre à son sujet, c'est qu'il est d'origine russe, mais qu'il vit à Bruxelles depuis des années.

– Vous êtes déjà allé derrière le rideau là-bas ? demandé-je à brûle-pourpoint en suivant du regard une grande blonde qui disparaît dans le velours avec un client.

Alexeï hausse un sourcil et me dévisage curieusement. Oups ! J'aurais dû amener la question avec plus de tact.

– L'alcôve ? Oui, j'ai déjà eu l'occasion de m'y rendre, en effet. C'est un endroit spécial et je suis sûr que, avenante comme tu l'es, un de tes clients te proposera bientôt d'y aller.

Un instant, j'hésite à lui demander de m'y emmener. Mais l'alcool a déjà engourdi mes réflexes et mon cerveau, ce ne serait pas très malin. Surtout sans savoir à quoi m'attendre. Je suis peut-être folle, mais pas suicidaire. Alors que je m'apprête à poser une nouvelle question, Alexeï me devance.

– Ma Rosie, je suis navré mais je vais devoir te laisser. La récréation est finie, le devoir m'appelle.

En disant cela, il se lève et reboutonne la veste de son costume sombre. Je suis son regard qui se perd quelques mètres derrière moi : un des hommes qui l'accompagnaient au début de la soirée lui adresse un signe du menton, lui indiquant qu'il l'attend à l'extérieur. Presque déçue, je me redresse à mon tour. Ce faisant, je prends soin de tirer sur le bas de ma jupe. Ce n'est pas très gracieux, mais c'est toujours mieux que me retrouver les fesses à l'air au milieu du bar.

– En tout cas, j'ai été ravi de faire ta connaissance. J'espère avoir le plaisir de te croiser à nouveau ici un de ces jours.

En disant cela, Alexeï pose sa main dans le creux de mon dos et se penche pour m'embrasser sur la joue. C'est accepté ça, comme contact ? Je frissonne, ne parvenant pas à déterminer si c'est à cause de ses doigts froids sur ma peau ou de son geste inattendu. C'est alors que je le remarque. Un billet de cent euros, posé discrètement sous un verre. Interdite, je regarde en direction de la sortie, mais Alexeï est déjà parti. J'attends encore quelques secondes pour voir s'il revient. Rien ne se passe.

Serait-il possible que cet argent soit pour moi ? Mon premier pourboire, et quel pourboire ! Je m'empare du billet pour le détailler sous toutes les coutures. Il faut dire que cela fait un sacré bout de temps que je n'ai pas eu ce type de coupure entre les mains. Je me décide enfin à le fourrer dans mon soutien-gorge, non sans jeter de nouveaux coups d'œil inquiets autour de moi. Je m'attends presque à ce que les vigiles me foncent dessus pour m'arracher ce petit trésor.

Je n'arrive pas à y croire. Ce type m'a filé cent euros, pour quoi ? Simplement boire un verre et papoter avec lui. Il n'a même pas eu un geste ou un mot déplacé à mon égard. En réalité, en dehors de quelques compliments adressés sans détour, il s'est comporté en parfait gentleman. Bien plus que la plupart des types que j'ai pu côtoyer par le passé, et pour pas un rond.

Il ne me reste que vingt minutes de service pour enfin pouvoir rentrer chez moi. J'ai hâte de m'asseoir et d'enlever ces satanés talons qui me charcutent les orteils. Je me demande bien comment je vais faire pour porter ce genre d'instruments de torture tous les soirs.

– Ah, Roxane ! Je te cherchais.

Je lève la tête vers le beau visage d'Anton et lui souris.

– Comment s’est passée ta première soirée ? s’enquiert-il.

– Eh bien, pas trop mal, je pense.

Matthieu débarque à son tour et je m’arrête net. Je remarque qu’il s’est changé, certainement à cause de ma bourde. Contrairement à son frère, il ne me pose aucune question, se contentant de me scruter de bas en haut avant de balancer :

– N’oublie pas de remettre les chaussures qu’on t’a prêtées dans l’armoire avant de repartir.

Je décide de prendre mon courage à deux mains.

– Matthieu, je voulais encore m’excuser pour tout à l’heure. Je ne suis pas très douée pour réagir sous pression, mais j’aurais dû faire plus attention. Ça ne se reproduira pas.

Une lueur de surprise passe dans son regard. Il ne s’attendait visiblement pas à ce que je prenne mes responsabilités. Il se passe une main dans les cheveux, les rendant encore plus indomptables, et je trouve ce geste ridiculement sexy.

– Ce n’est rien, finit-il par dire. Mieux vaut que ça arrive sur moi que sur un client.

Je hoche la tête et lui adresse un sourire avant de remettre mon sac en bandoulière.

– À demain, tous les deux ! chantonné-je en les saluant d’un geste de la main.

Anton me rend mon salut et je jurerais avoir vu la bouche de Matthieu se tordre en un sourire gêné.

CHAPITRE 5

ROXANE

La semaine est passée à toute vitesse et, incroyable mais vrai, j'ai réussi à passer sous le radar de Matthieu Kabinsky. Il faut dire qu'il n'est pas présent tous les soirs au *Millésime*. Parfois, il alterne avec Anton, parfois aucun des jumeaux n'est présent. Quand c'est le cas, c'est Ben, toujours debout derrière son bar, qui prend en charge l'équipe. J'ai interrogé les autres filles sur les absences sporadiques des Kabinsky. On m'a dit qu'ils dirigeaient d'autres business en dehors du bar à champagne mais je n'ai pas réussi à en apprendre davantage.

De mon côté, entre le rythme soutenu du service nocturne et le peu d'indices que j'ai en ma possession, je n'ai pas avancé non plus. J'ai passé Internet au peigne fin, mais aucune nouvelle évocation de la mystérieuse Chambre rouge. Même l'alcôve n'est rien de plus que ce qu'elle prétend être : un coin premium, où les clients peuvent se payer un moment en tête à tête avec une des filles. Dans le strict respect du règlement intérieur.

Le point positif, c'est que j'ai survécu à ces sept jours et que ma période d'essai a été validée. Alors que je viens de me changer au vestiaire, mon téléphone vibre dans ma main.

Maman : Ma Roxie, comment tu vas ?

Ça, pour une surprise ! Je m'entends très bien avec mes parents, mieux que ça, je les adore, mais ils ne me donnent pas souvent des nouvelles. Pour cause, ils ne sont plus tout jeunes et assez réfractaires vis-à-vis de tout ce qui est technologie. Ils n'aiment pas le téléphone. Quand je les appelle, ils ne tiennent jamais plus de dix minutes au bout du fil. Alors, que ma mère m'envoie un texto, c'est un événement de taille. Mais après tout, ça fait un bon mois que je ne me suis pas fait entendre, ils doivent commencer à s'inquiéter.

Roxane : Super bien, mams !
J'ai commencé un nouveau travail,
en tant que serveuse. C'est assez
sympa et ça paie les factures.
Et paps et toi, tout va bien ?

J'attends un long moment, mais la réponse ne vient pas. Bon. Il faut vraiment que je prenne le temps de les appeler.

Je referme le vestiaire derrière moi mais au milieu du couloir, je m'arrête. Des éclats de voix retentissent depuis la porte close du bureau de la direction. Cette voix grave, c'est celle de Matthieu, j'en suis sûre. Vu les jurons qu'il profère, il n'a pas l'air ravi. Cela dit, la colère semble être un trait prédominant de sa personnalité.

Un coup d'œil autour de moi me rassure. Il n'y a personne d'autre. Approchant ma tête le plus doucement possible, je colle mon oreille sur la surface plane. Je ne distingue pas clairement ce qu'il dit, seulement quelques bribes.

– De la coke ? Encore ?

Ma main se plaque contre ma bouche pour m'empêcher de crier. Ça, je l'ai très bien entendu ! Un silence se fait.

– Dis-moi où et quand. Je m'en occupe.

Mon pouls se met à cogner contre ma tempe. L'excitation m'envahit. Alors, mes suspicions étaient fondées ! Des activités louches ont lieu dans l'arrière-salle du *Millésime.* Mais du trafic de drogue, vraiment ? C'est d'un cliché ! Je suis presque déçue d'avoir découvert aussi facilement le vilain secret de Matthieu. Je me demande si son frère est dans le coup aussi ou si c'est une activité qu'il développe en solo. Sa voix se fait plus distante, je m'appuie davantage contre la paroi en bois pour essayer d'en saisir davantage.

Grossière erreur. La porte mal fermée s'ouvre brusquement sous mon poids. En moins d'une seconde, je perds l'équilibre et bascule la tête en avant, me retrouvant projetée au sol, les quatre fers en l'air.

J'essaie de me relever le plus vite possible mais je me retrouve nez à nez avec Matthieu. La stupéfaction se lit sur son visage. Ses doigts se crispent sur le téléphone, ses yeux se font assassins. Oh non, je vais en prendre pour mon grade.

– Écoute, il faut que je te laisse là. Je te rappelle plus tard.

Il raccroche et balance son cellulaire sur son bureau sans trop de délicatesse. Piteuse, je me redresse et masse mon coude engourdi sur lequel je suis tombée de tout mon poids. Sans surprise, Matthieu ne me propose pas de m'aider et ne tarde pas à laisser exploser sa colère.

– Je peux savoir ce que tu étais en train de foutre, bordel ? siffle-t-il en se rapprochant dangereusement.

Mon cœur bat à présent jusque dans mes oreilles, comme s'il essayait de se faire la malle de ce corps qui lui pose décidément bien des problèmes. Vite, il faut que j'invente quelque chose.

– Oh Matthieu, j'ai glissé, j'ai manqué de me casser le cou ! Heureusement que j'ai pu m'appuyer sur la porte, mais je crois qu'elle était mal fermée… Je suis désolée si je t'ai interrompu dans ton travail.

Air innocent, battements de cils à la façon d'un papillon épileptique. Si cette connerie plus grosse que moi passe, c'est beau.

Matthieu me considère un instant sans rien dire. Si les regards fusillaient pour de vrai, c'est sûr qu'à l'heure actuelle je serais criblée de balles.

– Ce n'est rien. Tu n'as rien interrompu d'important, déclare-t-il avec raideur. Fais attention quand tu marches. Tu vas finir par assommer un client si ça continue.

Je me tapote la tête en esquissant une grimace, dans une parfaite imitation de la débilité.

– Tu as raison, je suis tellement maladroite ! Une vraie blonde. Je ferai attention à ne blesser personne, promis.

Puis je m'enfuis en salle, sans lui laisser la chance de revenir sur mon piteux mensonge. Je me concentre sur le service, m'appliquant à servir les clients au mieux. Ce n'est pas évident car ce soir, le bar est bondé et je suis chargée d'une table de dix hommes au niveau d'ébriété particulièrement avancé. Si j'ai cru un instant que Matthieu avait passé l'éponge sur notre petit incident, je comprends vite qu'il n'en est rien.

Non content de me voir ramer, il s'est planté à côté du bar pour scruter mes moindres faits et gestes. Alors que je passe à côté de lui avec deux bouteilles de Grey Goose dans les bras, il tape dans ses mains et m'encourage comme si j'étais un cheval de course.

– Allez, on se remue ! Les clients aimeraient être servis avant demain matin.

L'espace d'une seconde, j'ai envie de lui balancer une des bouteilles de vodka à la figure. Respire, Roxane ! La violence, c'est mal. Tu n'as pas été élevée comme ça. Je lui adresse mon plus beau sourire hypocrite, il me répond par un rictus narquois, le torse bombé, les bras croisés. Encore un peu et des cornes de diablotin vont lui pousser de chaque côté de la tête.

Arrivée à la table, je sors les bouteilles du seau et m'applique à servir les lascars. C'était compter sans le grand dadais qui me fait face et qui trouve très amusant de reculer son verre au dernier moment, m'obligeant à me pencher de plus en plus vers lui. Je finis par comprendre le but de ce manège lorsqu'il part d'un grand rire gras en montrant à ses copains mes seins, dangereusement près de sa tête. Exaspérée, je balance la bouteille à moitié vide dans le seau à glaçons. Trop c'est trop ! Ils n'ont qu'à se débrouiller tout seuls.

Je m'apprête à repartir au bar, mais une claque sonore retentit sur mes fesses et me coupe dans mon élan. Non mais c'est pas vrai !

Mes mains se crispent sur le plateau. Incrédule, je me retourne pour apercevoir le mec qui se tient les côtes, hilare. Quel con ! J'ouvre la bouche, indignée, mais avant que je ne puisse réagir, une voix retentit à mes côtés.

– Eh bien, messieurs, est-ce une façon de traiter une dame ?

Je cligne des paupières pour être sûre de ne pas rêver. Matthieu se plante devant moi. Son front est barré par une ride de colère.

– Je réitère ma question : messieurs, est-ce une façon de traiter une dame ?

Cette fois, il a haussé la voix et son ton est autoritaire. Implacable. Ses yeux noisette s'obscurcissent, de là où je suis ils paraissent presque noirs. Pour une fois, ce n'est pas sur moi que se déverse sa colère, je dois dire que je n'en suis pas mécontente. Face au silence du petit groupe devant nous, j'esquisse un geste, prête à lui dire de laisser tomber, mais il lève une main pour m'intimer le silence. Une aura de puissance émane de lui. Il n'est qu'à quelques centimètres, et je ressens de l'électricité crépiter autour de son corps. Comme un orage qui gronde, une tempête sur le point de se déchaîner. En le voyant comme ça, je n'ai plus du tout envie de le contrarier ni de lui tenir tête.

L'énergumène qui m'a collé la main sur le postérieur se décide enfin à réagir. Il se sent probablement obligé de revendiquer son statut de mâle alpha face à ses acolytes.

– Ça va, on fait rien. On rigole, proteste-t-il en reniflant, agacé.

– Pensez-vous que cette jeune femme rigole, elle ? Un peu de respect pour son travail et sa personne, messieurs. Vous n'êtes pas des animaux, que je sache ?

– Ça va je t'ai dit, lâche l'affaire. Ça ne la dérange pas.

Matthieu lève un sourcil et son expression change. Je devine à ses lèvres pincées qu'il commence à perdre patience. Il dévisage le type avec la même expression que l'on a quand on regarde un objet particulièrement répugnant collé à sa chaussure.

– Ah bon, vraiment ? Demandons-lui alors, ajoute-t-il en s'adressant à moi sans masquer son ton sarcastique. Dis-moi, est-ce que la façon dont t'a traitée cet homme te paraît acceptable ?

J'écarquille les yeux, prise au dépourvu. Un échange silencieux a lieu entre nous. J'essaie de lui signifier que je ne suis pas à l'aise avec ce qu'il me demande, mais d'un hochement de tête, il m'encourage à m'exprimer. Je prends une profonde inspiration avant de déclamer, haut et fort :

– Non. Ce n'est pas acceptable.

Matthieu hoche la tête.

– C'est bien ce qu'il me semblait.

Il lève un doigt et le videur bodybuildé à l'autre bout de la salle réagit au quart de tour.

– Cet homme a touché mademoiselle sans son consentement, explique-t-il alors qu'il arrive à notre hauteur. Je crains que le champagne ne lui soit monté au cerveau.

– Monsieur, veuillez me suivre, tonne le videur tout en refermant sa large poigne sur l'épaule du gars.

L'homme se lève mais gesticule dans tous les sens, fou de rage.

– Ne me touche pas ! C'est un scandale, jamais on ne m'avait traité comme ça ! Savez-vous au moins qui je suis ?

– Non, et je n'en ai rien à foutre, rétorque Matthieu en abandonnant toute fausse politesse. Ce que je sais par contre, c'est que tu ne reviendras plus poser ton gros cul dans mon bar.

Devant l'air ahuri affiché par l'homme, je ne peux me retenir de pouffer. Mais en voyant le coup d'œil que me lance Matthieu, j'arrête immédiatement. Mieux vaut ne pas trop faire ma maligne. Pourtant, ce sale type n'a que ce qu'il mérite. Le videur pousse le gars vers la sortie et, comme un seul homme, tous ses acolytes se lèvent pour le suivre. Cette fois, je m'empare des billets qu'ils laissent derrière eux sans une once de culpabilité. Je l'ai bien mérité !

Mon agresseur se tourne vers moi une dernière fois avant de partir, pour me cracher :

– Sale pétasse ! Je te revaudrai ça !

– Ignore-le.

Je me tourne vers Matthieu, qui semble commencer tout juste à se calmer. Les jointures de ses poings sont blanches, je me demande un instant s'il aurait été prêt à s'en servir pour me défendre. Curieusement, cette idée me plaît…

– Waouh, je… Je ne sais pas quoi dire, commencé-je, embarrassée. Merci !

– Ce n'est pas la peine de me remercier, je n'ai fait que mon job. Maintenant, retourne faire le tien.

Sans autres fioritures, il me laisse plantée là. Je ne comprends vraiment rien à cet homme. Même après lui que je lui ai exprimé ma gratitude, il trouve le moyen de faire la gueule. Remarque, il est d'humeur constante. Je me passe la main sur le visage. Il faut que je remette de l'ordre dans mes idées. Un instant, un très court instant, l'attitude chevaleresque de Matthieu m'a fait croire qu'il y avait peut-être quelque chose de bon en lui, profondément enfoui sous les couches de sarcasme et les grognements. J'ai dû me tromper.

Ce n'est pas moi qu'il a défendue. C'est le sacro-saint règlement du *Millésime*. Anton m'avait prévenue : zéro tolérance pour les gros lourds. J'ai désormais la certitude qu'il disait vrai. Je devrais m'en réjouir.

Je n'ai pas plus le temps de m'interroger sur mes sentiments mitigés : on me réclame en salle.

CHAPITRE 6

ROXANE

Le service touche à sa fin et je décide de m'accorder une pause plus que méritée. Le bar était bondé et je n'ai pas arrêté une seconde. En plus, l'incident avec le client et ses mains baladeuses m'a plus secouée que ce que je veux admettre. Tout s'était si bien déroulé depuis mon arrivée au *Millésime* que j'en oubliais que les clients ne sont pas tous des gentlemen. Dans le tas, je suis sûre qu'il y a deux-trois autres frustrés du même acabit que mon agresseur.

Je soupire. J'ai mal aux pieds, mes épaules sont nouées, je suis fatiguée et j'ai envie d'une cigarette. Alors, je me décide à aller dans l'espace fumeurs, dans l'espoir d'y trouver un visage familier qui m'en offrira bien une. Bingo ! Tandis que j'avance dans la petite cour intérieure, je reconnais le visage au menton pointu d'Alexeï, assis à une table. Pour une fois, il est seul. Il a l'air absorbé par son téléphone, alors j'hésite à le déranger. Mais il lève la tête et son regard tombe sur moi.

– Rosie, ma jolie ! s'exclame-t-il de son accent prononcé. Je n'ai pas de champagne, mais je peux t'offrir une cigarette.

Je m'arrête à sa hauteur, hésitante.

– Vous voulez que je vous apporte une bouteille ?

– Pas du tout. Viens donc t'asseoir avec moi. Tu as presque fini ton service, non ?

Je hoche la tête et me place face à lui.

– Je veux bien, pour la cigarette.

J'accepte le bâtonnet qu'il me tend, le fais rouler entre mes doigts un instant. Tandis que je l'allume avec le briquet Zippo posé sur la table, je l'observe du coin de l'œil. Il fouille ses poches et en sort un écrin argenté flambant neuf. Il l'ouvre et s'empare d'un gros cigare. Une fois que celui-ci est allumé, une odeur âcre s'élève. Je m'attends à ce que mes narines me piquent mais pour une fois, l'odeur n'est pas déplaisante. Alexeï sent mon regard peser sur lui et me demande :

– Tu aimes le cigare ?

– Pas spécialement. Mais celui-ci ne sent pas mauvais !

Il a un petit rire.

– Je veux bien te croire. C'est un Montecristo, du cent pour cent cubain. Ce qui se fait de mieux en termes de tabac. Tiens, goûte-moi ça.

J'accepte le rouleau qu'il me tend et tire une série de longues bouffées dessus, juste comme mon père me l'a appris. Il me regarde faire, amusé.

– Une femme qui sait fumer le cigare, c'est peu commun. Je suis impressionné.

Tout en lui rendant son Montecristo, je relâche quelques ronds de fumée au-dessus de ma tête. Ce truc a vraiment un goût unique, je n'avais jamais rien testé de semblable. J'ai l'impression qu'une brise boisée caresse ma gorge.

– Mon paternel en fumait pour les grandes occasions, confié-je. Noël, son anniversaire. Mais ce qu'il achetait n'avait rien à voir avec ça !

Il se fend d'un sourire un peu de travers et nous passons quelques minutes à fumer en silence, chacun perdu dans ses pensées. Ce n'est pas gênant, au contraire. Ce soir, la présence d'Alexeï près de moi a quelque chose de rassurant. C'est un homme de pouvoir, cela ne fait aucun doute. Je suis sûre que peu importe son interlocuteur, il en impose, il ne se laisse pas impressionner. C'est comme ça que j'aimerais être moi aussi. Je repense à mon ex Thibault, à Matthieu Kabinsky, et à cet homme qui m'a collé la main au derrière. Tous ces types se croient meilleurs que moi et ne se privent pas pour me rabaisser. Je comprends enfin ce qui me perturbe tant depuis mon altercation au bar : face à ce connard, je ne me sentais pas à la hauteur. Je me sentais faible et j'ai détesté le sentiment d'insécurité et de honte que ça a fait jaillir en moi.

Je jette un coup d'œil à Alexeï, toujours occupé à déguster son Montecristo avec nonchalance. Oui, c'est comme ça que je veux être. Forte. Puissante. Avec le monde à mes pieds.

Sentant sans doute mon regard peser sur lui, Alexeï s'éclaircit la voix.

– Au fait, j'ai vu ce qui s'est passé tout à l'heure. Un abruti, ce type. Je ne l'avais jamais vu au *Millésime* et crois-moi, il ne risque pas d'y remettre les pieds de sitôt. Comment tu vas ?

J'écrase mon mégot dans le cendrier entre nous avant de lever la tête vers lui.

– Ça va. Ce n'était pas mon moment préféré, je l'avoue. Mais j'ai été assez contente de le voir se faire jeter dehors par le staff.

Alexeï pousse un soupir.

– Et encore, ils ont été beaucoup trop conciliants à mon goût. Si c'était arrivé dans un de mes établissements, si on avait manqué de respect à une de mes employées de la sorte… disons que mes gars lui auraient ôté toute possibilité de recommencer.

Son ton glacial me surprend tout autant que ses paroles.

– Vous possédez un bar, vous aussi ?

Jusque-là, malgré la sympathie teintée de flirt avec laquelle il me traite, Alexeï s'était montré très évasif à son sujet.

– Je dirige différentes affaires… Appelons ça du service à la personne, corrige-t-il avec un sourire froid. Je trouve que les Kabinsky sont un peu légers sur la gestion de la sécurité. Tu ne le leur diras pas, hein ? Ça reste entre nous, ajoute-t-il d'un ton conspirateur.

Je souris en retour.

– Bien sûr. Je suis très douée pour garder les secrets.

Une lueur étrange brille dans ses iris d'un bleu délavé. Tout en s'adossant au dossier de sa chaise, il dépose la fin de son cigare, désormais éteint.

– Je n'en doute pas. Quoi qu'il en soit, je n'ai jamais compris pourquoi ils ne reprennent pas le même système de sécurité qu'à *La Galerie*. Ça, c'est du solide ! Je veux dire, il suffit de voir comment ils ont protégé la Chambre rouge… C'est une véritable forteresse.

Les mains croisées sur mes genoux, je me fige. Les derniers mots d'Alexeï flottent dans mon esprit. Des paroles comme ça, jetées en l'air comme si de rien n'était, et qui agissent comme une piqûre d'adrénaline dans mon cerveau.

– Qu'avez-vous dit ?

– Pardon ?

– Vous avez mentionné la Chambre rouge, répété-je, le cœur battant. Que pouvez-vous me dire à ce sujet ?

Alexeï me fixe un bref instant, interdit, puis se lève.

– Tu as dû mal entendre. Désolé ma Rosie, je crois que l'alcool et la fatigue ne font pas bon ménage chez moi ce soir. Il vaut mieux que je rentre.

– Attendez !

Il esquisse un pas sur le côté, mais je me place devant lui pour faire barrage. Mon comportement est totalement déplacé. Si Matthieu me voit, il va sans nul doute me renvoyer ou, à défaut, me faire passer un sale quart d'heure. Mais tant pis. Ça ne peut pas être une coïncidence. La Chambre rouge, c'est l'expression qui était utilisée sur ce forum pour parler des activités secrètes du *Millésime*.

– Alexeï, reprends-je d'un ton doux, pouvez-vous m'en dire plus sur cette Chambre rouge ? Vous n'êtes pas le premier à m'en parler, et ça m'intrigue…

– Qui t'en as parlé ?

– Anton, mens-je avec un aplomb qui me surprend. S'il vous plaît, j'ai besoin d'en savoir plus. Promis, ça aussi ça restera entre nous. Comme je vous l'ai dit, je suis douée pour garder les secrets, vous vous rappelez ?

Faisant fi de tout bon sens, je m'approche et glisse ma main sur son avant-bras dans un geste enjôleur. Chaque cellule de mon corps me crie « danger ». Je suis en train de franchir plus d'une limite et j'attends à tout instant que mon audace m'explose au visage.

Battant des cils comme une pin-up, je prie pour que mon petit numéro de charme opère. Deux hommes euphoriques titubent dans notre direction et Alexeï me prend par la main pour me tirer vers un coin plus discret.

– Que veux-tu savoir ? Tu as le droit à une question, pas plus. Je ne suis pas autorisé à t'en dire davantage.

Je réfléchis le plus vite possible. Une seule question, je n'ai pas le droit de me planter.

– Pouvez-vous m'emmener à la Chambre rouge ?

– Il n'est pas en mon pouvoir de t'y emmener, non.

La déception doit se lire sur mon visage, car il ajoute, en baissant la voix et en surveillant les tables autour :

– Mais si tu parviens à te rendre à *La Galerie*, tu peux leur dire que Mikheev se porte garant pour toi. Cela devrait t'aider.

– *La Galerie* ? C'est quoi, *La Galerie* ? répété-je, submergée par ma découverte. Et qui est donc ce Mikheev ?

– C'est moi, Rosie. Alexeï Mikheev, à ton service. Mais tu peux continuer à m'appeler Alexeï, ça ne me dérange pas.

Je n'ai pas le temps de m'attarder davantage sur ces révélations car Alexeï a renfilé ses gants et s'apprête à me fausser compagnie.

– Vous n'allez vraiment rien me dire d'autre ?

– On avait dit une question, ma jolie. Pour le reste, tu ferais mieux de demander directement aux Kabinsky. Si tu souhaites en savoir plus sur *La Galerie* et la Chambre rouge, c'est à eux que tu dois t'adresser. Mon nom devrait te garantir un laissez-passer sans trop de difficultés.

Je suis sa silhouette longiligne du regard tandis qu'il quitte le bar. Alexeï Mikheev… Je suis certaine d'avoir déjà entendu ce nom, mais où ? Par réflexe, je sors mon téléphone de ma poche pour vérifier. Mes yeux s'écarquillent à mesure que les résultats défilent et que les connexions se font dans mon cerveau.

Oh mon Dieu. Alexeï Mikheev. Comment j'ai pu passer à côté ?

CHAPITRE 7

MATTHIEU

Les yeux vissés sur les enregistrements vidéo de la soirée, je me repasse en boucle les dernières images du fumoir. Voir Roxane si à l'aise avec Alexeï Mikheev, ça m'a fait un choc. Je les avais déjà vus discuter ensemble ces derniers jours, Mikheev lui offrait à boire, mais il n'y avait rien de suspect. Il se comportait avec elle comme avec les autres serveuses, si ce n'est qu'elle était nouvelle et qu'il passait un peu plus de temps avec elle. Mais les voir ainsi, en profonde discussion, à l'abri des regards dans le fumoir… Ça, ça éveille mes soupçons.

Je suis si perdu dans mes pensées que je ne remarque pas mon frère qui entre dans le bureau.

– Je suis éreinté, soupire-t-il en prenant place sur la chaise vide à côté de moi. Trois nouveaux clients signés à *La Galerie* cette semaine, chacun avec des exigences très particulières… À croire qu'ils se sont passé le mot.

Voyant que ma réponse se limite à un hochement de tête, il change de sujet.

– Ça s'est bien passé ce soir ? Les vigiles m'ont dit qu'un groupe avait pris un peu trop ses aises avec une serveuse.

Je pousse un grognement.

– Des abrutis qui avaient trop forcé sur la vodka. Mais le problème a été vite résolu : je les ai fait jeter dehors.

– Je n'en attendais pas moins de toi.

Il n'y a pas de trace de sarcasme dans la voix d'Anton. Il me connaît bien. Il sait à quel point je déteste qu'on s'en prenne à notre personnel ou, de manière générale, aux femmes. Le business dans lequel on évolue a beau être permissif, il existe tout de même des limites, des règles à respecter. Je n'aurai aucune pitié pour ceux qui se croient au-dessus de celles-ci.

– Dis donc, tu n'arrêtes pas de regarder ces images de Roxane. Elle t'a tapé dans l'œil on dirait.

Je me décide enfin à lever la tête vers lui pour le gratifier d'un regard las. Il émet un petit rire, tout en repositionnant ses lunettes sur son nez.

– Je plaisante. Je sais bien que tu ne nourrirais pas ce genre de pensées pour un membre du personnel.

Je sens qu'il a envie de poursuivre sur le sujet, comme d'habitude : que je ne devrais pas être si rigide, que je devrais lâcher prise et m'ouvrir à de nouvelles rencontres… Mais comme je n'ai pas envie de repartir sur cette discussion qui ne nous mène à rien, je le devance.

– Qu'est-ce que tu lui trouves ?

Il suit mon regard qui indique l'écran, figé sur un gros plan de Roxane qui fume.

– Roxane ? Eh bien, elle est charmante, avenante, et plutôt drôle si tu veux mon avis. Avec ses formes, elle a déjà tapé dans l'œil de plusieurs clients. En plus, pour quelqu'un de si jeune, je la trouve assez sûre d'elle. Elle a du potentiel.

– Elle est surtout maladroite, têtue et très sarcastique. À la limite de l'indiscipline parfois.

Anton sourit.

– C'est ce qui fait son charme.

– Si tu le dis, éludé-je, sceptique.

Puis, après avoir pesé mes mots :

– Elle a l'air d'être proche de Mikheev. Je me demande s'ils ne se connaissent pas en dehors du *Millésime*.

Mon frère fronce les sourcils.

– Qu'est-ce qui te fait croire ça ?

Je lui relate ce que j'ai constaté et fais tourner encore une fois les images de vidéosurveillance. Dommage qu'on n'entende pas ce qu'ils se disent. Ça aurait permis de lever tout soupçon. Malgré mes explications, c'est à son tour d'être dubitatif.

– Je ne sais pas, Matthieu. Roxane sort des études, elle a fait une petite école de journalisme… Je vois mal comment ils pourraient se connaître.

Je hausse les épaules.

– Ça ne coûte rien de surveiller leurs échanges de plus près.

Il semble approuver, ce qui me conforte dans mon idée. Je ne pense pas que Roxane soit dangereuse, même si elle pourrait bien cacher son jeu. Elle est sans nul doute bien plus maligne qu'elle veut le laisser croire. Mais il suffit que Mikheev l'ait embobinée avec je ne sais quelle fausse promesse, et elle pourrait devenir une menace bien plus concrète. Je connais sa façon de procéder. Il n'hésiterait pas à lui proposer monts et merveilles afin de se servir d'elle. La seule chose qui motive vraiment cet homme, c'est le pouvoir.

Je ne le sais que trop bien : j'en ai fait la douloureuse expérience.

Mon téléphone posé sur la table s'éclaire, et je me rends compte que j'ai manqué trois messages. Je soupire en regardant l'heure déjà avancée. Ma journée n'est pas encore terminée.

– Il faut que j'y aille.

Anton hausse un sourcil interrogateur et j'anticipe sa question.

– C'est Nick. Il a encore rechuté. Il a besoin de moi.

Mon frère m'adresse un regard compatissant.

– Tu penses vraiment que tu peux l'aider ? Il se drogue depuis qu'il a vingt ans. À son âge, je ne sais pas si on peut vraiment arrêter.

– Avec de la volonté, on peut arriver à tout, dis-je simplement en enfilant ma veste.

Je ne dis pas que c'est facile, loin de là. Mais je suis convaincu que chacun possède, au fond de lui, une force insoupçonnée qui lui permet d'accomplir des exploits. Le mental humain est fascinant. Il suffit de voir certains malades qui guérissent miraculeusement, ou encore les mécanismes du psychosomatique. Notre tête régit notre corps, et non l'inverse.

Quand on veut, on peut. Telle est ma devise et tous les jours, je m'efforce de suivre ma ligne directrice. Sans vouloir paraître arrogant, je pense que je m'en sors plutôt pas mal. Compte tenu du fait qu'il y a deux ans en arrière, j'étais comme Nick, au fond du trou.

En quittant l'établissement, je m'efforce de ne pas me replonger dans les souvenirs de cette période sombre de ma vie. La preuve que parfois, il suffit d'une seule mauvaise rencontre, au mauvais moment… Mes pensées dévient vers Roxane. Si Mikheev mijote quelque chose avec elle, je dois découvrir de quoi il s'agit. Pour sa sécurité comme pour la nôtre. Ce parasite rôde autour de nos affaires depuis trop longtemps. S'il se décide un jour à passer à l'offensive, je dois être préparé.

Après tout, s'il prend autant de libertés, en se pavanant dans nos établissements comme s'il était chez lui, c'est ma faute.

CHAPITRE 8

ROXANE

Je n'ai pas pu fermer l'œil de la nuit. Suite à mon échange avec Alexeï, mon enquête a pris un tournant décisif. Je n'en reviens pas. Il s'agit d'Alexeï Mikheev, le baron de la mafia russe à Bruxelles ! Pas étonnant que son nom résonne en moi. Il n'est pas seulement un dangereux criminel, c'est *le* dangereux criminel que la police cherche à faire tomber depuis des années, sans succès. Avachie sur mon canapé, je m'arrache les cheveux devant la dizaine d'articles qui s'étalent sous mes yeux. Dont certains que j'ai étudiés à l'école de journalisme.

Drogue. Trafic d'armes. Réseau de prostitution illégale.

Si les frères Kabinsky étaient presque invisibles sur le Net, pour Alexeï, c'est tout le contraire. On dirait qu'il prend un malin plaisir à faire les gros titres. Ma tête se met à bourdonner. Quand je pense que je lui ai servi des verres, que je lui ai tapé la causette comme si de rien n'était ! Ce type est suspecté de tenir les rênes d'une des plus grosses associations de mafieux du pays et il gravite dans l'entourage proche d'Anton et de Matthieu.

Mon intuition était bonne : les Kabinsky cachent quelque chose. La discussion que j'ai surprise hier en est une preuve supplémentaire. Est-ce que Matthieu deale de la cocaïne pour le compte de Mikheev ? Sont-ils associés ? Quoi qu'il en soit, Mikheev connaît la mystérieuse Chambre rouge et il m'a pratiquement invitée à m'y rendre.

J'y ai réfléchi toute la nuit. La seule façon pour moi d'en apprendre davantage, c'est d'accepter son invitation. Il m'a dit que son nom me garantirait un laissez-passer. Aussi imprudent que cela puisse être, je compte bien m'en servir.

Je tiens quelque chose de gros, je le sens. Quelque chose qui pourrait lancer ma carrière de journaliste en grande pompe, et pas seulement auprès d'un journal de presse à scandale comme *La Gazette libre*.

Ma décision est prise, je suis remontée à bloc. Je vais aller confronter les Kabinsky et les convaincre de m'intégrer à *La Galerie*, quoi que ça puisse être.

Alors que je suis dans le bus, mon téléphone se met à sonner. Je décroche, surprise.

– Ma Roxie, je ne te dérange pas ?

– Maman ! m'exclamé-je. Un texto et un appel dans la semaine, mais qui êtes-vous et qu'avez-vous fait de ma mère ?

Ma mère, d'habitude si encline à rire à mes pitreries, ne réagit pas.

– Tout va bien ?

– Oui, ça va. Et toi ? Tu n'es pas encore à ton travail ?

– Non, je sers dans un bar, on est sur des horaires de nuit… Mams, tu as l'air bizarre. Dis-moi ce qui ne va pas.

Elle lâche un soupir qui semble sorti du plus profond de son âme.

– On a vu le banquier hier.

Mes doigts se serrent sur l'appareil. Quand elle commence une phrase comme ça, la suite s'annonce rarement bonne.

– Qu'est-ce qu'il vous a dit ?

– On est allés le voir pour savoir si on pouvait prétendre à un prêt pour faire réparer le toit de la grange. Tu sais, il fuit depuis cet été. On a passé en revue l'état de nos finances et… ça ne sera pas possible. Nous sommes déjà trop endettés, nous n'allons pas pouvoir continuer comme ça.

– On va trouver une solution. Avec mon nouveau travail, je peux enfin mettre de côté. Il me reste aussi un peu d'épargne que j'avais conservée pour les coups durs, je vais voir combien il me reste…

– Ma Roxie, tu n'as pas compris, me dit-elle d'un ton doux. Nous ne pouvons plus garder la ferme.

– Quoi ? m'exclamé-je.

Quelques têtes de passagers se tournent vers moi.

– Il y a trop de travaux à faire, nous avons trop de dettes et les dernières récoltes ne sont pas suffisantes pour nous aider à tenir le coup. Ça fait des années qu'on perd plus qu'on ne gagne, ce n'est plus possible. Nous avons fait le point avec le banquier, il a été très gentil. Il nous a montré les chiffres et selon lui, mieux vaut qu'on essaie de vendre la ferme et le champ maintenant, tant qu'ils ont encore un peu de valeur. Si on attend, on peut peut-être gagner un an ou deux, mais on court le risque de ne jamais trouver d'acheteur au prix.

Elle poursuit en m'expliquant qu'elle en a beaucoup discuté avec mon père et que même si ça leur brise le cœur, c'est la meilleure chose à faire. Ils vont entamer les démarches administratives à la fin du mois. Je l'écoute sans rien dire, sous le choc. Cette ferme, c'est toute leur vie. Mon père l'a héritée de son père, et ils y travaillent tous les deux depuis qu'ils ont dix-huit ans. C'est entre ces murs que j'ai grandi, c'est dans ce champ que j'ai fait mes premiers pas. Non seulement mes parents vont perdre leur travail et leur habitation, mais aussi tous les souvenirs qui y sont rattachés.

– Mais qu'est-ce que vous allez faire une fois que ce sera vendu ?

– On va voir combien on aura avec notre retraite, puis on va essayer de se trouver un petit appartement pour préparer la suite.

La tristesse que je perçois dans sa voix me brise le cœur. Mes parents ont été agriculteurs toute leur vie, et ils ne sont plus tout jeunes. Ils ne risquent pas de trouver un nouvel emploi, mais je connais ma mère : la perspective de l'inactivité doit la terrifier. J'éprouve tout à coup le besoin de la serrer dans mes bras, mais c'est impossible. Foutue distance.

Pour mes parents, il n'y a que deux choses qui comptent dans leur vie : la ferme, et moi. Ma mère est tombée enceinte à quarante et un ans, après des années d'essais et de traitements infructueux. Ils se sont toujours imaginés avec une grande famille, mais au bout du compte, ils ont fini par perdre l'espoir de n'avoir ne serait-ce qu'un seul descendant. Quand je suis née, c'était inattendu, inespéré. Toute mon enfance, ils m'ont répété que j'étais leur trésor, leur miracle, et même si nous vivions de façon modeste, je n'ai jamais manqué de rien.

– J'aimerais tellement vous aider, murmuré-je, les larmes aux yeux.

– Je sais, ma Roxie. C'est un coup dur, mais on s'en sortira. L'essentiel, c'est que tu sois en bonne santé et heureuse. C'est tout ce qui nous importe, à papa et moi.

Je raccroche quelques minutes plus tard, abattue, en songeant aux paroles de ma mère. Je suis en bonne santé, mais heureuse ? Difficile à dire. Depuis ma rupture avec Thibault il y a un an, j'ai perdu mes amis, mon appartement et j'ai ramé pour trouver du travail. Même lorsque nous étions ensemble, je ne peux pas dire que j'étais pleinement satisfaite. Avec le recul, je crois que ce que j'éprouvais pour lui s'apparentait davantage à de l'affection qu'à de réels sentiments amoureux.

D'aussi loin que je me souvienne, j'ai toujours été en recherche de plus. Quand j'étais adolescente, je trouvais dans les romans que je lisais cette étincelle qu'il me manquait au quotidien. J'ai grandi, la tête pleine de rêves, et la réalité s'est vite imposée à moi. On ne fait pas ce qu'on veut dans la vie et souvent, les obstacles se dressent sur notre chemin pour nous empêcher d'atteindre nos objectifs. C'est pour ça que je ne dois rien lâcher avec les Kabinsky.

Cette affaire m'exalte et me stimule comme je ne l'avais plus été depuis des mois. Je ne peux peut-être pas aider mes parents à sauver leur emploi et notre maison, mais je peux au moins faire en sorte qu'ils soient fiers de moi. Aller au bout de mes projets, avoir du succès pour pouvoir un jour leur rendre tout ce qu'ils ont fait pour moi.

Le service ne démarre pas avant deux bonnes heures, ce qui me laisse le temps de parler à Anton. Il est temps de prendre mon courage à deux mains : je sais ce que je dois faire.

– Entrez !

En pénétrant dans le bureau de la direction, j'ai un temps d'arrêt. C'est Matthieu qui me fait face, assis sur sa chaise. J'aurais préféré voir Anton. Des deux frères Kabinsky, c'est celui qui me met le plus à l'aise, et de loin. Tout en saluant Matthieu, je ne peux m'empêcher de repenser à la conversation que j'ai épiée. Il a beau avoir un caractère de cochon, je n'aurais pas cru qu'il était capable de s'associer avec quelqu'un comme Mikheev. Au fond, malgré ses accès d'humeur, j'avais envie de croire qu'il était quelqu'un de bien.

– Qu'est-ce que je peux faire pour toi ? demande-t-il en voyant que je reste silencieuse.

– J'aurais aimé te parler d'un truc… Mais c'est délicat.

Il arrête de tripoter les papiers qu'il a dans les mains et se redresse pour me fixer. Face à son regard perçant, je me sens mise à nu. Comment aborder le sujet sans le brusquer ? La délicatesse n'est pas mon fort. Je décide donc de ne pas y aller par quatre chemins.

– J'aimerais rejoindre la Chambre rouge, déclaré-je de but en blanc.

Ce que je lis sur son visage ne laisse pas de place au doute. Je l'ai déstabilisé. Pourtant, il se recompose un masque impassible lorsqu'il me répond :

– Je ne vois pas de quoi tu parles.

Enhardie par sa réaction qu'il n'a pas su cacher, j'insiste.

– C'est bon Matthieu, je suis au courant. Je connais l'existence de la Chambre rouge et je veux en être. Dis-moi comment y accéder.

– Je suis désolé Roxane, je ne vais pas pouvoir t'aider. Si tu veux bien m'excuser, j'ai un rendez-vous qui m'attend…

– Je viens de la part d'Alexeï Mikheev. Il m'a dit qu'il se portait garant pour moi ! m'exclamé-je alors qu'il fait mine de partir.

À ces paroles, il croise les bras et me toise avec méfiance. Presque avec colère.

– Qu'est-ce que Mikheev t'a raconté ?

À ce stade, mentir me semble la meilleure option.

– Tout. Il m'a tout dit sur la Chambre rouge, et je veux en être.

Voyant qu'il reste dubitatif, j'ajoute :

– Si tu ne veux pas me conduire à la Chambre rouge, emmène-moi au moins à *La Galerie*.

Cette fois, il éclate de rire.

– La galerie ? Je ne savais pas que tu avais l'âme d'une artiste ! Très bien, s'il n'y a que ça pour te contenter, je peux t'emmener à la galerie. Suis-moi.

Je lui emboîte le pas mais reste à un mètre de lui, méfiante. Matthieu affiche un air railleur qui n'augure rien de bon. Pourtant, la mention de la Chambre rouge a éveillé quelque chose en lui, j'en suis certaine. La question est : comment vais-je m'y prendre pour lui faire cracher le morceau ? Vu la taille de ses bras, toute menace serait inutile, et jouer de mon charme pour le faire succomber… Je pouffe rien qu'à cette pensée.

Nous longeons le couloir jusqu'à une porte dérobée que je n'avais jamais remarquée. Derrière celle-ci il y a un vestibule d'où démarre un escalier en bois massif, qui s'enfonce dans un sous-sol qui paraît avoir été aménagé. Nous commençons à descendre et très vite, nous nous retrouvons plongés dans une semi-obscurité teintée seulement par le faible halo de quelques lampes accrochées au mur. Soudain, je suis prise d'un doute : est-ce vraiment une bonne idée de suivre Kabinsky dans ce qui ressemble de plus en plus à une cave ? Après tout, il pourrait très bien être un dangereux psychopathe. Ses accès de rage sont fréquents. Il change d'humeur en quelques secondes. Alors que j'essaie de me remémorer les gestes de self-défense vus une fois sur une vidéo YouTube, les marches s'arrêtent.

J'expire doucement, peinant à calmer l'agitation qui s'empare de ma poitrine. Nous voilà devant une nouvelle porte que j'essaie de pousser. Matthieu lève les yeux en l'air, exaspéré.

– Qu'est-ce que tu crois ? Tu ne peux pas y rentrer comme ça.

Reculant d'un pas, il actionne un minuscule boîtier caché dans un renfoncement du mur. Ses longs doigts tapotent des chiffres que je ne parviens pas à lire, et la paroi finit par s'ouvrir, pivotant sur elle-même pour nous laisser passer.

– Après toi !

Mon excitation prend alors le pas sur ma peur. On y est ! Je vais enfin découvrir ce qui se cache au cœur du *Millésime*, avoir les réponses à mes questions.

Lorsque je pénètre dans les lieux, je suis émerveillée. Je me trouve dans une petite pièce tout en longueur, un peu plus grande que mon studio. Sur les murs autour de nous sont accrochés des dizaines et des dizaines de tableaux, de toutes les tailles et tous les styles. En y regardant de plus près, je me rends compte qu'il y a une certaine logique dans leur agencement : des œuvres surréalistes à gauche, des portraits au fusain à droite…

Mes yeux tombent sur un mur entièrement recouverte d'un énorme triptyque. Si le thème religieux représenté est commun à l'époque de la Renaissance, les couleurs flashy et les paillettes sur le fond ajoutent une incontestable modernité à l'œuvre. Je tourne sur moi-même, désireuse de ne manquer aucun détail.

– C'est quoi, cet endroit ?

– Eh bien, c'est la galerie. Comme tu l'as demandé.

– Incroyable… Tout ça, c'est à toi ? murmuré-je.

Il hausse les épaules.

– À mon frère, pour être exact. L'art, c'est son dada depuis qu'il est tout petit. En grandissant, il s'est mis à participer à des enchères pour glaner des modèles rares et des œuvres de petits artistes émergents. Comme tu le vois, ses goûts sont assez éclectiques.

J'ouvre de grands yeux, à la fois fascinée et impressionnée. Il se dégage de cet endroit une atmosphère solennelle, peut-être renforcée par le silence anormal qui nous entoure et qui contraste avec la musique incessante qui rythme habituellement *Le Millésime*.

– Ce que tu vois là, reprend Matthieu, c'est la collection personnelle d'Anton. Normalement, elle n'est pas accessible au grand public. Donc, si tu as vu tout ce que tu voulais, je te propose qu'on se dirige vers la sortie.

Lorsque je comprends qu'il s'apprête à rebrousser chemin, je sens la panique me gagner.

– Attends ! Je ne comprends pas. Si ça, c'est *La Galerie*, qu'est-ce que la Chambre rouge ?

– Je croyais qu'Alexeï Mikheev t'avait tout dit, raille-t-il.

Je me plante devant lui, les lèvres pincées.

– Il m'a expliqué dans les grandes lignes, soufflé-je, agacée de m'être fait avoir.

Matthieu affiche un sourire goguenard et je comprends que la chance est en train de filer entre mes doigts. Désespérée, je m'approche jusqu'à frôler son bras du bout des doigts.

– S'il te plaît Matthieu. Je veux participer au projet de la Chambre rouge, on m'a dit qu'il y avait beaucoup d'argent à se faire et j'en ai vraiment besoin. Je… suis prête à tout pour y parvenir.

Mais qu'est-ce que je raconte ? Pas du tout ! Pas à n'importe quel prix

Matthieu a un sursaut en se rendant compte de ma proximité soudaine. Écartant doucement ma main de la sienne, il me lance un regard sombre :

– Fais attention à ce que tu dis. Ça pourrait se retourner contre toi.

– En tout cas, elle dit vrai. Alexeï l'a recommandée. Il vient de me confirmer ça par téléphone.

L'estomac serré d'appréhension, je me retourne vers Anton qui vient de faire irruption dans la pièce étroite. Depuis combien de temps est-il là ? Je ne l'ai même pas entendu arriver.

Mon regard se promène un instant entre la porte désormais fermée et les deux Kabinsky qui se tiennent devant moi. Ils font facilement une tête de plus que moi. Je sens une goutte froide de sueur descendre le long de mon dos. Je jette un coup d'œil aux différentes sorties possibles, mais nous sommes au sous-sol. La seule façon de partir, c'est de revenir en arrière. Je déglutis, prise par un profond sentiment de malaise. Je ne peux alors m'empêcher de penser que personne ne sait que je suis là. Et que, depuis cet endroit isolé, personne ne m'entendrait crier.

CHAPITRE 9

ROXANE

Anton s'avance, les mains dans les poches, aussi beau que d'habitude avec son veston noir et sa cravate assortie. Un mélange de sentiments confus monte en moi. Mon pouls s'emballe, tous mes sens sont en alerte. J'appréhende ce qui va suivre et pourtant, je l'anticipe avec hâte. Vais-je enfin avoir des réponses à mes questions ?

– Alexeï lui-même nous recommande d'engager Roxane à *La Galerie*, ça vaut le coup de considérer la question non ? lance Anton à son frère.

Un sourire étire les coins de sa bouche et il ajoute, en se tournant vers moi :

– Il ne nous a jamais recommandé personne. Tu as dû sacrément l'impressionner.

Mes joues s'enflamment. J'évite de leur dire que je n'ai rien fait du tout, il vaut mieux me taire si je veux servir ma cause. Le mafieux m'a à la bonne, je ne sais si je dois me sentir flattée ou apeurée par ce constat. Alors, je reste bêtement plantée là, les bras ballants. Mon regard hésite entre les deux frères qui se jaugent. Si Anton a l'air imperturbable, Matthieu demeure silencieux, les bras croisés dans une attitude décidément fermée.

– C'est hors de question, finit-il par déclarer après une longue minute.

– Pourquoi ?

– Tu sais pourquoi.

Ils se fixent avec une telle intensité qu'une nouvelle fois, je me demande s'ils ne sont pas en train de communiquer par télépathie.

– Elle a été recommandée et si c'est ce qu'elle souhaite, je ne vois pas pourquoi on ne lui laisserait pas sa chance, rétorque Anton. En plus, une nouvelle fille dans l'équipe ne serait pas de trop. On a pas mal de demandes, en ce moment.

Mon ventre se contracte. Soudain, je me demande si c'est une bonne idée d'être venue ici sans vraiment savoir de quoi il retourne. En même temps, j'ai le sentiment de n'avoir jamais été aussi près de le découvrir. Poussée par la curiosité, je me fais violence pour m'imposer au milieu de ce trop-plein de testostérone.

– Je suis venue ici de mon plein gré. Dites-moi de quoi il s'agit et je verrai ensuite ce que je souhaite faire.

Les questions me brûlent les lèvres mais je sens le regard inquisiteur de Matthieu sur moi. Mes genoux tremblent, alors je bascule mon poids d'un pied à l'autre pour le masquer. Je ne dois pas tout faire foirer maintenant, alors que je suis si près du but. Malgré l'appréhension qui me tord l'estomac, je désire plus que jamais les convaincre de me partager le secret qui se cache derrière *La Galerie*.

Devant le silence obstiné de mes interlocuteurs, j'insiste :

– Est-ce que la Chambre rouge est une annexe du *Millésime* ?

Anton se décide enfin à réagir. Il secoue la tête.

– Les activités de *La Galerie* n'ont rien à voir avec *Le Millésime*. Disons que c'est un projet indépendant.

Il marque un temps d'arrêt pour me dévisager avec intensité, ses iris noisette vissés aux miens. J'ai presque l'impression qu'il tente de lire dans mes pensées… et je suis très contente qu'il n'en soit pas capable. Comme je ne cille pas, il poursuit :

– Tout ce que je peux te dire pour l'instant, c'est que si tu rejoins *La Galerie*, ta vie ne sera plus jamais la même. Sur le plan financier, d'abord : tu vas gagner assez d'argent pour ne plus jamais avoir à te soucier des questions matérielles. Surtout si tu vas jusqu'à la Chambre rouge. Mais aussi à un autre niveau, plus élevé. Spirituel et… sensuel. En contrepartie, tu devras accepter de vivre selon nos conditions, du moins pendant un certain temps. Réfléchis bien. Est-ce que tu te sens prête à exalter ton existence, Roxane ?

D'un coup, mes poumons se vident de leur air, j'ai du mal à déglutir. Mon cerveau carbure à mille à l'heure, mon imagination s'aventure dans le champ de tous les possibles. Comment est-ce qu'il fait ça ? On dirait qu'Anton m'a percée à jour, ses paroles résonnent en moi comme si j'avais toujours attendu qu'il les prononce. Exalter mon existence… Des images de ce qu'a été ma vie jusqu'à présent me reviennent en tête. Mon enfance tranquille à la ferme. Mon adolescence, plus turbulente, mais toujours solitaire. Mon arrivée à Bruxelles. Ma vie amoureuse chaotique. Soudain, je m'aperçois que jamais je ne me suis sentie aussi enthousiaste que depuis que j'ai commencé mon enquête et que je travaille au *Millésime*. Aussi… vivante.

Investiguer sur les secrets des Kabinsky me motive, mais pas seulement. L'ambiance qui se dégage de cet endroit, l'attention que me portent les clients… Tout ça me plaît, je ne peux le nier. J'aime le pouvoir que me confère ce job atypique, en dehors des lignes. Au fond de moi, j'ai toujours pensé que je n'étais pas faite pour une routine métro-boulot-dodo. Et si la proposition d'Anton était la réponse à mon insatisfaction perpétuelle ? Suis-je prête à risquer le confort d'une vie sans surprise pour un hypothétique futur meilleur ?

Puis il y a cet autre point aussi, non négligeable.

– Tu as parlé de gagner beaucoup d'argent… Plus qu'en étant serveuse au *Millésime ?*

Anton émet un petit rire.

– Beaucoup, beaucoup plus.

J'inspire pour organiser mes idées. Mes parents sont sur le point de perdre la ferme à cause de leur dette. Et si, pour une fois, c'était moi qui résolvais leurs problèmes ? Ils en ont tant fait pour moi depuis toutes ces années. Malgré leurs maigres revenus, ils se sont toujours débrouillés pour m'envoyer une petite somme tous les mois pour m'aider à payer mes factures. La vie coûte cher à Bruxelles. Si j'étais restée dans la région de Nobressart, ça aurait été plus simple pour eux. J'aurais payé un loyer trois fois moins cher, j'aurais pu leur donner un coup de main…

Mes parents ne m'ont jamais laissée tomber. C'est à mon tour d'être là pour eux.

– Que faut-il faire pour atteindre cette fameuse Chambre rouge ?

Quel est le prix à payer pour toucher du doigt cette chimère ?

– Tout ce dont tu as envie, lance Anton en guettant ma réaction. Je tiens à ce que cela soit très clair entre nous, Roxane : on ne te demandera jamais de faire quelque chose contre ta volonté. Néanmoins, à *La Galerie* nous aimons prendre des risques, dépasser nos limites. Il te faudra être prête à explorer ton plaisir, tes désirs enfouis, et aussi ceux de tes partenaires.

– Anton ! On ne sait pas si on peut lui faire confiance, l'avertit Matthieu en s'avançant d'un pas.

J'essuie discrètement mes mains moites contre mon jean. Mon cœur tambourine si fort que je me demande si les deux frères ne l'entendent pas eux aussi. Mon estomac est noué par l'angoisse, à moins que ce ne soit autre chose ? Tous mes sens sont en alerte pour parer à un danger potentiel, pourtant… je me sens comme hypnotisée par le magnétisme que dégagent les Kabinsky.

Sans rompre notre contact visuel, Anton s'avance vers moi à pas lents, presque félins. L'odeur de son eau de toilette vient titiller mes narines.

– Matthieu a raison, s'excuse-t-il avec un léger sourire, je ne peux pas poursuivre tant que nous n'aurons pas une certaine garantie de ta part. C'est notre règlement, j'espère que tu ne m'en voudras pas.

Il marque un temps d'arrêt, replace une mèche de cheveux derrière mon oreille. Ce geste me fait frôler l'arrêt cardiaque, mais il continue d'une voix douce, presque implorante :

– Tu veux bien te soumettre à un petit test pour nous prouver ta motivation ?

Troublée par sa proximité et incapable de prononcer un mot tant ma gorge est serrée, je me contente de hocher la tête comme un automate.

– Je te remercie de ta confiance. Dans ce cas, j'aimerais que tu acceptes de partager un moment intime avec mon frère. Matthieu est celui de nous deux qui émet une réserve à ton sujet, ce sera donc à lui de juger. Encore une fois, c'est ta décision. Je ne t'oblige à rien.

La bulle dans laquelle j'étais éclate en une seconde. J'ouvre la bouche et la referme, interloquée. Mes joues se mettent à irradier lorsque je comprends, après un temps de latence, la demande explicite d'Anton. C'est quoi ce bordel ? Il est sérieux ? Il me demande… *ça*… avec *Matthieu* !

Mon sang se met à bouillonner dans mes veines à cette simple idée. Non, je ne peux pas *réellement* accepter cette requête tordue. Ce mec est un malade, dans quoi je me suis encore embarquée ? Le mieux à faire serait de prendre mes jambes à mon cou avant qu'il ne soit trop tard. M'enfuir loin, très loin de tout ce cirque. Pourtant, je ne bouge pas. Je jette un regard vers Matthieu qui demeure stoïque. Il reste immobile, ce qui est étonnant : je me serais attendue à ce qu'il proteste devant l'absurdité de la demande de son frère.

Une nouvelle vague de panique me submerge. Il ne peut pas être d'accord avec ça, c'est impossible ! Il s'est toujours comporté de manière exécrable avec moi, ce n'est pas comme s'il avait *envie* de passer un moment avec moi. Mon cerveau risque la surchauffe à tout moment. Que faire ? Que dire ? Comment me sortir de cette situation ? J'ai acquiescé avant de savoir ce qu'était le test. Bordel, à quel petit jeu tordu s'adonnent les Kabinsky ?

Je bloque un instant sur le visage de Matthieu. Les contours de ses pommettes saillantes, ses lèvres pulpeuses légèrement entrouvertes. Ses cheveux sont plus longs que ceux de son frère, mais ils ont la même couleur dorée. Je me mords l'intérieur de la joue pour calmer mon agitation. Il est loin d'être vilain. Est-ce que ce serait vraiment *si horrible* de me retrouver nue avec lui ? On aurait pu me proposer bien pire…

Je me fustige en silence. Non, Roxane, reprends-toi ! Ce qu'on te demande, c'est indécent, immoral et quelque part entre les deux, sûrement à la limite du légal. Et puis, c'est de Matthieu qu'on parle. Le frère Kabinsky qui a une dent contre toi depuis le début, sans que tu parviennes vraiment à comprendre pourquoi. Si seulement il n'était pas aussi désagréable ! Je triture le bas de mon tee-shirt, mal à l'aise, incertaine sur le comportement à adopter. Finalement, je demande à Anton d'une voix timide :

– Est-ce qu'il ne serait pas plutôt possible de passer un moment avec toi ?

Ce dernier sourit, amusé, alors que Matthieu éclate d'un petit rire sardonique.

– Si ça peut te rassurer, tu n'aurais pas été mon premier choix non plus.

Alors que je m'apprête à répliquer, Anton saisit délicatement mon menton entre ses doigts. Ce contact inattendu me fait frissonner des pieds à la tête. Il plonge ses yeux dans les miens avec un sourire charmeur :

– Je suis flatté, mais ce serait trop facile. Où serait le challenge alors ? Mais si tu entres à *La Galerie*, peut-être aurai-je le loisir de t'initier à quelques-uns de mes jeux érotiques favoris, murmure-t-il. Ne t'inquiète pas. Quelque chose me dit que Matthieu et toi, vous pourriez avoir une belle alchimie ensemble.

Mon bas-ventre se contracte. Je serre les jambes, refusant de m'avouer l'effet qu'ont eu les mots d'Anton sur mes hormones déjà détraquées. Je ne sais pas si c'est à cause de l'adrénaline, mais cette situation invraisemblable est en train de réveiller des désirs primaires en moi, des émotions enfouies contre lesquelles j'ai de plus en plus de mal à lutter.

Mes dents se plantent dans ma lèvre inférieure. Je ne peux pas accepter ça. Mais ai-je vraiment le choix ? Que va-t-il se passer si je me dégonfle au dernier moment après tout ce qu'on s'est dit ? J'ai du mal à croire que les Kabinsky me laissent repartir tranquillement chez moi, quoi qu'en dise Anton. De plus, si je suis ici, c'est pour une bonne raison : je me suis engagée à mener à bien cette enquête, pour mes parents, pour démasquer Mikheev, mais surtout pour *moi*. Pour rompre enfin le cercle vicieux de ma morne existence et venir en aide à ma famille.

Je ferme les yeux et, après avoir pris une profonde inspiration, j'accepte ma délicieuse sentence.

– C'est d'accord.

– Merveilleux ! s'exclame Anton. Je vais vous laisser tous les deux alors. Prévenez-moi quand vous aurez fini.

Il m'adresse un clin d'œil avant de quitter la pièce en refermant la lourde porte derrière lui, aussi insouciant que s'il venait de nous proposer un pique-nique. J'inspire et expire plusieurs fois, pour calmer l'angoisse qui monte dans mon corps tout entier. Ma bouche est sèche, mes mains tremblent légèrement.

Je dois me rendre à l'évidence : il n'y a plus que Matthieu et moi, complètement seuls, dans cette pièce devenue si silencieuse. Je suis prise au piège.

Après quelques secondes qui me paraissent une éternité, Matthieu lâche un soupir et attrape une chaise qu'il traîne devant lui.

– Finissons-en, veux-tu ?

Il ôte sa veste en cuir, dévoilant des bras nus parfaitement dessinés. Cela confirme ma première impression, il est bien plus musclé que son frère. Il remonte légèrement son jean et s'installe sur la chaise, les bras posés sur les accoudoirs. Je suis effarée lorsqu'il me détaille de la tête aux pieds, avant de me lancer d'un ton nonchalant :

– Je te préviens, ça ne va pas être facile de me faire bander. Tu n'es vraiment pas mon genre.

Je manque de m'étouffer avec ma salive. Mais quel con putain, quel con ! J'aimerais lui lancer une réplique cinglante en retour mais rien ne me vient. Je ne suis vraiment pas en position de force, en fait, je me sens sur le point de défaillir. J'essaie de calmer les battements effrénés de mon cœur.

L'air ne semble plus vouloir atteindre mes poumons, alors j'ouvre la bouche pour prendre une profonde inspiration. OK, Roxane, on se calme.

Matthieu n'a pas envie de me faciliter la tâche, mais est-ce étonnant ? Je me dandine d'un pied sur l'autre pour temporiser. Qu'est-ce que je suis supposée faire là au juste ? Aller vers lui et *l'embrasser* ? Ou est-ce qu'il est du genre plus direct ? Vu son caractère, ça ne m'étonnerait pas qu'il fasse dans les trucs tordus niveau préliminaires.

– Eh bien, approche-toi ! aboie mon *prétendant* en levant les yeux au ciel. Ce n'est pas comme si c'était la première fois que tu faisais ça, non ?

Il est assis en face de moi, les jambes écartées comme par provocation, le visage fermé, impassible. Le mâle dominant dans toute sa splendeur. Je souffle. J'ai envie d'effacer ce petit sourire suffisant à coups de parpaing, mais j'imagine que cela ne m'aiderait pas à créer une bonne ambiance précoït. Pour calmer la colère qui monte en moi, je laisse mes yeux divaguer vers son tee-shirt noir, dont la coupe près du corps laisse entrevoir des pectoraux parfaitement dessinés. Je l'imagine sans aucun mal s'entraîner soir et matin, après tout, il n'y a rien de tel que l'exercice physique pour évacuer sa rage.

L'exercice physique… En un flash, je m'imagine poser mes mains sur ces pectoraux parfaits et ça m'électrise plus que de raison. Malgré son caractère de cochon, il est attirant, c'est certain. Attirant et détestable. Un cocktail dangereux pour les filles impressionnables… ce que je ne suis pas. Ou si ?

Comme si mes pieds pesaient du plomb, je me décide enfin à effectuer quelques pas vers lui. L'idée m'effleure qu'à la place, je devrais être au *Millésime* en train de finir mon service, peut-être dans l'alcôve avec un client premium. Je me demande si je ne préférerais pas ça finalement. Au moins là-bas, je sais qu'il y a certaines limites qui ne peuvent pas être franchies. Alors qu'ici, en tête à tête avec Matthieu… Je ne suis sûre de rien.

C'est ce moment que choisit mon intimité pour se mettre à pulser. Je resserre les jambes, furieuse de voir que mon corps réagit de la sorte. Bordel, mais qu'est-ce qui ne tourne pas rond chez moi ? Je suis excitée comme une pucelle alors que j'ai toutes les raisons du monde de m'enfuir en courant.

Je secoue la tête pour me reprendre et, à défaut d'esquisser une tentative d'approche, je me décide à lui demander :

– Qu'est-ce que tu veux que je fasse ?

Je joue la carte de l'assurance mais en réalité, je n'en mène pas large. Pourtant, j'ai parlé d'une voix calme, presque suave, qui aura au moins eu le mérite de surprendre Kabinsky.

– Déshabille-toi.

Son ton autoritaire déclenche un frisson qui remonte tout le long de ma colonne vertébrale. Tous les muscles de mon corps sont tendus, je me sens incroyablement gauche, et pourtant, je ne peux le nier : ce sale type me fait de l'effet. Alors que l'idée de ce qui pourrait se passer si j'ôte toutes mes fringues me terrorise tout autant qu'elle m'émoustille, je croise son regard arrogant. En me plongeant dans ses iris noisette, j'essaie de comprendre ce qu'il peut penser à cet instant.

Soudain, ça me saute aux yeux. Il ne me croit pas capable d'aller jusqu'au bout ! Il me l'a dit clairement plus tôt, pour lui, je ne suis pas à ma place dans son univers. Voilà pourquoi il a accepté sans ciller le petit *test* de son frère. Il doit s'attendre à ce que je me dégonfle avant qu'il ne se passe quoi que ce soit entre nous. En réalité, il n'a aucune intention de coucher avec moi, d'où son attitude décontractée. Ce jeu de séduction se transforme tout à coup en épreuve de patience : c'est à celui de nous deux qui révélera son coup de bluff le dernier. Enhardie par cette révélation, je me décide à jouer le jeu.

Malgré mes tremblements, j'entreprends d'enlever mes vêtements. Mon jean passe le long de mes jambes et tombe à terre dans un bruit sourd. Puis mon tee-shirt. Avec lenteur, je manipule un point derrière mon dos et me débarrasse de mon soutien-gorge, faisant jaillir ma poitrine hors de sa prison de tissu.

Je décoche un regard pénétrant à Matthieu avant de me pencher et de faire glisser ma culotte jusqu'à mes chevilles. Instinctivement, jc plaque mes bras autour de mon ventre tout mou, mon plus gros complexe. Je retiens mon souffle, guettant une réaction. J'avance à pas feutrés jusqu'à me planter face à lui. Même assis, il est si grand par rapport à moi que nous sommes presque à la même hauteur.

– Ça te convient comme ça ? murmuré-je.

Les sourcils froncés, le regard de Matthieu devient plus sombre et glisse sur mon corps. Mais très vite, il détourne la tête. Haussant les épaules, il rétorque :

– Acceptable. Mais un peu plus de sport ne te ferait pas de mal.

Ma bouche s'ouvre de stupeur. Je rêve, il n'a pas vraiment dit ça ! Cette fois, la vague de colère déferle dans chacune de mes terminaisons nerveuses. Kabinsky a toujours été odieux avec moi mais là, s'attaquer à mon physique, je ne le pensais pas capable d'une telle bassesse. C'est du niveau d'un gamin de maternelle. Quel enfoiré ! S'il croit que je vais le laisser me malmener sans rien dire en guise de préliminaires…

Ce n'est pas comme si c'était la première fois que je recevais une remarque désobligeante de la part d'un homme. Qu'est-ce qu'il croit, que je vais me mettre à pleurer comme une fillette ?

Serrant les poings à m'en faire mal, c'est pourtant d'une voix étrangement calme que je déclame :

– T'es un sacré connard, tu le sais ça ?

Un sourire goguenard apparaît sur son visage.

– Ouais, je sais, riposte-t-il, qu'est-ce que tu vas faire de ça ?

Cette fois, je ne réfléchis plus. Je vois rouge et lève ma main gauche pour la lui coller en pleine figure mais d'un geste vif, il m'attrape le poignet. La deuxième suit le même chemin et en moins d'une seconde, je me retrouve les deux bras en l'air, prisonnière de sa poigne ferme.

Nous nous fixons sans ciller. Mon regard passe successivement de ses yeux qui se sont enflammés, à sa bouche aux lèvres pulpeuses. La tension dans la pièce devient palpable. L'air autour de nous se charge d'électricité.

L'instant d'après, sans que je comprenne ce qui se passe, je me retrouve à califourchon sur lui. Tout de suite, je sens son corps se tendre sous moi, mais je ne saurais dire si c'est de dégoût ou d'envie. Il finit par lâcher mes poignets et je me colle à son torse. Mes cuisses nues frottent contre la matière brute de son jean, et ce simple contact provoque une petite décharge dans mon bas-ventre.

Je guide ses paumes jusqu'à ma taille, avant d'enrouler les miennes autour de son cou. Sentir sa peau contre la mienne, brûlante. Son corps d'homme, anguleux. Je ferme les yeux face à ces sensations enivrantes qui m'avaient tant manqué, et je penche mes lèvres sur les siennes. Alors que nos souffles, légèrement saccadés, s'entremêlent, je choisis une autre direction et appose ma bouche dans son cou, esquissant un chemin humide jusqu'à son lobe d'oreille.

Son corps se durcit davantage encore, mais pas de la façon dont j'aimerais. Alors, je décide d'adopter une tactique plus directe et fais glisser une main tremblante entre nous, jusqu'à son entrejambe. Je stimule l'endroit sensible, dans l'espoir d'une quelconque réaction. C'est un homme après tout !

Je m'attelle à la tâche pendant de longues secondes, mais rien. Si ce ne sont quelques frémissements que je crois deviner. La frustration me gagne. Je me sens comme une Cocotte-Minute prête à exploser et lui, il reste imperturbable, une vraie statue de cire. À un moment donné, c'est juste physique, il devrait se passer quelque chose. Peut-être a-t-il des problèmes de ce côté-là ? Ce serait bien ma chance !

Je recule légèrement pour l'observer à la dérobée. Dois-je lui enlever son pantalon ? Devenir plus *entreprenante* ? Je déglutis. À la pensée de ce que je pourrais lui faire, le rouge me monte aux joues. Je baisse les yeux. C'est un comble que ma pudeur s'offusque alors que je suis à poil sur lui.

Poussée par une audace que je ne me connaissais pas, je me relève et me retourne pour m'asseoir de dos sur Kabinsky. Nichant ma tête dans le creux de son cou, je me cambre le plus possible. Peut-être que dans ce sens, ça lui fera plus d'effet.

Alors que mon pouls résonne jusque dans mes tempes, je m'empare à nouveau de ses paumes et les fais courir sur mes épaules. Puis sur le galbe de mes seins, mes côtes… Un véritable brasier s'allume dans mon bassin tandis que ses doigts virils frôlent l'intérieur de mes cuisses. Pourtant, il me laisse le diriger comme une poupée inerte. Un frisson intense me parcourt. Je m'aperçois alors d'une chose : je peux me passer de son intervention. Après tout, ça fait longtemps que je n'ai plus besoin d'un homme pour mon plaisir, je me débrouille très bien toute seule.

Rejetant ma tête en arrière, je ferme les paupières et mes propres mains prennent le relais. Progressivement, mes tétons se tendent et durcissent sous les caresses que je me prodigue seule. Mon souffle se saccade, une boule de chaleur se diffuse dans mon ventre. Alors que mes doigts glissent sous mon aine et viennent cajoler mon clitoris, un gémissement m'échappe.

Miracle. L'homme insensible sous moi s'anime enfin. Des ongles s'enfoncent sur la peau fine de ma taille. Je rouvre les yeux, surprise par la masse que je sens grossir contre mes fesses. Plus excitée que jamais, je fais volte-face pour presser mon bassin contre le sien. Nos regards se croisent à nouveau et cette fois, il n'y a plus trace de mesquinerie dans les yeux de Matthieu. Seulement du désir brut. Animal. Le souffle court, frustrée par cette tension grandissante entre nous, je me décide enfin à plonger sur ses lèvres.

Des étincelles crépitent entre nous lorsque Matthieu m'attrape par la nuque. La pointe de mes mamelons dressés écrasés contre son torse me fait délicieusement mal. Mon gémissement se noie dans l'empressement de son baiser qui devient sauvage. Sans plus réfléchir à rien, j'enfouis mes doigts dans ses cheveux, tirant dessus pour approfondir la danse de nos langues qui se découvrent avec ardeur.

Un grognement lui échappe lorsque je me mets à rouler lascivement des hanches pour sentir son désir pulser contre le mien. Mon corps entier s'enflamme, j'oublie tout : notre mésentente, la réalité glauque de la situation. Il n'y a plus qu'une seule chose qui compte, notre envie commune de nous posséder.

Le cœur palpitant dans ma poitrine, je défais la ceinture du pantalon de Matthieu qui rejoint le sol dans un léger tintement métallique. J'entreprends d'ouvrir sa braguette, glisse mes doigts à l'intérieur…

– Stop. Stop !

Kabinsky me soulève brusquement pour me remettre debout à côté de lui, avant de poser sa veste sur mon corps nu. Je bats des cils, hébétée. Il s'éloigne de moi comme si j'avais la peste, en évitant soigneusement de me regarder. Ses cheveux sont ébouriffés et ses lèvres rosies par notre échange passionné.

– C'est d'accord, souffle-t-il d'une voix éraillée. Si tu souhaites rejoindre *La Galerie*, je ne m'y opposerai pas. Tu as passé le test. Je vais prévenir Anton.

Et avant que je ne puisse répliquer que *là tout de suite*, mon souhait est tout autre, il tourne les talons et s'empresse de claquer la porte derrière lui. Je reste plantée dans la pièce vide comme une crétine, mes sens en ébullition. Un cri de frustration m'échappe tandis que je fixe la porte devant moi. Putain, je n'y crois pas ! Il s'est vraiment barré ! C'est quoi son problème à la fin ? Qu'il ne me fasse pas croire qu'il est resté insensible à ce qui vient de se passer. Son corps a parlé pour lui.

Tout en pestant, j'enfile mes vêtements froids, restés au sol. Je peine à retrouver mon souffle tant je me suis laissée emporter par le moment. J'avais raison, il n'avait aucune intention de coucher avec moi ! Ça veut dire que j'ai gagné. Je n'ai pas flanché la première, j'ai réussi à le prendre à son propre jeu ! Maintenant, à moi *La Galerie* et tous ses secrets qui me conduiront jusqu'à la Chambre rouge et à Mikheev.

Ce sont de bonnes nouvelles. Alors, pourquoi je me sens aussi déçue ?

CHAPITRE 10

MATTHIEU

Je m'élance hors de la pièce comme si j'avais le démon à mes trousses. Une fois la porte claquée derrière moi, je me rends compte que je n'ai même pas refermé ma braguette. Putain ! Je bande comme un taureau. Je sens encore les petites mains de Roxane sur moi. Ses lèvres brûlantes, son corps cambré tandis qu'elle se donnait elle-même du plaisir…

Dans cette pièce, à l'abri des regards, toutes mes bonnes résolutions ont failli voler en éclats. Ça faisait des mois que je n'avais plus ressenti une pulsion aussi bestiale. Un désir de luxure pure, sans limite, qui ne demande qu'à être assouvi. L'espace d'un instant, j'ai ressenti des sensations que j'avais oubliées et ça m'a terrifié. Car si je succombe ne serait-ce qu'une fois à cette ancienne version décomplexée de moi-même, qui sait quelles autres vieilles habitudes pourraient refaire surface ?

Je me frotte le visage pour me ressaisir. Je n'ai pas le droit de faire ça, de profiter de la vulnérabilité d'une fille. M'enfuir avant que la situation ne devienne hors de contrôle a été la meilleure décision, même si mon corps qui pulse douloureusement dans mon jean serré ne semble pas être d'accord.

Qu'est-ce qui est passé par la tête d'Anton pour lancer un tel défi ? Surtout, qu'est-ce qui a pris à Roxane de vouloir le relever ? Elle dit qu'elle a besoin d'argent. Est-ce que c'est pour ça qu'elle s'est associée avec Alexeï Mikheev ? Si elle doit intégrer *La Galerie*, il faut absolument qu'on tire tout ça au clair.

D'un pas lourd, je remonte dans le bureau et j'y trouve Anton, assis tranquillement à siroter un café. Ses yeux s'ouvrent en grand quand ils voient ma mine débraillée.

– Non ! s'exclame-t-il. Vous l'avez vraiment fait ?

Je lui lance un regard assassin.

– Bien sûr que non ! Tu sais bien que je ne ferais jamais ça avec une employée.

Il émet un petit rire. Face à son visage rieur, j'ai l'impression de revoir l'adolescent jovial de quinze ans qui se plaisait à faire tourner en bourrique son entourage.

– Je le sais, c'est pour ça que je l'ai proposé.

– Tu me tortures, et ça te fait marrer ?

Son visage redevient sérieux.

– Excuse-moi, ce n'était pas drôle. Mais tu sais, frangin, ça fait déjà deux ans que tu es clean maintenant. Passer un bon moment en charmante compagnie ne te fera pas replonger, j'en suis sûr.

Je le regarde sans rien dire, plongeant machinalement ma main dans ma poche. Tout au fond, j'y trouve le jeton symbolique que je serre comme pour me donner de la force.

Anton a confiance en moi, mais je ne suis pas aussi sûr que lui de ce qu'il avance. Pendant trop longtemps, le sexe et la drogue ont été pour moi synonymes de fête et de plaisir. Encore aujourd'hui, j'ai peur des associations qui pourraient se faire dans mon esprit si je m'autorisais à lâcher prise.

– Tu as changé depuis, insiste-t-il. Tu n'es plus le même homme, tu as payé pour tes erreurs passées. Alors, il serait peut-être temps d'arrêter de te punir ?

Anton me fixe par-dessus ses lunettes, et ce que je lis dans son regard m'adoucit. Je lâche un soupir. Nous avons tous les deux bien changé, ces dernières années, mais il y a une chose qui reste la même : je n'arrive pas à en vouloir à mon frère très longtemps.

– J'ai donné mon accord à Roxane, finis-je par dire pour changer de sujet. Elle t'attend pour la suite.

– C'est vrai ? Qu'est-ce qui t'a fait changer d'avis finalement ?

Je hausse les épaules, évitant cette fois de croiser les iris perçants d'Anton.

– Elle s'est révélée… plus prometteuse que ce que je pensais.

Il n'insiste pas pour en savoir plus, se contentant d'afficher une mine réjouie.

– Parfait ! Je vais aller la voir pour lui présenter le contrat et ses modalités.

Alors qu'il s'apprête à se mettre debout, je le retiens.

– Anton, pourquoi tu soutiens tellement cette fille ? Tu as décidé de l'embaucher au *Millésime* alors qu'elle n'avait aucune expérience réelle. On a bien vu toi comme moi que ses jobs passés en tant que serveuse, c'était du pipeau. Maintenant, tu insistes pour qu'elle rejoigne *La Galerie*, alors même que Mikheev en a fait sa protégée. Pourquoi ? Je ne comprends pas.

De mon point de vue, le fait que Mikheev tienne tellement à nous la présenter devrait suffire pour la renvoyer sur-le-champ.

– Justement, tu ne trouves pas ça curieux, que Mikheev insiste pour qu'on la prenne avec nous, plutôt que de l'embaucher dans un de ses établissements ?

Je fronce les sourcils, me remémorant notre dernière conversation.

– Lorsque je t'ai fait part de mes soupçons sur une éventuelle complicité entre eux, tu n'avais pas l'air de t'en inquiéter plus que ça.

– Je prends toujours tes intuitions au sérieux. J'ai demandé à Hans de mener l'enquête, et il s'est avéré que même s'il n'a trouvé aucun lien évident entre eux, les choses bougent du côté de Mikheev. Il semblerait que tu avais raison. Il trame quelque chose.

Je me redresse brusquement, les poings serrés.

– Dis-moi ce qu'il a appris.

– Des clients ont été approchés, et des hôtesses aussi. Pour l'instant, ça reste assez innocent, des vagues allusions lancées par-ci par-là. Mais d'après ce que mon informateur a entendu, il ne va pas tarder à passer au niveau supérieur. Il veut placer ses pions. Chez nous, en interne.

– Et tu penses que Roxane pourrait être l'un de ces pions ?

– Disons que je n'exclus pas cette possibilité.

Je le dévisage une seconde, prenant le temps d'intégrer le sens de ses paroles. Au fond, c'était prévisible. Alexeï Mikheev n'est pas du genre à attendre que les choses se passent – quand il veut quelque chose, il met tout en œuvre pour l'obtenir. Cette fois, je crois qu'il en a eu marre d'attendre que mon frère et moi soyons réceptifs à ses propositions.

– Il faut qu'on double les mesures dc sécurité dans *La Galerie* et aux alentours, dis-je en réfléchissant à voix haute. Auprès des hôtesses aussi. Je vais appeler pour leur trouver à chacune un chauffeur privé, je ne veux plus qu'elles se déplacent seules.

– C'est une excellente idée, approuve Anton. Il va falloir aussi être beaucoup plus attentifs aux allées et venues des uns et des autres. Je n'ai aucun doute sur la loyauté de nos employés, mais vu qui on a en face…

Je hoche la tête, comprenant très bien où il veut en venir.

– Quand on exerce la bonne pression, même la branche la plus solide craque.

Avec ses méthodes peu conventionnelles, le mafieux serait capable de faire céder n'importe qui.

– Je ne laisserai pas à Mikheev l'opportunité de s'en prendre aux nôtres, affirmé-je.

Dans ma tête, je déroule déjà la liste des choses que je dois faire. Recruter des nouveaux vigiles. Contacter les équipes, louer des voitures pour les déplacements…

– J'espère que je me trompe et que Roxane n'est pas sous le joug de Mikheev, m'interrompt Anton. Car en dehors de ça, je pense réellement qu'elle a du potentiel. Elle dégage un je-ne-sais-quoi, une aura empreinte de sensualité frustrée qui me suggère qu'elle aurait tout à fait sa place dans les chambres. À mon avis, elle fera une très bonne hôtesse.

– Si tu le dis, réponds-je machinalement, l'esprit ailleurs.

– Et puis, je n'en ai vu qu'un rapide aperçu, mais j'ai l'impression qu'elle embrasse plutôt bien, me glisse-t-il avec un sourire narquois.

En apercevant l'écran de contrôle allumé à côté du bureau, je percute. L'enfoiré ! Il a allumé la caméra de vidéosurveillance sans me prévenir.

– Tu nous as espionnés ? rugis-je.

Mon frère a du mal à masquer son hilarité.

– Vraiment, je n'ai regardé que cinq petites minutes. J'étais tellement persuadé que tu ne l'autoriserais pas à t'approcher à moins d'un mètre, je voulais voir comment tu allais t'en débarrasser ! Dès que j'ai vu que tu l'embrassais, j'ai tout éteint, je te le jure.

Je m'apprête à aboyer sur mon frère pour lui couper toute envie de recommencer, mais ses paroles me stoppent net. C'est quoi qui ai embrassé Roxane ? Dans ma tête, ça ne s'était pas du tout passé comme ça. C'est elle qui s'est mise à califourchon sur moi, après que je lui ai attrapé les bras, et…

– Allez, je file la voir. Elle doit commencer à s'impatienter, ajoute Anton en esquissant un clin d'œil.

Je fixe un point flou devant moi, de plus en plus confus. Merde ! C'est vraiment moi qui l'ai embrassée. Est-ce possible que je ne m'en sois pas rendu compte ? Ce détail me perturbe plus que de raison.

La vérité, c'est que Roxane m'attire autant qu'elle m'agace. Depuis le premier jour, elle enchaîne les gaffes et elle a tendance à fourrer son nez partout. Malgré tout, je ne suis pas aveugle. Son visage de poupée, ses lèvres charnues et ses rondeurs bien placées ont déjà fait leur effet auprès de la clientèle du *Millésime*.

Une idée particulièrement déplaisante me traverse l'esprit. Est-ce qu'elle a couché avec Mikheev ? Je connais cette ordure. Je sais qu'il n'hésiterait pas si l'occasion se présentait. Et à lui, lui a-t-elle dit qu'elle était prête à tout ?

Avant que mon frère ne quitte la pièce, je lui lance :

– Si elle a vraiment été envoyée par Mikheev, il faut qu'on soit prudents. Elle ne sera pas totalement intégrée à *La Galerie* avant d'avoir obtenu ma confiance… et pour ça, elle a encore un long chemin à faire.

– Tout le monde a un long chemin à faire avant de gagner ta confiance, petit frère. Ce n'est pas nouveau, rétorque Anton avant de me tourner le dos.

Il disparaît par la porte par laquelle j'ai emmené Roxane à la galerie de peinture. Parfait leurre que nous avons mis en place quand nous avons compris qu'il valait mieux rester discrets sur le véritable emplacement des chambres. Ce que j'ai dit plus tôt était vrai : Anton est amateur et collectionneur d'art, et toutes ces œuvres sont sa collection personnelle. Mais ce que la plupart des gens ne savent pas, c'est que c'est par-delà les tableaux qu'il faut aller pour découvrir la véritable entrée de *La Galerie*.

Encore une idée farfelue d'Anton, qui reste néanmoins astucieuse. Cela permet de sécuriser les arrivées et départs des clients qui ont rendez-vous dans une chambre, et c'est prouvé : le secret attise le désir. Je dois l'admettre, mon frère a plutôt bien réussi son coup. Depuis le concept jusqu'à son agencement, *La Galerie* est un réel succès. Qui se douterait que dans l'arrière-salle du *Millésime*, il y a tout un réseau souterrain de pièces qui reçoivent des visiteurs, soir après soir ?

Je regarde l'heure. Il est déjà tard, le service au bar a commencé, je ferais mieux d'aller y jeter un coup d'œil. Comme tous les samedis, l'endroit va être plein à craquer jusqu'à la fermeture. La plupart de nos clients savent se tenir, mais l'alcool et la fatigue aidant, certains d'entre eux relâchent un peu trop la pression en fin de semaine. Comme ce connard que j'ai dû jeter dehors l'autre soir. Alors que je vérifie l'état de ma tenue, je me souviens que j'ai laissé ma veste à Roxane. Merde ! Elle m'a été offerte, j'adore cette veste.

Je me revois encore déposer le cuir sur sa peau de porcelaine. L'image de son corps nu, pressé contre le mien, danse sous mes paupières. Sa façon de se frotter comme une chatte en chaleur m'a donné envie de la prendre avec force, pour lui faire sentir tout l'agacement et la frustration que me cause ce rôle d'homme de glace que je me force à endosser.

La petite voix insidieuse de ma conscience, en écho à celle de mon frère, se fait entendre. Et si je dérapais une fois, juste une fois, serait-ce si terrible ?

J'expire bruyamment. Mon jean commence à devenir de nouveau étroit. Putain, je divague complètement. Bien sûr que oui, tout dérapage est exclu. Je n'en ai pas le droit. C'est mon code de conduite et je m'y tiendrai. J'ai tenté de vivre sans limites, dans l'excès, en profitant de tout ce que la vie a de mieux à offrir, du moins selon les standards pour le moins décadents de ce business. Résultat ? Une fille a failli y rester, et Anton et moi avons manqué de tout perdre. Non, décidément. Ce ne serait bon pour personne si je perdais le contrôle de nouveau.

Alors je remballe mes idées scabreuses, mes envies refoulées, et j'enfile mon masque de patron intransigeant et autoritaire. C'est l'équilibre sur lequel nous avons bâti notre modèle, Anton et moi. Il est le génie créatif, léger et qui ne se refuse rien, et moi, l'exécutant qui s'efforce de maintenir tout ce petit monde dans les rangs, lui compris.

CHAPITRE 11

ROXANE

Trois coups frappés à la porte me tirent de mes pensées.

– Puis-je entrer ?

Je réponds par la positive et Anton pénètre dans la pièce, un grand sourire aux lèvres. Matthieu a dû l'informer de sa décision. Est-ce qu'il lui a également parlé de ce qui s'est passé entre nous dans le silence de sa petite galerie privée ? J'en doute.

– Prête pour la suite ?

Je hausse un sourcil, incertaine.

– De quoi s'agit-il ?

Je prie en mon for intérieur pour qu'il n'y ait pas un autre rite initiatique tordu à passer, ni aucun autre mec psychorigide à séduire. J'ai assez donné !

– Ne t'inquiète pas, on va juste discuter.

Anton me sourit mais je n'arrive pas à me détendre. Mes épaules sont nouées et une angoisse latente est revenue se nicher dans le creux de mon estomac. Les frères Kabinsky n'arrêtent pas de souffler le chaud et le froid, ça m'embrouille. Je ne sais plus comment je dois me comporter.

Il s'avance en direction de l'immense triptyque qui recouvre un pan entier du mur et glisse sa main derrière le premier tableau. Un déclic se fait entendre. Sous mes yeux ébahis, la paroi se met à pivoter, laissant entrevoir une petite porte. Je passe ma main sur la peinture, incrédule. Moi qui pensais que ce genre de subterfuge n'existait que dans les films... Le patron du *Millésime* se tourne vers moi avant de s'engouffrer dans l'ouverture :

– Je te laisse me suivre ?

Je me baisse légèrement pour traverser un couloir tout en pierre plongé dans la semi-obscurité. Je réfléchis à toute vitesse. C'est quoi cet endroit, un donjon ? Si son entrée est aussi bien camouflée, les activités qui s'y déroulent ne peuvent être qu'illégales.

Après quelques mètres, nous débouchons sur une grande salle circulaire agrémentée par une multitude de portes closes de couleurs différentes. Aux quatre coins, des canapés en velours sont recouverts de coussins et des tableaux sont accrochés aux murs sans fenêtres. Alors que je m'efforce d'imprimer dans mon cerveau chaque détail de ce que je vois, un raclement de gorge me fait sursauter.

– Bonjour, monsieur. Je ne savais pas que vous aviez prévu de passer aujourd'hui.

L'homme qui a parlé possède un fort accent. Il est collé contre le mur, droit comme un piquet. En posant les yeux sur lui, je me demande comment j'ai pu ne pas le remarquer sur-le-champ. Ce type est une véritable armoire ! Il doit mesurer au moins un mètre quatre-vingt-dix, et ses bras… S'il le voulait, il pourrait m'écraser comme une mouche. Son regard bleu acier me transperce et je ne peux m'empêcher de baisser la tête, intimidée.

– Bonjour Hans ! s'exclame Anton. En effet, ce n'était pas prévu dans le planning. Mais je suis ici pour affaires. Entre Roxane, je t'en prie, et assieds-toi.

Il m'indique d'un geste la première porte à notre droite. Des éclats de voix étouffés me parviennent et je comprends alors que les autres pièces sont occupées. Le cœur battant à tout-va, je débarque dans une copie conforme du bureau d'Anton au *Millésime*. En y regardant de plus près, je me rends néanmoins compte que la décoration de celui-ci est beaucoup plus impersonnelle. Il n'y a aucune photo accrochée au mur. Seulement des tableaux.

Tandis que je prends place, les toiles devant moi attirent mon attention. L'artiste ne s'est pas foulé, elles sont entièrement peintes en une seule couleur, certes nuancée. Du bleu, du jaune, du vert… C'est un véritable arc-en-ciel là-dedans. S'asseyant à son tour, Anton ouvre grand les bras et déclare d'un ton solennel :

– Bienvenue à *La Galerie*, ma chère Roxane. Si tu es ici aujourd'hui, c'est que tu aspires à autre chose que la triste routine. Tu as envie de repousser les limites du plaisir, d'en découvrir plus sur toi-même et de donner de nouvelles perspectives à ton quotidien.

Je ne peux retenir un haussement de sourcil nerveux. Rien que ça ! Anton Kabinsky ne serait-il pas un peu mégalomane ? Il m'observe un instant par-dessus ses fines lunettes en écaille.

– Lors de notre première rencontre, je t'ai dit que j'étais homme à me fier à mon intuition. Eh bien, je pense que cette fois encore, elle ne m'a pas trompé : nos chemins étaient voués à se croiser pour que tu arrives ici.

– Et c'est quoi ici, au juste ? questionné-je en tordant mes mains sous la table.

Il se lève de sa chaise et commence à arpenter la salle. Il repasse plusieurs fois devant moi sans rien dire, avant de reprendre la parole d'une voix douce :

– Ce qu'il faut que tu comprennes, c'est qu'avant tout, *La Galerie* est un concept. Nous ne sommes pas un établissement classique. Ce qui se passe entre nos murs n'a rien d'une banale prestation érotique rémunérée. Ce que nos hôtes et hôtesses vendent, ici, c'est du rêve. Du fantasme. Du désir, sublimé au rang d'art.

Il passe machinalement une main dans ses cheveux, semant le désordre dans sa coupe si nette. Il répète ce geste, comme pris d'un tic.

– Es-tu familière avec le concept de geisha au Japon ? poursuit-il. À l'origine c'étaient des danseuses, des personnages de scène, destinées à divertir les nobles et les guerriers. Les hommes les plus puissants et les plus riches recherchaient leur compagnie. Elles travaillaient dur pour atteindre la perfection, dans le domaine intellectuel comme physique.

Il s'arrête pour se pencher vers moi, comme s'il s'apprêtait à me partager un secret.

– C'est en partant de cette idée que j'ai créé le principe de *La Galerie*, et ensuite, des chambres.

À cette évocation, je retiens ma respiration.

– Comme la Chambre rouge ?

– Exactement ! Les chambres sont au nombre de sept. Huit, si on compte la Chambre blanche que nous venons de passer. Mais ce n'est qu'un lieu de passage afin d'accéder aux autres niveaux. Le principe est simple : à chaque chambre correspond son plaisir. Des envies les plus coquines aux fétichismes les plus inavouables, tu trouveras ton bonheur ici.

Il a prononcé ces derniers mots dans un souffle, presque avec tendresse, en me fixant droit dans les yeux pour guetter ma réaction. Je me mords la lèvre pour masquer le trouble qui m'envahit à nouveau à ces paroles. Pourquoi ces Kabinsky ont-ils autant d'effet sur moi ? Je détourne le regard, embarrassée, et prends une profonde inspiration pour calmer les battements effrénés de mon cœur.

– Et vos employés travaillent dans ces pièces, c'est ça ?

– Nous fonctionnons avec un système pyramidal. Nos hôtesses, ou nos hôtes, peuvent décider des niveaux auxquels ils souhaitent s'arrêter. Toute nouvelle recrue chez nous se voit d'office affectée aux trois premières chambres : la Chambre jaune, la pièce qui laisse libre cours au voyeurisme. La Chambre orange, pour l'échangisme. Et enfin la Chambre verte, pour les pratiques homosexuelles. Beaucoup de nos clients hauts placés n'ont pas la possibilité d'assumer leurs désirs au quotidien. Nous sommes là pour y remédier, ajoute-t-il.

Il marque une pause. Voyant que je reste muette de stupeur, d'effroi, mais aussi un peu d'excitation, il faut l'admettre, il ajoute :

– Une fois ces premiers niveaux passés, on accède à la Chambre bleue, pour les adeptes de triolisme.

Je ne peux m'empêcher de le considérer à présent avec des yeux ronds. Il me sourit avec calme, comme s'il venait de m'annoncer qu'il vendait des cannes à pêche et non des prestations sexuelles à partenaires multiples. Je frotte mes paumes moites contre mon jean, essayant de garder mon sang-froid.

– Triolisme ? C'est-à-dire, des trucs à plusieurs ? bafouillé-je.

– En fait, la Chambre bleue est réservée aux expériences à trois. Pour des parties en plus grand nombre, on grimpe à l'échelon au-dessus, à la violette, aussi appelée « Chambre de Bacchus ». C'est là qu'ont lieu les orgies et les fêtes les plus mémorables, lance-t-il en m'adressant un clin d'œil complice.

Cette fois, je ne parviens plus à masquer mon agitation et me lève à mon tour pour marcher autour du bureau. Je n'arrive pas à croire ce que je viens d'entendre. *Triolisme ? Orgies ?*

Oh Seigneur… à quelles perversions s'adonnent donc les Kabinsky ? J'ai beau être ouverte d'esprit, ça fait beaucoup trop d'informations d'un coup.

Je déglutis, avant de demander d'une voix rauque :

– Quels sont les deux derniers niveaux ?

– Il y a la Chambre noire, pour toutes les pratiques BDSM. Bondage, domination, sadisme et masochisme. Tout ce qui inclut des rapports de soumission et de punition, en restant dans le respect de chacun et de ses limites, bien sûr.

Je hoche la tête, un rictus narquois sur les lèvres. Bien sûr, au point où on en est, il ne manquait plus que le sadisme et la punition à la liste ! L'idée m'effleure que Matthieu pourrait avoir des tendances sadiques… Cela expliquerait bien des choses.

Je retourne m'asseoir, peinant à croire tout ce que j'entends, ne sachant pas quelle attitude adopter. Je commence même à me demander si tout ceci est réel.

– Et la dernière, la Chambre rouge, conclut Anton. Réservée à nos membres premium, triés sur le volet. Cette chambre n'est pas ouverte à tous nos employés. Pour y accéder, il faut déjà avoir fait ses preuves dans les niveaux en dessous et comme tu t'en doutes, le chemin est long. Mais une fois au sommet, il n'y a rien de comparable. C'est le lieu où tous les fantasmes prennent vie. Où tes moindres désirs deviennent possibles.

Ses lèvres pleines s'étirent en un sourire. Le silence qui retombe entre nous m'écrase comme une chape de plomb, ma jambe est prise d'un tic nerveux. Il m'est impossible de nier plus longtemps l'évidence : Anton Kabinsky est complètement fou.

– Je sais que ça fait beaucoup à encaisser, mais n'aie crainte : si tu rejoins *La Galerie*, tu ne seras pas lâchée au beau milieu des chambres dès le premier jour. À la manière des geishas, nous allons t'aider à polir tes talents, à te hisser à ce rang d'excellence que nous garantissons à tous nos clients. C'est pour ça que dans un premier temps, tu devras accepter d'aller vivre dans un de nos appartements et suivre notre programme de formation. Bien sûr, le loyer ainsi que toutes tes dépenses basiques – nourriture, vêtements de travail… – sont à notre charge.

Ma bouche s'ouvre et se referme sans qu'aucun son en sorte. Ai-je bien entendu ? Mon loyer sera pris en charge ? Je pourrais déménager de mon trou à rats ? Ce qui est certain, c'est que quoi que l'on me propose, ça ne peut pas être pire que mon studio actuel. Anton interprète mal ma réaction puisqu'il m'adresse un sourire d'excuse.

– Je suis désolé, c'est une mesure que nous avons jugée nécessaire à la fois pour accompagner nos nouvelles recrues et pour nous assurer une certaine discrétion de leur part. Mais une fois les six mois d'essai écoulés, tu pourras choisir de partir si tu le souhaites.

Il s'empare de plusieurs feuillets imprimés qu'il me tend.

– Tout est noté en détail dans le contrat. Je te laisse un moment pour le lire avec attention et me dire ce que tu en penses. Tu y trouveras aussi le règlement intérieur des chambres, ainsi que notre politique interne concernant les pratiques interdites, ou les limites à ne pas dépasser pour le client comme pour l'hôtesse. Nous souhaitons que les chambres offrent la meilleure expérience possible, pour toutes les parties concernées, sois-en sûre. Jamais nous ne tolérerons que nos hôtesses subissent des pratiques contre leur gré.

J'observe son visage qui devient fermé, sérieux. D'instinct, je baisse les yeux sur les papiers entre mes mains sans vraiment réussir à les lire. Mon cerveau carbure à toute vitesse. Pour la deuxième fois, Anton m'assure être à cheval sur la sécurité et le respect des règles dans l'un de ses établissements. Pourtant, si Mikheev est mêlé de près ou de loin aux affaires de *La Galerie*, je doute que tout soit aussi idyllique que ce qu'il veut me faire croire.

Je décide de me pencher sur le contrat que j'ouvre sur une page au hasard. Mon regard se pose sur les premiers paragraphes. Je découvre avec stupeur et une pointe de soulagement que l'établissement interdit un certain nombre de pratiques dont la seule évocation me donne la nausée. À première vue, il n'y a rien d'illégal dans les services proposés. Un passage m'interpelle.

– Il est écrit que les pièces disposent d'un dispositif audio. Ça veut dire que tout le personnel est sous surveillance ?

– Quand on est dans l'une des chambres, oui. C'est une mesure nécessaire pour garantir la sécurité de nos hôtes et de nos hôtesses, comme tu as pu le lire. Cela nous permet de nous assurer que le règlement est respecté, notamment en ce qui concerne les pratiques interdites que tu as dû lire à la suite.

– Et en ce qui concerne les prestations « hors enceinte de l'établissement » ? m'enquiers-je en lisant le terme sous mes yeux. Est-ce que là aussi, vous équipez l'endroit de micros ?

Anton me fixe de ses prunelles perçantes, comme s'il cherchait à lire au plus profond de mon âme.

– Non, en ce qui concerne les demandes spéciales, le dispositif appliqué n'est pas le même. Mais il faut que tu saches que ce type de requête n'est pas accepté pour tout le monde.

J'affiche une moue dubitative, ne sachant quoi penser de cette « politique spéciale ». En un sens, cette présence, bien qu'intrusive, est là pour protéger les employés. Mais c'est extrêmement perturbant de songer que pendant que je ferai l'amour, des personnes m'enregistreront et écouteront ce qui se passe.

Je lève les yeux au ciel, abasourdie par ma stupidité. *Faire l'amour, vraiment ?* Ce n'est pas d'amour qu'il s'agit ici mais de sexe, rémunéré qui plus est. C'est du business, rien d'autre. Je lâche un soupir. En prenant la décision de revenir au bar aujourd'hui, je ne me doutais vraiment pas de la tournure que prendraient les événements. Pourtant, c'est ce que je voulais. Entrer dans le cercle proche des Kabinsky et de Mikheev, avoir une chance de les démasquer de l'intérieur.

Les enjeux sont très élevés mais serai-je capable de jouer le jeu jusqu'au bout ? À quel point suis-je prête à vendre mon âme au diable ? Malgré les preuves tangibles des activités cachées des Kabinsky, je n'ai pas de quoi monter un dossier contre lui. Après tout, le fonctionnement de cette *Galerie* ressemble beaucoup à celui d'une maison close de luxe et à Bruxelles, ce type d'établissement est autorisé par la loi.

Je me perds dans la contemplation des boucles blondes d'Anton, de son visage bienveillant. À le voir ainsi, on lui donnerait le bon Dieu sans confession. Est-il possible qu'il soit de mèche avec un mafieux comme Mikheev ?

J'essaie de me rassurer comme je le peux en repensant aux paroles d'Anton. Les premiers temps, toutes les hôtesses doivent intégrer un programme de formation. Si je me débrouille bien, je peux parvenir à monter un dossier solide avant d'en arriver trop loin dans mon *ascension* des chambres. Je pourrai ainsi retrouver ma liberté et préserver le peu d'innocence qu'il me reste… avant qu'il ne soit trop tard.

Décidée à comprendre tous les tenants et aboutissants du document que j'ai sous les yeux, je m'enfonce davantage encore dans mon siège. Anton attend patiemment que j'aie fini, un vague sourire flottant sur les lèvres.

Quarante-cinq minutes plus tard, je traverse en sens inverse le couloir qui me ramène à l'antichambre de la galerie. La galerie physique, cette fois. Avant de retourner au *Millésime* pour mon service, Anton me montre l'accès qui donne sur une ruelle à l'abri des regards. D'après ce qu'il m'a expliqué, la plupart des clients entrent par ce côté. La porte est solidement verrouillée par un code qui change tous les deux jours afin de sécuriser au maximum les allées et venues. Sans compter les deux vigiles qui montent la garde à l'intérieur. D'après ce qu'Anton a évoqué à demi-mot, la clientèle de *La Galerie* compte quelques personnes haut placées dont l'identité doit rester secrète. Inutile de préciser que cette révélation n'a fait qu'accentuer ma curiosité…

Une fois à l'extérieur après mon service, je suis perplexe. Je regarde par-dessus mon épaule toutes les deux minutes comme si je risquais d'être suivie. Tout cela en vaut-il vraiment la peine ? Est-ce que je ne ferais pas mieux de m'enfuir et de tout abandonner derrière moi : ma dette, mes parents, Mikheev, les Kabinsky et leur mystérieuse *Galerie du sexe* ?

De toute façon, c'est trop tard. J'ai lu et signé ce maudit contrat. Anton m'a concédé vingt-quatre heures pour me rétracter si je ne suis pas certaine à cent pour cent. Si mon choix reste inchangé, un chauffeur m'attendra en bas de chez moi, après-demain à 10 heures pétantes, pour me mener à mon nouveau lieu de résidence. À ma nouvelle vie.

Tandis que je m'engage dans la ruelle déserte à cette heure, les dernières paroles échangées avec Anton me reviennent en tête. J'étais encore à *La Galerie*, prête à partir, quand il m'a retenue :

– Au fait Roxane, j'ai failli oublier. Comme tu l'as lu, pour assurer la sécurité de nos employés à *La Galerie*, nous ne dévoilons pas leur vrai prénom. Aussi, nous avons pour tradition d'utiliser des surnoms liés à des œuvres d'art célèbres.

– D'accord, aucun problème. Quel serait le mien ?

– As-tu des préférences en termes de peinture ? Des artistes que tu admires plus particulièrement ?

J'ai pris quelques secondes pour réfléchir. Si je dois jouer le jeu, autant le faire jusqu'au bout.

– Eh bien, j'ai toujours apprécié les peintres du XIXe siècle. Les grands impressionnistes comme Renoir, Monet…

– Voyons voir. Que dirais-tu de Nymphéa ? En hommage à la série peinte par Claude Monet.

J’ai grimacé un sourire en retour avant d’acquiescer sans trop chercher à débattre.

– Va pour Nymphéa !

CHAPITRE 12

ROXANE

Deux jours se sont écoulés depuis que j'ai signé mon nouveau contrat. Comme convenu avec Anton, un chauffeur va venir me chercher pour m'emmener à mon nouveau logement. Après avoir empaqueté mes maigres effets personnels, je boucle ma valise et verrouille pour la dernière fois la porte de mon studio. Si je ne suis pas triste de quitter cet endroit, je trouve tout de même étrange de retourner vivre dans une colocation. Je n'ai passé que deux années en kot[1] au tout début de mes études, puis j'ai rencontré Thibault et nous avons rapidement emménagé ensemble dans son deux-pièces spacieux à Etterbeek. Quand il m'a larguée du jour au lendemain, c'était d'autant plus difficile de déménager pour mon petit une-pièce qui sent le renfermé.

1. En Belgique, chambre ou petit studio loué à un étudiant ou à une étudiante.

Je me demande ce qui m'attend dans ma nouvelle résidence ; Anton m'a dit que je partagerais une maison avec trois autres filles. Ça risque de ne pas être de tout repos.

Au bas de l'immeuble, je consulte l'heure sur l'écran de mon mobile : 9 h 50. Le cœur battant, je scrute les alentours. Je suis en avance, mon chauffeur n'est peut-être pas encore arrivé.

– Nymphéa ?

Il me faut quelques secondes pour comprendre que c'est à moi que l'on s'adresse. Je relève la tête lorsqu'une poigne ferme se pose soudain sur mon épaule, me faisant tressaillir. Je me retrouve nez à nez avec le colosse chauve que j'ai aperçu à *La Galerie*. Aujourd'hui encore, il est entièrement vêtu de noir. Je hoche la tête sans dire un mot, intimidée par la stature du bonhomme qui me surplombe d'au moins deux têtes.

– Bonjour. Je vais vous emmener à votre nouvel appartement, dit-il d'un ton bourru.

Lorsque sa large main s'empare de mon unique valise et de mon sac à dos, il fronce les sourcils. Un éclair de surprise balaie ses yeux bleus.

– C'est tout ? s'enquiert-il.

Je hausse les épaules.

– Oui. Je n'ai pas beaucoup d'affaires.

– Très bien. Suivez-moi, je suis garé là-bas, fait-il en esquissant un geste du bras.

Nous nous engageons au détour de la ruelle déserte. Je dois cligner plusieurs fois des yeux lorsque j'aperçois le Porsche Cayenne garé en bas de la supérette. Mince alors ! Kabinsky ne lésine pas sur les moyens. Hans m'ouvre la portière, m'encourageant à m'installer. L'intérieur du véhicule, entièrement tapissé de cuir gris, me paraît ridiculement surdimensionné par rapport à mon petit gabarit. Hans s'installe côté conducteur, fait vrombir le moteur et quitte en vitesse l'allée.

– C'est une Turbo S 570 chevaux. Un vrai petit bijou, il s'exclame en m'observant depuis le rétroviseur.

– Très jolie.

– M. Kabinsky m'a demandé d'être votre chauffeur, explique-t-il. Je suis là pour vous accompagner à vos rendez-vous et assurer votre protection. Je m'appelle Hans Pedersen, vous pouvez m'appeler Hans.

Hans Pedersen. Vu son nom, il doit être d'origine nordique, peut-être danois ou suédois. Cela explique son accent. Je le remercie avant de m'enfoncer un peu plus dans mon siège – il faut avouer que l'assise est très confortable. Je ne sais pas ce que vaut ma future maison, mais je suis prête à dormir ici s'il le faut. C'est toujours plus satisfaisant que mon ancien matelas.

À mesure que les paysages défilent, l'étau qui me compresse la poitrine se resserre. Je ne sais pas du tout à quoi m'attendre. Anton m'a certifié que son concept était différent des autres, mais à quel point puis-je lui faire confiance ? Est-ce que je ne viens pas de me jeter dans la gueule du loup en signant ce satané contrat ? Le bruit de la portière qui claque me sort de mes pensées. Nous sommes arrivés.

– Où sommes-nous ?

– Ixelles. La place Brugmann est au bout de la rue.

J'écarquille les yeux, agréablement surprise. De mieux en mieux ! Ixelles est l'un des quartiers les plus chics de Bruxelles. Je suis Hans jusqu'à l'intérieur d'une grande maison bourgeoise à la façade peinte en blanc. Nous débouchons sur un hall d'entrée aussi grand que mon studio. Parquet ciré, hauts plafonds, murs sobrement décorés. Si j'omets le fait que la baraque ressemble à une maison témoin tellement tout est rangé au centimètre près, c'est très beau.

Je pénètre dans une vaste cuisine au sol recouvert de carrelage gris clair, orné d'arabesques délicates. Un îlot trône en son centre, agrémenté d'un évier à chacune des extrémités. Nous poursuivons notre visite avec une salle de bains, une bibliothèque, une chambre et enfin un gigantesque salon. Waouh ! Hans m'explique alors que la chambre du rez-de-chaussée appartient à deux de mes nouvelles colocataires. Quant à moi, je vais dormir à l'étage.

Je m'empresse de grimper les marches de l'escalier en bois clair pour découvrir une nouvelle salle de bains. Tandis que Hans ouvre grand la porte de ma future chambre, nous nous retrouvons presque nez à nez avec une paire de fesses rondes et blanches.

J'étouffe un cri et m'empresse de détourner les yeux.

– Olympia ! s'écrie Hans sans s'en émouvoir plus que ça. Ta nouvelle colocataire est là.

La jeune femme qui était la tête en bas se relève et une longue masse de cheveux roux, attachée en queue-de-cheval, retombe en cascade dans son dos à la blancheur immaculée. Elle se tourne vers nous avec un grand sourire, sans se soucier le moins du monde du fait qu'elle est entièrement nue. Elle ôte un casque sans fil de ses oreilles avant de nous saluer d'une voix enjouée :

– Oh désolée, j'étais à fond dans ma séance de yoga, je ne vous ai pas entendus arriver. Alors c'est toi, Nymphéa ? Je suis tellement contente de faire ta connaissance !

Elle ouvre les bras pour m'étreindre avec enthousiasme. Le rouge me monte aux joues tandis que je reste immobile, les bras ballants, faisant attention à ne pas poser une main sur un endroit inapproprié.

– Oui, oui, enchantée, balbutié-je en m'écartant le plus délicatement possible. Je croyais que le yoga était un sport qui nécessitait, hum… des vêtements ?

Ma nouvelle copine de chambre éclate d'un rire cristallin.

– Je préfère pratiquer le naga yoga ! La nudité permet d'être plus libre dans ses mouvements et d'entrer plus facilement en contact avec son « moi » intérieur. On pourra essayer ensemble, si tu veux.

C'est cela, oui ! La personne qui me forcera à me tordre dans tous les sens à poil comme ça n'est pas encore née. Je toussote et préfère changer de sujet, tandis que la jeune femme enfile un peignoir couleur pêche.

– Donc on va vivre ici toutes les deux ?

– Oui, mais ne t'inquiète pas. La chambre fait presque vingt mètres carrés, on ne risque pas de se marcher dessus. Et si tu préfères avoir plus d'intimité, on peut déplier ce grand rideau.

Elle montre du doigt un épais rideau bordeaux noué entre deux fenêtres. Je jette un coup d'œil autour de nous. En effet, la chambre paraît démesurément grande, comme tout dans cette maison. Contre le mur à chaque extrémité se trouvent des lits king-size, recouverts d'un couvre-lit violet et d'oreillers qui ont l'air terriblement moelleux. À l'intérieur, je jubile. Bye bye le vieux canapé-lit à lattes en bois, et bonjour les plumes d'oie !

La voix caverneuse de Hans me tire de mes réflexions.

– Voici votre valise, mademoiselle Nymphéa. Je vous laisse également ceci.

Il tire de sa poche un téléphone portable d'une marque que je ne reconnais pas. L'appareil semble flambant neuf. Un film plastique recouvre encore l'écran.

– C'est chinois. Le mieux en termes de processeur. Mon numéro et celui des MM. Kabinsky y sont déjà notés. N'hésitez pas à m'appeler.

Je tends l'oreille à l'évocation des deux frères.

– Ah ? Il y a le numéro de Matthieu aussi ?

– Son numéro te sera utile, intervient Olympia, Matthieu est celui qui gère nos contrats.

– Vous avez d'ailleurs rendez-vous avec lui cet après-midi pour parler plus en détail du règlement et de vos premières missions. Je viendrai vous chercher à 14 heures, soyez prête.

Après m'avoir saluée d'un signe de tête, mon nouveau chauffeur s'en va. Une boule s'est à nouveau formée dans mon estomac. Je ne pensais pas avoir à nouveau affaire à Matthieu si vite ! En deux jours, je n'ai pas encore eu le temps de digérer notre entrevue, alors, penser que je vais devoir l'affronter dans quelques heures… J'inspire pour calmer la panique qui monte en moi.

– Alors, comment tu te sens, coloc' ? Prête pour commencer ton intégration ?

Je lève les yeux vers Olympia qui me fixe, ses yeux verts pétillant d'excitation. Sans y être invitée, elle s'assied en tailleur à côté de moi.

– Tu verras, on est très bien loties ici. Il suffit de voir la maison, c'est trop beau non ? Ah et ce soir, au dîner, tu vas rencontrer les autres filles ! Et demain, on commence avec Katya, pour une petite séance de Pilates, ça déchire tu verras ! C'est vraiment ma professeure préférée Katya, elle est tellement cool. Quoique, il y a aussi…

– Euh… Excuse-moi, Olympia, l'interromps-je. Je ne veux pas être impolie, mais tout ça c'est nouveau pour moi, et je n'ai pas très bien dormi cette nuit, alors… ça t'ennuierait de me laisser seule un petit moment ?

Le sourire d'Olympia faiblit un instant, mais elle se relève avec entrain et joint ses deux paumes l'une contre l'autre.

– Bien sûr, toi tu as besoin d'intimité et moi je suis là à jacasser, quelle idiote ! Excuse-moi, je fais toujours ça quand je suis nerveuse. Mais je suis vraiment contente que tu rejoignes l'équipe.

Elle esquisse un pas vers moi, puis se ravise. Avant de quitter la chambre, elle se retourne pour me lancer :

– Surtout, n'hésite pas si tu as besoin de quoi que ce soit. Je serai dans la cuisine. Ah, et tu peux ranger tes affaires dans la grande armoire au fond à gauche. C'est la tienne.

Une fois la porte refermée derrière elle, je m'affale sur le lit en soupirant. Je m'en veux un peu d'avoir été si rustre avec Olympia, après tout, elle a l'air d'être très sympa. Mais je ne suis pas ici pour me faire des amies. Je me penche pour ouvrir ma valise. Délaissant mes vêtements, je sors mon ordinateur de sa pochette.

Tandis que l'appareil s'allume, je jette un regard à mon nouveau téléphone portable. Je ne peux m'empêcher de penser que derrière ce joli présent se cache un nouveau moyen de contrôle de la part d'Anton. Après tout, il m'a bien dit que les « séances » à *La Galerie* sont enregistrées. Il serait logique que le téléphone soit surveillé aussi. Je vais devoir faire très attention à mes faits et gestes dans la maison.

Sur mon espace de travail, j'ouvre un répertoire privé que j'ai pris soin de protéger par un mot de passe. Une fois à l'intérieur, je contemple un instant les dossiers affichés à l'écran. Je décide de me rendre dans celui qui porte le nom « La Galerie ». La veille, j'y ai noté en détail toutes les informations qu'Anton m'a données sur son organisation, le principe des chambres et leurs règles. Une copie de mon contrat s'y trouve également.

Songeuse, je parcours des yeux les différentes notes que j'ai scrupuleusement assemblées. Cette fois-ci, je savais un peu plus où chercher, alors j'ai pu dégoter pas mal d'informations. J'ai commencé par me renseigner sur la législation belge concernant – je frémis rien qu'en relisant le mot – la prostitution et les maisons closes. Car ces femmes et ces hommes sont payés pour vendre leur corps, quoi qu'en dise Anton en mettant l'accent sur le côté artistique, voire spirituel, de sa *Galerie*. Comme je le savais déjà vaguement, en Belgique cette pratique est beaucoup plus tolérée que dans d'autres pays européens. Les maisons closes sont autorisées et sont même encadrées par un tas de directives visant à protéger aussi bien les travailleurs que les clients. Si on regarde d'un point de vue purement juridique, *La Galerie* des Kabinsky n'a rien d'illégal. Les activités rémunérées qui s'y déroulent, même si elles ne sont pas affichées au su et au vu de tous, ne sont pas considérées comme interdites. Des établissements bien plus douteux existent partout autour de la ville, et je pense qu'ils seraient beaucoup plus sujets à polémique que les chambres, vu le contrat rigoureux de vingt pages que j'ai signé.

Non, de ce côté-là, il n'y a rien de répréhensible. Mais la conversation de Matthieu que j'ai surprise parlait de cocaïne. Il y a aussi le fait qu'un mafieux de l'envergure de Mikheev tourne d'un peu trop près autour du business. Tout ça me pousse à croire que ce que m'a vendu Anton n'est que la partie émergée de l'iceberg. Racolage, proxénétisme, trafic de drogue et de mineurs, violence… Je frissonne en observant la liste des actes qui, *eux*, sont punis par la loi, et sur lesquels j'ai mis un gros point d'interrogation. C'est à moi maintenant de creuser ces pistes et, si actes criminels il y a, je ne lâcherai rien avant d'avoir réussi à les révéler au grand jour.

Je repense aux visages de femmes victimes de violence sur lesquels je suis tombée en cherchant des affaires auxquelles le nom de Mikheev semblait mêlé, de près ou de loin. Il y en a un paquet, toutes abandonnées faute de preuves. Mes mains se crispent autour du clavier de mon ordinateur. Je repense à son sourire de bonimenteur, à ses paroles aimables, à son intérêt pour moi…

Que dissimule-t-il derrière son apparence de gentleman ?

Je me force à regarder ces photos qui me donnent des haut-le-cœur. Je songe à ce type, au bar, qui m'a collé la main aux fesses. À tous ces hommes qui se croient tout permis, qui se sentent intouchables et qui n'ont aucun scrupule à briser la vie d'autrui aussi facilement que l'on craque une allumette, et je formule une promesse silencieuse.

Un jour, ils devront tous payer pour leurs actes. Le premier sur la liste est Alexeï Mikheev.

Et même si je ne suis pas insensible à leur charme, si les Kabinsky se révèlent être de mèche avec un monstre comme lui, je n'aurai pas de répit avant de les avoir fait tomber eux aussi.

En attendant, je fais glisser mes doigts sur le pavé tactile pour créer un sous-répertoire sobrement nommé « Maison ». Devant le document vierge, je m'applique à taper en titre : « Colocataire 1 – Olympia ».

CHAPITRE 13

ROXANE

Ayant préféré me faire discrète le temps de prendre mes marques, je ne quitte ma chambre que quelques minutes avant l'heure donnée par Hans. La maison semble silencieuse, pas de trace d'Olympia à l'horizon. Tant mieux. Je ne suis pas encore sûre du comportement à adopter avec elle.

Comme promis, mon nouveau chauffeur m'attend devant la maison. Nous démarrons sans attendre et j'essaie de discipliner mon pouls qui s'affole à l'idée de revoir Matthieu. J'ai décidé d'attendre de voir comment il se comporte avec moi et d'adapter mon attitude : après tout, il ne s'est presque rien passé entre nous, il n'y a pas de quoi en faire tout un plat. *Presque*.

Après une quinzaine de minutes de trajet, je reconnais la ruelle dans laquelle se trouve *La Galerie*. En passant la petite porte capitonnée façon boîte de nuit, je pense que ce doit être ça, l'entrée des artistes. Nous pénétrons à l'intérieur sous le regard figé des dizaines de portraits décorant la pièce.

– Bonjour Hans, bonjour Nymphéa. Installe-toi s'il te plaît.

Matthieu Kabinsky, debout derrière le bureau d'Anton, me fait signe. Je hoche machinalement la tête en guise de bonjour, soudain impressionnée par l'aura qu'il dégage. Il porte une chemise noire, très sobre, mais qui lui confère une certaine élégance. Je m'assieds tandis que Hans nous laisse seuls en refermant discrètement la porte derrière lui. Matthieu s'installe à son tour et, sans perdre plus de temps, il commence :

– Maintenant que ton contrat est signé, tu fais partie des effectifs de *La Galerie* et, en tant que nouvelle recrue, c'est moi qui aurai en charge ton apprentissage et tes premiers pas dans les chambres. J'imagine que Hans t'a accompagnée à ta nouvelle résidence ?

– Je suis arrivée ce matin. La maison est très jolie, je n'imaginais pas qu'elle serait aussi grande. J'ai aussi rencontré Olympia, elle a l'air sympa, je suis sûre que nous allons bien nous entendre…

Mon débit de mots est considérablement accéléré par ma nervosité. C'est pas vrai, pourquoi je n'arrive pas à me sortir notre baiser de la tête ? Ce n'est pas la première fois que je joue à touche-pipi avec un mec pourtant !

Matthieu hoche la tête, puis la penche sur le côté pour faire craquer son cou. Je remarque alors que ses traits sont plus tirés qu'à l'ordinaire, je crois même deviner des cernes qui assombrissent davantage encore ses yeux noisette. Néanmoins, le ton qu'il adopte est très professionnel.

– Maintenant que les formalités administratives sont réglées, nous allons pouvoir commencer ton intégration. Cet après-midi, je vais t'en dire plus sur les modes d'admission à *La Galerie* et sur notre fonctionnement avec les clients.

J'attrape mon sac à main, mais au moment de déposer mon bloc-notes et mon stylo sur la table devant moi, je croise le regard de Matthieu.

– Tu fais quoi là ?

– Euh, je comptais prendre des notes. J'ai une mémoire photographique, si je n'écris pas ce que j'entends, j'oublie tout… Ce n'est pas autorisé ?

Je rêve ou l'esquisse d'un sourire vient d'apparaître sur le visage de Kabinsky ? Il finit par hausser les épaules.

– Pourquoi pas, après tout. Fais juste attention à ne pas laisser traîner ton carnet n'importe où, les informations que je m'apprête à te donner sont confidentielles.

Je remue sur ma chaise, en proie à une nouvelle fébrilité. Rien de tel que ce petit mot, *confidentiel*, pour éveiller tout mon intérêt.

– Comme Anton l'a évoqué hier, nos employés et nos clients sont triés sur le volet. Nous fonctionnons avec un système de parrainage assez simple : tu ne peux accéder à *La Galerie* que si un membre déjà existant t'a recommandé.

– Donc, si je suis là… c'est parce qu'on m'a recommandée ? demandé-je à brûle-pourpoint.

– En effet, Alexeï Mikheev a donné ton nom. Il ne s'était jamais porté garant pour qui que ce soit avant. Alors, imagine mon étonnement quand il nous a parlé de sa nouvelle protégée au *Millésime*. Selon lui, tes talents étaient sous-utilisés au bar.

Il me fixe sans ciller et l'atmosphère semble s'être refroidie de plusieurs degrés. De quoi m'accuse-t-il au juste ? Ce n'est pas comme si j'avais enfreint une quelconque règle, Alexeï – ou plutôt Mikheev – m'a recommandée sans que je lui demande rien. Enfin, je lui ai clairement manifesté mon intérêt pour la Chambre rouge, et j'ai un peu insisté pour qu'il me donne des informations, mais ce n'était rien de plus qu'une discussion…

Tout à coup, je comprends de quoi ça doit avoir l'air. La petite hôtesse de bar à champagne qui obtient des faveurs du chef de la mafia russe. Il est évident que Matthieu pense que j'ai couché avec lui ! Horrifiée qu'il me croie capable de coucher pour obtenir ce que je veux, je me sens obligée de me justifier :

– Écoute Matthieu, à ce propos. Je ne sais pas ce que tu crois, ni ce que Mikheev a laissé entendre, mais je n'ai jamais couché avec lui, ni…

– Les discussions avec nos clients sont régies par ce qu'on appelle le secret professionnel. Rien de ce qu'il nous a confié ne sera divulgué, me coupe-t-il. Ce n'est donc pas la peine de s'appesantir sur le sujet.

Vu son air glacial, je n'insiste pas. De toute façon, il était farouchement opposé à mon intégration à *La Galerie*. C'est vrai que je ne suis pas l'employée modèle et que j'ai enchaîné les gaffes en sa présence. Mais je ne peux m'empêcher de me demander ce que j'ai bien pu faire pour susciter autant de ressentiment de sa part. Je n'arrive pas à accepter qu'il ait une aussi piètre estime de moi.

Après m'avoir exposé chaque point des contrats, Matthieu m'explique l'organisation de *La Galerie* et le fonctionnement des séances qui ont lieu dans les chambres. Une fois qu'ils ont rempli une fiche avec de multiples questions, les clients doivent recenser leurs attentes et leurs demandes vis-à-vis de l'hôte ou de l'hôtesse.

Selon leur degré d'exigence, un scénario est validé par les deux parties. J'apprends ainsi avec stupeur que les parties de jambes en l'air tarifées de *La Galerie* n'ont rien de hasardeux. Elles suivent en réalité une chorégraphie bien orchestrée, garantissant ainsi « une haute qualité des prestations » selon les dires de mon nouveau boss.

Ce point me laisse perplexe, alors je ne peux m'empêcher de remarquer :

– Mais dans ce cas, les rapports perdent en spontanéité non ?

– Pas forcément. Tu dois plutôt considérer le scénario comme une ligne directrice et non pas une liste à suivre au pied de la lettre. Ce qui fera la différence, c'est toujours l'esprit d'initiative de l'hôtesse, ainsi que sa capacité à s'adapter et à répondre aux désirs du client. C'est de ça que dépend ta rémunération, notamment.

Ah oui, le système de rémunération. J'écoute cette partie avec une attention particulière. Chaque chambre est proposée à un tarif de base fixe, un peu comme dans un hôtel, mais ce prix est adapté au cas par cas avec différents suppléments selon la nature de la *prestation*. En plus de cela, comme me l'avait annoncé Anton, les hôtesses reçoivent des pourboires.

Arrivé au bout de ses explications, Matthieu me tend des feuillets imprimés.

– Voilà, je pense avoir fait le tour du règlement. Voici ton planning pour les quinze prochains jours. Comme tu le constateras, il y a une grosse part d'exercice physique. Tu as rendez-vous demain avec Svetlana, ta coach privée, pour établir un programme d'entraînement. Dans quelques jours, une infirmière viendra à l'appartement pour procéder à un examen médical et aux tests de dépistage. Comme je te l'ai dit, nous faisons passer régulièrement ces tests aux hôtesses comme aux clients.

Alors que je fais la moue à l'idée de me faire planter une aiguille dans la peau – je déteste les piqûres –, je remarque que Matthieu s'est déjà levé, signalant la fin dc notre entrevue. Je me lève, prête à le saluer et à partir rejoindre Hans, quand il se plante devant moi. Ses pupilles noisette fixent un point derrière moi, sans vraiment me regarder.

– Bon, il commence à se faire tard. J'imagine que tu as faim, lâche-t-il d'un ton bourru.

Le rouge me monte aux joues et une idée saugrenue me traverse l'esprit. Est-ce qu'il va me proposer d'aller dîner avec lui ? Sans que je comprenne pourquoi, mon cœur s'affole dans ma poitrine comme un oiseau enfermé dans une cage.

– OK, alors, si ça te va, on va aller dîner dans ton nouveau chez-toi. Anton a pensé que ce serait une bonne idée de faire un repas tous ensemble pour ton premier jour. Pour que tu apprennes à connaître tes nouvelles colocataires, tout ça.

Il frotte sa paume contre sa nuque, mal à l'aise. Est-ce que c'est le fait de partager un repas convivial qui lui inspire cette gêne ou est-ce que c'est juste moi ? Comme une crétine, je bredouille :

– Euh, oui, d'accord… ça peut être sympa.

– Bien. Alors allons-y.

D'un même mouvement, nous nous avançons pour ouvrir la porte et je me cogne contre son épaule, manquant de perdre l'équilibre. Pour me rattraper, il plaque sa grande main dans mon dos et ce contact inattendu me fait frissonner. Je lève les yeux et il est là, tout près. Bien trop près… Les effluves de son eau de toilette ravivent les souvenirs de notre échange fougueux de l'autre jour – souvenirs que je me suis efforcée d'effacer, en vain. Mon visage vire rouge pivoine, et j'arrête de respirer, hypnotisée par la courbe de ses lèvres entrouvertes.

– Désolé. Après toi !

La chaleur qu'il appliquait sur mon corps s'amoindrit alors qu'il s'empresse de reculer pour me laisser passer. Je lui adresse un petit signe d'excuse et me précipite en dehors du bureau avec le même empressement qu'un naufragé qui remonte à la surface de l'eau pour prendre une goulée d'air. Je dois avouer qu'à sa proximité, encore une fois, l'oxygène m'a manqué. Mes joues brûlent toujours.

Enfin, Hans apparaît et je le suis jusqu'à la voiture, perdue dans mes pensées, lorsque Matthieu se présente à nouveau devant moi. La veste en cuir a refait son apparition, ainsi qu'un casque et deux gants épais. Prenant place sur la selle, il fait vrombir le moteur de sa moto après nous avoir apostrophés :

– On se retrouve à la colocation.

Mon chauffeur acquiesce. Quant à moi, je suis submergée par un mélange d'émotions contradictoires. Bien sûr qu'il a une moto. Matthieu Kabinsky est un cliché vivant, mon cliché personnifié : il est à la fois tout ce qui m'attire et tout ce que j'exècre chez un homme. Tour à tour arrogant puis protecteur, froid puis ardent, rigoureux puis fougueux en diable. Le sac de nœuds qui compose sa personnalité me donne déjà mal au crâne. Tout sur sa belle gueule crie « complications », et moi, crétine que je suis, la seule chose à laquelle j'arrive à penser depuis les dernières quarante-huit heures, c'est à ses lèvres sur les miennes.

Et pour couronner le tout, à partir de maintenant, il va m'entraîner à devenir la parfaite petite hôtesse pour sa *Galerie*. Quelque chose me dit que je ne suis pas au bout de mes peines…

CHAPITRE 14

ROXANE

Arrivée à la colocation, je sors de la voiture avec à nouveau une certaine appréhension. Je me demande comment sont les autres filles qui habitent l'endroit. Si je veux les convaincre que je suis une des leurs, je vais devoir la jouer fine. Je ne peux pas me planter.

– Super, vous êtes là !

Je relève la tête vers Anton qui nous accueille, tout sourire. Néanmoins, avant que je puisse esquisser un geste, une tornade rousse que je reconnais comme Olympia se poste devant nous. Elle serre rapidement Hans dans ses bras et le contraste entre ce petit bout de femme et l'armoire qu'est mon chauffeur est saisissant. Se tournant vers moi, elle m'adresse un petit signe timide.

Anton et Hans commencent à discuter entre eux. J'aimerais trouver de quoi engager la conversation avec Olympia mais à cet instant, mon ventre est trop noué par l'appréhension pour que je trouve quoi dire. En pénétrant dans la cuisine ouverte, une odeur familière titille mes narines et me distrait de mes inquiétudes. Je relève la tête. Mon regard croise celui d'une grande brune à la chevelure bouclée et au teint mat, qui se tient debout devant l'îlot central. L'inconnue me fixe sans le moindre sourire.

– Judith, Joconde, je vous présente notre nouvelle recrue, Nymphéa, déclare Anton.

– Bienvenue parmi nous. Je suis Judith.

Je m'empresse de serrer la main qu'elle me tend. Elle appartient à une jeune femme longiligne, sobrement vêtue d'une robe noire. Ladite Judith fait presque une tête de moins que moi et ses yeux en amande trahissent ses origines asiatiques. Ses cheveux noirs, longs et lisses, sont recueillis en une queue-de-cheval délicate qui lui descend jusqu'en bas du dos. Je me tourne vers la première fille qui n'a pas bougé d'un pouce.

– Et toi, tu dois être Joconde ?

– Évidemment, rétorque-t-elle en révélant un léger accent. Je te préviens tout de suite, je ne suis pas ici pour me faire des amies. Mais si tu restes à ta place et que tu n'empiètes pas sur mon territoire, tout devrait bien se passer.

Un rire nerveux m'échappe. Plusieurs secondes passent avant que je ne comprenne qu'il ne s'agit pas d'une plaisanterie. Son visage affiche un rictus hostile qui m'est tout particulièrement destiné. Je fronce les sourcils mais m'abstiens de tout commentaire. J'essaie de me concentrer sur les échanges entre Olympia et Judith devant moi tout en l'observant du coin de l'œil pour mieux la jauger. Cette femme a choisi comme surnom « Joconde », le tableau iconique de Léonard de Vinci, la peinture la plus connue dans le monde. Rien que ça ! Ses chevilles doivent être bien enflées. Alors que je m'oblige à soutenir son regard noir, je sens un bras se glisser sous le mien.

– Ce soir, c'est repas de fête pour ta venue, alors on est allés chercher quelques plats dans le restaurant asiatique qui vient d'ouvrir dans le quartier ! me lance Olympia. J'espère que tu aimes ?

– Bien sûr, c'est même ma cuisine préférée !

– Le reste de la semaine, on nous livre des paniers, mais tu peux aussi cuisiner toi-même si tu en as envie.

Mon attention est soudain happée par Matthieu qui passe la porte avec deux bouteilles dans les mains. Ses cheveux se dressent en désordre sur sa tête, probablement à cause du casque de moto, et il a remonté les manches de sa chemise noire, dévoilant ses avant-bras musclés.

– Ah, te voilà ! Tu en as mis du temps, s'exclame Joconde en croisant les bras sur sa poitrine opulente.

– Je cherchais le meilleur cru pour l'occasion, se justifie-t-il en posant les yeux sur moi.

Encore une fois, mon corps échappe à tout contrôle et je m'empourpre. Mince alors, il va falloir que ça cesse ! Pour masquer mon trouble, j'entame la conversation :

– Comment tu as fait pour arriver aussi vite ? Tu es parti en même temps que nous.

– J'ai pris un raccourci. Je te sers un verre de vin rouge, Nymphéa ?

Son ton affable me prend de court. Ce type est une vraie girouette. Je hoche la tête et il me tend un verre à pied, circulant au milieu du groupe pour servir tout le monde. Voilà encore une nouvelle facette de la personnalité de Kabinsky que je ne soupçonnais pas. Avec tout ce petit monde, il semble naturellement à l'aise, détendu même. Bien plus que moi.

J'essaie de me concentrer tandis qu'il nous explique les arômes contenus dans le pinot noir qu'il a choisi. J'apprends en même temps que la maison contient une cave, plutôt bien fournie si j'en crois ses dires. Maladroite, je lève mon verre jusqu'à mon nez et fais tourner le nectar avant d'en boire une gorgée. Une fragrance fruitée envahit mon palais. Je crois reconnaître de la cerise. Je ferme les yeux un instant pour en savourer toutes les notes.

– C'est délicieux.

– Content que tu apprécies. Je suis allé le chercher en Bourgogne le mois dernier. J'aime beaucoup ce cépage, m'explique Matthieu.

L'inexplicable se produit alors : il se fend d'un sourire. Surprise, je manque de m'étrangler avec ma salive. Qu'est-ce qu'il est séduisant lorsque son visage se détend de la sorte ! Anton est un très bel homme, mais Matthieu a ce petit plus. Une sorte d'aura torturée qui lui confère un charisme bien particulier. Maintenant que je commence à les connaître, je me dis que les frères Kabinsky ne se ressemblent pas tant que ça. Aussi bien physiquement que mentalement, c'est le moins qu'on puisse dire.

Je les observe discuter entre eux et le poids sur mes épaules se fait plus léger. Matthieu semble avoir réellement décidé d'enterrer la hache de guerre entre nous, cela devrait rendre mon infiltration beaucoup plus facile. Plus détendue, sûrement grâce à la boisson alcoolisée qui commence à se diffuser dans mes veines, je me surprends à prendre part à la conversation entre Olympia et Judith, installées à côté de moi à table.

– Ça fait combien de temps que vous travaillez ici toutes les deux ? demandé-je tout en dégustant un délicieux pad thaï.

– Depuis six mois pour moi, et Judith est ici presque depuis la création de *La Galerie*, n'est-ce pas ? répond Olympia d'une voix enjouée.

La jeune femme asiatique hoche la tête. Ses traits sont empreints d'une profonde douceur.

– En effet, en juin cela fera cinq ans.

– Et vous êtes toutes arrivées jusqu'à la Chambre rouge ?

Je pose la question d'un air détaché mais ces mots me brûlent les lèvres depuis le début du repas. À présent que tout le monde est repu, les langues devraient se délier et j'ose espérer quelques confidences. Judith me sourit.

– Pas du tout. D'ailleurs, ce n'est pas mon souhait. Je sais que c'est l'ascension qui fait rêver toutes les jeunes recrues, mais tu verras : il y a des paliers très satisfaisants avant la Chambre rouge. Peut-être que tu trouveras ton bonheur en cours de route et que tu ne voudras pas continuer.

– C'est vrai, intervient Olympia, pour l'instant, je reste au niveau des quatre premières chambres, et j'y trouve largement satisfaction. Et crois-moi, ce n'était pas gagné !

Elle se met à rire et Judith lui donne un coup de coude entendu.

– Et toi, Judith ? Quelle est ta chambre préférée ?

Elle s'essuie la bouche et me répond dans le plus grand des calmes :

– La Chambre noire. Je suis adepte du SM depuis des années, mais ce n'est que depuis que je suis à *La Galerie* que je suis devenue maîtresse dominatrice à temps plein.

La gorgée que je viens d'avaler passe de travers et je manque de m'étouffer. Alors celle-là, je ne m'y attendais pas. Tout à coup, je comprends l'origine de son surnom.

– Judith, c'est pour le tableau de Klimt ?

– C'est ça.

Olympia me fait un clin d'œil espiègle.

– Elle cache bien son jeu, hein ? Tu verras, quand elle met sa combinaison en cuir, elle est ca-non !

Cette fois, je pouffe à mon tour. Heureusement que j'ai plusieurs verres de vin dans le sang, c'est une aide inestimable pour m'aider à intégrer toute cette folie.

Nous nous saluons tous une bonne heure plus tard à part Joconde qui, bien trop occupée à parler avec les frères Kabinsky, n'a pas daigné m'accorder un regard. Tandis que je monte dans ma nouvelle chambre, je ne peux m'empêcher de penser à la bonne entente qui règne dans la maisonnée. J'ai eu l'impression de dîner avec un groupe de copains. Même Matthieu semblait content d'être là, c'est dire. Sont-ils aussi proches de tous leurs employés ? D'après ce que j'ai compris, nous ne sommes pas la seule colocation d'hôtesses travaillant à *La Galerie*. Il y en a au moins trois autres, dont une entièrement composée d'hommes. J'ai également remarqué que Joconde tourne beaucoup autour des Kabinsky. Est-ce par excès de zèle, ou son attitude mielleuse cache-t-elle autre chose ? À creuser.

J'ouvre la porte sur une Olympia démaquillée, simplement vêtue d'un tee-shirt en coton. Débarrassée de tout artifice et au naturel, je remarque que ma nouvelle colocataire fait beaucoup plus jeune.

– Dis-moi, tu as quel âge ?

Occupée à tresser sa longue tignasse rousse, Olympia ne me répond pas tout de suite. Ce n'est qu'une fois sa besogne terminée qu'elle s'assied en tailleur sur le bord de son lit et se tourne vers moi.

– Officiellement, vingt-trois ans. Mais à toi je peux le dire… J'ai dix-huit ans. Vis-à-vis des clients, je préfère dire que je suis plus âgée, ça m'aide à avoir davantage confiance en moi, tu comprends ?

J'ouvre de grands yeux.

– Je ne suis là que depuis six mois, je te rappelle ! J'étais donc parfaitement majeure et consciente de ce que je faisais quand je suis arrivée à *La Galerie*, ne t'inquiète pas. De toute façon, les Kabinsky sont très à cheval sur la question. Ils n'acceptent pas les mineurs et ils vérifient toujours les informations sur leurs nouvelles recrues.

Dans ma tête, je barre le chef d'accusation « trafic de mineurs ». Temporairement, du moins. Je dois avouer que ça me rassure un peu. S'il y a des activités glauques qui se déroulent au sous-sol, au moins, ça n'implique pas des enfants… Je retiens un soupir, mais la dernière phrase d'Olympia surgit dans ma tête. *Ils vérifient les informations sur leurs nouvelles recrues*. Merde, je me demande ce qu'ils ont trouvé sur moi.

– C'est jeune quand même ! finis-je par lâcher. Tu n'avais pas envie de faire des études, ou autre chose ?

Je me mords l'intérieur de la joue, agacée d'être aussi maladroite. C'est quoi, cette question à la con ? Je me prends pour qui, sa mère ? Pourtant, Olympia continue, pas gênée pour un sou.

– Si bien sûr, j'ai toujours beaucoup apprécié l'école. C'est pour ça que je suis une formation à distance pour devenir professeure de yoga. C'est un circuit en trois ans, j'ai passé mes premiers examens en janvier dernier, ça s'est très bien passé. Le plan, c'est de passer ma certification et de mettre assez d'argent de côté pour pouvoir partir vivre au Costa Rica. Pablo est originaire de là-bas.

– Pablo ?

– Mon fiancé, soupire Olympia en faisant papillonner ses grands yeux verts. C'est un musicien. Oh si tu savais, il est si talentueux ! Mais c'est difficile de percer dans ce milieu de nos jours. Sa musique lui prend beaucoup de temps, alors il n'arrive pas vraiment à garder un emploi. Et il faut dire que ce job d'hôtesse me permet de gagner dix fois plus que lui !

Je penche la tête sur le côté, perplexe.

– Mais… il est au courant de ton emploi ici ? Il n'est pas jaloux de te savoir avec d'autres hommes ?

– Oh non, c'était même son idée que je postule à *La Galerie*. Il en avait entendu parler par un ami d'ami. Il faut dire que j'ai un appétit sexuel assez développé, si tu vois ce que je veux dire, glousse-t-elle. Alors comme ça, d'une pierre deux coups !

J'ouvre la bouche, puis la referme, interloquée. Un mélange d'émotions indistinctes m'envahit tandis que je regarde ce petit bout de femme si pleine de vie qui me fait face. Elle est si jeune…

Comment a-t-elle pu en arriver à faire ce type de choix ? Mon intuition me suggère qu'elle est loin de m'avoir tout dit, mais avant que je puisse poser une autre question, elle me souffle, sur le ton de la confidence :

– Tu sais, on a prévu de se marier une fois qu'on sera partis d'ici. Pablo a fait sa demande le jour de mon anniversaire, oh c'était tellement romantique ! En attendant de pouvoir m'acheter une vraie bague, il m'a offert un de ces bijoux en bonbon, tu sais, ceux acidulés… J'étais folle de joie ! Je suis restée sur mon petit nuage pendant des semaines. C'est le même soir que j'ai commencé à *La Galerie*, d'ailleurs. J'avais tellement la pêche que j'ai enchaîné les trois premières chambres. C'était un anniversaire mémorable !

Elle se marre, insouciante, se gaussant de mon air effaré. En vérité, je ne sais pas si je dois me sentir désolée ou effrayée par ce que je viens d'entendre. Mais où sont donc les parents de cette gamine ? Certes, c'est toujours mieux pour elle d'être à *La Galerie*, où le business semble à peu près encadré, plutôt que dans la rue, mais tout de même…

– Waouh, eh bien, c'est une sacrée histoire !

Je ne sais pas quoi ajouter et le visage rayonnant d'Olympia me rend d'autant plus perplexe. Celle-ci finit par se lever et vient se poster à côté de moi.

– J'espère qu'un jour tu auras suffisamment confiance en moi pour me raconter la tienne, me dit-elle gentiment. En attendant, je suis là si tu as besoin de quoi que ce soit. N'hésite pas.

Comme pour appuyer ses dires, elle me presse l'épaule avec douceur. Après quelques secondes silencieuses où je médite sur ces paroles, Olympia se redresse et lâche un long bâillement.

– Allez, au lit maintenant ! Demain on a une grosse journée d'entraînement qui nous attend. Bonne nuit Nymphéa.

Je me glisse dans les draps propres et frais et pousse un soupir d'aise en découvrant le moelleux de mon nouveau matelas. J'ai survécu à ma première journée à *La Galerie*. Finalement, ce n'était pas si mal. Si je me débrouille bien, je pourrai peut-être débusquer des informations compromettantes sur les Kabinsky et Mikheev encore plus vite que prévu.

Je me tourne sur le côté, la main sous l'oreiller en plumes d'oie pour regarder ma voisine éteindre la lumière. C'est étrange, mais la savoir à quelques mètres de moi dans cette chambre qui fait la taille de mon ancien appartement m'apporte un certain réconfort. Après tout, elle est ici depuis six mois et n'a pas l'air d'être maltraitée, ni traumatisée. Avant de fermer les yeux, je murmure à mon tour :

– Bonne nuit Olympia. Et… merci.

CHAPITRE 15

MATTHIEU

– On est vraiment obligés ? demande Roxane en prenant une grande inspiration.

Je hausse un sourcil tout en l'observant tambouriner nerveusement sur les accoudoirs de sa chaise.

– Oui. Calme-toi maintenant, et laisse-toi faire. Tout va bien se passer.

– Ça va être ça, mon quotidien, alors ? Rester sage et me laisser faire ?

Elle tente de plaisanter, mais je vois bien la lueur d'angoisse dans ses yeux. Alors, je refrène mon sourire et m'efforce de la raisonner.

– Nous en avons déjà parlé. Nous sommes très à cheval sur la santé de nos collaborateurs. Ces analyses nous permettront non seulement de valider le fait que tu n'as aucune maladie sexuellement transmissible, mais aussi que tu es en parfaite forme.

– Je crois que je vais vomir. Est-ce que tu vas me tenir les cheveux si c'est le cas ? piaille-t-elle en renversant sa tête sur son siège.

Je lève les yeux au ciel, aussi amusé qu'agacé par son cirque. Heureusement que j'ai de la pratique avec Mya, Roxane m'oblige à déployer des trésors de patience. Ça fait cinq jours qu'elle a intégré l'équipe de *La Galerie*, et j'ai fini par calmer le jeu avec elle.

Au début, j'ai essayé d'être froid, d'instaurer le plus de distance possible entre nous. Je me sentais obligé de faire ça, aussi bien à cause des soupçons qui pèsent sur son éventuelle implication avec Mikheev qu'à cause de notre tête-à-tête qui a manqué de déraper. C'est moi qui l'ai embrassée, je n'arrive pas à me sortir cette idée de la tête.

Pas plus que l'image de ses seins nus qui frottent contre mon torse.

Alors, en désespoir de cause, j'ai décidé de faire des efforts et de me comporter avec elle comme avec n'importe quel autre hôte. Puisque je dois vérifier ses intentions et la préparer aux chambres, je suis obligé de passer beaucoup de temps avec elle. C'est plus simple en affichant un semblant de cordialité.

Même si elle a tendance à me rendre chèvre.

– Non, ça ne fait pas partie de mes attributions. Donc évite si tu ne veux pas être de corvée ménage, riposté-je. D'ailleurs, pourquoi es-tu aussi stressée par cette prise de sang ? Tu as des raisons de t'inquiéter des résultats ?

Elle me lance un regard outré.

– Pas du tout ! Je me suis toujours protégée et, je, euh, n'ai pas eu tant de partenaires que ça… Bref. C'est surtout que je déteste les piqûres. Rien que la vue d'une aiguille me fait me sentir mal.

Ma gorge se serre. Ce que je ne lui dirai pas, c'est que moi aussi, les aiguilles me font horreur. Je me remémore comme si c'était hier mon poing serré, la sensation de picotement dans mon bras, l'excitation qui anticipait la montée. Je n'ai pourtant pris de l'héroïne que deux fois. Malgré mon inconscience, me piquer me faisait peur. L'héroïne, ce n'est pas pour les amateurs. C'est vicieux, ça vous percute de plein fouet et seules quelques prises suffisent pour vous rendre accro. Sans compter que ça laisse des marques visibles à même la chair. Ce que je préférais, c'était la coke. Parfois, du speed. C'est la drogue facile, sniffée en deux secondes pour un effet quasi immédiat. Ni vu ni connu. Ça vous donne un faux sentiment de pouvoir, vous pousse à croire que vous gérez tout, quand en fait, vous ne contrôlez rien.

Je croyais qu'en limitant ma consommation à mes sorties, en me cantonnant à une prise unique le soir, je resterais maître de moi-même. Que je ne deviendrais pas accro, comme tous ces types désœuvrés que je rencontrais le temps d'une fête.

J'avais tort. J'ai failli payer ma stupidité très cher.

L'infirmière arrive, interrompant mes ruminations. Elle explique la procédure à Roxane qui tend le bras comme elle le lui demande. Mes yeux glissent sur son visage qui est devenu blême. Ses yeux roulent dans tous les sens sous ses longs cils.

– Ah oui, tu ne rigolais pas en disant que tu avais peur des piqûres.

Elle ne réagit pas, occupée à suivre du regard le moindre geste de l'infirmière. Je l'observe avec attention et je remarque des détails. La fine pellicule de sueur sur son front. Son souffle saccadé, sa poitrine qui s'élève et s'abaisse beaucoup trop vite.

– Est-ce que ça va ?

Sans me regarder, elle secoue la tête.

– Pas trop, m'avoue-t-elle d'une voix faible.

Lorsque la soignante tire l'aiguille de son emballage, elle se met à remuer sur sa chaise. Je me penche pour attraper sa main ; sa paume est moite.

– Roxane, regarde-moi.

Je me retourne pour tirer une chaise et m'asseoir juste en face d'elle. Au regard interrogateur de l'infirmière, je réponds par un signe de tête. Elle comprend et me laisse faire.

Mon doigt sous son menton, je force Roxane à regarder dans ma direction.

– Qu'est-ce que tu fais ? demande-t-elle, troublée.

Mes yeux rencontrent les siens et pour la première fois, je remarque leur couleur. Je veux dire, j'avais déjà constaté que ses iris étaient bleus, mais c'est la première fois que je m'attarde réellement à les contempler.

– Le truc, avec ce genre de peur, c'est qu'elle se trouve souvent dans l'anticipation. On imagine le moment où la douleur va se produire, et ça nous angoisse. Pourtant, une fois le moment passé, on se rend compte qu'il n'y avait pas de quoi se stresser autant…

– Parle pour toi, grimace-t-elle tandis qu'on lui noue un élastique autour du bras.

– Le mieux est de dévier ton attention pour que tu ne te concentres pas sur ce qui va se passer. Non, ne regarde pas, parle-moi. Si je te demande de réfléchir à un souvenir particulièrement heureux, tu penses à quoi ?

– Euh…

Sa bouche s'entrouvre. Ses lèvres sont roses, charnues. Je me souviens encore de la fougue avec laquelle j'y ai posé les miennes.

Je mentirais si je disais qu'à cet instant, malgré la situation improbable dans laquelle nous sommes, je n'avais pas envie de refaire la même chose.

– C'était pour mon anniversaire, je devais avoir environ quinze ans. Mes parents avaient économisé pour nous offrir un week-end à Bruxelles. Je viens d'un coin de campagne où tout est très calme, et quand je suis arrivée dans le chaos de la capitale, j'étais bluffée. On a passé le week-end à jouer les touristes, ma mère, mon père et moi. C'est là que j'ai su que je voulais venir vivre ici. Ces gens, ce tumulte, ces possibilités… cette effervescence à toute heure du jour et de la nuit. C'est ça qu'il me fallait, je l'ai compris ce jour-là.

Elle a parlé d'une traite, sans cesser de me fixer, et je me surprends à boire ses paroles. Elle esquisse un sourire embarrassé.

– Ce n'est pas très palpitant, mais c'est la première chose qui m'est venue en tête, explique-t-elle comme si elle s'excusait.

– Je vais piquer, annonce l'infirmière.

Ma paume remonte le long de son cou pour l'empêcher de tourner la tête. Je jurerais l'avoir sentie frissonner, mais je ne sais pas si c'est à cause de ce contact ou de son anxiété.

Je lui souris à mon tour.

– Par ici, on a dit ! Ne te justifie pas. Tu as raconté ça avec tellement d'enthousiasme, c'est loin d'être inintéressant. Tu es proche de tes parents ?

Presque à regret, je laisse retomber ma main. Ma paume me paraît brûlante.

– Je les adore, confirme-t-elle. On s'entend très bien. Je suis fille unique et ils sont assez âgés, nous n'avons plus beaucoup de famille. Ma mère m'a eue à quarante ans passés. Ils n'ont que moi, et moi, je n'ai qu'eux.

Sa simplicité me désarme. Une petite partie de moi se dit que ça pourrait n'être qu'une ruse, destinée à m'attendrir, mais je n'arrive pas à y croire. Ce que je lis sur le visage de Roxane en ce moment, c'est réel. Sincère.

Dans le monde de faux-semblants dans lequel je baigne, c'est suffisamment rare pour que je le remarque.

– Voilà, c'est terminé ! Vous pouvez desserrer votre poing et appuyer sur la piqûre.

Roxane se retourne vers l'infirmière, surprise.

– Je n'ai même pas remarqué que vous m'aviez piquée ! s'exclame-t-elle.

– C'est parce que vous n'aviez d'yeux que pour ce jeune homme, répond la soignante en lui décochant un clin d'œil.

Ses joues deviennent rouges et je ne peux m'empêcher de rire de sa gêne.

– N'importe quoi, marmonne-t-elle. Enfin, ce qui est vrai, c'est que tu m'as bien aidée… Alors, merci.

Je hausse les épaules.

– Je sais reconnaître une crise d'angoisse quand j'en vois une. Je voulais éviter de te voir tourner de l'œil sur le carrelage. Je m'imaginais mal te traîner comme un poids mort jusqu'à la voiture.

Le nez froncé, Roxane articule silencieusement un mot que je n'ai pas trop de mal à deviner : « Enfoiré. »

– Tu as déjà fait des crises d'angoisse, toi aussi ?

– Pas moi, mon frère. Quand ma mère est morte, il en faisait à répétition. J'ai fini par trouver des astuces pour détourner son attention et faire en sorte que la crise passe plus vite.

Tout à coup, je me rends compte que j'en ai beaucoup dit.

– Tu peux garder ça pour toi s'il te plaît ? Anton ne serait peut-être pas ravi d'apprendre que j'ai dévoilé sans filtre cette partie de sa vie.

– Bien sûr. Quoi que tu me dises, ça reste entre nous.

Elle me dévisage avec insistance, et j'ai l'impression qu'elle essaie de lire dans mes pensées. Ce que je n'apprécie pas du tout.

– Tu as l'air d'être proche d'Anton, je me trompe ?

– En effet.

– Et votre père ?

– Reparti en Pologne, où il a refait sa vie. Je n'ai plus vraiment de contact avec lui, déclaré-je d'un ton sec.

Le temps des confidences est fini. Je me referme comme une huître, avec la désagréable impression qu'elle essaie de me tirer les vers du nez.

– Vous avez tout ce qu'il vous faut ? demandé-je à la femme en blouse blanche.

– C'est tout bon. Je vais envoyer ça au laboratoire, vous aurez les résultats d'ici vingt-quatre heures.

– Merci. J'y vais alors.

– Tu pars déjà ? questionne Roxane.

Pourquoi semble-t-elle déçue ? Qu'espérait-elle encore obtenir comme confidence ?

– J'ai à faire. On se retrouve demain à 8 heures pour la séance de running.

Elle soupire.

– Encore ? En fait, vous ne voulez pas m'entraîner, vous voulez juste que je décède.

– Il est important que tu sois dans une bonne condition physique pour ton entrée dans les chambres…

– Oui oui, je sais, me coupe-t-elle. Seulement, je ne pensais pas que l'entraînement pour devenir hôtesse allait s'apparenter à celui pour courir un marathon.

– Heureusement pour toi que ce n'est pas le cas, étant donné que tu craches tes poumons au bout de dix minutes de marche rapide, rétorqué-je.

Elle plisse les yeux devant mon sourire narquois.

– Tu n'es vraiment pas marrant.

– Je ne suis pas censé l'être. À demain, Nymphéa.

– Tu m'as appelée par mon vrai prénom tout à l'heure, déclare-t-elle.

– L'habitude, avec *Le Millésime*. Je vais rectifier ça, ne t'inquiète pas.

Elle soupire de nouveau, ce qui rend sa réaction encore plus incompréhensible. Agacé, je me décide à mettre un terme à cette conversation cryptique. Après tout, je me fiche de ce qu'elle peut penser de moi. L'important, c'est que je découvre si elle mijote quelque chose.

CHAPITRE 16

ROXANE

Je soupire de bien-être, le corps immergé dans l'eau bouillante. Cette pause détente avant de me coucher était plus que nécessaire : la séance de cardio-training d'aujourd'hui a été un véritable calvaire, mes muscles sont tout endoloris. Aussi, j'ai besoin de faire le point, seule, et la frénésie qui règne la plupart du temps dans la colocation m'en empêche.

Ces deux dernières semaines sont passées à toute vitesse. Il faut dire que le protocole d'intégration est réglé comme du papier à musique. Au milieu de tout ça, j'ai essayé de récolter le maximum d'informations sur *La Galerie* et ses équipes.

Les filles – et les hommes, car il y a des hôtes aussi – travaillent souvent le soir, mais parfois aussi en journée. Le reste du temps, ils sont plutôt libres, si ce n'est qu'ils sont tenus de suivre un minimum d'entraînement physique pour rester en forme. À mon grand malheur, tout le monde a l'air d'adorer ça : Olympia ne jure que par le yoga et le Pilates, Joconde s'entraîne au moins deux heures par jour et Matthieu s'évertue à me vanter les mérites de la course à pied. Jusque-là, ma pratique sportive se cantonnait à avaler des chocolats devant la télé. Autant dire que je galère.

En glanant des informations l'air de rien, principalement auprès d'Olympia qui n'a pas sa langue dans sa poche, j'ai pu esquisser un semblant d'emploi du temps pour les Kabinsky. Ils alternent un soir sur deux au *Millésime*, mais Anton passe la plus grande partie de ses journées dans son bureau à *La Galerie*, à gérer les contrats et les clients. Matthieu vient chaque jour à la colocation pour vérifier que tout se passe bien, et pour discuter avec moi de choses et d'autres. Je sais qu'il est souvent à *La Galerie* lui aussi, mais il demeure des trous dans son emploi du temps que je n'arrive pas à expliquer. D'après ce que j'ai compris, il est absent tous les mercredis soir, pendant au moins deux heures.

Que fait-il ? Est-ce à ce moment-là qu'il s'adonne à son activité annexe, impliquant un potentiel trafic de drogue ? Je n'ai pas encore réussi à trouver la réponse à cette question.

En attendant, j'ai eu confirmation qu'aucun des frères Kabinsky n'est marié. Avec toutes leurs activités, ça ne m'étonne pas. Comment trouveraient-ils le temps pour une vie de famille ?

– Nymphéa ! Nymphéa ! Matthieu veut te parler.

Je tressaille tandis que la porte s'ouvre avec fracas sur un amas de boucles rousses. Allongée dans l'immense baignoire multi-jets de l'étage, je manque de boire la tasse. Je m'empresse de brasser de la mousse au niveau de mes parties intimes.

– Olympia, pu… naise ! Tu ne vois pas que je suis occupée, là ? m'écrié-je.

– Désolée. C'est juste que Matthieu est là, et il a demandé à te voir.

Je fronce les sourcils. Cette visite n'était pas prévue, on s'est déjà vus ce matin. Est-il toujours aussi présent pour les nouvelles recrues ou ai-je droit à un traitement de faveur ?

– Il a dit pourquoi ?

Ma colocataire fait non de la tête, mais vu la lueur d'excitation qui brille dans ses pupilles, je la soupçonne de mentir. Qu'est-ce que Kabinsky m'a encore inventé ?

– Tu veux que je lui dise de repasser plus tard ?

– Non, j'allais sortir de toute façon. Dis-lui que j'arrive dans dix minutes, le temps de m'habiller.

Tandis qu'Olympia s'exécute et referme la porte de la salle de bains, je me redresse et enroule mon corps trempé dans une immense serviette blanche duveteuse. Quand même, il faudra que je pense à avoir une sérieuse discussion avec elle concernant les limites et l'intimité au sein de la colocation ! Alors que j'enjambe la superbe baignoire-jacuzzi, je laisse de grosses flaques d'eau derrière moi. Tant pis. Je nettoierai plus tard.

Après avoir enfilé mon pyjama et un peignoir, je descends à la cuisine, les cheveux encore mouillés. Olympia est en train de discuter avec Matthieu. Celui-ci me regarde de haut en bas. Je croise les bras sur ma poitrine. Il s'attendait à quoi ? Il est 20 heures, je sors de mon bain. Je ne comptais pas sortir ma robe de soirée pour lui !

– Qu'est-ce que je peux faire pour toi ? m'enquiers-je en guise de salut.

Je ne sais pas pourquoi, mais quand il me regarde avec cet air inquisiteur, j'ai l'impression d'être une gamine qui a encore fait une bêtise.

– J'ai une livraison pour toi.

Ce disant, il me tend une grande enveloppe en papier brun. Le pli est encore scellé. Mon cœur manque un battement. Je regarde Olympia, qui sourit comme si c'était Noël.

– Est-ce que c'est…

– Mais oui, c'est ça, me coupe-t-elle. Ta première mission d'hôtesse ! Allez, vas-y, ouvre !

M'efforçant d'ignorer l'appréhension qui me noue l'estomac, je déchire l'enveloppe qui contient un tas de feuillets imprimés. Tout y est. Le contrat. Les clauses. Le scénario. Je retiens mon souffle et parcours avec fébrilité les lignes écrites sous mes yeux.

– Alors ? s'impatiente Olympia.

– Je suis attendue après-demain soir dans la Chambre jaune, en compagnie d'un certain Narcisse. Tu le connais ?

Olympia joint les deux mains devant elle, l'air ravie.

– Oh c'est parfait, Narcisse est adorable et c'est l'un des hôtes les plus anciens. Il est arrivé peu après Judith. Tu ne pouvais rêver mieux pour ton premier essai !

J'esquisse un sourire pour la forme, mais le cœur n'y est pas. Ça y est. Le moment tant redouté est arrivé. Celui où je vais devoir faire mes vrais premiers pas en tant qu'hôtesse.

Ça fait des jours que je me prépare à cette éventualité, consciente que je ne vais pas pouvoir y échapper éternellement. Après tout, c'est ce pour quoi je me suis engagée. Mes maigres avancées sur l'enquête ne me permettent pas de me défiler. Plus maintenant. Si je dois percer à jour les secrets des Kabinsky, il faut que je le fasse de l'intérieur.

– Eh oh, tu m'écoutes ?

Matthieu agite sa main devant moi, ce qui me fait sortir de ma torpeur.

– Pardon, tu me parlais ?

Il lève les yeux au ciel.

– Je te disais que le rendez-vous commencera à 20 heures samedi, c'est Hans qui viendra te chercher pour t'y amener. Tu retrouveras directement Narcisse, ton partenaire, sur place.

Olympia nous fausse compagnie tandis que Matthieu commence à m'expliquer en détail le déroulement de la soirée. Il n'en a pas vraiment besoin, on a passé en revue le fonctionnement d'une prestation au moins dix fois. Il me rappelle également le protocole de sécurité des chambres.

– Est-ce que tu as des questions sur ta mission ?

Je secoue la tête, l'esprit ailleurs. Matthieu se lève pour prendre congé.

– Très bien. Je ne serai pas là samedi soir, j'ai des obligations ailleurs. Mais de toute façon, on se retrouve dimanche matin pour le débrief.

– Tu seras où ? ne puis-je m'empêcher de demander à brûle-pourpoint.

Il penche la tête sur le côté, un sourcil levé.

– Ça ne te regarde aucunement, mais j'ai des projets personnels.

Toujours aussi aimable ! Par politesse, je le raccompagne jusqu'à la porte. J'ai surtout hâte de me retrouver seule pour pouvoir faire le point sur ce qui m'attend.

Quand nous parvenons sur le seuil, je m'attends à ce qu'il sorte, mais il n'en fait rien. Il se passe la main dans les cheveux, l'air gêné. Est-ce qu'il regrette de m'avoir répondu aussi sèchement ? Il pose son avant-bras sur l'encadrement de la porte, et je me raidis en le voyant se pencher vers moi.

– Tu sais, essaie de ne pas trop te prendre la tête. La première fois, on est toujours stressé, mais on s'en fait souvent une montagne pour pas grand-chose.

Ses paroles chuchotées ainsi que l'odeur de son eau de toilette viennent achever de me troubler.

– Tu as déjà fait ça, toi ? finis-je par demander.

Il ouvre de grands yeux.

– La Chambre jaune ?

– N'importe quelle chambre.

– Non, jamais. Je dirige l'endroit avec Anton, mais je n'ai jamais été acteur de ce qui s'y passe… Ni spectateur, en réalité.

J'imagine qu'il dit ça en référence à la Chambre jaune du voyeurisme.

– Tu devrais peut-être essayer. Après tout, tu formes les hôtesses. On ne connaît jamais mieux un sujet qu'en l'ayant expérimenté soi-même.

Mon cerveau arrive enfin à intimer à ma bouche l'ordre de se la fermer. Mais qu'est-ce que je raconte ? C'est sorti de nulle part, je ne sais pas pourquoi je lui ai dit ça.

Matthieu me regarde comme si j'étais un puzzle particulièrement alambiqué.

– Je vais y réfléchir, finit-il par dire. Bonne nuit Nymphéa, et surtout…

Ses mots restent en suspens.

– Surtout ?

– Ne foire pas tout, OK ?

Dépitée, je claque la porte sur son dos. La confiance règne, ça fait plaisir ! Et ça motive, surtout.

De retour dans la cuisine, je récupère mon téléphone pour y découvrir un nouveau message de ma mère. Elle me raconte que grâce à l'argent que je leur ai envoyé – soit la totalité de mes pourboires du *Millésime* –, ils ont pu appeler quelqu'un pour réparer la fuite du toit. Cette nouvelle me met du baume au cœur. Elle me rappelle pourquoi j'ai choisi d'être là et de prendre tous ces risques. Ce n'est pas seulement pour écrire mon article, c'est aussi pour aider ma famille.

Olympia est en train d'écouter de la musique quand j'arrive dans la chambre. Elle ôte ses écouteurs pour me demander :

– Comment tu te sens ?

J'inspire profondément.

– Stressée au possible.

Elle me regarde d'un air compatissant.

– C'est normal. Mais tu verras, Narcisse sera là pour te guider. Tu vas vite oublier qu'il y a du monde qui vous regarde.

Je gémis. Je n'avais même pas commencé à angoisser sur cet aspect des choses. Je n'en étais qu'au constat de ma première séance de sexe tarifé. Misère… Dans quoi je me suis embarquée ?

– Je n'ai jamais compris les gens qui prenaient du plaisir à mater les autres. Ça m'a l'air plus glauque qu'excitant.

Les grands yeux verts d'Olympia pétillent.

– Je ne sais pas pour ce qui est de mater les autres, mais en ce qui me concerne, je dois avouer que ça m'émoustille toujours pas mal de savoir qu'on me regarde. Savoir qu'on suscite du désir chez quelqu'un d'autre, je ne sais pas… Il n'y a rien de tel pour me faire sentir sexy et ça fait grimper ma libido en flèche ! Tu vois ce que je veux dire ?

– Je t'avoue que j'ai rarement organisé des réceptions à la *Eyes Wide Shut* chez moi.

– Tu n'as jamais fait l'amour en public par exemple ?

Je réfléchis. Il y a bien eu cette fois où, un peu trop éméchés, Thibault et moi n'avons pas résisté à l'envie qui nous dévorait… Nous avons fait l'amour sur un banc, dans un parc public, en pleine nuit. Ça avait été une expérience terriblement excitante, grisée comme je l'étais par l'alcool et par le risque qu'on nous surprenne. Mais ce n'est pas vraiment comparable… si ?

– Je crois que je comprends ce que tu veux dire.

Elle m'adresse un sourire complice.

– C'est ça que je trouve formidable à *La Galerie*, m'avoue-t-elle. Tu peux vivre librement tes envies, sans complexer ou sans te soucier de ce que les autres vont penser de toi. Avant, je me suis fait traiter de tous les noms, simplement parce que je suis une femme, que j'aime le sexe et que je ne le cache pas. Même mes ex-partenaires, aussi ouverts d'esprit qu'ils disaient être, finissaient toujours par se sentir effrayés, menacés dans leur ego, ou que sais-je. Beaucoup d'hommes disent vouloir une femme qui prend les devants et qui exprime ses envies au lit, mais dans la réalité, quand ils en rencontrent une, ils ne savent pas comment gérer.

Je regarde Olympia, si jeune et qui pourtant a déjà vécu tellement plus que moi. Ce morceau de philosophie qu'elle me partage, je ne m'y reconnais qu'en partie – je ne suis pas aussi libérée qu'elle semble l'être – mais je le comprends à cent pour cent. Ça ne fait pas disparaître mon anxiété par rapport à ma séance de samedi, mais ça a au moins le don de la calmer un peu.

– Beaucoup d'hommes sont comme ça… sauf Pablo, ajouté-je dans un sourire.

Elle joint ses deux mains devant elle. Son visage s'illumine.

– Sauf Pablo, confirme-t-elle, alanguie.

Je me mets à rire. Olympia me parle de son Pablo matin, midi et soir. Leur relation est peut-être atypique à beaucoup de niveaux, mais ce qui est sûr, c'est que même si elle adore son job d'hôtesse, elle n'en oubliera jamais son fiancé. Elle en est raide dingue.

– J'étais justement en train d'écouter sa dernière chanson, il me l'a envoyée tout à l'heure. Tu veux l'entendre ?

Curieuse, je décide d'accepter. Après tout, ça sera toujours mieux que de cogiter sur ce qui m'attend dans les prochains jours…

CHAPITRE 17

ROXANE

Il va falloir qu'on m'explique ce qui s'est passé ces deux derniers jours. Les heures ont filé à une vitesse folle, me voilà déjà arrivée au samedi soir. Pour une fois, même le cours de Pilates, habituellement interminable, m'a paru durer à peine le temps d'un battement de cils. Le cœur au bord de l'implosion, je salue d'un hochement de tête Hans qui vient de me déposer dans la ruelle étroite située à l'arrière de *La Galerie*. L'entrée des artistes ! Je marche sous la lumière faiblarde des réverbères. Je bloque un moment sur la bâtisse devant moi tout en resserrant les pans de ma veste autour de moi. Un frisson remonte le long de mon échine, mais je ne suis pas sûre que le froid en soit la cause.

Hans agite une large main devant mes yeux, ce qui me fait sursauter.

– Nymphéa, tu peux entrer maintenant.

Tout en douceur, il me pousse dans le dos pour me décider à avancer. À ma grande surprise, il me suit. Je croyais qu'il allait partir et m'abandonner à mon triste sort dès qu'on aurait passé la porte, mais non. C'est vrai qu'en plus d'être mon chauffeur, il fait aussi partie du personnel de *La Galerie* et vient souvent donner un coup de main aux vigiles.

Les jambes lourdes comme du plomb, je le suis dans le couloir puis à travers une porte sécurisée qui débouche sur la pièce circulaire que je reconnais tout de suite. Il s'agit de la Chambre blanche, espace de transition et accès vers les autres chambres. Une grande brune à quelques mètres de moi lâche un petit rire et je me fige. Elle est vêtue d'un boa et d'un corset rouge vif qui serre sa taille fine et fait ressortir ses seins de manière plus qu'explicite.

Elle m'adresse un sourire mais je n'ai pas la force de répondre. Je reste plantée là, les bras ballants, la bouche ouverte comme un zombie. À la différence près que si j'étais vraiment une morte-vivante, je ne sentirais pas mon pouls battre aussi lourdement dans mes tempes. Je regarde autour de moi. Il y a de l'animation ce soir, je compte au moins trois hôtesses et deux hôtes. Assise sur un divan à ma gauche, je reconnais Judith, qui est affairée à enfiler ce qui ressemble drôlement à un harnais en cuir.

J'écarquille les yeux mais avant que je puisse l'aborder, Hans m'attrape par le coude et me guide jusqu'à un portant où une plaque indique « Nymphéa ». Waouh, j'ai même droit à mes tenues de scène personnalisées, comme au théâtre. Sauf qu'ici, les tenues pendues sur les cintres sont toutes plus ou moins légères. Alors que je passe mon doigt sur la fine bandelette de tissu d'un string serti de strass, la mort dans l'âme, une silhouette élancée se poste dans mon champ de vision.

Des fossettes se dessinent de part et d'autre de sa bouche tandis qu'il m'observe sans la moindre pudeur. Je bats des cils, hébétée, bloquant sur le peignoir léger qu'il porte. Il a l'air jeune, il ne doit pas être plus vieux que moi. Alors qu'il ouvre la bouche, j'entends Hans demander d'une voix bourrue :

– Nymphéa, ça va aller ?

Mon souffle est bloqué quelque part au niveau de ma gorge, alors je me contente d'acquiescer de la tête comme un automate.

– Bon, ben, je te laisse alors… grommelle-t-il avant de rebrousser chemin, l'air peu rassuré.

Le jeune homme lui fait un petit signe de la main puis se tourne vers moi, un sourire étincelant dévoilant ses dents parfaitement alignées.

– Je suis ravi de faire ta connaissance Nymphéa, je suis Narcisse. Alors, on va faire le show ensemble ce soir il paraît !

Son petit accent chantant aurait suscité ma curiosité sur ses origines en temps normal, mais là, je suis tout juste bonne à serrer mollement la main qu'il me tend. Je passe ma paume sur mon visage, tentant de reprendre mes esprits tandis que je bredouille quelques mots décousus.

Le jeune homme me regarde avec compassion, ce qui n'arrange rien à mon sentiment d'être la personne la plus ridicule du monde. Super première impression, il doit déjà me prendre pour une débile profonde.

– Première fois, hein ? On est tous passés par là, t'inquiète. Je suis là pour t'aider à réussir ton baptême du feu !

Je le regarde, inquiète.

– Rassure-moi, il n'y aura pas vraiment du feu pendant notre séance ?

Il pouffe et me tapote l'épaule.

– *Calma*, Nymphéa. On n'est pas le Cirque du soleil non plus. Ce n'était qu'une façon de parler.

Sa réplique m'arrache un sourire. Narcisse semble avoir le sens de l'humour, ça me met un peu plus à l'aise.

– Ce sont nos tenues pour ce soir ? demandé-je en indiquant le portant.

– En effet. Rien n'était spécifié dans le scénario, alors je t'attendais pour voir ce que tu aimerais porter. Peut-être pouvons-nous commencer par enlever ce manteau ?

Comme un parfait gentleman, il m'aide à ôter le vêtement de mes épaules. De plus en plus confuse, je sens le rouge me monter aux joues. Génial, il me touche à peine que je suis déjà à deux doigts de défaillir. Ça promet. Les pupilles noires comme du charbon de Narcisse louchent sur ma tenue. Jean et tee-shirt, tout ce qu'il y a de plus banal. Je me mords la lèvre inférieure, une nouvelle fois mortifiée par mon manque de jugeote.

Cela ne semble pas refroidir mon collègue, qui s'exclame :

– Une fille nature, j'adore ! Alors, peut-être que ça, ça pourrait te plaire, dit-il avant de se pencher pour fouiller le portant. Qu'est-ce que tu en penses ?

Il brandit sous mon nez un ensemble de lingerie en dentelle blanche ainsi qu'une nuisette en voile fin de la même couleur. Je geins comme un animal blessé. Qu'est-ce que j'ai bien fait au bon Dieu pour me retrouver dans pareil endroit ? Je m'empare de la tenue préparée par Narcisse.

– Merci.

Il se tourne tandis que je me déleste de mes habits pour enfiler la lingerie. Tout en remontant la dentelle le long de mes cuisses, je m'efforce de considérer ces gestes comme un symbole. La vieille Roxane change de peau, elle mue pour faire place à Nymphéa, l'hôtesse audacieuse et sûre d'elle. Je souffle en mettant en place une bretelle légère comme une plume. Ce qui est sûr, c'est qu'aussi peu vêtue, je gèle. La peau de mes épaules se couvre de chair de poule, mon trouillomètre est au niveau mille. Narcisse se tourne vers moi et, sans émettre de commentaires, me tend un peignoir en soie clair, semblable à celui qu'il porte.

– Si tu es prête, je te propose qu'on y aille. Ça ne sert à rien de faire durer le suspense.

Le nœud dans mon estomac se resserre et je lève les yeux vers Narcisse, paniquée. Il s'approche et passe une paume dans mon dos en guise de réconfort. La chaleur de son corps contre le mien m'apaise tandis qu'il me prend la main et entrelace nos doigts.

Il se penche à mon oreille. Je sens son souffle mentholé sur ma joue tandis qu'il chuchote :

– Tout va bien se passer. C'est moi qui vais te guider, tu n'auras qu'à me suivre. Un peu comme quand on danse la salsa !

Comme si cette comparaison allait me rassurer. La danse, voilà bien un autre domaine dans lequel je n'ai aucune compétence.

Nous entrons ensemble dans la Chambre jaune, moi, raide comme un piquet, accrochée au bras de Narcisse comme si ma vie en dépendait. Je lève la tête pour découvrir les lieux, non sans appréhension.

Une table de chevet. Un miroir. Un fauteuil dans un coin. Depuis les murs ocre jusqu'aux draps couleur champagne, la Chambre jaune porte bien son nom. Une lumière dorée illumine la pièce, mais un halo plus prononcé met en avant le lit gigantesque qui trône au milieu de l'espace. Mon regard traverse l'endroit, mais je ne vois personne d'autre. Il y a une sorte de grande vitre qui recouvre une grande partie du mur, mais je n'arrive pas à apercevoir ce qui se cache derrière. Mieux vaut ne pas regarder, tout compte fait.

M'efforçant de calmer les battements effrénés dans ma poitrine, je m'approche du lit king-size pour frôler le drap fin qui le recouvre. Le toucher est très doux, comme du satin. En face de moi, je remarque un grand tableau représentant un vase rempli de fleurs des champs. Je reconnais celles que l'on surnomme « belles de nuit ». Belle ironie, sans aucun doute.

Le contact chaud de deux mains sur mes épaules m'oblige à me retourner. L'œil pétillant, Narcisse m'interroge du regard, attendant mon consentement. Je dis adieu à mon cerveau et hoche la tête sans vraiment m'en rendre compte.

Mon pouls s'emballe davantage lorsque le jeune hôte glisse ses mains autour de ma taille pour défaire le nœud de mon peignoir. L'instant d'après, ma robe de chambre tombe à terre sans bruit. Je déglutis. Oh mon Dieu. Ma bouche est sèche, mes mains sont moites et je suis à deux doigts de tomber par terre.

– Nymphéa, regarde-moi, m'intime Narcisse. Tu es très belle dans cette tenue.

Sa voix chantante résonne étrangement dans le silence de la pièce. Je songe confusément qu'ils auraient pu mettre une musique de fond, histoire de créer une ambiance. Soudain, j'imagine une musique instrumentale, genre musique d'ascenseur. Non, en fait, ça aurait fait plus film X ringard qu'autre chose. Je me décide à reporter mon attention sur mon compagnon, qui attend patiemment que je me décide à prendre vie.

Je m'aperçois alors que je ne l'ai pas vraiment regardé jusque-là. Il est à peine plus grand que moi, la carrure athlétique mais peu musclée. Son teint mat et ses cheveux noirs trahissent une origine hispanique, sud-américaine peut-être. Il ôte son peignoir et dévoile à son tour un boxer blanc simple qui met en valeur le hâle de sa peau. Je me mords la lèvre inférieure. Il est très séduisant, j'ai eu tort de m'inquiéter pour ça.

Il sourit, heureux de me voir le contempler de la sorte, et replace une mèche de mes cheveux derrière mon oreille dans un geste presque tendre. Ce contact m'échauffe de la tête aux pieds. Courage, Roxane ! Tu as lu le script. Tu sais ce que tu dois faire. Comme dans un songe, je me vois lever une main et la poser sur son torse. Mes doigts explorent sa poitrine imberbe, descendent jusqu'à ses abdominaux saillants dont je dessine le contour.

Lorsque les lèvres pleines de Narcisse s'aventurent dans mon cou, je ne peux retenir un frisson. Sa bouche trace un chemin humide sur ma jugulaire, et je finis par passer ma main derrière sa nuque, cherchant à m'emparer de ses cheveux, mais rien ne vient. À ma grande déception, ils sont trop courts pour ça.

Les cheveux de Matthieu, eux, sont de la longueur parfaite pour qu'on puisse tirer gentiment dessus pendant l'amour.

Mince, d'où ça sort ça ? Je gémis.

Enhardi par ma plainte, Narcisse lève mes bras et me débarrasse de ma nuisette d'un geste vif. Avant que je ne puisse réagir, il m'empoigne sous les fesses et me fait basculer sur le lit. Mon souffle se coupe. Je me redresse, tremblante, et alors que je peine à me stabiliser sur les genoux, j'ai l'étrange impression que le matelas n'est pas droit. Mais le corps de Narcisse, ardent, vient se coller contre le mien, et je n'ai pas le temps d'y réfléchir davantage.

En fait, mon cerveau se déconnecte à l'instant précis où je remarque son érection déjà avancée contre mon bas-ventre. C'est le néant total. Mes dernières cellules grises se font la malle et alors, enfin, je m'autorise à la ressentir : cette excitation brute, presque animale. Ce besoin viscéral de soulager mon désir.

Je me concentre sur la danse de nos langues qui se découvrent tandis que, de ses doigts habiles, Narcisse fait sauter la première attache de mon soutien-gorge, puis la deuxième. Mes seins lourds libérés, il glisse une main dans mon dos pour m'obliger à me cambrer avant de partir à l'assaut de mes mamelons tendus. M'abandonnant au contact délicieux des dents de mon partenaire sur cette partie sensible, je rejette la tête en arrière. On attend de moi que j'exprime librement mon plaisir : je ne vais pas m'en priver.

Très vite, Narcisse reprend possession de mes lèvres et ses mains sont partout sur moi : sur ma poitrine, mon ventre, mes fesses, mes cuisses… J'ai presque l'impression d'avoir devant moi ce dieu hindou aux multiples bras, comment il s'appelle déjà ? Oh, et puis on s'en fout.

À mon tour, je pars à la découverte de son membre tendu à l'extrême sous son caleçon. Il émet un léger grognement pour manifester son approbation, puis me décolle de son thorax pour murmurer :

– Tu te souviens du scénario ?

Le souffle court, je lui jette un regard hésitant. Je m'en souviens très bien. Sur le script, il est écrit que l'hôtesse doit prendre les devants et cajoler l'hôte avec autre chose que ses doigts. La panique me gagne à nouveau. Je ne sais pas si j'en suis capable. Après tout, on se connaît à peine. S'apercevant de ma détresse, Narcisse me caresse doucement le visage avant de m'embrasser dans le cou et de me souffler à l'oreille :

– On va faire autrement.

Il me saisit par la taille et je me retrouve la tête à l'envers sur le matelas. Lorsqu'il s'empare de ma culotte en dentelle, je sens tout mon sang affluer vers mon crâne. Me voilà allongée sous lui, dans le plus simple appareil. Je serre les genoux, provoquant des merveilleuses sensations au niveau de mon entrejambe, qui se transforment en pulsations effrénées lorsque Narcisse se glisse entre mes cuisses.

– Tu aimes qu'on te lèche, Nymphéa ?

Je hoquette, hochant la tête à de multiples reprises. Comment dire non à pareille invitation ? Ces mots crus, cet accent si particulier… Son attitude est terriblement excitante. C'est lui qui mène. Tant pis pour les instructions, après tout, Narcisse sait ce qu'il fait. Je m'autorise à lâcher prise, oubliant mon angoisse, ma situation, tout. Il parsème de baisers l'intérieur de mes cuisses, se rapprochant de plus en plus de mon intimité humide. Soudain, il redresse la tête pour m'apostropher une nouvelle fois :

– Tu aimes ça, Nymphéa ?

– Oui !

Je m'applique à manifester mon approbation à haute voix, les mains vissées autour de son crâne. En fin de compte, je n'ai pas beaucoup à me forcer : l'effet que provoquent les caresses expertes de mon partenaire ne mérite pas d'être tu.

– Et là… ? Dis-moi si ce que fait ma langue te plaît.

– Doucement… Oui, là, plus bas… Comme ça… Oui !

Je soupire. Il resserre sa poigne autour de mes hanches et j'accompagne la douce torture de sa bouche par des mouvements du bassin. Je me cambre davantage encore, jusqu'à ce qu'il appuie juste *là*, à cet endroit précis où je ne deviens plus qu'un crescendo de sensations.

Un coup, puis deux, puis trois… Mon clitoris se gonfle de plaisir tandis qu'une boule de chaleur grandit progressivement dans mon ventre. Je halète, signifiant à Narcisse d'augmenter la cadence, et, alors qu'il aspire et suçote, tous mes membres se crispent.

– Oh, oui, ne t'arrête pas…

Un dernier spasme et j'explose, ne retenant pas mon cri d'extase. Alors que j'essaie de reprendre mes esprits, Narcisse se redresse et se lèche les lèvres, un grand sourire sur le visage.

– C'est bien, tu es très réceptive ma petite Nymphéa. Laisse-moi encore te faire du bien.

À bout de souffle, j'observe Narcisse se défaire de son caleçon, révélant un sexe longiligne et nervuré, parfaitement en érection. Il se tourne un instant pour enfiler un préservatif et la vision de ses fesses musclées attise mon désir. Prenant appui sur mes bras, j'attire de nouveau le beau brun sur moi. Il soulève une de mes jambes, la pose sur son épaule et en caresse le galbe avant de prendre en main son pénis qu'il dirige vers l'entrée de mon intimité encore palpitante.

Je me tortille pour l'accueillir, mais il se contente d'effleurer l'entrée de mon vagin, esquissant des cercles avec son gland. La sensation est exquise, frustrante et excitante au possible. Je pousse un râle. Il donne un impérieux coup de bassin et entre entièrement en moi. Un cri de surprise m'échappe. Mes ongles se plantent dans son dos, mais il n'en a cure.

– Tu es si mouillée, ça glisse tout seul, grogne-t-il.

La chaleur de mon sang se répand jusqu'à mes joues. Narcisse me pilonne sans retenue et je remue les hanches pour suivre la cadence, à moitié bloquée sous son poids et par mes jambes pliées en angle droit. Je comprends enfin l'intérêt de tout l'entraînement physique qu'on nous impose à *La Galerie*. Avant, je n'aurais jamais pu tenir ce genre de position, j'étais raide comme une planche.

C'est alors qu'un véritable rodéo débute. Narcisse me prend un coup par-devant, un coup par-derrière, me faisant tournoyer avec grâce sur le matelas. Mon plaisir joue au grand huit, il monte progressivement avant d'être stoppé par mon amant aux portes de l'extase. Alors que je suis à califourchon sur lui, empalée sur sa virilité, il me fait à nouveau signe de me retirer. Mon corps tout entier me brûle. Le souffle saccadé, une mèche de cheveux collée en travers du front, je sue à grosses gouttes. Nos regards se croisent et je manifeste ma frustration en lui lançant un regard noir. Il glousse et se penche vers moi pour mordiller mon cou, avant de me chuchoter à l'oreille :

– Promis, je vais te laisser jouir maintenant.

Entourant ma taille de ses bras, il me soulève et me guide pour me tourner dos à lui. Je ne vois plus son visage, mais je ressens ses mains qui s'affairent sur mon ventre et ma poitrine tandis que je m'assieds sur son sexe, tremblante à cause de tous ces efforts répétés. J'entame un mouvement mais Narcisse me bloque, retenant mes hanches pour m'en empêcher.

Il glisse sa paume sur mon clitoris trempé, ce qui m'arrache un gémissement sonore.

Alors que ses doigts experts recommencent à me faire perdre pied, il se met à rouler du bassin avec une lente intensité, me procurant des sensations inouïes au plus profond de mes entrailles.

L'orgasme monte en moi, bien plus puissant et dévastateur. Cette fois, mon partenaire s'y abandonne peu de temps après moi. Les yeux fermés, des petites lumières dansant sous mes paupières closes, je ne remarque que confusément son grognement de satisfaction tant je suis prisonnière de mes sens.

Nous restons quelques minutes ainsi, moi toujours assise sur Narcisse, avant qu'il ne me frôle le ventre pour m'inciter à m'enlever. Je retombe lourdement sur le matelas à côté de lui, le visage cramoisi, le corps en feu, les cheveux emmêlés, peinant à retrouver une respiration régulière. Mon amant de la soirée, lui, semble avoir déjà récupéré. Il me décoche un clin d'œil malicieux et me lance :

– Alors tu vois, c'était pas si mal !

J'éclate de rire. Je n'arrive pas à y croire. J'ai réussi ! Je suis une vraie hôtesse de *La Galerie* maintenant. J'ai survécu à ma première chambre. Mieux que ça, j'ai pris un pied d'enfer ! Pourquoi est-ce que je m'inquiétais autant ? Ce job, c'est le meilleur au monde !

Narcisse se lève et enfile son peignoir avant de me tendre le mien. Je me force à l'imiter, mais je suis obligée de m'asseoir tant mes jambes tremblent.

Je glousse encore, enivrée par ce trop-plein de fatigue et de jouissance. C'est bien mieux qu'une bouteille d'alcool.

– Viens, ma belle.

Je prends la main qu'il me tend et le suis jusqu'au fond de la pièce, que je n'ai guère remarqué en arrivant car presque entièrement plongé dans le noir. En m'approchant, je découvre que la vitre que j'ai aperçue en arrivant est en fait un miroir sans tain.

Mon euphorie retombe d'un coup. Je tressaille quand une porte s'ouvre à ma gauche, laissant entrer un vigile ainsi qu'un petit groupe de personnes. Je regarde Narcisse, horrifiée, mais il m'encourage d'un hochement de tête. Levant nos deux bras, il esquisse une sorte de révérence, comme au théâtre, avant de s'exclamer :

– Messieurs, voici Nymphéa, notre nouvelle recrue !

Des applaudissements partent du petit groupe devant nous. Je m'enveloppe dans le fin tissu de ma robe de chambre. Je croyais que le principe du voyeurisme, c'était d'observer sans prendre part. Je ne m'attendais pas à rencontrer mon public !

– Bravo, tu t'en es bien sortie.

Je lève les yeux vers l'homme qui me surplombe et mon cœur manque un battement. *Oh mon Dieu, Matthieu.* Qu'est-ce qu'il fait là ?

– Euh, merci… mais je croyais que tu avais des projets personnels ce soir ?

– J'y vais juste après.

Il hésite, avant d'ajouter :

– J'ai décidé de suivre ton conseil et de venir expérimenter par moi-même.

La belle affaire ! Encore un moment où j'aurais mieux fait de me la fermer. Mal à l'aise, je tire sur le court tissu qui dévoile une bonne partie de mes cuisses. Ce qui est stupide, il en a vu bien davantage ce soir. Tout comme une dizaine d'hommes et de femmes inconnus.

Matthieu me décoche une œillade pénétrante. J'ai l'impression qu'il va ajouter quelque chose. Mais rien ne vient. Il n'y a pas l'ombre d'un sourire ou d'une émotion sur son visage, mais il n'a pas non plus ce petit air désapprobateur qu'il a l'habitude d'arborer face à moi. Il me confirme l'heure de notre rendez-vous du lendemain et s'éclipse avant que je ne puisse lui en demander davantage. Est-ce qu'il va me donner une note demain, comme les gymnastes ? Nymphéa : 8 pour la souplesse, 5 pour la créativité, 6 pour la technique. Peut mieux faire !

Au secours.

Mes pensées sont ramenées à l'instant présent par les quelques personnes qui viennent nous saluer avec plus ou moins de familiarité. Matthieu en profite pour s'éclipser. J'essaie de me réconforter en me disant que c'est comme au théâtre, ni plus ni moins. Ils ont apprécié le spectacle et viennent saluer les artistes. Je m'efforce d'adresser un petit sourire à chacun tandis que Narcisse les remercie en grande pompe, comme un parfait *showman*.

C'est tellement bizarre ! Soudain, un homme s'avance, le visage couvert par un chapeau de feutre. Pendue à son bras, une des deux seules femmes de l'assemblée. Une grande blonde filiforme qui paraît faite de cire tant ses traits sont figés et inexpressifs.

Au moment où ils passent devant nous, je le reconnais et mon sang se fige dans mes veines.

– Monsieur Mikheev, vous étiez là aussi ce soir ! s'exclame Narcisse d'une voix qui me paraît excessivement enjouée. Ça faisait un moment qu'on ne vous avait pas vu.

– J'ai entendu dire que vous aviez de nouvelles recrues prometteuses. J'ai voulu le vérifier par moi-même.

Un sourire amusé retrousse ses fines lèvres, rictus dépourvu de chaleur. Avec ses canines apparentes et ses iris couleur acier vissés sur moi, il n'a jamais autant ressemblé à un prédateur en train de verrouiller sa proie. Je me force à soutenir son regard tandis que Narcisse nous présente l'un à l'autre, ignorant tout de notre passif commun.

– Ravi de faire votre connaissance, déclame-t-il d'une voix doucereuse avant de se tourner vers la blonde pendue à son bras. Va m'attendre dans la voiture, veux-tu ? Narcisse va te raccompagner.

La femme, qui a l'air bien plus jeune que lui, semble soudain sortir de son apathie. Après avoir dévisagé Alexeï un court instant, elle se tourne vers moi et me foudroie du regard. Pourtant, elle acquiesce et ne dit rien. Narcisse me regarde à son tour, mal à l'aise, mais je lui signifie d'un signe de tête que tout va bien.

– Tu as suivi mon conseil, c'est bien. Tu m'as l'air d'être tout à fait dans ton élément ici, ma Rosie… oups, *Nymphéa*.

Je souris mais mon corps est en état de tension maximale. Un tic nerveux agite ma paupière, j'essaie de le masquer au mieux.

– Les Kabinsky ont accepté de me donner ma chance, j'espère ne pas les décevoir.

– D'après ce que j'ai déjà pu voir, je suis sûr que tu seras plus qu'à la hauteur.

Il attrape ma main dans la sienne, glacée, et y appose ses lèvres pour un baisemain très vieille France. Je retiens à grand-peine un mouvement de recul.

Il me dégoûte.

Ce que je prenais à l'époque du *Millésime* pour des manières galantes, un peu ringardes, m'apparaît aujourd'hui comme des techniques flagrantes de manipulation. Car je sais qui il est vraiment, à présent. Et je me dois d'être cent fois plus prudente.

– Et votre compagne, elle a aussi apprécié le spectacle ? ne puis-je m'empêcher de demander en retirant promptement mes doigts des siens.

Ses pupilles se réduisent à deux fentes.

– Tatiana est ma troisième femme, nous partageons beaucoup d'intérêts communs. Notamment le goût des belles choses.

À en juger par l'attitude fermée qu'arborait son épouse avant de partir, je ne suis pas si sûre qu'elle partage son goût, comme il dit.

– En tout cas, les affaires m'ont appelé ailleurs pendant quelque temps, mais je suis de retour. Et je pense que nous ne manquerons pas de nous recroiser… ici ou ailleurs.

– Pourquoi vous m'avez recommandée auprès des Kabinsky ? ne puis-je m'empêcher de lui demander.

– Tu avais besoin d'aide, je te l'ai apportée. Et qui sait… Peut-être que j'aurai moi aussi besoin d'une faveur, un de ces jours ? Alors, ne m'oublie pas, belle Rosie.

Mikheev soulève son chapeau pour me saluer, avant de tourner les talons et me planter là, les poils hérissés. L'oublier ? Comment le pourrais-je ? Ce type a occupé toutes mes recherches ces dernières semaines et quand je croyais ne plus réussir à avancer d'un centimètre, il se manifeste comme par magie. Que cherche-t-il en affichant son intérêt pour moi de la sorte ? Je ne peux pas croire qu'il ne cherche qu'à assouvir ses vices. S'il était présent ce soir, pour mon premier soir, ça ne peut pas être anodin. Il a parlé d'une faveur que j'aurais à lui rendre… J'espère que je serai partie loin de lui et de *La Galerie* le jour où il viendra me demander des comptes.

Un grincement se fait entendre dans la chambre vide, et je me retourne juste assez rapidement pour apercevoir la manche d'un blouson en cuir, usée sur le coude.

Matthieu ! Depuis combien de temps était-il là, est-ce qu'il nous a écoutés ? Ou est-ce qu'il attendait simplement le départ de Mikheev pour lui parler ? Kabinsky était là aussi ce soir, se fondant dans la masse de clients tel un fantôme, sans même m'avoir prévenue de sa venue…

Et s'il était plus proche du Russe que ce qu'il veut laisser croire ?

Tout à coup, je me demande quel type de clientèle fréquente réellement les chambres. On m'a parlé d'hommes d'affaires, de personnalités haut placées… Est-ce une façon déguisée de parler de mafieux, de brigands, de criminels ?

Ce qui est sûr, c'est qu'au terme de cette première soirée initiatique, une flopée de nouvelles questions va venir s'ajouter à ma liste.

Et je finirai par trouver des réponses.

Maintenant, je suis une des leurs. Du moins, c'est ce qu'ils croient.

CHAPITRE 18

MATTHIEU

J'ai encore du mal à m'expliquer pourquoi je suis venu ce soir. Peut-être parce que Mya est malade, et qu'elle reste finalement chez Juliette ce soir. Plutôt que broyer du noir en pensant au fait que j'allais encore passer une semaine sans la voir, j'ai eu envie de sortir. Mes pas m'ont tout naturellement porté à *La Galerie* – ce n'est pas étonnant, j'y passe le plus clair de mon temps. Mais au lieu de me contenter de rester dans mon bureau, cette fois, j'ai décidé d'entrer.

Les paroles de Roxane ont résonné dans ma tête. Sur le coup, j'ai trouvé ça loufoque qu'elle se demande si je n'ai pas moi-même travaillé en tant qu'hôte – mais après tout, pourquoi pas ? Même s'il ne se faisait pas rémunérer, Anton a déjà participé à différentes fêtes organisées dans la Chambre violette. Il était même à l'origine de certaines d'entre elles. Mais c'est son mode de fonctionnement, pas le mien.

Pourtant, aujourd'hui, alors que c'est la première mission de Roxane, j'ai eu envie de déroger à mon code de conduite. Après tout, la Chambre jaune m'offre le parfait compromis : j'observe, mais je ne participe pas. L'impact m'a semblé minime. Sous couvert de venir voir ma nouvelle recrue, j'ai donc cédé à cette pulsion.

J'attends que les clients affluent dans la pièce fermée par un grand miroir avant de m'installer sur une chaise, tout au fond. Le voyeurisme n'a jamais fait partie de mes fantasmes. Dans mes heures les plus sombres, j'ai toujours préféré être dans l'action, maître de la scène. Quelques souvenirs confus me reviennent en tête. Des corps affairés, à quelques pas du mien, tandis que je m'abandonnais moi-même au plaisir de la chair. Mais je n'ai jamais vraiment fait attention à ce qui se passait autour de moi. J'étais toujours bien occupé.

Nymphéa et Narcisse entrent dans la pièce. Elle semble tendue. L'ensemble de lingerie qu'elle a choisi est joli, il flatte sa silhouette. Avec ces sous-vêtements, ce maquillage… Elle est vraiment très séduisante. À en juger par les murmures approbateurs dans la salle, je ne suis pas le seul à le penser.

Le profil d'un homme assis au fond de la pièce attire mon attention. Je rêve ! Mikheev est ici. Est-ce qu'il est venu pour Nymphéa ? Est-ce que c'est pour ça qu'elle m'a suggéré d'assister à une séance ? Je ne comprends plus rien, mais je me sens tout à coup prodigieusement agacé à l'idée que cet enfoiré va prendre son pied en matant Nymphéa. Il n'est pas venu seul, en plus… Je remue sur ma chaise, l'air autour de moi se fait oppressant.

Je ne comprends pas pourquoi Anton le tolère ici. Si ça n'avait tenu qu'à moi, on l'aurait banni depuis longtemps. Ses arguments sont toujours les mêmes : exclure sans raison valable le chef de la mafia russe de nos établissements, ce n'est pas prudent. Mais je l'exècre à tel point que le savoir ici, dans notre maison, en train de profiter de nos services… Ça me rend malade.

Je rumine ces pensées quand un gémissement m'arrache à ma contemplation du mafieux. Nymphéa embrasse son partenaire à pleine bouche, et un sentiment étrange m'envahit. Une certaine possessivité qui me ramène à ce constat effarant : j'aimerais être à la place de Narcisse.

J'ai pu caresser les contours de ces courbes voluptueuses, passer ma langue sur cette bouche charnue, sentir son impatience monter avec la mienne… La voir ainsi, prête à se donner sans pudeur, me ramène beaucoup trop au moment où elle a failli se donner à moi… et où je n'ai pas saisi l'opportunité. Les paroles d'Anton à son sujet me reviennent en tête. « Une aura empreinte de sensualité frustrée. » Pour la première fois, je comprends ce qu'il a voulu dire et sa frustration fait écho à la mienne. Sauf que dans son cas, sa tension s'apprête à être assouvie tandis que la mienne est condamnée à pulser douloureusement dans mon pantalon.

Un brasier s'allume dans mon ventre quand je vois Narcisse plonger entre ses cuisses. Pourquoi suis-je venu ? C'est un supplice de regarder tout ce que je ne pourrai pas avoir. La vérité me saute aux yeux : Nymphéa, ou plutôt Roxane, m'attire beaucoup trop.

Ça la rend encore plus dangereuse que si elle était la complice de Mikheev.

Je passe le reste de la séance en apnée, à vouloir détourner les yeux sans y parvenir. Bon sang, je n'aurais pas cru qu'elle était si sensuelle. Après ce soir, elle va être très demandée par les clients, j'en suis certain.

Quand la séance se termine, je me lève parmi les premiers. Je ne veux pas que Mikheev se rende compte de ma présence. Je félicite Nymphéa qui a l'air stupéfaite de me voir, et je m'éclipse. Il y a une porte de secours dans le coin de la pièce, et je veux m'y cacher pour voir ce que Mikheev va faire.

Avec dégoût, je le vois se lever avec celle qui doit être sa nouvelle femme pour aller saluer les deux hôtes. De là où je suis, j'entends à peine ce qui se dit. Je ne vois pas le visage de Nymphéa, mais je distingue parfaitement celui du mafieux et son expression joyeuse me donne envie d'y écraser mon poing. Mes doigts se crispent sur l'entrebâillement de la porte quand Narcisse et la grande blonde filiforme quittent la pièce, laissant Nymphéa et ce monstre seuls. Leur échange est bref, je ne saisis pas tout, mais il se pourrait très bien qu'ils parlent en message codé. Qui sait, après tout ?

Il prend congé et Nymphéa se tourne de mon côté. Je recule précipitamment. Merde ! J'espère qu'elle ne m'a pas vu. Une fois revenu dans le couloir, je repère aisément la silhouette coiffée d'un chapeau. Mikheev est seul, l'occasion est trop belle. Je l'attrape par une épaule et le coince contre le mur.

– Tiens, Matthieu, quel plaisir de te voir.

Malgré ma main sur lui, il affiche un rictus assuré.

– Je peux savoir ce que tu fous là, à faire des messes basses avec mes employés ?

Il se dégage de ma poigne et me dévisage avec amusement.

– Je viens rendre visite à ma petite protégée. Tu l'as vue ? Elle est douée, c'est certain. Chaude comme la braise…

– Ta gueule, grogné-je.

Mikheev hausse un sourcil et je m'empresse d'ajouter :

– Nous assurons une surveillance rapprochée de *La Galerie*. Quoi que tu aies en tête, laisse tomber. Ça n'arrivera pas.

Il m'adresse un sourire goguenard avant de se rapprocher de moi.

– En es-tu si sûr ? Quelque chose me dit que ta précieuse *Galerie* n'est pas aussi sécurisée que tu le crois.

Il m'écarte de son passage et je me laisse faire, trop concentré sur ses paroles. Qu'est-ce que c'est censé vouloir dire ? Je prends mentalement note de demander à Hans un rapport complet sur la sécurité mise en place dans et autour des chambres. J'observe les lieux vides autour de nous et je me demande un instant si ce n'est pas l'occasion de régler nos différends, ici et maintenant. Seuls, Alexeï et moi, comme des hommes. Mais pour autant que je meure d'envie de casser la gueule à cet enfoiré, je dois faire profil bas. Ses sbires ne sont jamais loin et avec les hôtesses et les clients dans les parages, je ne dois pas prendre le risque de créer une émeute.

– Tu sais mon petit Matthieu, tu ne veux peut-être plus venir faire la fête avec moi, mais tu as tendance à oublier que c'est grâce à moi que vous avez pu construire tout ça, dit-il en pointant du doigt les murs autour de lui. Sans mon argent, tu n'aurais jamais pu donner vie au rêve de ton frère.

– C'est du passé tout ça. Je t'ai remboursé plus que ce que je te devais, nous sommes quittes.

– C'est là que tu te trompes. Nous serons quittes seulement quand je l'aurai décidé.

De retour dans mon bureau, je ne décolère pas. Mikheev a du culot de se pointer ici et de faire comme s'il était le maître des lieux. Malgré tout, je ne suis pas rassuré. Cela fait des semaines qu'il tourne autour de notre établissement comme un vautour, je dois savoir ce qu'il a en tête.

Son intérêt manifeste pour Nymphéa me donne toutes les raisons de croire qu'il la tient sous son emprise. Et c'est pour ça que ça semble beaucoup trop évident. Trop facile.

Comment faire pour en savoir plus ? La solution la plus simple, c'est que je me rapproche d'elle. Assez pour la mettre en confiance, et qu'elle ait envie de se confier à moi. Comme ça, si elle est d'une quelconque manière sous le joug du Russe, je pourrai lui venir en aide. Ce n'est pas gagné : elle me considère comme son patron rigide et autoritaire, à juste titre. Il faut que je me montre à elle sous un nouveau jour, plus détendu, plus accessible. On se voit demain pour faire le point sur sa première mission d'hôtesse. Plutôt que de la voir dans mon bureau, je pourrais l'emmener ailleurs ?

Une idée germe dans mon esprit. En attendant, il me reste un seul petit problème à résoudre : l'attirance presque animale que je ressens quand elle est dans les parages. J'avais cru réussir à l'enterrer ces dernières semaines, me cantonnant à nos rapports professionnels, mais la vérité est que j'en veux beaucoup plus. Et sa prestation dans la Chambre jaune, ce soir, n'a fait que réveiller les braises d'un désir déjà incandescent.

CHAPITRE 19

ROXANE

Le nez en l'air, je savoure la chaleur du soleil sur mon visage. C'est dimanche et, pour la première fois depuis longtemps, je peux profiter d'un moment de quiétude, seule, sur la terrasse devant la maison. Je me sens en paix. La météo est parfaite en cette fin avril, et je n'ai pas pu résister à l'envie de prendre mon petit déjeuner à l'extérieur. Mes colocataires ne sont pas là, vaquant à leurs occupations ou en train de suivre tel ou tel entraînement. La nuit a été régénératrice, me permettant de digérer toutes les émotions de la veille. De mon passage dans la première chambre. De toutes les interrogations et les craintes qu'il a soulevées.

Je refoule ce trop-plein de pensées et je m'efforce de me concentrer sur le moment présent, où tout est calme.

Le ciel est bleu. Les oiseaux chantent. Je suis sereine.

Le vrombissement d'un moteur me fait ouvrir les yeux et je regarde, atterrée, le gros bolide qui dérape au virage et se gare dans la cour à quelques mètres de moi. Je reconnais sans peine la silhouette élancée de Matthieu Kabinsky, enveloppée dans son épaisse veste en cuir. Il doit mourir de chaud avec ce truc-là. Tout en enlevant son casque, il s'avance vers moi et je ne peux m'empêcher de protester en guise de bonjour.

– Je croyais qu'on avait rendez-vous à 10 h 30 ?

Matthieu secoue ses mèches blondes et me dévisage.

– Eh bien oui, il est 10 h 30. Je suis venu te chercher car c'est le jour *off* de Hans. Quoi, tu vas me dire que tu n'es pas prête ?

Sa voix gronde mais je vois à son rictus narquois qu'il est de bonne humeur. *Pour une fois*. Je ravale donc ma réplique. Je suis zen, lui aussi. Essayons de ne pas le contrarier tout de suite. Je jette un coup d'œil à ma tenue : un tee-shirt et un short légèrement troué au niveau de la cuisse. Non, décidément, je ne suis pas prête. Je grimace.

– Laisse-moi, cinq, non, dix minutes, et j'arrive !

Il pousse un soupir mais n'hésite pas à prendre ma place au soleil dès l'instant où je lève mes fesses de la chaise. Je grimpe dans ma chambre pour enfiler à la va-vite un jean et un débardeur. Heureusement que je me suis douchée cette nuit en rentrant. Il était inconcevable pour moi d'aller dormir avec toutes ces traces de luxure encore collées à la peau. Un coup de brosse dans les cheveux, une rapide application de mascara sur les yeux, me voilà fin prête. Si, en tant que Nymphéa, j'apprécie de me glisser dans de la lingerie fine, c'est comme ça que je me préfère : au naturel.

– C'est bon pour moi, on peut y aller.

– T'en as mis du temps, soupire Matthieu en se levant.

Je regarde la petite table en fer forgé où se trouvaient, il y a quelques minutes encore, mes restes de brioche et de pâte à tartiner bio – piquée dans l'armoire d'Olympia, mais ça, je ne le lui dirai pas. Haussant un sourcil, je rétorque :

– On dirait que tu ne t'es pas laissé abattre en m'attendant !

– Je n'allais pas gâcher.

S'emparant de l'assiette sale, il m'aide à débarrasser, un air insouciant sur le visage. On dirait une tout autre personne. Je ne peux m'empêcher de le trouver encore plus attirant lorsqu'il est comme ça, aussi enjoué. Il en deviendrait même agréable à côtoyer. Une fois le lave-vaisselle rempli, il me fait signe de le suivre et nous nous rendons à nouveau dans la cour. Arrivée à l'extérieur, je bloque. Je pensais qu'il allait me proposer de faire notre rendez-vous sur la terrasse, mais non. Il me tend un casque de moto et j'ouvre de grands yeux.

– Attends, on va où comme ça ? On ne reste pas ici ?

Kabinsky secoue la tête.

– Non, je me suis dit qu'on allait sortir, histoire de prendre l'air. Un peu de soleil, ça ne te fera pas de mal, raille-t-il.

– Ce n'est pas comme ça que tu vas me convaincre de monter sur cet engin de la mort !

– Tu as raison. Si je promets d'être gentil, tu acceptes ?

Je plisse les yeux.

– Je doute que tu en sois seulement capable.

Matthieu a tout à coup un air si sérieux que je regrette ce que je viens de dire. Peut-être ai-je poussé les piques un peu trop loin…

– Tu sais, contrairement à ce que tu sembles penser, je n'ai rien contre toi.

Je déglutis péniblement.

– Ravie de l'apprendre. Tu es donc aussi pénible avec tout le monde ?

Il se met à rire et, ô miracle !, c'est une attitude qui lui sied beaucoup mieux.

– À peu près oui. Mais toi, tu titilles spécialement cet aspect de ma personnalité.

Son sourire s'étend jusqu'à ses yeux et je vacille. Je ne sais pas si c'est dû à la lumière ou à son humeur positive du jour, mais sous cet angle les yeux noisette de Kabinsky semblent plus clairs, avec des paillettes couleur miel…

Il me fait signe d'approcher de son bolide.

– Ce petit bijou est une Yamaha MT-07, une des motos les plus vendues et les plus fiables de sa génération. Je conduirai lentement, promis. Tu n'as rien à craindre avec moi.

En disant cela, il plante son regard dans le mien et le rouge me monte aux joues. Aussi improbable que ça paraisse, je sens qu'il dit vrai. Alors, j'accepte le casque qu'il me tend.

– Tiens, mets ça aussi.

Il retire sa veste, dévoilant son torse moulé dans son tee-shirt près du corps. J'enfile le cuir qui me semble peser une tonne sur mes épaules nues. Lorsque je mets le casque sur ma tête, il s'approche pour m'aider à régler les lanières qui me chatouillent le menton. Mon souffle se coupe lorsque ses longs doigts effleurent mon cou avec délicatesse. La visière relevée, je sens son haleine mentholée mélangée à son parfum d'homme. *Respire, Roxane.*

– Allons-y.

Les jambes molles, je grimpe derrière lui et, après un instant d'hésitation, encercle sa taille de mes bras. Il se crispe à mon contact, mais lorsqu'il démarre et que je resserre ma prise, paniquée, je l'entends rire.

– Tu ne vas pas trop vite hein !

– Je vais faire de mon mieux.

Il guide la moto au-delà du portail et nous nous élançons sur la route goudronnée. Je serre les dents. Mon cœur bat la chamade. À mesure que nous prenons de la vitesse, nous quittons la ville et passons par des petites routes champêtres. Je me détends peu à peu, grisée par la sensation du vent s'engouffrant par les manches trop larges de la veste et par mes cheveux battant tout autour de moi. Le bourdonnement régulier du moteur, qui au début m'agressait les oreilles, sonne maintenant comme un ronronnement. Ma tête se pose naturellement contre le large dos de Matthieu, je ferme les yeux. C'est presque à regret que je me décolle quand la moto s'arrête.

– Où sommes-nous ? demandé-je tout en descendant de manière peu gracieuse de l'immense engin.

– Au parc Tournay-Solvay, juste à côté de Boitsfort. Tu verras, l'endroit vaut le détour.

Nous pénétrons dans le parc et je m'émerveille devant la nature qui nous entoure. Nous nous engageons sur un chemin de terre rouge, passons devant un jardin à l'anglaise, traversons un pont et débouchons sur un étang. La surface lisse de l'eau scintille et une famille de canards glisse nonchalamment dessus. Immédiatement, je tombe sous le charme des lieux. Toute cette verdure me rappelle la campagne de mon enfance, à Nobressart. Loin de l'agitation de la capitale, tout est calme, paisible. Je dois admettre que ça fait du bien. À part quelques passants au loin, nous sommes seuls.

– On peut se poser ici, si ça te convient.

Matthieu m'indique l'ombre d'un grand arbre et je le rejoins sans me faire prier, déjà assommée par la chaleur de cette fin de matinée. Je m'assieds en tailleur, les pieds à un mètre à peine de l'eau, et lâche un petit soupir d'aise.

– C'est magnifique ! Comment tu connais ? questionné-je en me tournant vers Kabinsky qui s'est mis à côté de moi.

Bizarrement, ses traits s'assombrissent.

– Une amie m'en avait parlé et depuis, je viens régulièrement, pour faire du sport ou me promener.

Je le détaille avec curiosité mais avant que je puisse enchaîner, il me coupe dans mon élan en adoptant un ton sérieux :

– Alors, parle-moi de ton expérience dans la Chambre jaune hier. Comment tu as vécu cette première séance ?

J'ouvre la bouche puis la referme, ne sachant que répondre. Il a tout vu, ai-je vraiment besoin d'expliciter ? Mon visage vire au rose fuchsia.

– Euh… Bien. Ça s'est bien passé, je crois. Narcisse avait l'air satisfait et les clients aussi.

Je baisse la tête pour masquer mon embarras. C'est si étrange comme conversation, tellement en décalage avec ce paysage bucolique qui nous entoure.

– J'ai fait un point rapide avec lui, juste après votre sortie. Il ne m'a fait remonter aucun problème majeur en effet, reprend Matthieu avec raideur. Je voulais savoir si toi, tu avais des questions ou des remarques, par rapport à tout ça.

Comme je me mure dans mon silence, il insiste :

– Tu dois apprendre à te confier à moi Nymphéa, à ne rien me cacher. Tu n'as pas à être gênée. Vois-moi comme un simple manager. Mon rôle est de t'aider à t'intégrer et à t'épanouir au mieux à *La Galerie*, comme dans n'importe quelle entreprise.

Comme si ce job, c'était n'importe quel job ! Je me retiens de rétorquer que vu la nature de nos activités et de nos rapports, il va m'être difficile de le considérer comme un *simple manager*, et encore plus de lui faire confiance. Je ne dois rien lui cacher… mais lui, que cache-t-il ? Ce n'est pas comme si je pouvais lui poser la question de but en blanc, aussi, je préfère changer de sujet.

– C'est toi qui vas me confier mes prochaines missions ?

Il hoche la tête avant de sortir un portable à l'écran démesuré de sa poche.

– Oui, d'ailleurs tu as une autre séance dans la Chambre jaune avec Narcisse après-demain, puis une nouvelle prestation devrait avoir lieu la semaine prochaine. J'attends encore le contrat finalisé, mais les clients ont déjà validé les grandes lignes du scénario. Nous allons les passer en revue ensemble.

– Les clients ? Au pluriel ? balbutié-je.

– Oui, il s'agit d'un couple cette fois. On a pensé à toi pour une séance dans la Chambre orange, celle de l'échangisme. Tu seras à nouveau en binôme avec un hôte, peut-être Narcisse, je ne sais pas encore.

Je manque de m'étrangler avec ma salive, mais lui fais signe de continuer. Matthieu me fait lire les détails de ma prochaine « mission » sur son téléphone, et nous en discutons ensemble un long moment. Nous abordons également le sujet de mon planning d'entraînement et ma liste d'accessoires acceptés et à bannir : menottes, plugs, fouets et autres joyeusetés sont évoqués. J'essaie d'adopter le même ton détaché que Kabinsky, de me répéter que ce n'est qu'un simple travail, même si la conversation me semble lunaire. Certains vendent des ramettes de papier, moi, c'est mon corps. Tout est normal.

Alors qu'on passe encore en revue des points du règlement, je décroche. Mes pensées dévient sur Mikheev. Je me demande comment avancer dans mon enquête, maintenant que je suis certaine qu'il gravite dans l'entourage des Kabinsky. Balancer son nom de manière innocente me paraît risqué, voire stupide. Il faut que je sois plus maligne que ça.

– Au fait, il y a une chose que tu ne m'as pas expliquée concernant le fonctionnement de *La Galerie*. Anton et toi êtes les patrons, tout comme pour *Le Millésime*, mais est-ce qu'il y a d'autres personnes qui font partie de la direction ? Des actionnaires, peut-être ?

Mon rythme cardiaque s'accélère légèrement mais je garde au maximum le contrôle de mes expressions. Un mouvement trop nerveux pourrait me trahir, et Matthieu est déjà assez méfiant au naturel.

– L'entreprise nous appartient, à mon frère et à moi. Comme il s'agit d'une affaire familiale, nous n'avons pas souhaité partager nos responsabilités jusque-là. Et je compte tout faire pour que ça ne change pas.

C'est une perche que je ne peux pas m'empêcher de saisir.

– Il y a des acheteurs qui sont intéressés ?

– Bien sûr, depuis le début. *La Galerie* est une affaire florissante, ce qui veut dire qu'il y aura toujours des gens pour essayer de voler une part du gâteau. C'est en partie pour ça que l'on tient à garder l'activité des chambres secrète. Ça nous permet de trier nos clients et nos employés sur le volet.

– Quelle est l'autre raison ?

– L'attractivité. On est toujours attiré par le mystère. L'idée de rejoindre un cercle privé, invisible, inaccessible pour la plupart attise notre désir d'en faire partie, tu ne crois pas ? Quand quelque chose n'est pas facile à obtenir, on le veut encore plus. C'est inscrit dans la nature humaine.

Je ne peux m'empêcher d'observer son profil régulier. Ces derniers mots résonnent en moi de bien des façons. Moi, l'éternelle insatisfaite, toujours à la poursuite de plus… Est-ce pour ça que le cadet des Kabinsky me paraît aussi séduisant ?

– J'imagine que tu as raison.

Il hausse les épaules.

– C'est une idée d'Anton, comme souvent.

– Vous vous complétez bien, tous les deux.

– Je n'ai pas beaucoup de mérite dans tout ça. Le concept, les premiers clients, la stratégie commerciale… Tout ça, c'est l'œuvre d'Anton. Ça peut paraître étrange, mais c'était son rêve. Mon père n'était pas très recommandable. Nous avons récupéré ce bâtiment, une ancienne maison close. Je voulais le vendre le plus vite possible, mais mon frère pensait qu'il pouvait tout reprendre et l'améliorer.

– Et comment tu t'es retrouvé embarqué là-dedans, alors ? demandé-je, curieuse.

Matthieu laisse passer une longue minute de silence avant de me répondre, les coudes posés sur les genoux, le regard lointain.

– On ne peut pas vraiment dire que cet emploi, ce soit un rêve de gosse, déclare-t-il, plus pour lui-même que pour moi. Je ne pensais pas que mon école de commerce me mènerait à ça. Mais mon frère a traversé une mauvaise passe, et ce projet l'a tant enthousiasmé que je n'ai pas pu lui refuser un coup de main. C'était ce que ça devait être, au début. Une aide ponctuelle pour l'aider à rendre le business le plus propre possible. Pour ma part, je ne voulais rien avoir affaire avec ce milieu, mais… au bout d'un certain temps, il a été clair qu'Anton ne pouvait pas tout gérer. Alors, je suis venu l'aider.

Sa voix n'est plus qu'un murmure. Je n'ose pas parler, de peur de rompre sa soudaine soif de confessions. Pourtant, je brûle d'en savoir plus. Je prends mentalement note de chaque détail qu'il veut bien me dévoiler, afin de pouvoir tout retranscrire dans mon cahier plus tard. Le puzzle commence à bouger sous mes yeux. Je suis sûre que Mikheev est la personne avec qui les frères sont en discussion.

– Tu sais Roxane, une fois qu'on y est entré, il n'est pas si facile de quitter ce genre de milieu, soupire Matthieu. Je m'efforce de rester une personne décente la plupart du temps, mais ce n'est pas si facile. En tout cas, tu n'as pas à t'inquiéter. Tant que je serai là, nos collaborateurs seront toujours notre priorité.

Je ne sais pas si c'est le fait qu'il m'ait appelée par mon vrai prénom ou si c'est le mélange de colère et de vulnérabilité qu'il me laisse aujourd'hui entrevoir pour la première fois qui me trouble à ce point, mais je ne peux m'empêcher de lâcher dans un souffle :

– Je pense que tu es une personne décente, au fond. Un peu plus que ça, même.

Matthieu lève enfin les yeux vers moi. Son regard est si intense que je me sens chanceler. Il se passe une main dans les cheveux. J'ai remarqué qu'il faisait ce geste lorsqu'il était gêné ou qu'il ne savait pas quoi dire.

– Merci, finit-il par dire sans me lâcher du regard. Je suis désolé de t'avoir mené la vie dure quand nous nous sommes rencontrés. J'avais tort :

tu as ta place parmi nous. Tu es douée. Les gens t'apprécient. Ce n'est pas si facile, crois-moi.

Je comprends sans trop de mal ce qu'il évoque à demi-mot. À la lumière de tout ce que j'ai appris de lui depuis les débuts, je le vois différemment. Il est le frère qui agit dans l'ombre, qui ne demande rien à personne. Celui que tout le monde trouve moins sympa, moins affable qu'Anton. Mais je comprends que ce n'est qu'un masque. Matthieu Kabinsky est beaucoup plus que ça. Il a peut-être du mal à s'ouvrir aux autres, à faire confiance, mais puis-je l'en blâmer alors que j'ai tendance à être si méfiante moi-même ?

Je m'aperçois alors que je me suis rapprochée de lui. J'entends son souffle, je perçois la chaleur de son corps à proximité du mien. Ma poitrine se met à monter et à descendre à un rythme accéléré. Ma main posée au sol effleure la sienne, mais il ne la retire pas. Cette souffrance, là, tapie au fond de ses pupilles dilatées… Je m'y reflète et je m'y perds, mais par-dessus tout, je ressens le besoin inconsidéré de la voir s'effacer.

Alors, faisant fi de tout bon sens, je plonge sur ses lèvres.

La réaction de Matthieu est aussi immédiate qu'humiliante. Il se recule vivement, s'éloignant de moi comme si j'étais une pestiférée.

– Qu'est-ce que tu fous, bordel ? s'exclame-t-il en me regardant avec stupeur.

– Je suis désolée, je… je ne sais pas ce qui m'a pris ! Je ne voulais pas…

Mortifiée, je passe mes paumes sur mon visage, comme si elles pouvaient me cacher tout entière. La surprise sur le visage de Matthieu se transforme en colère. Pourquoi est-il furieux ? On dirait que je viens de l'insulter ! Avant que je n'aie eu le temps de comprendre, il se redresse et me lance :

– Qu'une chose soit bien claire Nymphéa. Nous deux, ça n'arrivera pas. *Jamais*. Ce genre de manœuvre, ça marche peut-être avec Mikheev ou avec tes clients, mais pas avec moi. Alors je te conseille de les garder pour ceux qui sont prêts à allonger un gros billet pour t'avoir dans leur pieu. En ce qui me concerne, tu peux passer ton chemin.

J'écarquille les yeux, choquée par la virulence de ses propos et la vitesse à laquelle son humeur a changé. Le choc initial laisse place à une colère sourde, de celles que Kabinsky seul arrive à susciter. Je me lève à mon tour et même si ça ne sert à rien, je m'avance et applique mes mains sur son torse pour le pousser de toutes mes forces. Mais son stupide corps d'athlète bouge à peine d'un centimètre. Faute de mieux, je me mets donc à crier :

– Loin de moi l'idée d'avoir ce genre d'envies, *patron* ! Et tu sais quoi, Matthieu ? Oublie ce que j'ai dit il y a cinq minutes. Tu n'es pas une personne décente. En réalité, tu n'es qu'un gros connard !

Furibonde, je le plante là avec son joli lac, sa belle gueule et sa fausse modestie. Putain, je n'y crois pas ! Encore une fois, je suis tombée dans le panneau. Quand vais-je enfin admettre que ce type est un enfoiré et rien d'autre ? Ah, il tient de beaux discours, prétendant s'intéresser aux personnes qui l'entourent, mais ce n'est qu'une posture. Il balance le nom de Mikheev comme si c'était une insulte, en vérité, il ne vaut pas mieux que lui. Au moins, Alexeï assume sa cruauté.

Vu l'allure à laquelle je marche, je ne mets pas plus de dix minutes pour remonter le sentier vert et revenir à l'entrée principale. Je jette un coup d'œil dédaigneux à sa bécane garée là. Hors de question que je rentre avec lui après les saloperies qu'il vient de me balancer à la figure ! Je sors donc mon téléphone pour appeler un taxi.

Tout en indiquant ma position au chauffeur, je tape rageusement mon talon contre une herbe au sol. Je me maudis d'avoir été aussi stupide. Qu'est-ce qui m'a pris, bon sang ? Le beau temps, ma partie de jambes en l'air récente, le soleil qui m'a tapé sur la tête ce matin… Tout ça a dû faire disjoncter mon cerveau, je ne vois pas d'autre explication.

Mais on ne m'y reprendra plus, ça, c'est certain ! Matthieu est dégoûté à l'idée même de poser un doigt sur moi ? Qu'il se tranquillise, il n'aura pas à le faire. Son côté *bad boy* torturé a bien pu me faire tourner la tête pendant un court moment, ça n'arrivera plus.

Mon âme peut aller brûler en enfer si je me surprends à rêver encore une fois d'un pseudo-rapprochement entre Matthieu Kabinsky et moi. Je m'en fais la promesse : il ne se passera jamais rien entre nous.

CHAPITRE 20

ROXANE

Lorsque j'émerge ce matin après une nuit agitée, je savoure le plaisir de pouvoir enfin traîner au lit. C'est mon jour de repos : aucun cours à suivre, aucune séance de sport au programme, aucun rendez-vous avec un Kabinsky qui finira par tourner au vinaigre. Je grince des dents. Non, je ne me laisserai pas davantage affecter par l'épisode d'hier. J'ai essayé de le comprendre, Matthieu a agi comme un enfoiré, il n'y a en fin de compte rien de nouveau… Puis j'ai déjà assez cogité toute la journée et une bonne partie de la nuit. Aujourd'hui, j'ai eu le bonheur de me réveiller sans avoir à mettre d'alarme alors, qu'il aille au diable !

Les derniers jours ont été chargés en émotions diverses et je crois que tout ça m'avait vidée de mon énergie, au point que j'ai dormi jusqu'à 10 heures passées. Ce constat améliore encore mon humeur. J'étire mes bras au-dessus de ma tête. Une grasse matinée, quel pied ! J'ai hâte de prendre un copieux petit déjeuner, puis de mettre à jour mon dossier d'enquête avec les nouveaux éléments recueillis.

Alors que je réfléchis à la meilleure attitude à adopter pour la suite, la porte s'ouvre en grand. Je tressaille et par réflexe, je tire le drap jusqu'à mon cou.

– Allez, debout la dormeuse !

Une tornade rousse s'assied sur mon lit, manquant de me broyer une cheville.

– Aïe Olympia, fais attention !

– Alors trésor, on n'est pas du matin ?

J'écarquille les yeux et, en reconnaissant cette voix, je me redresse en position assise. Mes joues s'empourprent malgré moi.

– Narcisse ? Qu'est-ce que tu fais là ?

Je ne pensais pas revoir mon collègue aussi vite. Surtout pas dans ces conditions, après nos ébats d'il y a deux jours. Pourtant, il se tient bien devant moi, habillé d'un polo à manches courtes et d'un pantalon chino qui met en valeur son teint hâlé. Je me rends alors compte que je porte mon vieux pyjama délavé, troué au niveau du col. La honte ! En voyant mon embarras croître, Narcisse lâche un petit rire et s'avance à mon chevet.

– Pas la peine d'être gênée Nymphéa ! Après notre nuit torride, je pense qu'on est au-dessus de ça.

Bien sûr, sa remarque me met encore plus mal à l'aise. Je ramène mes jambes contre ma poitrine et enfouis mon visage entre mes mains pour me cacher.

– Tu as raison, je me sens beaucoup mieux en y repensant, grommelé-je. Bref ! Si ça ne te gêne pas, j'allais partir me doucher, c'est mon jour de repos…

– Oh allez, je te taquine ! s'exclame Narcisse en m'obligeant à relever la tête. Humour d'hôte, désolé. Tu vas finir par t'y habituer. Sache que je ne suis pas ici juste pour te charrier, je venais également te donner tes pourboires. Tu ne les as pas récupérés l'autre soir.

Comme par magie, il fait apparaître une liasse de billets qu'il laisse tomber sur mes genoux. J'ouvre la bouche puis la referme, incapable d'émettre le moindre son.

– C'est pour moi tout ça ? m'étranglé-je

Son sourire s'étire d'un coin à l'autre de ses lèvres. Il glousse en échangeant un regard complice avec Olympia.

– Ouais, ça fait toujours cet effet-là la première fois.

Je m'oblige à prendre une profonde inspiration pour ne pas défaillir. Putain, je n'en reviens pas ! Il y a une dizaine de coupures de cent euros sur le lit… et elles sont *à moi* ! Je n'ose pas y toucher, de peur que ce ne soit qu'un mirage et que l'argent disparaisse si je m'en approche trop. Une seconde, je me mets à rêver à tout ce que je pourrai faire avec ce cash. Mais avant toute chose, je vais en envoyer une grande partie à ma famille, évidemment. Ça enlèvera une sacrée épine du pied à mes parents.

– On a toujours pas mal de pourboires quand on passe par la Chambre jaune, c'est l'effet de nombre, explique Olympia. Dans les autres chambres, ça sera un peu moins spectaculaire, mais toujours plus qu'intéressant, ne t'en fais pas. Et au fur et à mesure que tu grimpes, les tarifs de base vont augmenter.

Elle marque un silence tandis que je reste hagarde devant ma récompense. Elle me caresse les cheveux avec délicatesse, je la laisse faire. J'ai fini par m'habituer au côté très tactile d'Olympia. Elle a besoin de contact humain, partout, tout le temps, et finalement, ça ne me dérange pas tant que ça. Elle est attachante, à sa façon.

– Bon, reprend-elle en esquissant un sourire malicieux, on se disait que pour fêter ta première prestation, il fallait marquer le coup. Alors… on t'emmène pour une journée shopping !

Olympia marque une pause théâtrale, s'attendant probablement à ce que j'explose de joie, mais à la place, je fais la moue.

– Je ne sais pas trop.

Elle me donne un léger coup de coude.

– Oh, allez ! Narcisse et moi, on ne travaille pas avant ce soir. Tu n'as pas envie de t'amuser un peu ?

– Sans parler du fait que tu as besoin d'un sérieux ménage dans ta garde-robe, ma belle, intervient

Narcisse. Ta garde-robe professionnelle, je veux dire. L'autre soir, j'ai découvert une facette de Nymphéa, mais que nous réservent les autres ? Vu le succès de ta première prestation, tu mérites mieux que de porter de la lingerie de second choix, dont les autres hôtesses ne voulaient pas.

Je grimace, réfléchissant à toute vitesse. Ils n'ont pas tort. Ce qu'il y avait dans la penderie samedi ne me correspondait pas. Je me glisserais sûrement mieux dans mon rôle si je pouvais moi-même choisir mes tenues. Avec tout ce que je viens de récupérer, je peux bien me permettre un peu de shopping, non ? Mon regard dévie sur les deux petits trous qui ornent le col élargi de mon tee-shirt. Narcisse a eu le tact de ne pas le souligner, mais mon dressing personnel mériterait aussi un petit dépoussiérage. Il fait de plus en plus chaud, j'en ai marre de mes sempiternels jeans et baskets. Je pourrais m'acheter une ou deux robes pour cet été…

Je lève les yeux vers mes deux collègues qui m'observent avec attention, pleins d'espoir. Passer un peu de temps avec eux ne me tuera pas, ils sont assez sympathiques dans leur genre. Et puis, Narcisse est à *La Galerie* depuis longtemps, je pourrais peut-être glaner quelques informations supplémentaires. Cet argument finit de me convaincre. Je soupire, pour la forme.

– D'accord, mais c'est seulement pour que vous arrêtiez de me harceler !

Leurs cris de joie exagérés me font rouler des yeux. Pourtant, au fond de moi, je suis flattée de les voir si désireux de passer une journée en ma compagnie.

– Et celui-là ? Vous le trouvez comment ? Mieux, non ? demande Olympia.

Elle troque le béret qu'elle vient d'essayer pour un grand chapeau bordeaux, style capeline.

– Ah oui, c'est bien mieux ma chérie ! Avec tes cheveux, la couleur te va à ravir ! s'exclame Narcisse. Fais-moi essayer celui d'avant, pour voir.

À son tour, il se débarrasse du borsalino qui orne son crâne pour y appuyer le béret. Il s'applique un instant à trouver la juste inclinaison, pile sur le côté de sa tête. Il lève les mains en l'air, victorieux.

– Et voilà ! Ça, c'est davantage mon style, c'est clair. Et toi trésor, tu trouves ton bonheur ?

Je lui adresse un sourire, affalée sur l'un des fauteuils en cuir dans le coin de l'espace essayage. Ça fait déjà trois heures que nous arpentons l'avenue Louise, nous arrêtant devant chaque devanture, entrant dans chaque boutique. Je n'en peux plus ! Je rétorque, amusée :

– Je crois que je vais faire l'impasse sur le chapeau de mon côté, merci. Je ne pense pas m'en servir dans la prochaine Chambre.

– Méfie-toi, tu ne sais jamais quel accessoire pourrait t'être utile !

Olympia interrompt notre échange et se laisse glisser par terre à mes pieds. Après avoir arrangé sa grande jupe marron autour d'elle, elle pose sa tête contre mes jambes et lâche un gémissement :

– Oh là là, je suis crevée ! Et qu'est-ce que j'ai faim ! On va manger un morceau ?

Je hoche la tête avec entrain.

– S'il vous plaît, oui ! Je rêve d'un bon Coca bien frais. Et je pense que je suis parée niveau achats. Je dois avoir ce qu'il faut pour les quinze prochaines années, au moins.

Je pouffe en désignant du menton les divers sacs pleins à ras bords éparpillés autour de nous. Narcisse éclate d'un rire bruyant, suivi de près par Olympia, ce qui nous vaut un regard désapprobateur de la part des deux vendeuses à l'entrée du magasin. Il faut dire que mes deux compères ne sont pas vraiment du genre discret.

– Allons nous restaurer alors, je connais un endroit pas loin d'ici.

Bras dessus, bras dessous, Olympia et moi nous laissons guider par Narcisse à travers les ruelles de la ville. En passant, je lève la tête pour admirer les vitrines des boutiques de luxe dans lesquelles je n'avais jamais mis les pieds avant aujourd'hui. J'ai même laissé Olympia me convaincre d'acheter un ensemble de *lingerie de nuit* en soie hors de prix. Je le regrette un peu, je ne dois pas être si impulsive avec cet argent. Il pourrait aider mes parents à rénover la ferme à plus grande échelle.

Cela fait des années que l'isolation mérite d'être revue, sans parler des quelques petits travaux d'entretien nécessaires. Je ne peux m'empêcher de culpabiliser un peu de dépenser sans compter quand ils ont toujours fait tellement attention. L'avantage, c'est que si je continue comme ça, mes pourboires devraient me permettre de les gâter eux aussi. Cette idée me fait déculpabiliser un peu.

Nous nous arrêtons devant une petite brasserie aux murs peints en rouge où Narcisse interpelle le serveur. On nous installe en terrasse. C'est le printemps, le temps est doux. Je ferme les yeux sous mes lunettes noires, me laissant aller à la chaude caresse du soleil sur mon visage tandis que mes compagnons discutent.

– Et toi Nymphéa, tu es de Bruxelles comme Olympia ?

Je rouvre les paupières et me tourne vers Narcisse.

– Non, je viens de Nobressart, dans la commune d'Attert. C'est à quelques heures d'ici. Et toi, tu es originaire d'où ?

– Je suis né à Uberlândia à l'ouest de l'état du Minas Gerais, au Brésil. Mais quand j'avais douze ans, mes parents ont immigré en Belgique.

– Ils habitent en ville aussi ?

– Pas loin, à Anderlecht. Ma mère vit là-bas avec mes deux frères et ma petite sœur. Mon père est décédé il y a quatre ans maintenant.

La conversation est interrompue par le serveur qui nous apporte nos plats. Je détaille le visage aux traits fins de Narcisse. J'aimerais lui demander quelle est son histoire, mais je ne souhaite pas le mettre mal à l'aise. À la place, je préfère changer de sujet :

– Olympia m'a dit que ça fait presque cinq ans que tu travailles à *La Galerie*. Tu ne t'es pas encore proposé comme candidat pour la Chambre rouge ?

– Non, je n'en ai pas envie. Je suis bien là où je suis. Être à la Chambre rouge, c'est très prenant. Aujourd'hui au moins, j'ai pas mal de temps libre que je peux occuper comme je le veux.

Je surprends un sourire en coin qu'il échange avec Olympia. Une idée me traverse alors l'esprit : y a-t-il quelque chose entre eux ? Mais avant que je ne puisse réagir à ses propos, Olympia enchaîne, sur le ton de la confidence :

– Vous savez qui est chaude bouillante pour passer à la Chambre rouge ? Joconde ! Il paraît qu'elle a encore insisté hier auprès d'Anton pour qu'il la fasse passer au niveau supérieur, mais il a refusé. Il lui reste encore deux chambres avant de pouvoir prétendre au Saint Graal.

Je fronce les sourcils. Pourquoi Joconde est-elle aussi pressée d'accéder à la mystérieuse Chambre rouge ? Comme s'il lisait dans mes pensées, Narcisse fait remarquer :

– Elle est ambitieuse, mais on ne peut pas lui enlever qu'elle est aussi très motivée ! Il faut dire qu'elle a commencé tout en bas. Elle a encore du mal à se remettre du temps passé chez Mikheev.

Je ne peux m'empêcher de réagir à brûle-pourpoint :

– Quoi ? Joconde a travaillé pour ce type ?

Je songe à cet instant que ni Narcisse ni Olympia ne sont au courant que c'est Alexeï qui m'a permis d'entrer à *La Galerie*. Mieux vaut qu'ils n'en sachent rien.

– Seulement quelques semaines, me répond-il en haussant les épaules. Je crois que c'est Matthieu qui est allé la chercher pour lui proposer un job à *La Galerie*. Il semblerait que les conditions dans lesquelles elle se trouvait étaient affligeantes. C'est sûrement pour ça que Matthieu est la seule personne que notre *sœur Sourire* tolère !

Un ricanement m'échappe. C'est clair qu'à chaque fois que je la croise, Joconde fait la gueule. Je me demande si elle se sent obligée de se donner un genre ou si elle est simplement blasée au naturel. Pas étonnant qu'elle s'entende bien avec le cadet des Kabinsky, tiens !

– Je crois qu'elle ne m'aime pas beaucoup, fais-je remarquer.

Olympia m'adresse un petit sourire navré mais ne me contredit pas.

– Ne t'inquiète pas, elle n'aime pas grand monde, surtout les nouvelles recrues qui pourraient lui faire de l'ombre. Mais tu auras peut-être une chance de changer ça : la semaine prochaine, c'est son anniversaire, et nous avons pour habitude d'organiser une petite fête à la colocation pour marquer le coup.

Narcisse et elle se mettent ensuite à se remémorer des souvenirs communs, et je décroche de la conversation. L'anniversaire de Joconde serait en effet le moment idéal pour réussir à glaner quelques informations sur Mikheev.

Le repas continue dans la bonne humeur et les rires. Je me sens regonflée à bloc grâce à Olympia et Narcisse. Prête à affronter la suite des événements, quels qu'ils soient. Alors qu'ils se chamaillent tous les deux au sujet de la note – Narcisse, gentleman, a tenu à nous inviter –, je remarque un visage familier parmi la foule qui traverse la rue.

Matthieu.

Encore lui ! Ce n'est pas possible, je dois être maudite. Même quand je parviens à passer une journée sans penser à lui et à son caractère de cochon, voilà qu'il apparaît de nulle part pile sur mon chemin. À croire que Bruxelles n'est pas plus grande qu'un timbre-poste.

Même si je peine à le distinguer correctement car son visage est caché derrière une paire de lunettes de soleil et sous une épaisse capuche, c'est lui, j'en suis sûre. Il devrait songer à changer de veste de temps en temps, il serait moins reconnaissable. Il tire de longues bouffées sur sa cigarette tout en avançant d'un pas pressé. Il a l'air nerveux. Je ne sais pas si c'est mon imagination qui me joue des tours, mais j'ai l'impression qu'il observe avec un peu trop d'insistance derrière lui. Je ne sais pas où il se rend comme ça, mais on dirait qu'il craint d'être vu…

Mon sang ne fait qu'un tour. Et si je le suivais, histoire de voir où il se rend comme ça ?

CHAPITRE 21

ROXANE

Je me tourne vers Olympia et Narcisse alors qu'on s'apprête à quitter le restaurant

– En fait, ça ne vous dérange pas si je vous abandonne ? Avec ce beau temps, j'ai envie de me promener un peu avant de rentrer.

– Pas de soucis. Je t'aurais bien accompagnée, mais j'aimerais faire ma séance de méditation avant ce soir, me répond Olympia.

Narcisse suit le mouvement et m'embrasse sur la joue.

– À plus, Nymphéa !

Je les salue jusqu'à ce qu'ils tournent au coin de la rue. Parfait. Je fais demi-tour et, hâtant le pas, m'engouffre du côté de l'artère commerçante où Matthieu s'est engagé. Je suis presque en train de courir. Pourvu que j'arrive à le rattraper ! Heureusement, nous sommes lundi et l'avenue Louise n'est pas aussi bondée qu'en fin de semaine.

Mon cœur s'emballe lorsque je reconnais son large dos à quelques mètres devant moi. La chance semble me sourire : en pleine conversation téléphonique, il a ralenti le pas.

Ça me laisse l'occasion de mettre un peu d'ordre dans mes affaires. Pas facile d'être discrète en étant chargée de sacs de vêtements. Lorsque Kabinsky tourne dans une ruelle beaucoup moins fréquentée, je m'efforce de laisser plus d'espace entre nous afin qu'il ne me remarque pas. Je n'ose même pas imaginer sa fureur s'il se rendait compte que je le piste de la sorte.

Une pointe d'agacement remonte en moi, souvenir de notre dispute de la veille. Une partie de moi a envie de le provoquer, juste pour voir sa réaction, mais je dois laisser mon animosité de côté, être plus maligne que ça. De toute façon, ce n'est pas par vengeance ou une autre émotion stupide que je le suis, c'est purement professionnel. J'ai le sentiment que cela pourrait m'aider dans mon enquête. J'en suis même sûre.

Enfin, après une dizaine de minutes de marche, il s'arrête devant un grand bâtiment tout en briques. Je remarque une benne à ordures et m'abrite derrière pour déposer toutes mes affaires, à bout de souffle. Bon, l'odeur n'est pas géniale mais au moins, je peux observer Matthieu en étant à couvert. Encore une fois, Kabinsky semble agité. Ce doit être la troisième clope qu'il s'allume depuis que je l'ai aperçu. Sa jambe est prise d'un tic nerveux tandis qu'il attend, immobile, adossé au mur.

Soudain, une sonnerie retentit. Alors que l'entrée de la bâtisse s'anime, Matthieu s'enfonce un peu plus dans le recoin de la paroi. Il ne bouge pas, le regard rivé vers les silhouettes qui se dirigent peu à peu devant le portail. La double porte s'ouvre et des petits êtres commencent à en sortir en trombe, chahutant et criant. Des enfants. C'est une école ! Moi qui m'attendais à le voir rencontrer des types louches, peut-être des dealers, je ne comprends plus rien.

Il reste planté là un moment, observant les allées et venues des parents qui viennent récupérer leurs marmots. Quelques-uns, plus âgés, partent de leur côté, souvent accompagnés d'un autre camarade. Les minutes passent et Matthieu surveille avec attention l'agitation autour de lui. Je commence à trouver le temps long.

Enfin, il reprend vie. Il s'avance vers une tête blonde qui attend devant le portail en compagnie d'un autre homme – sûrement un surveillant ou un professeur. Kabinsky aborde ce dernier. Je n'entends pas ce qu'ils se disent, mais ils n'ont pas l'air très contents, ni l'un ni l'autre. L'homme finit par acquiescer et Matthieu repart en vitesse avec la petite fille, main dans la main. Ma bouche s'ouvre de surprise. À mesure qu'ils approchent, je parviens à mieux distinguer les traits de l'enfant. Son visage fin, ses couettes dorées, son sac rose qui rebondit sur ses épaules… Serait-il possible que… ?

– Madame, je peux savoir ce que vous faites derrière cette poubelle ?

Je tressaille et me retrouve nez à nez avec une femme qui porte un gilet jaune fluo. Elle me regarde avec suspicion, les bras croisés sur la poitrine.

– Je peux vous aider ? Vous cherchez quelqu'un ? répète-t-elle à voix haute.

Beaucoup trop haute. Prise au dépourvu, je trébuche sur un de mes sacs et renverse une pile de cartons entreposés à côté de la benne qui me cachait.

– Euh, non, j'étais juste en train de… me reposer… bafouillé-je.

– Roxane ? C'est toi ?

Et merde !

Matthieu baisse sa capuche et parcourt les quelques mètres qui nous séparent, la petite fille toujours sur les talons.

– Ah Matthieu, salut ! C'est fou de se croiser ici, tu te balades toi aussi ?

Il me scrute derrière ses lunettes noires et l'expression qui passe sur son visage me laisse perplexe. Il semble aussi surpris que moi, et même… craintif.

– Papa, c'est qui la dame ?

– Je n'y crois pas, tu as une *fille* !

Matthieu, père de famille. Ça alors, je ne m'y attendais pas. Pourtant, en regardant la fillette de plus près, il n'y a pas de doute : les mêmes pommettes hautes, les mêmes iris noisette…

La voix de la femme qui a grillé ma cachette me sort de ma torpeur.

– Vous vous connaissez, monsieur ?

Matthieu s'empresse de rassurer l'employée qui finit par prendre congé non sans m'avoir lancé un regard de travers en partant – elle doit probablement me prendre pour une folle furieuse. Je ne peux pas l'en blâmer. La main toujours accrochée à celle de sa fille, Kabinsky finit par ôter ses lunettes. Ses yeux s'accrochent aux miens. Ils envoient des éclairs.

Je déglutis. Je me suis plantée, et en beauté. Il n'y a aucune chance pour qu'il laisse passer ça. Pourtant, c'est avec calme qu'il s'adresse à moi, puis à sa progéniture :

– Roxane, je te présente Mya, ma fille. Ma chérie, tu peux aller attendre dans la voiture s'il te plaît ? Je suis garé juste là, j'arrive.

Je le contemple, complètement perdue. C'est la deuxième fois en deux jours qu'il m'appelle par mon prénom, et non par mon pseudonyme.

Tendant le bras, il déverrouille d'un coup les portes d'une Volvo noire garée à quelques mètres de nous. Oh, la boulette. J'ai été complètement stupide de le filer de la sorte, en pleine journée. J'ai intérêt à trouver une bonne explication si je veux éviter de griller ma couverture !

À l'instant où la portière se referme sur Mya, Matthieu se retourne vers moi et me demande d'un ton brusque :

– Je peux savoir ce que tu fabriques ici ?

Je bafouille, en mettant en évidence les sacs qui m'entourent :

– Journée shopping ! J'étais avec Olympia et Narcisse, on a fait quelques emplettes, mais ça pesait lourd alors j'étais en train de faire une pause… Dis donc, je ne savais pas que tu avais une fille. Qu'est-ce qu'elle est jolie !

Je brasse autant d'air qu'un moulin à vent. Il m'observe un long moment, comme s'il était en proie à une lutte intérieure. Puis, il finit par lâcher :

– Tu vas venir avec moi. Je crois qu'on a des choses à se dire.

Je commence à bredouiller des excuses, mais il me coupe sans ménagement :

– Monte dans la voiture. Maintenant.

Son ton n'est pas à proprement parler menaçant, mais il exclut toute opposition. Et puis, c'est mon boss. Vu l'embarras dans lequel je viens de me mettre, m'opposer frontalement à lui risquerait de compromettre ma couverture.

Je finis donc par grimper dans la voiture tandis qu'il attache Mya à l'arrière, sur son siège auto.

– Roxane va venir avec nous boire un café à la maison, d'accord ma puce ? On doit discuter de boulot. Ça ne sera pas long.

Ça ne sera pas long parce qu'il n'a finalement rien de si sérieux à me dire ? Ou ça ne sera pas long parce qu'il prévoit de m'assommer et de brûler mon cadavre à l'acide dans sa baignoire ? Punaise, il faut que j'arrête de regarder des séries à suspense.

La petite acquiesce tout en m'adressant un sourire malicieux. Installée côté passager, j'observe nerveusement Matthieu qui manœuvre à côté de moi sans piper mot. Je croise le regard de Mya *via* le rétroviseur. Elle me fixe avec curiosité, une lueur espiègle dans le regard. Je me détends un peu en l'observant à mon tour. Elle est vraiment mignonne, avec ses deux couettes et sa petite robe. Et elle a l'air d'avoir meilleur caractère que son père, Dieu merci.

– Tu travailles avec mon papa, toi ?

Embarrassée, je jette un coup d'œil à Matthieu, incertaine quant au comportement à adopter. Comme il acquiesce rapidement, je m'autorise à répondre :

– Oui, ça nous arrive de travailler ensemble. Et toi, dis-moi, tu as quel âge ?

– Moi, j'ai trois ans et demi presque ! chantonne-t-elle en brandissant fièrement quatre doigts en l'air.

– Non ma puce, ça, c'est quatre. Il faut que tu baisses un doigt pour faire trois.

Après une seconde de réflexion, la fillette s'exécute et éclate d'un rire joyeux tandis que son père la félicite. Le visage de Kabinsky s'éclaire, je ne l'ai jamais vu rayonner de la sorte. Encore une nouvelle facette de sa personnalité à laquelle je ne m'attendais pas.

Troublée, je me renferme dans mes pensées. Je crois que c'est la première fois que je le vois sourire comme ça. Ce qui est fort dommage, il est nettement plus séduisant quand il le fait. Il ressemble plus encore à son frère mais, contrairement à Matthieu, Anton n'a pas ces adorables fossettes qui apparaissent de part et d'autre de son visage.

Pitié, pourquoi je pense à ça maintenant ? Dans quelques minutes, Matthieu ne va faire qu'une bouchée de moi. Ce n'est absolument pas le moment de penser à ses fossettes.

– Papa, pourquoi c'est toi qui es venu aujourd'hui et pas maman ?

– J'étais dans le coin et je n'avais pas envie d'attendre la semaine prochaine pour te voir ma chérie, réplique-t-il avec douceur. J'ai déjà envoyé un texto à maman pour la prévenir mais on la rappellera ensemble quand on sera à la maison, d'accord ?

Un ange passe. Matthieu reprend son air renfrogné. Ainsi, il n'habite plus avec la mère de sa fille. Vu sa réaction, il ne faut pas être un génie pour deviner que les rapports entre eux ne sont pas au beau fixe.

Mes yeux tombent sur l'expression rayonnante de Mya. Elle raconte en détail sa journée à son papa sans qu'il y ait vraiment un fil logique, pourtant, il est captivé. Une réelle complicité semble exister entre eux. Mon cœur se serre. Ça me rappelle des moments avec mon propre père. Malgré notre grande différence d'âge, j'adorais lui raconter tout ce qui se passait dans ma vie en long, en large et en travers, et il m'écoutait toujours. Une nouvelle fois, je me surprends à éprouver de la compassion pour

Kabinsky. Après tout, ça ne doit pas être évident de ne pas voir sa progéniture tous les jours.

Il m'énerve encore plus à me faire éprouver autant de sentiments contradictoires alors que je devrais être sur le qui-vive.

– Voilà, on est arrivés.

Le bras posé sur l'appuie-tête, Kabinsky me lance une œillade entendue, probablement au cas où j'envisagerais de me défiler. Mais je n'en ai aucune intention. C'est une occasion en or de voir son appartement et peut-être d'en apprendre davantage sur lui… Comme souvent, ma curiosité l'emporte sur toute notion de prudence et je le suis sans y réfléchir à deux fois.

CHAPITRE 22

MATTHIEU

Quand on entre chez moi, j'ai conscience que c'est peut-être une erreur d'avoir obligé Roxane à me suivre. Ça m'a néanmoins paru nécessaire. Elle a appris que j'avais une fille, chose que je m'évertue à cacher au quotidien. D'ailleurs, aucun autre membre de l'équipe n'est au courant de l'existence de Mya. C'est ma façon à moi de la protéger. J'ai été un père pitoyable lors de ses premiers mois de vie, j'essaie comme je peux de me rattraper aujourd'hui.

Le moment est venu de mettre les choses au clair. Je ne suis pas stupide. Je ne crois pas aux coïncidences. Si Roxane était là, à la sortie de l'école, c'est qu'elle me filait. Pourquoi ? C'est ce que je comptc bien découvrir. Un frisson me parcourt à l'idée qu'elle relate les détails de ma vie personnelle à Mikheev. Je ne peux même pas y penser, alors essayons de ne pas tirer de conclusions hâtives.

– Ma puce, je vais te laisser prendre ton goûter toute seule devant la télé si ça ne te dérange pas ? Papa va parler avec Roxane à côté.

Mya pousse une exclamation de joie. Tu parles, j'ai prononcé le mot magique : la télé. En moins de temps qu'il n'en faut pour le dire, elle est sur le canapé, en train de mettre son programme fétiche sur la liste des vidéos à la demande. C'est dingue comme les enfants s'habituent vite à la technologie ! Tout en lui remettant son paquet de biscuits et sa compote, je lui murmure quelques mots avant de l'embrasser sur le front. Mais ma princesse est déjà happée par l'écran.

En me redressant, je constate que Roxane est restée dans l'entrée, ses sacs à la main. On dirait qu'elle n'ose pas bouger. Je lui fais signe d'approcher.

– Tu aurais pu laisser ça dans la voiture. Je vais bien devoir te ramener de toute façon.

– Je suis contente d'apprendre que je vais pouvoir rentrer chez moi en un seul morceau.

– Ça, ça reste encore à voir, dis-je en lui lançant un regard.

Notre relation n'est qu'une succession de chauds-froids. Mais tant que je n'aurai pas la certitude absolue qu'elle n'essaie pas de nous nuire, à mon frère et à moi, je ne peux pas lui accorder entièrement ma confiance.

– On va aller dans la chambre d'amis. Tu m'excuseras pour le bordel, mais je préfère être sûr que

Mya ne nous entende pas. Elle ignore tout de mon activité.

– Elle ne demande jamais ce que tu fais ?

Je secoue la tête.

– Elle est encore petite. Tout ce qu'elle sait, c'est que je suis associé avec son oncle Anton, et que mon travail m'oblige parfois à être absent la nuit.

Je vois qu'elle s'apprête à me poser une autre question, mais je la coupe dans son élan.

– C'est à moi de poser les questions maintenant. Assieds-toi.

Contre toute attente, elle s'exécute sans rechigner et s'assied sur le canapé-lit qui grince. C'est très étrange de la voir là, dans mon espace personnel. Surtout quand je pense qu'il y a deux jours de cela, je la regardais gémir de plaisir dans une des chambres.

Mon ventre se contracte et des pensées inopportunes parasitent mon esprit. Debout, je la surplombe de toute ma hauteur et j'ai une vue imprenable sur son décolleté, parfaitement mis en valeur dans ce tee-shirt serré. J'inspire profondément. Comme ce serait facile de tout mettre de côté, mes soupçons, notre lien hiérarchique, pour simplement l'allonger à même le sol et me plonger entre ses cuisses…

– Quand on s'est croisés, ce n'était pas un hasard. Tu me suivais. Pourquoi ? demandé-je d'un ton brusque.

Une lueur inquiète traverse son regard quand elle me voit serrer les poings. Quelque part, je m'en veux de l'effrayer, mais ce n'est pas plus mal. Ça me permet de garder une distance de sécurité entre nous.

– Tu ne t'assieds pas ? demande-t-elle d'une petite voix.

– Réponds-moi.

Elle se met à triturer ses doigts, nerveuse.

– Je… ne sais pas quoi te dire.

– Ce serait bien la première fois, remarqué-je, sarcastique.

– Tu as raison, je t'ai suivi, finit-elle par lâcher. Je ne sais pas pourquoi. Je t'ai vu passer, tu avais l'air pressé, je n'avais rien à faire alors… Je t'ai juste emboîté le pas, sans réfléchir.

Je hausse un sourcil. Est-ce qu'elle pense vraiment que je vais gober ça ? Nous nous fixons un moment, comme si un combat silencieux avait lieu entre nous. Mince, elle n'en démord pas. Cette fille est vraiment têtue comme une mule ! Même la main dans le sac, elle continue à prétendre qu'elle n'a rien à se reprocher.

– OK, disons que je te crois. On continue : comment as-tu connu Mikheev ?

Cette fois, ma question a l'air de la surprendre.

– Mikheev ? Je l'ai rencontré quand j'étais serveuse au *Millésime*. Je n'ai pas tout de suite compris qui c'était, mais il faut dire qu'il ne m'avait pas donné son nom entier au début.

Je suis de plus en plus sceptique et ne cherche pas à le cacher.

– Ce type fait la une des journaux à peu près toutes les semaines. Toi qui étais étudiante en journalisme, tu vas me faire croire que tu n'avais jamais vu passer son visage ?

Ses joues prennent une teinte rose vif.

– Je t'ai dit, il ne m'avait pas donné son nom. La première fois que je l'ai vu, je n'ai pas fait le rapprochement… Je venais de commencer mon nouveau job. Je ne savais plus où donner de la tête, se justifie-t-elle.

Je ne sais que penser. Puis-je la croire ? Son explication semble sincère, mais tout ça ne colle pas.

– Et toi ? demande-t-elle tout à coup. Comment as-tu connu Mikheev ?

Son expression est inquisitrice, comme si elle me reprochait quelque chose. C'est le monde à l'envers ! Je décide tout de même de répondre.

– Je t'ai dit que mon père n'était pas un type très recommandable. Ils se connaissaient. Alors, quand nous avons lancé le projet de *La Galerie*, Mikheev s'est montré très intéressé.

Roxane se mord la lèvre inférieure, puis lâche tout à trac :

– C'est à partir de là que vous avez commencé à travailler ensemble ?

Pris au dépourvu, je marque un temps d'arrêt. Pardon ? Moi, travailler avec Mikheev ?

– Nous ne travaillons pas avec lui. Nous ne l'avons jamais fait et ne le ferons pas.

J'ai tout fait ces dernières années pour m'assurer que ça n'arriverait pas. Jamais nous ne traiterons avec une ordure pareille.

– Mikheev est une pourriture, et par-dessus tout, il est dangereux. Alors, quoi qu'il t'ait promis, je sais que ça paraît merveilleux, mais il faut que tu saches que…

Elle se lève d'un coup, la main ouverte devant elle pour m'intimer de m'arrêter.

– Attends, quoi ? Qu'est-ce que tu racontes ? Il ne m'a rien promis du tout.

– Donc tu ne bosses pas pour Mikheev en secret ?

– Quoi ? Mais pas du tout ! C'est toi qui trafiques je ne sais quoi avec lui !

On s'observe un instant, aussi confus l'un que l'autre.

– Je te le répète, je n'ai aucun lien avec Mikheev. En vérité, j'essaie de rester le plus loin de lui possible. Si ça ne tenait qu'à moi, je le ferais jeter hors du *Millésime* et de *La Galerie*. Mais c'est un homme qui a beaucoup trop d'influence à Bruxelles, Anton pense que ce n'est pas une très bonne idée de se le mettre à dos.

Ce n'est pas tout à fait vrai. J'ai été lié à lui, par le passé. Mais je n'ai pas envie de m'étendre là-dessus.

– Je n'arrive pas à le croire ! Tout ce temps, tu croyais que j'étais de mèche avec lui ? C'est pour ça que tu m'as filé ?

Roxane croise les bras, songeuse.

– J'ai surpris une de tes conversations téléphoniques. Tu y parlais d'une livraison… de cocaïne, ajoute-t-elle à voix basse. J'ai cru que tu étais impliqué dans un trafic avec la mafia.

J'ouvre de grands yeux. Elle croyait que je dealais de la drogue, alors elle n'a rien trouvé de mieux à faire que me courser dans une ruelle déserte ? Il va peut-être falloir qu'on parle de son goût irraisonné du risque, un de ces quatre.

Je fouille dans ma poche pour y trouver le jeton qui ne me quitte pas. Je le lui tends.

– Nymphéa, si tu m'as entendu parler de ça, c'est parce que je suis un ancien addict. Il fut une époque sombre de ma vie où je consommais de la cocaïne, c'est vrai, mais je n'en ai jamais vendu. Aujourd'hui, ça fait deux ans que je suis clean, comme l'atteste ce jeton.

– N.A., lit-elle en examinant la pièce.

– Narcotiques anonymes. Je participe encore aux réunions de manière active et depuis le début d'année, je suis devenu parrain d'autres personnes qui ont partagé la même addiction. La discussion que tu as entendue, c'était avec Nick, un des jeunes que je parraine. Il venait de m'appeler en pleine crise, il avait acheté une nouvelle dose. Il a eu le bon sens de me contacter avant de craquer.

Roxane se passe la main sur le front, comme si son cerveau était en surchauffe.

– Et tu as pu l'aider ? Il n'a pas replongé ?

– Je suis arrivé à temps.

Elle se laisse de nouveau retomber sur le canapé-lit, qui lâche un couinement métallique.

– C'est donc là que tu t'absentes les mercredis soir, dit-elle plus pour elle que pour moi.

Cette remarque me fait tiquer.

– Attends, comment tu sais ça ?

Elle me lance un regard coupable avant de prendre une profonde inspiration.

– Moi aussi, j'ai quelque chose à t'avouer. Si j'ai voulu intégrer *La Galerie*, si je me suis autant renseignée sur ton frère et toi, ce n'est pas pour rien. J'enquête sur vous.

CHAPITRE 23

ROXANE

Un silence absolu suit ma déclaration. On pourrait entendre une mouche voler. Je crois que Matthieu s'attendait à tout, sauf à ça.

– Du moins, j'enquêtais, m'empressé-je d'ajouter. Maintenant qu'il est clair que vous n'avez rien à vous reprocher, je vais pouvoir concentrer tous mes efforts sur Mikheev.

– Ça veut dire quoi, que tu enquêtes sur nous ?

– J'écris un article. À la base, je voulais parler des dessous d'un bar à champagne, c'est pour ça que j'ai tenu à me faire embaucher au *Millésime*. Quand j'ai découvert qu'Alexeï Mikheev fréquentait *La Galerie*, la donne a changé. J'avais une occasion en or de m'infiltrer au plus près de lui et de ses business…

– Qui d'autre travaille avec toi ?

– Personne. Je suis toute seule.

Matthieu me regarde avec des yeux ronds, comme si ce que je disais n'avait aucun sens.

– Tu as donc accepté de devenir hôtesse… tout ça pour une enquête ?

Je sens mes joues chauffer.

– Pas uniquement. Je te l'ai dit, j'avais aussi besoin d'argent.

Et le désir brûlant de mettre fin à une existence en pointillé, pour enfin vivre quelque chose de fort, d'excitant, de vrai. Mais ça, je préfère le garder pour moi.

– Tu n'es qu'une fille de vingt-quatre ans, à peine sortie de l'école. Tu n'as aucune expérience, aucune protection extérieure au cas où ça tourne mal… Bon sang Roxane, Anton et moi, on aurait très bien pu être de dangereux criminels comme Mikheev ! Tu as choisi en toute conscience de te jeter dans le vide, sans filet de sécurité. Sais-tu à quel point c'est imprudent, dangereux et irréfléchi ?

Je fronce les sourcils et croise les bras sur ma poitrine comme pour me protéger de ses assauts verbaux.

– À t'entendre, on dirait que je ne suis qu'une gamine inconsciente. Si tout se passe comme prévu, mon article peut non seulement faire décoller ma carrière de journaliste, mais peut-être également envoyer Alexeï derrière les barreaux.

Cette fois, il se met franchement à rire.

– Excuse-moi d'être sceptique. Tu n'as pas vraiment l'allure d'une investigatrice.

– C'est justement pour ça que j'ai mes chances. Il ne se doutera de rien.

Mon argument a l'air de faire mouche. Il semble réfléchir intensément avant de déclarer avec calme :

– J'ai cru que tu nous espionnais. Que tu étais une taupe envoyée par Mikheev.

– Pourquoi tu pensais ça ?

– Des rumeurs qui se sont propagées. Apparemment, il va essayer de placer des pions chez nous pour récupérer des informations confidentielles.

– Sais-tu de quel type d'informations il s'agit ?

Il secoue la tête.

– Les registres, les identités des clients peut-être… Pourquoi je suis en train de te raconter tout ça ?

Je réfléchis à toute vitesse. À présent, je comprends mieux l'hostilité de Matthieu à mon égard et son insistance à surveiller mes moindres faits et gestes. Il pensait que j'avais rejoint *La Galerie* sous un prétexte – ce qui est le cas, mais certainement pas au service du mafieux.

– Je peux t'aider, déclaré-je avec assurance. S'il y a une taupe en interne, elle ne peut être que parmi le personnel. Je suis la mieux placée pour la débusquer.

– Hors de question.

Je penche la tête sur le côté.

– Quelle autre option as-tu ?

– Celle de te licencier sur-le-champ et de reprendre ma vie comme si de rien n'était, déclare-t-il avec une calme froideur.

Mon sang se glace dans mes veines.

– Tu ne le feras pas.

Il ne peut pas faire ça. Tout ne peut pas s'arrêter maintenant, ce n'est pas possible ! Je viens juste d'être initiée aux chambres, j'ai dépassé mes appréhensions et j'ai même réussi à me lier avec Olympia et Narcisse… Pour la première fois depuis longtemps, j'ai enfin l'impression d'être exactement là où je devrais être. Je ne veux pas partir et revenir à ma vie triste et sans saveur !

Il me décoche un regard sombre.

– Ça serait plus simple pour moi si tu n'étais plus là. À bien des niveaux.

Mon cœur manque un battement. Avant que je ne puisse le questionner davantage, il lâche un soupir.

– Mais je ne vais pas te virer. Je pense que malgré tout ça, tu as du potentiel en tant qu'hôtesse et l'équipe a bien besoin de renfort. Puis… les informations que tu peux glaner de l'intérieur peuvent être intéressantes, concède-t-il.

Alors que je m'apprête à exprimer ma joie, il me ramène sur terre :

– Mais tu ne fais rien sans m'en avertir en amont, d'accord ? La sécurité de l'équipe est ma priorité, la tienne y compris. Et surtout, tu arrêtes de fourrer ton nez dans mes affaires !

Je ne retiens pas un grand sourire.

– Promis. Je vais essayer.

– Nymphéa !

Je lève les yeux au ciel.

– Ça va ! Je plaisantais. Tu n'es vraiment pas marrant.

– Il n'y a rien de marrant dans toute cette histoire, grommelle-t-il dans sa barbe.

La main sur le côté de ma tête, j'esquisse un salut style militaire. L'agacement que je lis sur son visage n'a pas de prix.

– Bon, si tu n'y vois pas d'inconvénient, j'aimerais bien rentrer chez moi.

Alors que je m'apprête à quitter la pièce, il me retient. Le contact de ses doigts sur mon poignet me ramène à des souvenirs auxquels je m'efforce de ne pas penser.

– Je peux te poser une dernière question ?

– Au point où on en est.

– L'autre jour, au parc… quand tu m'as embrassé. C'était aussi pour ton enquête ? Tu jouais un rôle ?

Son regard me harponne et je sens le sang affluer à mon visage encore une fois. Qu'a-t-il derrière la tête quand il me demande ça ? Son expression est indéchiffrable, comme toujours. Souhaitant m'épargner un nouvel embarras, je décide de mentir.

– C'est ça. Si j'ai voulu t'embrasser, c'était uniquement pour essayer de te séduire, te pousser à tout m'avouer. Ça n'était pas ma meilleure idée, je te l'accorde, conclus-je.

Il esquisse un pas dans ma direction sans rien répondre. Le parfum de son eau de toilette vient chatouiller mes narines. Un parfum musqué, mais pas agressif comme la plupart des parfums pour homme. Il est près, si près que je peux observer à loisir les détails de son visage. Ses pommettes hautes, son menton anguleux, sa barbe de plusieurs jours…

Il est vraiment séduisant.

Troublée par son magnétisme et l'électricité que je sens crépiter autour de nous, je m'entends demander :

– Et toi, si tu m'as embrassée ce soir-là… C'était pour me tester ? Pour voir si j'étais capable d'aller jusqu'au bout du défi tordu d'Anton ?

Il ne fait pas semblant de ne pas comprendre ce à quoi je fais allusion, c'est au moins ça. Il hoche la tête, sans cesser de me regarder :

– C'est exact. Je n'ai jamais eu l'intention de te prendre à même le sol, si c'est ce que tu te demandes.

Oh mon Dieu.

J'ai du mal à avaler ma salive. Des images très nettes de ce qu'aurait pu être notre entrevue fusent dans ma tête. La température semble avoir grimpé de dix degrés dans cette pièce exiguë. Je lance un coup d'œil sur le canapé derrière moi. Je m'imagine tout à fait y chevaucher Kabinsky…

– D'accord, dis-je le plus calmement possible. Je crois qu'on s'est tout dit cette fois. Alors, tu pourrais peut-être… lâcher ma main ?

– Oui.

Pourtant, il n'en fait rien. Au secours. Pourquoi me regarde-t-il comme ça ? On dirait qu'il va me bouffer toute crue. Si je suis le Petit Chaperon naïf et qu'il est le Grand Méchant Loup, je suis prête à lui servir de quatre-heures sans hésitation.

Mes yeux tombent sur ses lèvres, que je crève d'envie d'explorer. Je retiens mon souffle tandis que nos visages se rapprochent. Qui fera le premier pas cette fois ?

À ce moment-là, la porte de la chambre s'ouvre avec fracas, ce qui nous fait tous les deux sursauter.

– Papa, papa ! J'ai fini mon goûter, je m'ennuie. Tu viens jouer ?

Matthieu me lâche, comme si mon contact lui était tout à coup insupportable.

– Bien sûr ma puce, on a fini, j'arrive. Il faut juste qu'on ramène Roxane chez elle avant.

Je profite de cette diversion pour me faufiler hors de la pièce.

– Ce n'est pas la peine Matthieu. Je vais appeler un taxi, ne t'embête pas.

– Tu es sûre ?

– Mais oui. Reste avec ta fille, tu lui as promis un jeu !

En dégainant mon portable, j'ai dans l'idée d'appeler Hans pour voir s'il est disponible, mais après réflexion, mieux vaut m'abstenir. Il connaît sans aucun doute l'adresse de Matthieu, et c'est le genre de ragot qui peut vite se propager au sein de l'équipe. Nymphéa qui sort de l'appartement privé du patron… Je sais déjà ce qu'ils imagineraient.

Oui, je le sais très bien. Je l'imagine en détail à ce moment même.

Je ravale ma frustration et salue Mya. Tandis qu'il me raccompagne vers la sortie, Matthieu me glisse tout bas :

– Si ça te va, je préfère qu'on ne parle pas de tout ça à Anton, pas pour l'instant du moins. Il a assez de choses à gérer, je ne veux pas qu'il s'inquiète plus que nécessaire.

Je lève mon pouce en l'air pour signifier mon accord.

– C'est bien compris. Ce sera notre petit secret.

Matthieu me dévisage d'un air las, comme si je le fatiguais rien qu'en ouvrant la bouche. Alors que je pourrais si bien le fatiguer autrement…

Une fois dans le taxi, je me dis que, vraiment, il n'est pas marrant.

CHAPITRE 24

ROXANE

Le miroir longiligne me renvoie mon reflet. Pour une fois, j'apprécie assez ce que je vois. La nuisette rose pâle en dentelle que j'ai choisie met en valeur ma poitrine. Mes lèvres sont rosies, et le fin trait d'eye-liner qui surplombe mes cils me fait un regard de chat – merci à Olympia et à ses talents de maquilleuse. Si je croisais une connaissance dans la rue, elle ne me reconnaîtrait pas. Parfait : c'est exactement ce que je recherche.

J'inspire profondément, avant de visser mes pupilles sur la porte devant moi, pour la quinzième fois environ. Dans quelques minutes, je vais pénétrer dans la Chambre orange, antre de l'échangisme. Comme lors de ma première prestation en tant qu'hôtesse, un nœud me comprime l'estomac, mais ce n'est plus la seule émotion qui m'habite.

J'ose m'avouer aujourd'hui que je ressens une certaine excitation. Mon entrevue avec Narcisse m'a pour le moins marquée et j'ai hâte d'explorer de nouvelles facettes de mon plaisir en compagnie de cet autre hôte, Riot. Olympia n'a pas tari d'éloges à son sujet, surtout concernant sa carrure d'athlète. Je hausse un sourcil, renvoyant une image assurée que je ne m'étais jamais vue auparavant. Quelque chose semble s'être débloqué en moi ces derniers jours. J'ai moi-même du mal à y croire.

– Nymphéa ?

L'homme à qui appartient cette voix rocailleuse me laisse coite. Olympia n'a pas menti, Riot est bâti comme une armoire à glace. Dans une autre vie, je l'imagine sans mal être boxeur. Même s'il n'est pas beaucoup plus grand que moi, sa musculature en impose. Son peignoir ouvert laisse entrevoir une rangée d'abdominaux parfaitement sculptés sur une peau noire.

Il m'adresse un sourire léger, presque timide. La blancheur de ses dents contraste avec la couleur foncée de son visage. Son crâne est entièrement rasé, ça lui va très bien. Il me serre la main avec force, tandis que mes yeux s'attardent sur la contracture de son biceps.

– Je suis Riot et je vais être ton partenaire pour la Chambre orange. C'est ta première séance d'échangisme ?

Je hoche la tête, intimidée. Encore une fois, la scène me paraît surréaliste.

– Ne t'inquiète pas, ça va bien se passer. Ce soir, on rencontre monsieur et madame V. C'est leur première fois à *La Galerie*, donc ils seront probablement très stressés. Comme écrit dans le scénario, on va faire semblant d'être un couple nous aussi. Donc on va commencer ensemble, puis partir chacun de son côté. Il y a une annexe séparée prévue à cet effet dans la chambre, tu verras. Tiens, ajoute-t-il en tendant le bras, mets ça. Les clients ont tenu à garder l'anonymat, alors la séance se fera masqués.

Je prends le morceau de dentelle noire et le fais tourner entre mes doigts, nerveuse. Pour la première fois, je vais être seule avec un client. Ma gorge se serre, la panique commence à faire bouillonner mon sang dans mes veines. Et si j'étais incapable de gérer ?

– Si tu es prête, on y va.

Je prends une profonde inspiration. Mes doigts tremblants peinent à nouer le masque autour de mon crâne. Cette histoire d'anonymat m'arrange. Une vague de chaleur fait apparaître des petites taches rouges sur le haut de ma poitrine. Ça va bien se passer. Je ferme les yeux pour faire le vide et endosser le masque de Nymphéa – au sens propre comme au figuré.

Je rentre en premier dans la chambre et mon collègue ferme derrière nous, cachant la clé dans le renfoncement d'un tableau accroché au mur. Cette fois-ci, la décoration de la salle est beaucoup plus vintage. Un grand tapis persan aux motifs rouille trône dans la pièce. Je remarque enfin un homme et une femme, côte à côte devant un imposant lit à baldaquin. Comme les nôtres, leurs visages sont à moitié dissimulés et ils portent des peignoirs noirs en satin assortis.

Riot me passe devant et, dans un geste très chevaleresque, s'empare de la main de la femme pour y apposer ses lèvres. Lorsqu'il ouvre la bouche, les mots qui en sortent roulent sur sa langue, enjôleurs.

– Madame V, vous êtes très en beauté ce soir.

La cliente bat des cils, déjà affolée par ce beau mâle. Comment l'en blâmer ? Mon regard se pose alors sur son mari, dont les doigts trapus tapotent nerveusement sa cuisse. Je remarque des jambes exagérément poilues, alors que son crâne est à moitié dégarni. Bon. Il n'est pas aussi séduisant que Riot, mais on va faire avec.

Je m'efforce de rentrer dans mon rôle et murmure d'une voix suave :

– Monsieur V, je suis Nymphéa… pour vous servir.

J'esquisse une sorte de révérence que je regrette aussitôt. Je me sens gauche, presque ridicule, pourtant mes paroles semblent faire de l'effet sur mon client. Sa fine moustache frémit, et il se met à bégayer :

– Vous… vous êtes magnifique.

Ces paroles et l'embarras évident du pauvre homme – pire que le mien – parviennent à me redonner un semblant de confiance. Allez, Roxane. Non, Nymphéa ! Ce soir, c'est toi qui mènes la danse. Après un coup d'œil presque attendri pour ce petit couple qui se serre l'un contre l'autre, craintif, je décide de déconnecter mon cerveau et de considérer ce qui va suivre pour ce que c'est : une expérience.

Cela ne m'empêche pas de tressaillir lorsque Riot enroule son bras musclé autour de ma taille, me resserrant contre lui.

– Je suis ravi que ma compagne vous plaise, monsieur. Et vous madame, me trouvez-vous à votre goût ?

À ces mots, la cliente semble sur le point de défaillir. Elle acquiesce d'un petit geste de la tête. Je sens le regard de Riot sur moi et je comprends que je dois rentrer dans son jeu. Me collant contre son corps dur et chaud, je fais courir ma paume sur ses pectoraux bombés, puis sur son ventre. D'un geste lent, mesuré, mon collègue s'empare de la main de la cliente pour qu'elle en fasse autant. Je souris en voyant à quel point ses yeux sont écarquillés.

– Oui, souffle-t-elle enfin, les yeux vissés sur les tablettes de chocolat de Riot. Vous me plaisez.

Relâchant son étreinte, Riot se penche vers la femme pour lui murmurer quelque chose à l'oreille. Je n'entends pas ce qu'il dit, mais cela semble faire son effet : la cliente glousse, avant de hocher la tête de plus belle. D'un frôlement de doigts presque imperceptible, il lui ôte son peignoir, dévoilant un ensemble noir sophistiqué avec porte-jarretelles.

Tandis que l'hôte se fond en compliments et fait courir ses longs doigts sur le corps à moitié dénudé, je ressens une pointe d'envie. Moi aussi, j'aurais bien goûté à ce charmant spécimen… Mais après tout, chacun son tour. Avec un aplomb qui me surprend moi-même, je m'approche du mari d'une démarche féline, jusqu'à frôler ses épaules. Il observe le petit jeu de Riot avec sa femme d'un air crispé. Il est décidément temps que je lui change les idées.

– Laissez-moi vous aider à vous mettre à l'aise, monsieur.

D'où ça sort, cette voix sucrée à en faire convulser un diabétique ? Sans hésiter, l'homme se débarrasse à son tour de sa robe de chambre et louche sans pudeur sur ma poitrine. Comme je l'ai fait auparavant, je parcours son torse avec mes ongles, joueuse. Le gémissement de madame V. me coupe dans mon élan un instant, mais je me reprends vite. Ne pas regarder ce qui se passe à côté.

– On y va ? demande le client avec impatience, ses pupilles vissées sur mes courbes.

– J'allais vous le suggérer, s'exclame Riot. Je vous laisse en bonne compagnie, monsieur.

Il nous adresse un clin d'œil avant d'attraper la cliente par la main pour l'emmener dans une sorte d'alcôve, dont l'entrée demeure plus ou moins cachée par un paravent en bois. Soudain, je reporte mon attention sur monsieur V, et pour cause : il vient de coller son érection déjà bien avancée contre ma hanche. Aussi incroyable que ça paraisse, ça suffit pour allumer la flamme de mon désir. Il faut dire que depuis hier, j'ai une tension à évacuer…

– Allons-y, cher monsieur.

***

Clap, clap, clap.

Cela fait vingt minutes que monsieur V. me pilonne sur le même rythme et hélas, je ne ressens pas grand-chose. Il n'est pas aussi bien membré que Narcisse, et certainement pas aussi envoûtant que Riot. Au début, il a bien réussi à me prodiguer quelques caresses efficaces, mais il est à présent trop concentré sur son propre plaisir pour s'occuper du mien. Il n'a pas l'air d'être un mauvais bougre, mais j'éprouve soudain une certaine empathie pour sa femme.

Bien qu'en ce moment précis elle n'ait pas l'air de souffrir le martyre, vu les cris de jouissance qu'elle ne lésine pas à pousser de l'autre côté de la pièce.

Clap, clap, clap.

À quatre pattes sur le matelas, appuyée sur mes coudes, même le bruit de nos chairs qui s'entrechoquent me laisse tiède. Pourtant, la levrette est une des positions qui me procure le plus de sensations d'habitude.

Une crispation au niveau de mes hanches, un grognement étouffé et je comprends qu'il est en train de finir. Je m'empresse alors de pousser quelques gémissements pour la forme et le client se retire, avant de se laisser retomber comme un sac de patates à mes côtés.

– C'était… c'était… waouh… Merci infiniment, Nymphéa.

Cinq minutes plus tard, des ronflements sourds se font entendre. Je pouffe en voyant monsieur V. les yeux clos, la bouche à demi ouverte. Incertaine quant à la conduite à adopter, je patiente quelques minutes. Il dort comme un bébé. Ce n'est donc pas une faute professionnelle de partir.

Je renfile mes sous-vêtements et mon peignoir à la va-vite, sans prendre le temps de le refermer. Mue par une pulsion, j'embrasse mon amant d'un soir sur le front avant de me diriger sur la pointe des pieds vers la sortie de la chambre. Je crois que je perds complètement la boule, ça y est.

En passant à côté du paravent, je ne peux m'empêcher de jeter un coup d'œil vers le lit où se trouvent Riot et la cliente. C'est mal, je sais. D'abord, je n'aperçois qu'un enchevêtrement de jambes sens dessus dessous. De la peau nue, en sueur. Puis, je distingue parfaitement la paire de fesses de madame V, qui montent et qui descendent, à demi recouvertes par les larges mains de mon collègue. Le contraste entre la couleur de leurs peaux est des plus harmonieux.

Quelque chose s'enflamme en moi. Silencieuse, je m'approche davantage encore. Mon bas-ventre se contracte et je suis obligée de serrer les cuisses.

C'est donc à ça que ressemblent deux personnes qui s'adonnent aux plaisirs de la chair ? J'y vois une certaine beauté, finalement… Surtout avec un sujet aussi séduisant que Riot.

Une idée folle me traverse alors. Et si je les rejoignais ? Oserai-je avouer que cette idée est en train de tremper ma petite culotte ? Malgré moi, ma main se pose sur la cloison en bois. Mais je reste immobile, le souffle coupé. Apeurée. Frissonnante.

Tout à coup, madame V. lâche un cri digne d'une actrice porno qui me fait sursauter. Cela a pour effet de me faire paniquer et je file tout droit vers la sortie, mes chaussures à talons à la main. Avec empressement, je récupère la clé et déverrouille la porte.

Ce n'est qu'une fois de l'autre côté du couloir, de retour dans la Chambre blanche des essayages, que je m'autorise à respirer de nouveau. J'ai l'impression que l'intérieur de mon ventre me brûle. Mon sang pulse avec force au niveau de mes tempes. Qu'est-ce qui m'arrive ? Où est passée la Roxane angoissée, choquée par ces pratiques, qui manque cruellement de confiance en elle ? Cet endroit est en train de réveiller en moi des désirs sombres dont je ne soupçonnais même pas l'existence.

Ou peut-être que si ?

En regardant l'heure sur mon téléphone, je constate qu'il n'est pas tard. C'est l'avantage d'avoir programmé une séance en fin de journée. Je ne vais même pas être en retard à la fête d'anniversaire de Joconde. Olympia et Narcisse lui ont prévu une soirée surprise à la colocation. Enfin, pas tellement surprise : vu la discrétion d'Olympia ces derniers jours, ça m'étonnerait que Joconde ne se doute de rien.

J'embarque mes affaires. Je me doucherai à la colocation. Ce soir, plusieurs hôtes seront là, mais celle avec qui j'espère passer un moment, c'est bien Joconde. Le fait qu'elle ait travaillé pour Mikheev par le passé est une piste que je me dois d'explorer. Je ne sais pas encore comment, mais je compte bien la convaincre de m'en dévoiler plus.

Matthieu devrait aussi être là ce soir. Je me crispe à cette pensée. Notre échange chez lui a mis à plat pas mal de choses – dont l'étrange attirance que j'éprouve pour lui. Étrange parce qu'en dehors du fait qu'il est incroyablement beau et qu'il a parfois des éclairs de gentillesse, il me tape sur les nerfs les trois quarts du temps. Et je sais avec certitude que je l'agace aussi. Pourtant, si Mya n'était pas entrée dans la chambre, j'ai l'impression que quelque chose se serait passé entre nous… J'en crève d'envie autant que je le redoute. Car après tout, à quoi ça m'amènerait de fricoter avec le boss ? À rien de bon.

CHAPITRE 25

ROXANE

Assise dans un coin du canapé, j'écoute d'une oreille distraite Olympia et Judith qui discutent. Un buffet a été dressé sur la table à manger, de la musique jazz passe en fond sonore. L'ambiance est festive, même si un brin coincée, mais de mon côté je n'arrive pas à en profiter. Mon cerveau carbure à mille à l'heure, cherchant comment aborder l'épineuse question de son passé avec Joconde. Ce n'est pas comme si elle avait très envie de s'épancher avec moi, je l'ai vite compris en tentant maladroitement de lui taper la causette en début de soirée. Après m'avoir répondu par monosyllabes, elle s'est empressée de rejoindre un hôte et une hôtesse que je n'avais jamais vus.

Matthieu n'est pas encore là. Non pas que j'en aie quelque chose à faire. Mais il avait dit qu'il viendrait, donc… Il est peut-être encore avec sa fille. Matthieu Kabinsky a une fille. Quand j'y repense, ça me paraît incroyable. Un vrai papa poule en plus. Le pire, c'est qu'il est ridiculement attirant quand il est prévenant avec sa progéniture… Bref. Concentrons-nous sur Joconde.

Je réfléchis tandis que je sirote un mélange à base de rhum très fruité réalisé par Narcisse, tout en observant Joconde à distance. Ce soir, elle a attaché sa longue crinière brune en queue-de-cheval haute qui descend jusqu'à la moitié de son dos. Elle porte une robe noire, très courte et moulante, qui cache néanmoins son décolleté et remonte le long de son cou. Son bras gauche est serti d'un long bracelet qui l'enserre comme un serpent. Comme ça, elle ressemble à une Xena la guerrière des temps modernes, orgueilleuse et indomptable.

J'ai du mal à l'imaginer en position de faiblesse face à Mikheev, ou face à n'importe quel homme. Pourtant, si Narcisse a dit vrai, elle a eu besoin des frères Kabinsky pour se dépêtrer de l'influence du mafieux russe.

Je n'ose alors imaginer ce qu'il serait capable de faire à quelqu'un de plus faible, moi par exemple.

Le tintement d'une cuillère sur un verre me sort de mes pensées.

– Je ne vais pas m'éterniser avec un long discours, ce n'est pas mon genre, déclare Anton avec un grand sourire. Je voulais encore une fois te souhaiter un très joyeux anniversaire, Joconde, et te dire que nous sommes très heureux de te compter parmi nous. Je sais que tu avais dit « pas de cadeaux » mais, Olympia et moi, nous avons trouvé ceci et nous n'avons pas pu résister…

Avec un petit cri enthousiaste, Olympia tend à Joconde un énorme paquet cadeau recouvert de rubans, qu'elle se met à ouvrir après lui avoir lancé un regard réprobateur. Je m'avance vers le buffet pour me servir un nouveau verre tandis qu'elle nous remercie, puis incite tout le monde à retourner vaquer à ses occupations. Finalement, elle n'aime peut-être pas tant que ça attirer l'attention sur elle.

Tandis que je me faufile entre deux chaises, je passe à quelques centimètres seulement d'elle quand je l'entends glisser à Anton :

– C'est très sympa, mais tu sais quel est le cadeau qui me ferait vraiment plaisir ?

Le sourire d'Anton s'élargit. Il secoue la tête d'un air navré :

– Joconde, je te l'ai déjà dit : il est encore trop tôt pour que tu intègres la Chambre rouge. Il y a un processus à respecter, sois patiente.

– Je suis aujourd'hui la meilleure hôtesse de *La Galerie*. Tu en es conscient ?

Elle lève le menton, une lueur fière dans le regard, les joues légèrement rosées. Je me demande si elle n'est pas un peu pompette pour parler à Anton de la sorte. D'habitude, elle fait preuve de beaucoup plus de retenue.

– Bien sûr, je n'ai jamais dit le contraire. Je suis certain que tu finiras par atteindre les objectifs que tu t'es fixés plus vite qu'aucune autre. Mais il n'empêche que tu dois passer par le même parcours que tout le monde avant ça.

Anton a répondu d'un ton courtois, mais ferme, ce qui n'échappe pas non plus à ma collègue qui change brusquement de sujet.

Je m'éloigne, ce curieux échange encore en tête. Pourquoi Joconde est-elle si pressée d'atteindre la Chambre rouge ? Qu'y a-t-il là-bas qui la rende aussi impatiente ?

Faute de réussir à lui poser ces questions directement, je rejoins mes colocataires qui se chamaillent gentiment sur le choix de la musique.

Un peu plus tard, alors que je me lave les mains dans notre immense salle de bains, quelqu'un pousse la porte derrière moi. Je croise son reflet dans le miroir : Joconde.

– Je vais repasser plus tard.

– Non, reste ! J'ai terminé.

Elle hoche la tête et, après une brève hésitation, se place à côté de moi pour se remettre du rouge à lèvres. Mon pouls s'accélère. Joconde est enfin seule, c'est mon ouverture. Peut-être la seule que j'aurai.

– Alors, tu passes une bonne soirée ? demandé-je d'un ton enthousiaste.

– C'est très sympa à Olympia et Anton d'avoir organisé tout ça, même si je leur avais dit que je ne voulais rien faire de spécial.

– Tu n'aimes pas fêter ton anniversaire ? Je comprends, moi non plus.

Elle m'adresse un petit sourire forcé avant de détourner le regard pour se concentrer sur son reflet dans le miroir.

Bon, bon, bon.

Je ne vais pas pouvoir continuer à me sécher les mains pendant encore dix minutes, alors qu'est-ce que je vais bien pouvoir lui raconter ?

– Est-ce que je peux te poser une question ? demandé-je tout à trac.

– J'ai l'impression que tu vas le faire dans tous les cas.

Un rire nerveux m'échappe.

– Pourquoi est-ce que tu tiens tellement à intégrer la Chambre rouge ? Je veux dire, pourquoi autant d'empressement ? Tu vas peut-être trouver ton bonheur avant. Des personnes comme Narcisse ou Judith sont là depuis des années, et en fin de compte ils se trouvent très épanouis dans les chambres précédentes.

Elle se redresse et visse ses pupilles sombres aux miennes. Son expression est fermée, c'est quitte ou double : soit elle me répond, soit elle m'envoie paître.

– Ce n'est pas tant au bonheur que j'aspire, comme tu dis, mais au confort et à la sécurité que pourra m'apporter la Chambre rouge. Les hôtesses qui la rejoignent ont leur propre appartement, choisissent leurs missions et clients, sans compter que le niveau de rémunération est tout autre.

– On est déjà pas mal loties dans les premières chambres, je n'ose imaginer ce qu'il en est là-bas, fais-je remarquer.

Joconde hausse les épaules.

– On peut toujours mieux faire. C'est ce à quoi j'aspire, pour ma part : être la meilleure. Et ne plus jamais laisser quelqu'un me faire croire que j'en suis incapable, rajoute-t-elle, comme pour elle-même.

– J'ai du mal à imaginer que quelqu'un puisse avoir une telle influence sur toi. Tu as l'air extrêmement résiliente, dis-je avec franchise.

– Tu ne me connais pas.

Je décide alors d'abattre toutes mes cartes d'un coup, et tant pis pour la prudence. Jusque-là, Joconde ne m'a pas encore balancé son verre à la figure, c'est déjà une victoire.

– Je sais que tu as travaillé pour Alexeï Mikheev juste avant de rejoindre les Kabinsky. J'imagine que ça n'a pas dû être facile.

Pour la première fois depuis que je la connais, son masque d'impassibilité s'éraille. Elle pâlit et se retourne entièrement vers moi.

– Qu'est-ce que tu sais à ce sujet ?

– Pas grand-chose, m'empressé-je de répondre, mais Mikheev m'a approchée avant que je n'intègre *La Galerie*. Et j'ai entendu dire que tu avais bossé dans une de ses maisons, alors je me demandais…

– Éloigne-toi de lui, Nymphéa. Cet homme est dangereux, me coupe-t-elle. Et s'il est vrai qu'il t'a approchée, tu devrais d'autant plus te méfier.

Si j'ai un conseil à te donner, c'est le suivant : reste près des Kabinsky, ce sont les seuls qui pourront te protéger s'il décide de te mettre le grappin dessus.

– C'est vrai que Matthieu est venu te chercher ?

Elle me regarde une seconde, et je me demande si elle ne va pas m'envoyer paître d'être aussi indiscrète.

– Oui. Matthieu a non seulement réussi à se soustraire à son emprise, mais il m'a aussi emmenée avec lui. Pour ça, Mikheev lui en a toujours voulu. Il pensait qu'il allait pouvoir continuer à le débaucher comme il l'a fait avec tant d'autres… Qu'il lui ait filé entre les doigts lui est toujours resté en travers de la gorge.

Joconde s'arrête net, comme si elle s'était rendu compte qu'elle en avait trop dit. En effet, c'est la première fois qu'elle m'adresse autant de phrases à la suite. Passé l'étonnement initial, ce qu'elle vient de dire me percute de plein fouet.

– Attends, rembobine. Tu dis que Matthieu était sous l'emprise de Mikheev… Ça veut dire quoi ça ? Je croyais qu'ils n'avaient jamais travaillé ensemble.

Elle me regarde, sans comprendre mon changement d'humeur.

– Écoute. Jamais je ne me permettrais de dire du mal de Matthieu Kabinsky, je l'estime beaucoup trop pour ça. Mais il y a eu une époque où il n'était pas aussi recommandable qu'aujourd'hui. Il était jeune, il a succombé aux chants de sirène de Mikheev…

Il s'en est heureusement rendu compte avant qu'il ne soit trop tard.

Elle pince les lèvres, l'air sombre. Je comprends qu'elle ne m'en dira pas plus. Tandis qu'elle quitte la salle de bains, je me plante face au miroir qui surplombe le lavabo. Je ne sais pas quoi penser de tout ça. Matthieu ne m'a pas dit toute la vérité. Pourquoi ? Avait-il honte, se sentait-il coupable ? Ou est-ce qu'il y a autre chose qui se cache derrière ses demi-vérités ?

– Ah, te voilà ! s'écrie Olympia en débarquant comme une furie. On te cherchait. Narcisse a branché le karaoké, viens vite !

Face à son enthousiasme alcoolisé, je n'ai pas d'autre choix que de la suivre. Dans le salon, tout le monde discute autour du buffet. Narcisse est en effet en train de brancher un ordinateur portable à un grand écran. Je ne peux m'empêcher de grimacer. J'ai déjà eu l'occasion de l'entendre fredonner, ce n'était pas fameux. Mes pauvres oreilles risquent de saigner s'il chante !

Tout à coup, je remarque Matthieu. Il est en train de discuter avec son frère, dans un coin de la pièce. Quand je le vois partir de son côté en direction du bar improvisé, je ne réfléchis pas. Il faut que j'aie une discussion avec lui.

– Ah, c'est toi…

– Toi et moi. Dans la buanderie. Maintenant.

CHAPITRE 26

MATTHIEU

Une tornade blonde fonce sur moi à la minute où je repose la bouteille sur la table. Avant que je ne comprenne ce qui se passe, Roxane referme sa main sur la mienne et m'emmène à sa suite dans la première pièce qui se présente. Interloqué, je la regarde croiser les bras et me toiser de toute sa hauteur – c'est-à-dire pas grand-chose, étant donné qu'elle fait une bonne tête et demie de moins que moi. Mes yeux glissent sur sa silhouette surélevée par une paire de talons aiguilles. Ce soir, elle porte une sorte de combinaison de couleur sombre qui lui arrive jusqu'aux chevilles. Ses cheveux attachés dégagent sa nuque et son cou fin. Elle est très élégante, comme ça. Et séduisante.

– C'est nouveau, ne puis-je m'empêcher de commenter en désignant sa tenue.

Est-ce que ça se voit que je ne suis pas doué pour les compliments ?

Ça n'a pas grande importance puisque, ignorant ma remarque, elle me lance d'un ton sec :

– Tu m'as menti.

– Pardon ? À quel sujet ?

– Tu m'as dit que tu n'avais jamais fréquenté Alexeï Mikheev.

J'évite tout à coup de croiser son regard.

– Je n'ai pas dit ça. J'ai dit que je n'avais jamais travaillé avec lui.

– Arrête de jouer sur les mots ! Vous avez un passé commun, oui ou non ?

Un soupir m'échappe. De toute évidence, elle ne va pas lâcher le morceau. Je commence à la connaître.

– En effet. Ce n'est pas la période de ma vie dont je suis le plus fier. C'est pour ça que je préfère éviter d'en parler.

Les bras toujours croisés, elle s'adosse à la petite table qui sert généralement à plier le linge.

– Comment tu l'as su ? demandé-je avant qu'elle n'enchaîne avec une autre question.

Comme je disais, je commence à bien la connaître.

– Joconde.

J'aurais dû m'en douter. Elle est la seule à en savoir autant sur moi. Cependant, elle n'en avait jamais rien dit à personne. Comment Roxane s'est-elle débrouillée pour la faire parler ? Elle n'est pas du genre loquace.

– Elle t'a appris autre chose d'intéressant ? Qui concerne quelqu'un d'autre que moi, par exemple.

– Elle m’a dit de me méfier de Mikheev. Que c’était un homme impitoyable et dangereux.

Joconde sait sans nul doute de quoi elle parle. Elle n’a travaillé pour lui qu’une dizaine de jours, mais c’est largement assez pour se faire une idée du type d’employeur… et du type d’homme qu’il est.

– Elle a raison. Est-ce que ça t’a convaincue de laisser tomber ton enquête ?

Comme si je ne connaissais pas déjà la réponse à cette question.

– Absolument pas. Ça m’incite encore plus à déterrer tous ses vilains secrets.

– Tu es pire qu’un chien avec un os, soupiré-je.

– Et je ne serai satisfaite que lorsque j’aurai un gros os en bouche, déclare-t-elle avec sérieux.

Je dois faire un énorme effort pour me retenir de rire. Elle semble se rendre compte de l’énormité qu’elle vient de lâcher, puisqu’elle cache son visage entre ses mains en grognant.

– Enfin… Tu vois ce que je veux dire…

– Très bien. L’image est limpide.

Mon sourire s’élargit jusqu’à mes oreilles.

– Arrête ! Je sais ce que tu essaies de faire. Tu m’embrouilles pour changer de sujet.

– Tu te débrouilles très bien toute seule pour ça.

– Tu te rends compte qu’on ne va pas en rester là ? Tu me dois une explication.

Je hausse un sourcil.

– Je crois que je ne te dois rien du tout. Tu sais que je suis ton patron, n’est-ce pas ?

Cet état de fait semble lui sortir de la tête un peu trop souvent. J'ai peut-être commis une erreur en acceptant qu'elle reste à *La Galerie* après qu'elle m'a révélé le véritable motif de son embauche. Pourtant, je ne peux pas me résoudre à la voir partir. Avec son sens de la repartie et son franc-parler, elle apporte une certaine fraîcheur à mon quotidien.

– Lors de notre dernière discussion, tu as voulu que je sois transparente pour savoir si tu pouvais ou non me faire confiance. Comment suis-je, moi, supposée te faire confiance, si tu me caches des faits qui peuvent avoir une incidence directe sur notre affaire commune ?

Elle marque un point. Avant que je puisse répondre, elle termine :

– Sans compter que si tu ne me dis rien, je vais être obligée de le découvrir par moi-même. Est-ce que tu as encore envie de me voir débarquer à l'improviste derrière une poubelle ?

Cette fois, je ne peux retenir un rictus amusé.

– Sans façon. Vu tes piètres talents pour la filature, on va s'épargner toi et moi cet embarras.

Je tire la chaise à côté de moi pour m'asseoir. À son tour, elle finit par se hisser sur la table pour être plus confortablement installée. Dans cette configuration, c'est elle qui me surplombe – pour une fois. Ne sachant trop par quel bout commencer, je sirote une gorgée de ma boisson que je n'ai pas eu le temps de toucher. Beurk – c'est censé être du rhum arrangé, mais c'est beaucoup trop sucré à mon goût.

– Quand ma mère est décédée, c'était des suites d'une longue maladie – un cancer –, mais ça a tout de même été un choc. Elle était le centre de notre famille. Pire, de notre univers. Anton et moi, nous avons toujours eu un rapport conflictuel avec notre père. Moi encore plus que lui. Si nous arrivions à peu près à faire illusion, c'était grâce à notre mère. Elle était le ciment qui nous unissait tous.

Je m'arrête pour prendre une autre gorgée. Pas par plaisir, mais parce que parler de ma mère fait toujours remonter une foule d'émotions en moi.

– Tout s'est effondré à son décès. À tel point que mon père a décidé de repartir en Pologne. C'était son désir depuis des années. S'il restait en Belgique, c'était uniquement pour que ma mère ait accès aux meilleurs soins. Anton a disjoncté. Je me suis retrouvé à devoir gérer le départ de mon père qui nous laissait sur les bras un paquet de dettes, la dépression de mon frère… Tout ça sans figure maternelle à qui me confier.

– Je n'ose même pas imaginer ce que tu as dû ressentir, murmure Roxane.

Son attitude a changé. Elle m'écoute avec attention, je peux lire la compassion dans son regard. Je détourne la tête. Ça ne durera pas quand elle apprendra ce que j'ai fait.

– En fait, sur le moment, ça m'a aidé à tenir bon. J'avais un but, tout ce monde comptait sur moi.

J'ai accompagné mon frère dans sa guérison, il était lancé sur un nouveau projet : *La Galerie*. Mais le problème était qu'on manquait de fonds. L'héritage laissé par ma mère avait à peine suffi à solder les dettes de mon père. C'est à ce moment-là que Mikheev nous a approchés.

Ma main se serre autour de mon gobelet que je manque de tordre.

– Il s'est présenté comme notre sauveur. Il connaissait mon père, ils avaient déjà fait affaire par le passé. Je les avais déjà vus ensemble, mais je ne savais pas grand-chose sur lui. En me renseignant un peu, j'ai bien vu qu'il baignait dans beaucoup de combines illégales, mais j'ai fermé les yeux. J'ai préféré me concentrer sur le paquet d'argent qu'il me proposait pour donner vie au rêve d'Anton. Ce projet, c'était la première chose qui l'animait depuis le décès de ma mère. J'ai accepté l'aide financière de Mikheev et me suis jeté à corps perdu dans la création de *La Galerie*.

Perdu dans les fantômes de mon passé, je ne réagis que lorsque Roxane me parle.

– Qu'est-ce qui s'est passé ensuite ?

– *La Galerie* a fait un démarrage incroyable, on a tout de suite eu des dizaines de réservations. C'était inespéré. Seulement, ça demandait un investissement énorme, et ma femme, comment dire… Elle n'a jamais beaucoup apprécié le genre de business que nous avions lancé.

Difficile de l'en blâmer. Quelle femme saine d'esprit apprécierait que son mari passe le plus clair de son temps avec des prostituées de luxe ? Ce n'est pourtant pas ce qui fait réagir Roxane.

– Tu es marié ? demande-t-elle avec des yeux ronds.

– Je l'étais. Mon couple n'a pas survécu à tout ça. Mya avait à peine six mois, je n'étais jamais là, j'étais en contact direct avec des mafieux… Ce n'est pas vraiment à ce type de mariage que rêvait Juliette. Pourtant, quand elle a demandé le divorce… Je me suis effondré. J'ai commencé à sortir de plus belle, à vivre dans l'excès. Mikheev a vu dans mon désœuvrement une opportunité. Celle de me soumettre à lui. Grâce à moi, il pouvait garder la mainmise sur *La Galerie* et tous ses clients. Il m'a ouvert les portes de son cercle privé. J'y suis allé une fois, pour échapper au vide abyssal qui m'attendait quand je rentrais chez moi. Puis, j'y suis retourné. Deux, trois fois. J'ai fini par y aller presque tous les soirs. C'était toujours le même refrain : de l'alcool, de la drogue, des femmes. Mikheev me promettait la fête tous les jours, mais ce qu'il offrait n'était que de la poudre aux yeux. J'essayais d'échapper à mon triste quotidien en me plongeant dans un fantasme malsain. Rien de tout ça n'était réel.

Je marque un temps d'arrêt, à bout de souffle. Je n'avais jamais raconté cette histoire à personne. Pas comme ça. Je me rends compte aujourd'hui des progrès que j'ai pu faire, en grande partie grâce à mes réunions aux N.A. Deux ans plus tôt, jamais je n'aurais été capable de partager un tel récit sans que ça m'affecte. Aujourd'hui, j'arrive à rester lucide par rapport à tout ça.

– Je vois, finit par dire Roxane.

Ses yeux se posent sur ma main qui tient encore le gobelet en plastique.

– Ce que je ne comprends pas, c'est que tu bois de l'alcool. Ce n'est pas la première fois que je te vois le faire.

– Aussi étonnant que ça puisse paraître, je n'ai jamais bu à outrance. Seulement quelques verres, je ne suis jamais devenu accro. Ce qui a causé ma perte, c'est la cocaïne.

– Comment tu t'en es sorti ? Je veux dire, tu es clean maintenant, alors que la coke… C'est pas si évident d'arrêter.

Je ferme les yeux un court instant. La honte me submerge comme chaque fois que j'y repense. Je sais qu'après ce qui va suivre, Roxane ne me regardera plus jamais de la même façon. J'espère juste qu'elle ne me détestera pas.

Depuis cet épisode, je me déteste bien assez pour deux.

– J'ai failli tuer une femme.

C'est dit. Ma révélation fait l'effet d'une bombe, à la seule différence que le silence le plus total fait suite à ma déclaration.

– Comment ? susurre Roxane, les yeux barrés d'horreur.

Ma gorge se serre. Est-ce une bonne idée de me confier à elle de la sorte ?

– C'était une énième soirée dans un des hôtels privés de Mikheev. J'étais dans une des suites, avec un de mes amis et quelques filles. Des filles de chez lui. Je venais de recevoir une grosse livraison de mon fournisseur, encore un contact d'Alexeï – évidemment. Avec le recul, je me suis rendu compte que pendant les six mois qu'a duré ma chute, tout mon monde gravitait autour de lui. Bref. C'était une coke qui venait d'arriver sur le marché, coupée avec un peu de speed et je ne sais plus quelle merde. À l'époque, je m'en foutais. J'étais prêt à tout tester, si ça pouvait me permettre d'oublier ma vie minable ne serait-ce que quelques heures. On en a pris, pas mal. Puis, j'ai proposé à une des filles de s'isoler pour continuer la soirée tous les deux. Elle ne voulait pas en reprendre, elle disait qu'elle commençait à se sentir bizarre. Je l'ai entendue, mais pas vraiment. J'étais déjà trop stone. Alors, je lui ai roulé une nouvelle ligne, j'ai insisté pour qu'elle en prenne avec moi.

Je ne m'arrête que pour vider l'intégralité de mon verre.

– Elle a fait une overdose. Je ne sais plus très bien ce qui s'est passé, mais elle s'est mise à convulser, j'ai crié… Mon ami, qui était moins défoncé que moi, a débarqué dans la chambre, il a appelé les secours. Elle s'en est sortie de justesse.

Si l'ambulance était arrivée dix minutes plus tard, elle y serait restée.

Je frotte mes paumes sur mon jean pour les réchauffer. Tout à coup, j'ai très froid.

– Tout est ma faute. Je ne me suis pas seulement contenté de faire de la merde avec ma vie, j'ai aussi mis en danger celle d'une autre personne… Voire de plusieurs autres. En rentrant chez moi le lendemain, j'ai pris la décision de tout arrêter et de reprendre ma vie en main. J'avais une fille qui venait de fêter sa première année, qu'est-ce que je foutais ? Quel exemple allais-je lui donner ? Si encore je ne perdais pas le droit de la voir… Même si je ne sniffais qu'en soirée, ma vie de débauché commençait à laisser des traces. Quand j'allais voir Mya, je faisais illusion au maximum, mais Juliette n'était pas dupe. Je savais qu'au moindre faux pas, elle me retirerait tout droit de visite.

Et elle aurait eu raison. Elle a même été trop patiente avec moi.

– J'avais été un père minable pour Mya pendant tout le début de sa petite vie. Je me suis juré de tout faire pour être à la hauteur et devenir celui qu'elle mérite.

Parler de ma fille au milieu de tout ça m'émeut plus que je ne veux l'avouer. Je ne pleurerai pas, car je ne pleure jamais. Mais d'autres signes de mon trouble ne trompent pas, comme la raideur dans ma nuque ou le tremblement de ma jambe contre le pied de la chaise.

– D'après ce que j'ai vu, Mya t'adore. Je suis sûre que tu fais de ton mieux.

– Faire de mon mieux, peut-être. Mais encore faut-il que ce soit suffisant.

– Tu es dur avec toi-même. On fait tous des erreurs. Tu en as fait une de taille, mais tu as passé les deux dernières années à essayer de te rattraper. Ça compte, non ?

La douceur avec laquelle Roxane s'adresse à moi m'étonne. Je ne m'attendais pas à autant de sollicitude de sa part. Elle qui a l'air d'avoir toujours des opinions bien tranchées.

– Tu comprends pourquoi ce n'est pas mon sujet de conversation favori, finis-je par conclure, sans trop savoir quoi ajouter.

– Maintenant, je peux l'imaginer. Merci d'avoir accepté de m'en parler.

Quelques minutes passent. Nous sommes tous les deux plongés dans nos pensées. Je donnerais cher pour savoir à quoi elle pense.

– Mikheev n'a rien dit, quand tu as quitté son cercle du jour au lendemain ?

– Oh, si. Il a été furieux. Il a essayé de me tendre des embuscades, pour m'inciter à replonger. Une fois, il a même orchestré un stratagème pour qu'un de ses types me pète la gueule.

J'émets un rire sans joie.

– Par chance, comme *La Galerie* a très bien fonctionné dès le départ, j'ai pu vite lui rembourser ce que je lui devais. Il était encore plus fou de voir qu'il n'avait même plus ce levier contre moi. C'est suite à ça qu'on a doublé la sécurité dans nos établissements, et qu'on a installé des dispositifs de surveillance audio dans toutes les chambres. On n'est jamais trop prudents.

Roxane hoche la tête, les mains posées sur ses cuisses. Une petite partie de moi est contente d'avoir partagé ça avec elle. Ça faisait longtemps que je ne m'étais pas senti aussi écouté.

Ce passé, je l'ai longtemps renié, caché, exécré. Aujourd'hui, je l'accepte, car il fait partie de moi. L'homme que je suis devenu, qui me paraît somme toute acceptable, s'est forgé sur les cendres de celui que j'ai été et qui a manqué de peu de détruire sa vie.

Aujourd'hui, je n'aspire plus qu'à avancer et à m'améliorer, chaque jour un peu plus.

– Je crois qu'il est temps qu'on retourne à la fête, dis-je après un long moment. Les autres vont finir par se demander où on est.

– Vas-y. Je te rejoins plus tard.

Je me redresse sur mes deux jambes.

– Tu ne vas quand même pas passer ta soirée entre la machine à laver et le sèche-linge ?

Elle a un petit rire.

– Ce n'est pas si mal. L'atmosphère est assez cosy, je trouve.

– C'est à cause de tout ce que je t'ai dit ? Ça t'a secouée ?

Je lui adresse un sourire d'excuse. Elle balaie ma remarque d'un geste de la main.

– Oh non, ne t'inquiète pas. Je veux dire, ce que tu m'as dit, ça fait beaucoup, mais je suis contente que tu m'en aies parlé. C'est juste que… J'ai passé une longue journée, tu vois ? Avec ma séance à *La Galerie*, ma discussion avec Joconde, puis toi. J'ai tout sauf envie de faire la fête, là, tout de suite.

Quel idiot ! C'est vrai qu'elle avait sa séance dans la Chambre orange aujourd'hui. D'ailleurs, en arrivant j'avais dans l'idée de l'attraper pour lui demander comment ça s'était passé. Devançant ma question, elle me lance :

– Je n'ai pas du tout envie de parler de boulot. De toute façon, on a notre débriefing demain. Et la perspective de retourner à la soirée, avec tous ces gens que je ne connais pas, ne me ravit pas du tout… Je crois que je suis un peu sauvage sur les bords. J'apprécie ma solitude, rit-elle.

Je ne comprends que trop bien ce qu'elle veut dire. Je ne suis pas à l'aise dans les grands groupes, depuis ma cure de désintox, je fuis les grosses soirées. Mais ce soir, j'avais envie de venir… Entre autres parce que je savais que j'allais y voir Roxane.

Et j'espérais qu'elle aurait des nouvelles de Mikheev à me donner.

– Pourtant, tu es toujours à l'aise avec tout le monde. Je pensais que tu étais un petit être sociable, plaisanté-je.

Elle roule des yeux.

– Tu rigoles ? J'enchaîne les bourdes. Quand je rencontre quelqu'un pour la première fois, j'en fais toujours des tonnes par peur qu'on ne m'apprécie pas.

– Ça explique bien des choses.

Elle me tire la langue et je trouve ce moment si léger que je n'ai pas envie de partir.

CHAPITRE 27

ROXANE

Mes écouteurs vissés aux oreilles, ma brassière ultra-maintien sur le dos, je cours à petites foulées légères sur le béton. Ce jogging matinal m'a fait du bien. Il m'a permis de me vider la tête et de faire le point. Quinze jours ont passé depuis l'anniversaire de Joconde. Je n'ai revu Mikheev qu'une fois, lors d'une séance à la Chambre jaune. D'après ce que j'ai pu voir, il ne fréquente aucune autre chambre, du moins pas en ce moment. Est-ce parce qu'il a une nouvelle femme ? Ou a-t-il quelque chose de spécifique à voir dans la Chambre jaune ? A-t-il décidé de son prochain coup à jouer ? Ces questions demeurent sans réponse, et ça me frustre énormément. Matthieu et moi, nous avons passé en revue la liste du personnel pour espérer découvrir qui était la taupe – si tant est qu'il y en ait vraiment une. À présent, je commence à en douter.

Deux vigiles sont arrivés peu de temps après moi, ainsi qu'un chauffeur. Matthieu les a interrogés en toute discrétion, il a fait vérifier leurs antécédents, mais aucun ne semble lié de près ou de loin au mafieux. Parmi les hôtesses, je suis la dernière arrivée. Vu la haine que Joconde voue à Mikheev, on l'a vite exclue de la liste des suspects elle aussi.

En définitive, l'enquête est au point mort. Le seul point positif qui ressort de tout ça, c'est que j'ai passé beaucoup de temps avec Matthieu – pour les besoins de notre investigation, bien sûr – et on ne s'est jamais aussi bien entendus.

Ma montre connectée vibre, me signifiant la fin imminente de ma course. Je ralentis le pas pour retrouver mon souffle. Ce ne sont que cinq petits kilomètres que je viens d'enchaîner, mais je n'ai jamais réalisé un meilleur temps et vu d'où je pars, mes progrès sont colossaux. Une sensation de bien-être propre à cet exercice physique m'envahit. À croire que l'insistance de Matthieu à me faire pratiquer le running a fini par payer. Mais jamais je ne l'avouerai, pas devant lui du moins.

Prise dans mes pensées, je ne remarque qu'après être montée à l'étage qu'il n'y a pas un bruit dans la maison. C'est assez rare pour être souligné. En ouvrant la porte de ma chambre, je tombe pourtant nez à nez avec Narcisse et Olympia.

– Hé, salut vous deux ! m'exclamé-je d'une voix enjouée.

– Salut ma belle, me répond Narcisse avec un clin d'œil.

Je serre affectueusement mon ami dans mes bras, puis me penche pour poser un baiser sur la tête d'Olympia, assise sur le lit. Elle m'offre en échange un faible sourire, et je comprends tout de suite que quelque chose ne va pas.

– Il y a un problème ? m'enquiers-je.

Elle lâche un profond soupir. Nous nous sommes pas mal rapprochées ces derniers temps, je sais tout de suite que quelque chose cloche. Ma colocataire est toujours joyeuse, c'est un vrai rayon de soleil. Il y a très peu de choses qui parviennent à ternir sa bonne humeur.

– C'est Pablo ? Ça ne va pas ? demandé-je en m'asseyant sur le lit en face d'elle.

– Non, Pablo va très bien ! Ce n'est pas ça. J'ai reçu une invitation, pour une soirée libertine privée, dans deux semaines. Enfin, plutôt une convocation, vu que je n'ai pas vraiment le choix.

– Pourquoi ça te met dans cet état ? Tu adores les soirées de ce genre d'habitude.

Je la regarde, puis me tourne vers Narcisse sans comprendre. Voyant qu'Olympia ne réagit pas, mon ami se décide à rompre le silence.

– En fait, l'événement est organisé par Alexeï Mikheev, m'explique-t-il. C'est pour ça qu'Olympia n'est pas ravie d'y aller. Ses soirées sont réputées pour être très différentes de celles qu'on organise chez nous. Disons que la clientèle n'est pas la même non plus.

Cette nouvelle me fait l'effet d'une bombe. J'essaie de masquer mon agitation au mieux et m'efforce de ne pas la bombarder de questions. Pourtant, il y en a une bonne dizaine qui traversent mon esprit. À commencer par celle-ci.

– Mais… Comment ça se fait que des hôtesses de *La Galerie* soient missionnées chez Mikheev ?

Narcisse esquisse un geste de la main.

– Mikheev sait y mettre le prix. Je crois qu'il y a une espèce d'accord de passé avec les Kabinsky. Ces fêtes libertines sont énormes, plusieurs centaines de personnes sont conviées, alors, quand Mikheev manque d'hôtesses, il vient en louer chez nous.

– Judith s'y est rendue l'année passée. Elle m'a dit que l'ambiance était horrible. Tout le monde était camé, les filles étaient obligées de prendre de la cocaïne, certains hommes étaient violents… Elle y a échappé seulement parce qu'Anton était là, lui aussi.

– Anton participe à ça ?

Je n'arrive pas à y croire.

– Je crois qu'il n'a pas vraiment le choix. Quand tu reçois une invitation personnelle de Mikheev, tu as plutôt intérêt à y répondre. Il paraît que ce type est vraiment dangereux, Nymphéa. Je ne suis pas tranquille à l'idée de m'approcher de lui, murmure-t-elle.

Avec douceur, j'attrape sa main et la serre entre les miennes pour lui apporter mon soutien. Narcisse se rapproche et se met à lui frotter le dos, dans une vaine tentative pour la consoler.

– Essaie d'en parler à Anton, conseillé-je, je suis sûre que si tu lui fais part de tes appréhensions, il demandera à quelqu'un d'autre d'y aller.

Olympia secoue la tête énergiquement.

– Je n'oserais jamais lui demander ça ! Après tout ce qu'il a fait pour moi, je ne veux pas le décevoir. Puis ça voudrait dire refiler ce cadeau empoisonné à une autre fille. Je ne pourrais pas me regarder en face si je faisais ça. Sans compter que Joconde, elle, a déjà confirmé qu'elle irait.

Je hausse un sourcil.

– Joconde a accepté d'y aller ? Vu leur passif, je pensais qu'elle ne voulait plus rien avoir affaire avec lui.

En face de moi, mes deux amis ne répondent pas, se contentant de hausser les épaules. Mon cerveau carbure à mille à l'heure. Matthieu était-il au courant de cet événement ? Si oui, pourquoi ne m'en a-t-il pas parlé ? C'est une occasion en or d'en savoir plus. Je ne peux pas la laisser passer.

– Laisse-moi y aller à ta place.

Olympia ouvre des yeux ronds.

– Tu n'es pas sérieuse ? Pourquoi tu voudrais t'infliger ça ?

J'hésite, choisissant mes mots avec soin.

– Eh bien, tu es vraiment mal, je déteste te voir comme ça, et puis je n'ai jamais participé à une soirée libertine, ça fait partie de mon apprentissage de découvrir ce milieu, non ? Si j'y vais à ta place, tu n'auras pas à parler de tes doutes à Anton, ni à te sentir coupable de forcer une autre fille à y aller, puisque je me propose. Ce serait comme si tu me faisais une faveur.

Olympia bat des cils, incertaine. Je vois bien dans ses grands yeux verts que l'incertitude la ronge mais aussi, une certaine forme d'espoir. La pauvre, elle est vraiment terrorisée à l'idée de cette fête. Je ne l'ai jamais vue comme ça ! Instinctivement, je sens que je devrais m'alarmer de ce constat, mais je balaie cette pensée dans un coin de ma tête. À présent, je suis assez forte pour affronter tout ce que je vais voir là-bas, j'en suis sûre. Et puis, si Anton y assiste aussi, qu'il y a Joconde… Ça ne peut pas être si dangereux que ça.

– Je ne sais pas, Nymphéa. C'est très gentil de te sacrifier pour moi, mais je ne veux pas t'infliger ça. C'est samedi prochain, tu m'as dit que tu travaillais. Je ne suis pas sûre que Matthieu accepterait un échange comme ça.

– Je vais lui parler, je le vois cet après-midi. S'il est d'accord, alors, c'est décidé. Tu n'auras plus à y aller et tu ne te préoccupes pas du reste, OK ?

L'émotion que je lis dans les pupilles brillantes d'Olympia me surprend. À mon tour, je sens ma gorge se serrer lorsqu'elle se jette dans mes bras, en s'écriant :

– Oh, Nymphéa, tu es géniale ! Je t'adore ! Merci mille fois !

Elle fourre son joli minois dans mon cou et je lui caresse les cheveux.

– Moi aussi, je t'adore Olympia.

Je n'ai plus qu'à convaincre Matthieu. Comme je le disais, nous entretenons de bons rapports maintenant. Ça ne devrait pas être difficile.

***

– Absolument hors de question.

Je le dévisage, interloquée.

– Et pourquoi ça ?

Matthieu me jette un regard rapide par-dessus sa tablette. Comme souvent, nous sommes assis au bord du lac, sous le grand chêne, et nous passons en revue mes missions à venir. Pour ne pas trop faire durer le suspense, je lui ai parlé de but en blanc de ma volonté de prendre la place d'Olympia à la soirée libertine. Je m'attendais à devoir négocier, mais certainement pas à un refus aussi catégorique !

– Tu plaisantes ? Avec tout ce que je t'ai raconté, ce que tu as débusqué sur lui, tu n'as toujours pas compris à quel point Mikheev était dangereux ?

– J'en ai bien conscience.

– Cette soirée, c'est sa consécration annuelle. Les pires ordures y sont invitées. Des mafieux, des trafiquants de drogue, d'armes, et encore, ce sont les plus soft… Tu comprends pourquoi il est hors de question que je t'envoie là-bas, en plein dans la gueule du loup ?

Je comprends surtout qu'il faut absolument que j'y sois !

– Tu te rends compte qu'après tout ce que tu viens de me dire, j'ai encore plus envie d'y aller ?

Il lève les yeux au ciel, comme si j'étais une cause perdue. Il n'a peut-être pas tort.

– Matthieu, on y est, c'est le moment ! Je le sens, il faut absolument que je sois à cette soirée. Je suis sûre que je peux apprendre des tas de choses intéressantes. Il y aura tous les proches de Mikheev, son équipe… C'est l'occasion rêvée pour obtenir des preuves de ce qu'il manigance. Anton sera là, Joconde aussi. Je ne serai pas seule.

Il me lance un regard noir avant de déclarer.

– J'y serai aussi.

Je pousse un cri offusqué.

– Tu te fiches de moi ? Tu veux m'empêcher de me rendre à cette soirée, alors que toi-même tu y seras ? C'est l'hôpital qui se fout de la charité.

– Crois-moi, si j'avais le choix, je n'irais pas, marmonne-t-il entre ses dents. Et ce n'est pas pareil. Moi, je suis équipé face à Mikheev. J'ai déjà eu affaire à lui, je sais comment me défendre. Pour toi, ce n'est pas pareil.

– J'ai suivi les cours de self-défense comme les autres hôtesses. Je sais me défendre aussi.

– Ça n'a rien à voir.

Je croise les bras avant de m'apercevoir qu'il est dans la même posture fermée que moi. On ne risque pas d'aller loin comme ça : on est tous les deux aussi têtus l'un que l'autre.

– De toute façon, si tu te souviens bien, tu n'es pas libre ce soir-là. Tu as une séance de prévue dans la Chambre orange.

– Je suis sûre qu'on peut reporter, ou qu'une autre hôtesse peut y aller à ma place. Les clients vont s'en remettre, déclaré-je avec emphase.

Je suis peut-être allée trop loin car cette fois, Matthieu ne cache plus son agacement.

– Non mais je rêve ! Tu te prends pour qui, l'hôtesse en chef ? Quand je dis non, c'est non, Nymphéa. Jusqu'à preuve du contraire, tu es toujours mon employée et c'est moi qui commande.

J'écarquille grand les yeux. De quel droit il me parle comme ça ? Je ne suis pas sa chose non plus ! Passablement agacée, je rétorque :

– Tu veux te la jouer comme ça ? Très bien alors. Mon contrat indique que je dois donner mon consentement total et absolu à chaque mission, tu te souviens ? Eh bien, je ne le donne pas ! Et en ce qui concerne cette stupide soirée, Olympia non plus. Alors tu vas faire quoi ? Nous contraindre ?

– Peut-être bien que oui !

– J'aimerais voir ça !

Je me redresse d'un coup. La colère fourmille jusqu'au bout de mcs doigts. Matthieu se lève à son tour pour s'avancer vers moi, l'air menaçant. Je ne bouge pas d'un pouce. Mon corps tremble de rage contenue. Il se plante à quelques centimètres de mon visage et bombe la poitrine pour me surplomber. Le mâle dominant dans toute sa splendeur !

– C'est pas possible d'être aussi butée, grogne-t-il après un moment.

– Je te retourne le compliment, rétorqué-je.

Il se pince l'arête du nez, faisant visiblement un effort considérable pour se calmer.

– Tu es sûre que tu as pleinement conscience des risques que tu prends à venir à cette fête ?

– Certaine. Laisse-moi faire ce pour quoi tu m'as autorisée à rester, Matthieu. Laisse-moi enquêter sur Mikheev avec toi.

Pendant une longue minute, Matthieu me dévisage sans rien dire. Puis il finit par pousser un profond soupir.

– D'accord. Mais à une condition : si les choses se compliquent d'une quelconque manière, tu pars, sans chercher à discuter, compris ?

– C'est compris !

Un petit sourire victorieux se dessine sur mes lèvres. Je m'efforce de ne pas trop montrer mon contentement.

CHAPITRE 28

ROXANE

– Merci, cher monsieur. À bientôt.

Le client me serre la main, me remettant en même temps une enveloppe pleine de billets. Je souris, certaine d'y trouver une coquette somme. Les séances dans la Chambre orange de l'échangisme donnent toujours lieu à de belles gratifications, c'est comme la cerise sur un gâteau déjà très appétissant. Cette heure d'extase avec mon couple de clients devenus réguliers m'a fait du bien. Au même titre que le sport, le sexe a le don de me faire lâcher prise et de m'aider à relâcher les tensions. Vu tout ce que j'ai emmagasiné depuis l'annonce de la fête privée de Mikheev, j'en avais besoin.

Par moments, je me demande si je ne deviens pas accro au sexe commc certains le sont aux drogues dures. Mais quand j'y réfléchis, ce que m'apporte *La Galerie* ne se résume pas à de l'argent et à des orgasmes. C'est aussi de la découverte. Des partages.

De l'adrénaline. Un cocktail explosif qui me rappelle combien il est bon d'être *vivante*.

Cette envolée lyrique est digne d'Anton. Ça tombe bien, c'est lui que je vais voir.

Devant sa porte, je toque une fois. Rien. Pourtant, c'est lui qui m'a demandé de passer. Je toque une deuxième fois, je crois entendre un bruit. Je me décide à entrer.

Je n'aurais peut-être pas dû.

Je me fige sur le seuil en voyant deux silhouettes entrelacées, en train de s'embrasser avec passion. Horriblement gênée, je me confonds en excuses.

– Oh ! Je suis désolée, je ne… Narcisse ?

Ma voix monte dans les aigus malgré moi. Je n'en crois pas mes yeux ! C'est bien Narcisse que je vois descendre des genoux d'Anton Kabinsky, le sourire aux lèvres, les joues roses et avec un air taquin que je ne connais que trop bien. Anton toussote, m'adressant un sourire embarrassé.

– Peux-tu fermer la porte s'il te plaît ? Ce n'est pas vraiment un secret, mais on préfère garder notre relation entre nous, du moins au sein de *La Galerie*.

Je m'empresse de m'exécuter sans parvenir à détourner le regard du couple qui se tient devant moi, toujours collé-serré. Quel petit cachottier, ce Narcisse ! Il fricote avec notre boss, il ne m'en a jamais rien dit ! En tout cas, il y a au moins un des frères Kabinsky qui n'est pas à cheval sur la relation patron-employé. Voyant que je ne bouge pas, Narcisse finit par s'approcher de moi pour me saluer d'une bise sur la joue. Je profite de sa proximité pour lui décocher un coup de coude dans les côtes.

– Dis donc ! Tu aurais pu me prévenir, murmuré-je d'un ton vexé.

– Je vous laisse parler affaires… À plus tard !

– Ne crois pas t'en tirer comme ça, le sermonné-je.

Anton m'invite à m'asseoir en face de lui.

– Navré que tu aies dû l'apprendre de cette manière. Narcisse voulait t'en parler bientôt, je t'assure. Tu comptes beaucoup pour lui. En tout cas, tu t'en doutes, j'apprécierais ta discrétion sur le sujet.

– Je n'en dirai rien à personne.

– Si je t'ai demandé de venir, c'est pour te parler de l'anniversaire de Narcisse. Il m'a dit que cette année il souhaitait organiser une fête un peu spéciale.

Je le regarde avec curiosité.

– Narcisse est un original. Quel genre de fête il veut ?

– Le genre qui se passe dans la Chambre violette.

La chambre des orgies. Ah oui ! Je ne m'attendais pas à ça. Mais après tout, en connaissant les spécimens, ça ne devrait plus m'étonner.

– Est-ce que je peux compter sur ta présence ? Je sais que Narcisse serait très heureux que tu sois des nôtres ! Et moi aussi, bien sûr.

Que répondre à ça ? Mon ami et collègue avec qui j'ai couché plusieurs fois m'invite à une soirée de débauche avec son petit copain qui est aussi mon chef.

– Euh, oui. Pourquoi pas. Vous ne faites vraiment rien comme tout le monde, hein ? ne puis-je m'empêcher d'ajouter.

Anton m'adresse un sourire lumineux.

– C'est triste à mourir de faire comme tout le monde. Je préfère vivre en marge que d'être ennuyeux.

Tandis que je le regarde essuyer ses lunettes avec soin, je songe qu'il est vraiment très différent de son frère.

– On se retrouve tout à l'heure pour la soirée de Mikheev ?

Je hoche la tête. J'ai quelques heures devant moi avant de devoir me préparer, je compte bien les mettre à profit pour me replonger dans l'enquête.

Plus tard, dans ma chambre, tandis que je parcours les notes prises depuis mon arrivée, je prends la mesure du temps qui a passé. Deux mois se sont écoulés depuis que j'ai intégré *La Galerie*. Deux mois où ma vie a changé du tout au tout, dans ce travail pour le moins atypique qui est aujourd'hui devenu ma normalité. Et je n'ai plus peur de m'avouer que si je reste aujourd'hui, ce n'est plus seulement pour écrire mon article ou pour trouver des informations compromettantes sur Alexeï Mikheev : je reste parce que je m'y plais. Et, aussi fou que ça paraisse, dans cet endroit où le sexe est normalisé pour tous – bien que jamais banalisé –, j'ai réussi à trouver ma place. Je me sens bien.

– Putain, je crois que mon téléphone est mort, geint Olympia en arrivant comme une furie dans la chambre.

Apparemment, certains de mes camarades et collègues sont moins apaisés que moi !

– Qu'est-ce qui lui arrive ? demandé-je en prenant soin de refermer le clapet de mon ordinateur portable.

– Il ne veut plus s'allumer, tu peux regarder ?

J'acquiesce et elle me tend l'appareil. J'exécute quelques manœuvres de sauvetage, mais à l'évidence, son diagnostic est le bon.

– Tu as essayé de le mettre en charge ? C'est peut-être la batterie qui est à plat.

Je la suis du regard tandis qu'elle branche le chargeur. Elle secoue la tête, dépitée.

– Rien à faire ! Fait chier, c'est pour ça que je déteste la technologie : on devient accro et le jour où on en a vraiment besoin, on ne peut pas compter dessus !

Je hausse un sourcil.

– Je crois que c'est la première fois depuis qu'on se connaît que je t'entends proférer des jurons ! Pourquoi tu en as tellement besoin aujourd'hui ?

– C'est l'anniversaire de Pablo demain, je lui avais préparé un long message pour l'occasion, avec des trucs hyper mignons et tout ! J'ai passé la moitié de la journée pour trouver les mots justes, je suis dégoûtée d'avoir tout perdu.

En voyant sa mine déconfite, je la rejoins et place mon bras dans son dos pour la consoler.

– Si tu veux, je peux te prêter mon ordinateur pour lui écrire ta lettre romantique ? proposé-je. Le mot de passe c'est « lmbrt130188 ». Je dois aller me préparer pour la soirée, mais n'hésite pas à t'en servir, même si je ne suis pas là.

Elle pousse un petit cri de joie et me serre contre elle. Je ferme les yeux un instant pour profiter de cette étreinte. Son parfum floral devenu si familier titille mes narines, et me donne du courage pour ce qui s'annonce.

– Merci Nymphéa, je te revaudrai ça !

Elle se pelotonne sur son lit tandis que je me lève.

– Comment tu te sens ? Pas trop stressée ?

Examinons les faits. Je m'apprête à me rendre à un événement organisé par le plus gros mafieux de la ville. Il y aura des gens peu recommandables, de la drogue, et probablement des actes plus ou moins illégaux et immoraux qui seront exécutés juste sous mes yeux. Je dois non seulement jouer mon rôle d'hôtesse parfaite, mais également essayer de glaner le maximum d'informations sur les activités douteuses de Mikheev tout en préservant ma sécurité personnelle. Fastoche !

Le pire dans tout ça, c'est que je n'angoisse pas autant que je le pensais. Matthieu a peut-être raison : ma curiosité maladive frise l'inconscience.

– Je me demande vraiment à quoi ça va ressembler, finis-je par répondre à Olympia. Et ce que je vais devoir faire… Heureusement, les Kabinsky seront là. Je sais qu'ils vont tout superviser.

– Est-ce que tu veux que je t'aide pour ton maquillage et ta coiffure ? demande Olympia tandis que j'ouvre mon armoire.

Je me tourne vers elle avec un sourire reconnaissant.

– Avec plaisir ! Tu sais que je ne suis vraiment pas douée pour ça.

En dehors de mascara et d'une touche de poudre, je me maquille très peu. Ce soir, j'ai très envie de sortir le grand jeu et d'être le plus différente possible de la Roxane de d'habitude. Nymphéa entre en scène, et il faut qu'elle donne tout !

En plus, je sais qu'Olympia a un réel talent pour la mise en beauté. Elle passe son temps à regarder des vidéos beauté sur YouTube. Le jour où elle arrêtera de vendre ses charmes à *La Galerie*, je suis sûre qu'elle pourrait se reconvertir dans ce domaine. En attendant, je m'assieds sagement tandis qu'elle s'affaire, déballant toutes ses palettes et pinceaux.

Quand je me regarde dans le miroir un long moment plus tard, j'en ai le souffle coupé. Lorsqu'elle m'a proposé de tirer mes cheveux à l'arrière en un chignon serré, j'ai hésité, mais finalement, le résultat est très chic. J'ai presque du mal à me reconnaître ! J'esquisse quelques pas, faisant tournoyer le long voile transparent de ma jupe fendue jusqu'à mi-cuisse. Mon regard rendu charbonneux par le maquillage croise alors celui d'Olympia, qui lâche un sifflement admiratif.

– Ca-non ! Presque trop classe pour une soirée de ce genre ! Mon petit doigt me dit que Kabinsky ne pourra pas rester insensible.

Je lui lance un regard perplexe tout en remplissant mon sac à main.

– Pourquoi tu dis ça ?

– Vous passez beaucoup de temps ensemble ces derniers temps, vous avez l'air de très bien vous entendre… Je me disais juste qu'il se passait peut-être un truc entre vous.

– Mais pas du tout ! C'est mon boss, je te rappelle.

– Et alors ? Ça n'empêche pas Narcisse de sortir avec Anton.

– Anton et Matthieu sont très différents, au cas où tu ne l'aurais pas remarqué. Matthieu n'accepterait pas de fricoter avec une employée même si elle était la dernière femme sur terre, ironisé-je.

Est-ce qu'elle perçoit le dépit dans ma voix ? J'espère que non.

– Narcisse m'a dit qu'il avait accepté de venir à sa petite sauterie d'anniversaire. C'est la première fois qu'il accepte de se mêler à ce genre d'événement depuis qu'il le connaît. Il doit bien y avoir une raison, insiste-t-elle.

Je dois avouer que cette nouvelle m'étonne, mais je balaie les questionnements qu'elle suscite en moi.

Quelle que soit la raison de Matthieu, c'est certain que ça n'a rien à voir avec moi.

– Peut-être a-t-il simplement décidé d'ôter le balai qu'il garde dans son derrière, soupiré-je.

Cela a le don de faire rire Olympia. Ma diversion a fonctionné. Après m'avoir remis une dernière couche de gloss, ma colocataire me salue en me décochant une bise sur la joue. Je descends les marches en prenant mille précautions afin de ne pas trébucher sur mes talons hauts. Comme je m'y attendais, Joconde est déjà dans l'entrée en train d'attendre, droite comme un I, les bras croisés, l'air hostile.

Elle est sublime avec sa robe courte ultra-moulante qui dévoile son mètre de jambes.

– C'est bon, je suis prête, on peut y aller ! m'exclamé-je en esquissant un sourire forcé.

Elle me lance un regard noir mais n'émet aucun commentaire, se contentant de me détailler de la tête aux pieds. Je me mords l'intérieur de la joue. Même si je me suis affinée depuis mon arrivée à *La Galerie*, à côté d'elle, je dois ressembler à un sac de patates. Je libère une profonde expiration pour détendre les muscles coincés de mes épaules. Vu la soirée qui m'attend, je ne peux pas me permettre de laisser mes complexes et mes doutes reprendre le dessus. Alors, je bombe la poitrine et j'enfile mon masque de Nymphéa, tout en lui passant devant pour m'engouffrer dans la voiture.

Après un interminable trajet, nous arrivons devant une sorte de grand entrepôt qui a l'air abandonné, mais qui est loin de l'être vu l'équipe de surveillance déployée sur les lieux. Nous rencontrons un premier groupe d'agents de sécurité, puis un deuxième, avant de nous engouffrer dans un escalier qui nous amène au sous-sol. Dès l'instant où la porte s'ouvre, la musique pulse à mes oreilles. Quand nous retrouvons les Kabinsky, je remarque tout de suite que Matthieu a l'air tendu à l'extrême. Ma nervosité augmente d'un cran. Je louche sur sa tenue, je ne l'ai jamais vu aussi bien habillé. Il est sacrément canon dans son costume noir avec sa chemise assortie.

Anton nous explique que nous allons nous rendre dans le cercle VIP dans lequel ils ont été conviés. Je bats des cils, peinant à m'habituer à la luminosité ambiante lorsque nous pénétrons dans une salle obscure remplie de flashs. Ça ressemble beaucoup à une discothèque. La musique est assourdissante, l'atmosphère, électrique. Des dizaines d'hommes tous plus ou moins vêtus à l'identique, de costumes ou de chemises, sont agglutinés autour de deux immenses cages qui trônent au milieu de la pièce.

Tout à coup, je comprends qu'à l'intérieur, il y a des femmes nues, qui dansent de manière pour le moins suggestive. En passant à côté, mes doutes se confirment : non, elles ne dansent pas. Elles sont en train de se donner du plaisir, tandis que les spectateurs passent les bras à travers les barreaux et touchent un pied, une cheville, une hanche. On dirait un zoo particulièrement obscène. Ça me fait un choc et je détourne le regard, faute de savoir comment réagir.

Plus on avance dans le lieu, plus je me rends compte que je suis beaucoup trop habillée par rapport à mes consœurs. La plupart ne portent aucun vêtement, ou alors de minuscules bouts de tissu qui cachent à peine la face avant, sans rien derrière.

Enfin, nous arrivons sur une sorte d'estrade, dont l'accès est limité par des cordons en velours noir. Un vigile qui doit peser au moins cent kilos nous ouvre le passage après qu'Anton lui a glissé quelques mots à l'oreille. Là, je le vois.

Mikheev. Ce soir, ses cheveux argentés sont tirés en arrière et lâchés, ils lui arrivent à l'épaule. Il est très sobrement vêtu, mais quelque chose dans son attitude ne trompe pas : c'est lui le chef des lieux. Sa façon de parler à son interlocuteur, de balayer la pièce de son regard glacial… Lorsqu'il le darde sur notre petit groupe, je réprime un frisson. J'aimerais rétrécir et devenir toute petite pour observer la scène de loin, sans vraiment en faire partie.

Nous nous approchons du canapé sur lequel il est assis, entouré par quatre femmes. Je reconnais Tatiana, qu'il m'a présentée comme sa femme. Elle est à peine plus vêtue que les autres. Mes yeux s'écarquillent en voyant son ventre arrondi que je n'avais pas remarqué la dernière fois. Mon Dieu, elle est enceinte ! Quelle horreur. La lumière éclaire les bleus qui parsèment ses bras dénudés. J'imagine que ce n'est pas le seul endroit de son corps qui en est couvert. Je serre les poings, écœurée. Je n'ai pourtant pas le temps de me concentrer davantage sur cette vision car la voix de Mikheev retentit :

– Anton et Matthieu Kabinsky ! Ça alors, vous êtes là tous les deux !

Nous arrivons à son niveau et tout en se levant pour nous accueillir, il s'adresse à ce dernier, ses yeux exprimant tout sauf de la sympathie.

– Quel plaisir de te revoir parmi nous. Ça fait bien longtemps.

– Ne t'y habitue pas, ça ne se reproduira pas de sitôt, rétorque Matthieu avec raideur.

– Fais pas la gueule, beau gosse, lui lance un des sbires d'Alexeï.

Matthieu reste impassible face aux ricanements qui s'élèvent autour d'eux. Alexeï Mikheev, lui, s'attarde sur le reste du petit groupe et la surprise éclaire un court instant son visage. Tandis que ses yeux passent de Joconde à moi, il se fend d'un rictus.

– Vous êtes venus en belle compagnie en tout cas ! Ravi de vous revoir, mesdames.

Je ne peux m'empêcher de frémir tandis que Mikheev glisse ses doigts froids sous les miens pour effectuer un baisemain. Des souvenirs de notre rencontre au *Millésime* me reviennent en tête. J'ai l'impression que c'était il y a des années. À cette époque-là, j'ignorais tout de lui. Dire que je l'avais même trouvé gentleman !

Il se tourne vers Joconde pour la saluer de la même manière, et l'expression contrite de cette dernière me saute aux yeux. On dirait qu'elle a une odeur particulièrement pestilentielle sous le nez. Cela ne semble pas vexer Alexeï outre mesure, puisqu'il lui glisse d'un ton badin :

– Je connais quelqu'un d'autre qui sera ravi de te revoir ce soir. Ça fait longtemps aussi, n'est-ce pas ?

Le corps de Joconde se raidit comme une planche en bois. Avant que l'un des deux ne puisse ajouter autre chose, Anton intervient.

– Encore merci pour ton invitation, Alexeï. Nous allons faire un petit tour, nous ne voulons pas abuser de ton temps précieux.

Mikheev revient à sa place initiale et attrape une flûte remplie à ras bord.

– À votre aise. La première tournée est pour moi ! N'hésitez pas à consommer tout ce qui vous fait envie. Nos putes sont moins distinguées que les vôtres, mais je sais de source sûre que nous partageons les mêmes goûts… N'est-ce pas ma belle ?

En disant cela, il agrippe la hanche de la jeune femme qui passait juste à côté de lui, une grande brune filiforme. Les traits de son visage sont extrêmement creusés, des cernes violacés entourent ses yeux éteints. Quelque chose de très étrange se passe alors. À côté de moi, Joconde tressaille et esquisse un mouvement, comme si elle allait parler. Pourtant, elle n'en fait rien.

Un bruit étouffé attire mon attention et je tourne machinalement la tête vers un autre canapé à ma droite.

Très, très mauvaise idée.

À même pas deux mètres de nous, un homme en chemise, le pantalon sur les cuisses, est en train de prendre sauvagement une femme en levrette. Ma bouche s'ouvre en grand, je sens tout mon sang quitter mon visage. Ce qui me frappe n'est pas tant le caractère absolument obscène de cette scène, que le visage de cette dernière, tourné vers moi. Ses yeux sont vitreux, son expression ne montre aucun signe de plaisir ou même de vie. J'ai un mouvement de recul qui n'échappe pas à Joconde, elle enfonce ses ongles longs dans mon poignet, comme pour me dire : retiens-toi.

Putain, qu'est-ce que je fous là ? La panique m'étreint de plus en plus quand un serveur vient déverser sur la table basse devant Mikheev le contenu d'une fiole opaque. Je ne vois pas tout de suite de quoi il s'agit, car ce geste a provoqué l'arrivée d'une demi-douzaine de filles qui s'amassent autour du mafieux comme une nuée de mouches. La grande brune qui semble avoir fait réagir Joconde s'agenouille devant la table.

De la coke. Mikheev hoche la tête dans sa direction et comme si elle n'attendait que cet assentiment, elle se jette sur la poudre avec fébrilité. S'injectant la drogue dans le nez, ligne après ligne. Je me tourne vers Matthieu. Il semble impassible. Pourtant, je me doute qu'à l'intérieur de lui, une tempête doit faire rage. Pour ma part, ça y est, je peux le dire : je suis absolument terrorisée.

Est-ce que je vais devoir en prendre ? Je n'ai jamais touché à ça, et ce n'est certainement pas aujourd'hui que je souhaite commencer ! Anton aussi semble beaucoup moins détendu qu'avant, même s'il s'efforce de garder un ton poli et détaché lorsque Mikheev l'invite à se servir.

– Merci Alexeï, nous allons nous contenter du champagne, si cela ne t'ennuie pas.

Instinctivement, je me rapproche de lui et de Matthieu, comme s'ils étaient un rempart protecteur face à la décadence dangereuse qui nous entoure. Mikheev n'a rien loupé de mon manège. J'ai l'impression que son regard tranchant comme une lame me brûle la peau. On dirait un prédateur en train de surveiller sa proie.

J'essaie de calmer ma poitrine prise de palpitations en inspirant profondément. Je crois que j'ai fait une erreur. Je n'aurais pas dû insister autant pour venir ce soir. Pour la première fois, j'ai la terrible impression que même les Kabinsky ne peuvent pas garantir ma sécurité. J'ai la terrible sensation que ce soir, tout peut arriver.

CHAPITRE 29

ROXANE

Assise avec précaution dans le coin le plus camouflé du divan, je m'agrippe à ma flûte de champagne comme si ma vie en dépendait. Cela fait plus d'une heure que j'essaie de me faire le plus discrète possible, cachée dans mon coin à l'abri des regards, seule, fort heureusement. La proximité des Kabinsky a assuré ma tranquillité jusque-là, mais ils viennent de partir avec Mikheev Dieu sait où. Si un des hommes présents ce soir vient m'aborder pour passer un moment avec moi, je n'aurai pas d'autre choix que de le suivre. Et vu les spécimens qu'il y a autour de moi, je prie très fort pour que ça n'arrive pas.

Le cœur en travers de la gorge, je m'efforce de ne pas observer les scènes de luxure qui se déroulent juste à côté, mais c'est plus facile à dire qu'à faire. Mue par une curiosité malsaine, je jette un coup d'œil à la brune filiforme qui s'est jetée sur la coke tout à l'heure. Elle est agenouillée entre les jambes d'un type, sa tête effectue de vigoureux mouvements de va-et-vient. Ni sa posture ni les grognements de plus en plus sonores de l'homme ne laissent de place au doute. Je m'empresse de détourner la tête, écœurée, lorsqu'une voix bourrue me fait sursauter.

– Eh, toi, viens me branler. Maintenant.

La bouche de mon interlocuteur, ouverte en un sourire pervers, dévoile une dent en or qui brille presque autant que la grosse montre autour de son poignet. J'ai l'impression que mon corps s'est vidé de tout son sang.

– Désolée, j'attends quelqu'un, balbutié-je.

Comme si ça allait m'aider… Le type bat des paupières d'un air hagard, je ne suis même pas sûre qu'il ait compris ce que je viens de lui dire. Je jette des coups d'œil affolés autour de moi, évaluant à quelle vitesse je peux aller me planquer dans les toilettes.

Seigneur Jésus Marie Joseph, aidez-moi, pitié. Il est hors de question que je réponde à cette invitation dégueulasse.

Incroyable mais vrai, le salut me vient de Joconde qui apparaît de nulle part.

– J'ai mieux à te proposer, si ça te dit.

Ratatinée sur mon siège, je la regarde avec appréhension tandis qu'elle chuchote à l'oreille du lascar des mots que je n'entends pas. Au vu de la lueur lubrique qui s'allume dans son regard noir, je comprends que quoi qu'elle lui ait dit, ça lui a plu.

Il laisse courir une main couverte de bagues sur sa poitrine opulente. Je frissonne de dégoût, mais ça n'a pas l'air d'affecter Joconde. Son expression est toujours aussi hautaine, si ce n'est plus. Elle attrape l'homme par le bras pour l'entraîner plus loin. Ce faisant, ses pupilles rencontrent les miennes. J'esquisse un « merci » du bout des lèvres. Elle se détourne rapidement, mais j'ai bien cru la voir acquiescer en ma direction.

Je souffle un grand coup, peinant à calmer les tremblements de mes genoux. Putain, c'est pas passé loin ! Il faut que je me trouve une autre cachette, mais j'ai peur de ne pas passer inaperçue si je bouge de là.

Après tout, je suis pratiquement la seule femme de l'endroit qui porte encore des vêtements.

– Tu travailles à *La Galerie* avec elle ? demande une voix traînante.

La grande brune de tout à l'heure vient de s'approcher de moi, si silencieuse que je ne l'avais pas remarquée avant. Son client est parti, ce qui me rassure. Elle essuie d'un revers du pouce le coin de ses lèvres. Je ne peux retenir une grimace de dégoût.

Vu que je ne réagis pas tout de suite, elle réitère sa question et je remarque qu'elle a un fort accent sud-américain, qui ressemble assez à celui de Narcisse. Je décide enfin de sortir de ma torpeur.

– On habite même ensemble. On est colocataires. Tu la connais ?

Sans y être invitée, elle s'installe à côté de moi et hoche la tête. D'aussi près, je suis d'autant plus frappée par la maigreur extrême de ses bras et de ses jambes.

– Oui, je la connais. Je suis Manuela, sa sœur.

J'écarquille grand les yeux, prise de court.

– Tu es la sœur de Joconde ?

– C'est comme ça qu'elle s'appelle maintenant, c'est vrai.

– Oui, euh… Je suis Nymphéa, au fait.

Ce n'est pas très poli, mais je ne peux m'empêcher de la dévisager. Maintenant que je vois son visage de près, je remarque certaines similitudes avec Joconde. Le même nez, le front bombé, les pommettes hautes… Toutefois, la forme de son visage est plus allongée, son teint est grisâtre et ses yeux verts semblent éteints. Rien à voir avec la flamme orgueilleuse qui brille continuellement dans ceux de sa sœur.

Je promène rapidement mon regard sur ses traits émaciés et ses seins artificiels, et pour la première fois, mon cœur se serre d'empathie pour Joconde. Si elle était restée travailler pour Mikheev, est-ce qu'elle aussi aurait fini comme ça ? Manuela serait certainement aussi belle qu'elle si son corps ne portait pas les stigmates d'une profonde souffrance.

– Est-ce qu'elle va bien ?

Elle a posé la question si bas que je me demande un instant si je ne l'ai pas rêvée. Après un instant d'hésitation, je me décide à répondre :

– Oui. Nous ne nous connaissons pas très bien, mais je pense qu'elle apprécie la vie qu'elle mène à *La Galerie*. On prend soin de nous, là-bas. Est-ce que les filles sont bien traitées ici ?

Je pose ma question avec le plus de tact possible. Je ne veux surtout pas la brusquer. Elle semble sortir de sa léthargie et ses lèvres s'ouvrent en un rictus amer.

– Ces questions-là ne se posent pas. Tout ce qui compte, c'est l'argent qu'on rapporte. Si, à la fin de la journée, les superviseurs jugent qu'on a bien travaillé, ils nous récompensent. Et si on n'en a pas rapporté assez… Ils nous mettent au sevrage forcé.

Manuela renifle nerveusement. Ce doit être au moins la cinquième fois en dix minutes. Elle passe sa paume sur son front, essuyant la sueur qui perlait dessus. À cet instant, elle a l'air particulièrement mal en point. Soudain, le sens réel de ses mots me paraît évident, et je me sens stupide de ne pas avoir compris avant. Ils les rendent accro ! Ces salopards à la botte de Mikheev, ils rendent les filles dépendantes de je ne sais quelle drogue de merde, et ils les privent de leur dose pour les obliger à faire ce qu'ils veulent.

Je serre les poings, enfonçant mes ongles dans ma paume.

– Pourquoi tu n'es pas partie, comme Joconde ? Je suis sûre que les Kabinsky pourraient t'accueillir, toi aussi. Tu as le choix, tu n'as pas à subir ça pour toujours.

Je m'arrête car ses yeux s'emplissent de larmes. Je me sens à deux doigts de flancher moi aussi, bouleversée par son évidente misère. C'est monstrueux ! Comment peut-on infliger ça à des êtres humains ? Mon estomac se contracte douloureusement, j'ai envie de vomir. Elle secoue doucement la tête avant de lâcher d'une voix neutre :

– C'est trop tard pour moi. Ça fait trop longtemps que je travaille pour Mikheev, j'en sais trop. Pour Joconde, ce n'était pas pareil. Elle n'a travaillé ici que dix jours avant qu'on vienne la chercher. Ça ne valait pas le coup pour eux de perdre du temps pour les en empêcher.

Elle marque un silence avant de reprendre, le regard perdu dans le vide :

– Je ne suis pas la plus à plaindre. Pour eux, je suis rentable, alors, ils me gardent.

– Et que se passera-t-il le jour où tu ne leur seras plus « rentable » ?

Elle hausse les épaules.

– Je fais tout pour ne pas avoir à le découvrir. Je ne m'en sors pas si mal. Avec l'expérience, j'arrive à les satisfaire. Je peux enchaîner six clients en une journée, huit si j'ai pris mon rail du matin. Je m'inquiète juste par rapport au nouveau projet de Mikheev. Il paraît que ça va rapporter un max mais ça ne concerne pas toutes les filles…

– Quel nouveau projet ?

Manuela se tait brusquement, consciente d'en avoir trop dit. Elle esquisse un mouvement de recul et je pose une main sur son épaule pour la retenir.

– Manuela, parle-moi. Tu peux me faire confiance. Après tout, je suis une amie de Joconde.

Je m'en veux de lui mentir aussi effrontément, mais je suis également soulagée de voir que ma technique semble fonctionner.

– Je ne sais pas grand-chose en réalité. On a juste entendu parler d'une nouvelle combine, une sorte d'application, je crois, que Mikheev est en train de développer et qui pourrait lui rapporter des contrats à plusieurs zéros. Un des hommes de main de Mikheev se vantait d'avoir été mis dans la confidence l'autre jour, et il disait que si tout se passait comme prévu, le business évoluerait sur un tout autre niveau.

Mon sang se met à bouillir dans mes veines, mon cerveau carbure à toute allure. Je m'approche davantage encore de Manuela et vrille mes pupilles dans les siennes.

– Manuela, il faut que tu m'en dises plus. Je vais te donner mon numéro de téléphone, comme ça, on pourra…

Soudain, elle détourne la tête et s'exclame, tendue :

– On peut t'être utiles, mon beau ?

– Vous êtes mignonnes toutes les deux, collées-serrées comme ça. Vous me faites une petite place ?

– Désolée, *mon beau*, on est un peu occupées là tu vois, rétorqué-je en tournant le regard vers l'homme qui se tient debout devant nous.

Il se gausse comme si j'avais dit une très bonne blague. Je serre les dents. Autant, tout à l'heure, j'étais pétrifiée à l'idée de devoir suivre un de ces énergumènes, autant maintenant, je suis prête à me révolter plutôt que de les laisser nous emporter, Manuela ou moi. Le gars finit par se calmer et tire une longue taffe de la cigarette qu'il tient entre ses lèvres avant de nous montrer successivement du doigt.

– J'ai envie que tu me pompes le dard, et toi aussi, énonce-t-il d'une voix pâteuse. Ensuite, peut-être que je vous la mettrai dans le cul, si vous êtes sages !

De nouveau, il part d'un rire goguenard qui m'indique qu'il est passablement bourré. Ou drogué, vu la façon dont ses yeux vitreux sont injectés de sang. C'est peut-être ça qui me donne l'audace de répondre, sans me démonter :

– Non, merci.

Manuela me regarde d'un air choqué et même le type chancelle, pris au dépourvu.

– Je te demande pardon ?

– J'ai dit : non, merci.

Pour mieux signifier que je ne suis pas impressionnée, je me lève. Manuela m'imite et murmure, aussi effrayée qu'énervée :

– Qu'est-ce que tu fous ?

Mon attitude est stupide, voire dangereuse, mais je n'arrive pas à calmer la colère qui me secoue le corps. Pendant un instant, je crois que le mec va lâcher l'affaire et s'en aller. Il se détourne, écrasant son mégot dans le cendrier accroché au mur. Mais sans que je m'y attende, il retrouve toute sa célérité et m'attrape par les cheveux, m'obligeant à me pencher sur le côté.

Sous le coup de la douleur, je lâche un gémissement. Manuela pousse un cri à côté de moi. L'enfoiré s'approche si près que je sens son haleine fétide sur mon visage lorsqu'il se met à brailler :

– Tu t'es crue où, sale pute ? Tu vas m'obéir, tout de suite !

Tout s'enchaîne ensuite très vite. J'ai beau essayer de résister, sa poigne est trop forte. Je tombe à genoux devant lui tandis que, de sa main libre, il défait sa ceinture, puis sa braguette. J'ai l'impression que mon cœur va exploser alors qu'il déballe son sexe à moitié bandé à quelques centimètres à peine de mon visage. J'essaie de le frapper de mes poings, mais il m'envoie une gifle dont la violence m'assomme quelques secondes.

– Suce-moi, salope !

Je hoquette, la respiration coupée, des larmes de rage commençant à déferler jusqu'à mon menton. Je ferme les yeux devant la vision d'horreur qui s'offre à moi. Alors que je lutte de toutes mes forces contre la pression qu'il exerce, des souvenirs des leçons de Krav Maga que nous avons suivies ces dernières semaines à *La Galerie* me reviennent en tête. On a été formées aux bases du self-défense, c'est le moment ou jamais de les mettre en pratique !

– OK, OK, je vais le faire ! m'exclamé-je d'une voix stridente.

Le type semble tomber dans le panneau. Il me serre un peu moins fort, juste assez pour que je puisse lever mon bras à la bonne hauteur, le plier en angle droit… et lui asséner un violent coup de coude dans les parties génitales.

Il fait une bonne tête de plus que moi mais j'y suis allée de toutes mes forces.

Un couinement pathétique lui échappe et il se plie en deux, m'abandonnant aussi vite qu'il m'a attrapée.

Je me redresse d'un geste vif, prête à fuir, quand un nouveau râle me pousse à reporter mon attention sur mon agresseur.

– Matthieu !

Mon cri s'étrangle dans ma gorge en découvrant la scène devant moi. L'homme est à présent plaqué contre le mur, la large paume de Matthieu serrée autour de sa gorge. Sa face vire du rouge au violet, mais Kabinsky ne faiblit pas. L'expression de son visage est effrayante : il n'y a plus aucune trace d'humanité dans ses traits, il est comme possédé.

– Arrête, tu vas le tuer ! hurle Manuela.

Ces mots semblent le ramener à l'instant présent. Il se recule vivement et l'homme tombe au sol, crachant et toussant comme un forcené.

– Je crois qu'il y a eu un malentendu, siffle Matthieu, cette fille-là, elle est pour moi. Il va falloir t'en trouver une autre.

Le vacarme a provoqué l'arrivée de deux vigiles qui commencent à le questionner. Matthieu les ignore, et lorsque l'un d'eux essaie de poser sa large main sur son épaule, il se dégage prestement. Je réagis vite, de peur de trop attirer l'attention sur nous. Qui sait quelle serait la réaction de Mikheev et de ses sbires s'ils apprenaient qu'on a malmené un de leurs invités VIP !

– Ce n'est rien, ce n'est rien ! On allait partir, m'empressé-je de dire pour rassurer les vigiles.

Je me tourne vers Matthieu pour le tirer par le bras et l'obliger à avancer.

– On s'en va, la fête est finie, murmuré-je à son oreille.

Son regard croise alors celui de Manuela, qui observe la scène en retrait, les yeux barrés d'horreur. Il esquisse un mouvement dans sa direction, mais elle lève la main pour lui signifier d'arrêter.

– Allez-vous-en, martèle-t-elle. Maintenant.

Ni Matthieu ni moi ne perdons de temps à discuter son ordre. Sans prononcer le moindre mot ni même prendre la peine de chercher le reste de notre groupe, Matthieu nous entraîne vers la sortie. Ce n'est qu'une fois que nous sommes parvenus sur le parking désert qu'il daigne enfin s'adresser à moi.

– C'est exactement pour ça que je ne voulais pas que tu viennes à cette soirée ! Putain !

Il a l'air furieux. L'adrénaline continue à pulser dans mes veines, je suis remontée à bloc.

– Pourquoi tu es intervenu ? Je gérais très bien la situation toute seule !

Mon ton véhément semble le déstabiliser. Il se frotte le poing avant de me répondre.

– C'est vrai, admet-il en baissant la voix. J'ai vu comment tu as maîtrisé ce connard. Très joli coup de coude d'ailleurs.

– Tu me surveillais ? demandé-je en le regardant en biais.

– Bien sûr que je te surveillais ! Tu croyais quoi ?

Je suis sur le point de rétorquer que je n'ai pas besoin d'être fliquée, mais je me retiens. Pour le coup, je suis contente qu'il l'ait fait. Les vigiles n'ont pas hésité à montrer les poings devant Matthieu alors qu'il s'agit d'un invité VIP. Je n'ose imaginer ce qu'ils auraient pu me faire à moi, simple hôtesse, dans un recoin obscur de cet entrepôt.

Je lâche un soupir nerveux.

– Tu aurais au moins pu prévenir.

La soirée organisée par Mikheev était à mille lieues de ce qui peut se passer à *La Galerie*. Pourtant, on en connaît un rayon niveau débauche. Mais dans les chambres, tout se base sur le respect et le consentement mutuel. Ce qui est loin d'être le cas ce soir, comme j'ai pu le constater.

– Tu aurais mieux fait d'écouter dès le début. Je t'avais dit que ce n'était pas une bonne idée de venir.

– Si ça n'avait pas été moi, ça aurait été Olympia ou une autre fille. Ça n'aurait rien changé.

– Si, ça aurait tout changé pour moi.

Son ton sec contraste avec la teneur de ses mots. Il reprend, d'un ton plus modéré :

– Ce que je veux dire, c'est que je ne peux pas supporter l'idée qu'il t'arrive quelque chose sous ma surveillance.

– Matthieu, le coupé-je d'un ton las. Je suis désolée, OK ? Tu avais raison. Je n'étais pas prête pour ce que j'allais voir, mais ce qui est fait est fait. Malgré tout, cette mission a été une réussite.

Il dresse l'oreille. Je sais que cette fois, j'ai toute son attention.

– Tu as découvert quelque chose ?

Je tourne la tête vers l'entrée de l'entrepôt.

– Je ne suis pas sûre que ce soit le meilleur endroit pour en parler.

Matthieu sort ses clés et me fait signe de le suivre.

– Je suis garé pas loin. Je te ramène.

– Et les autres ?

– J'ai déjà envoyé un SMS à Anton. Il ne va pas tarder à partir aussi, seulement avant, il doit…

– Arranger le bordel qu'on a causé, complété-je.

Je vois ses traits se raidir.

– Tu as tout compris.

Je grimpe à sa suite dans sa voiture. Dès que la portière se referme derrière moi, il démarre. Je crois qu'il a encore plus envie de quitter cet endroit que moi.

– Dis-moi ce que tu as découvert.

Encore ce ton autoritaire ! Décidément, Matthieu Kabinsky a la patience d'un enfant de quatre ans.

– Redemande-moi gentiment pour voir ?

Il ferme les yeux un infime instant, juste assez pour reprendre avec plus de délicatesse :

– Excuse-moi. Peux-tu me partager ce que tu as découvert ce soir ?

– J'ai réussi à discuter avec Manuela, la sœur de Joconde. Elle m'a parlé d'une application que Mikheev serait en train de développer.

Je lui résume en quelques phrases l'essentiel de notre conversation. Les révélations de Manuela ont été plutôt sommaires, mais au moins, on a une piste.

– J'ai voulu lui donner mon numéro pour pouvoir en apprendre davantage, mais ce type est arrivé juste quand j'allais le faire, conclus-je.

Matthieu pince les lèvres à cette évocation mais ne revient pas sur cet épisode. Je lui en suis reconnaissante. Même si je m'en suis bien sortie, je dois admettre que la violence de cet échange m'a pas mal secouée. Le dessus de mon crâne pulse encore à l'endroit où il m'a attrapée par les cheveux.

Sans m'en rendre compte, je m'enfonce un peu plus dans le siège. Ici, dans le véhicule en marche, avec Matthieu à côté de moi, je me sens enfin en sécurité.

– Je peux passer quelques coups de fil. Si tout ça se révèle exact, j'ai deux ou trois contacts qui doivent pouvoir en apprendre plus sur cette fameuse application.

– Je ne vois pas pourquoi Manuela me mentirait, riposté-je.

Ses mains se crispent sur le volant.

– Comment est-ce qu'elle allait ? demande-t-il au bout d'un moment.

– Manuela ? Mal. Tu as vu la manière dont elle s'est jetée sur la drogue ? Et ce qu'elle m'a raconté… Je crois qu'elle est stone la moitié du temps. En même temps, je n'ose imaginer son quotidien.

Un frisson remonte le long de ma colonne vertébrale. La déchéance de Manuela m'a touchée. Bien sûr, je n'ai pas pu m'empêcher de faire le parallèle. Si ma vie avait été différente, ça aurait pu être moi. Ou quelqu'un que je connais, comme Olympia ou Joconde.

– Pourquoi ne pas l'avoir sortie de là comme Joconde ?

– Ce n'est pas si simple.

Matthieu a l'air mal à l'aise tout à coup. Il se passe la main sur la nuque. J'ai remarqué qu'il faisait toujours ça quand il était nerveux.

Qu'est-ce qu'il ne me dit pas, cette fois encore ?

– Nous n'avons pas pour habitude de faire ça. Mikheev embauche qui il veut, et malheureusement, même si nous sommes absolument contre ses méthodes, nous n'avons aucun pouvoir de l'empêcher d'agir de la sorte. Joconde est un cas à part. Nous n'avons jamais interféré avec le business d'Alexeï, c'était la seule et unique fois.

– Pourquoi tu l’as fait alors ? Pourquoi tu es allé la sauver ?

Ma poitrine se serre. Est-ce qu’il s’est passé quelque chose entre eux ? Cette idée me crispe beaucoup plus que je ne l’aurais imaginé.

– Je l’ai fait car Manuela me l’a demandé et… je lui devais une faveur.

Il croise mon regard avant d’enchaîner :

– C’est elle. Manuela est la fille qui a failli mourir à cause de moi.

CHAPITRE 30

MATTHIEU

À en juger par le silence qui suit ma déclaration, je me doute que Roxane ne s'attendait pas à ça. La connaissant, je pensais qu'elle allait me bombarder de questions pour en savoir plus, mais rien ne vient. Elle se contente de soupirer, puis elle lâche de but en blanc :

– J'ai besoin d'un verre pour digérer cette soirée lunaire. On s'arrête quelque part ?

Je la regarde, surpris. On a un look un peu décalé pour aller boire une bière – elle en robe de soirée, moi en costume. Mais après tout, pourquoi pas ? Après la peur que j'ai eue en la voyant aux griffes de ce salopard, je ressens le besoin de la garder près de moi le plus longtemps possible. Je veux m'assurer qu'elle est en sécurité et qu'elle n'est pas trop secouée par ce qui s'est passé.

– Je vais regarder sur le GPS ce qu'il y a dans les environs.

Je trouve assez rapidement un bar brasserie sur la route de la colocation, à dix minutes. Ça fera l'affaire. Il est moins tard que je le croyais, il n'est même pas minuit. On n'aura pas tenu très longtemps à la soirée de Mikheev. Une notification se déplie sur mon écran.

– Anton vient de m'annoncer qu'ils sont partis eux aussi, annoncé-je à voix haute.

Bon. Je suis soulagé d'apprendre que mon frangin et les autres membres de l'équipe mettent le plus de distance possible entre eux et cet entrepôt sordide. J'appellerai Anton en rentrant, je sais qu'il ne sera pas couché. Un instant, je me demande si je ne devrais pas tout lui avouer concernant Roxane et l'enquête qu'on mène en parallèle – et ensemble, selon les moments. Je finis par me convaincre que c'est encore tôt. Nous n'avons rien de concret, malgré la nouvelle piste amenée par Manuela. Je lui avouerai tout lorsque j'aurai eu des réponses.

Quelques minutes plus tard, nous franchissons la porte d'une brasserie qui ressemble à des milliers d'autres, avec ses banquettes et ses cloisons en bois qui séparent les tables. Au moins, malgré le monde présent, on pourra avoir un peu d'intimité.

– Ça te convient, ici ? demandé-je à Roxane en lui indiquant un coin un peu à l'écart.

Elle acquiesce et nous avons à peine le temps de nous asseoir que le serveur débarque. Je me contente de commander une eau pétillante avec une rondelle de citron. Lorsqu'il la pose devant moi, Roxane me regarde d'un air curieux par-dessus sa pinte de bière.

– Tu restes à l'eau ?

– Je n'ai pas vraiment envie d'alcool. Disons que ce qu'on a vu m'a coupé toute envie de boire.

Elle fronce le nez.

– Je comprends ce que tu veux dire. Je n'ai rien mangé, j'ai à peine bu une goutte de champagne. J'avais trop peur qu'on ait caché quelque chose dans mon verre.

Je voudrais pouvoir la rassurer, mais le problème, c'est que c'est tout à fait le genre de la maison.

– Sage décision.

Je regarde autour de moi en prenant une gorgée de ma boisson. Une tapisserie vieillotte décore les murs et des télévisions diffusent un match de foot. Quelques badauds sont assis au bar et suivent le match avec entrain.

– Je n'arrête pas de repenser aux visages de ces filles, dit Roxane. Elles avaient le regard vitreux, des cernes… Elles n'étaient pas en grande forme.

– C'est l'effet de la drogue. Consommée à haute dose, ça s'attaque aussi à ton corps.

– Ça a dû être dur pour toi. Tout était étalé en libre-service, sous tes yeux… Ça n'a pas réveillé de vieux démons ?

– J'appréhendais pas mal. Je pensais que ça serait plus difficile. Mais quand Mikheev m'a proposé un rail, le dégoût que je ressentais était beaucoup plus fort que mon addiction.

– Tu n'as pas eu envie d'en prendre ?

Je visse mes yeux aux siens. Leur couleur ciel d'été m'apporte un certain apaisement.

– Honnêtement ? Non. Quand je vois tous ces pauvres types, il n'y a rien qui me fasse envie. Penser que j'ai pu leur ressembler par le passé… C'est mon plus grand regret.

– Tu avais déjà participé à une soirée de ce type, avant ?

Rien que l'idée qu'elle puisse m'imaginer à la place d'un de ces gars, comme celui qui l'a agressée, me débecte.

– Non. Les soirées auxquelles je participais se passaient toujours en plus petit comité. À l'époque, ce que je cherchais, c'était une fuite, un abandon. Pas me montrer à la vue de tous.

– Je ne t'imagine tellement pas comme ces hommes, murmure Roxane en jouant avec le bord de son verre.

Mes mâchoires se serrent.

– Je n'étais pas comme eux. Je n'ai jamais frappé ou obligé une de ces femmes à avoir des rapports sexuels avec moi. Mais je n'étais pas mieux qu'eux.

Je crois que ce soir a remué plus de souvenirs que je ne le pensais. Tout à coup, je ressens le besoin de m'épancher auprès de Roxane. On revient de loin, elle et moi, mais aujourd'hui, elle est l'une des personnes en qui j'ai le plus confiance. Elle m'a prouvé sa loyauté et nos objectifs sont somme toute assez similaires.

– Pendant ma cure de désintoxication, et même longtemps après, j'ai tout fait pour nier celui que j'étais devenu. Je ne souhaitais qu'une chose, enfouir cette partie de ma vie et ne plus avoir à y penser. Faire comme si elle n'avait jamais existé me permettait en quelque sorte de reprendre à zéro. Avec le temps et les thérapies, j'ai compris que ce n'était pas la bonne approche. Refuser de reconnaître qu'il existait en moi cette part sombre ne l'empêchait pas d'exister. Au contraire. Mon déni risquait de compromettre ma guérison. Alors, petit à petit, j'ai fini par accepter qu'elle existe, même si je passe le plus clair de mon temps à la museler.

C'est peu de le dire. La vie stricte que je m'impose, ce n'est que par peur de ce qui pourrait arriver si je lâchais la bride, rien qu'un peu.

– La museler, ce n'est pas vraiment l'accepter, fait remarquer Roxane.

– Je ne veux courir aucun risque.

L'air pensif, elle lève les bras pour ôter une à une les épingles qui retiennent son chignon. Ses boucles blondes cascadent sur ses épaules. Elle secoue la tête pour les coiffer et, l'espace d'un instant, les effluves de son parfum sucré arrivent jusqu'à moi.

Elle reporte son attention sur moi et je me rends compte que je la fixe depuis une bonne minute.

– Quand je suis arrivée à *La Galerie*, j'étais perdue. Je découvrais des facettes de ma personnalité que je ne connaissais pas, ou plutôt que je n'avais jamais entrevues, et ça m'a fait peur. Ce travail qu'on fait, ce n'est pas socialement acceptable. Je ne peux pas en parler en toute liberté à ma famille, ils ne comprendraient pas. Ils croiraient que je me suis perdue. Alors qu'au contraire, je crois que je me suis enfin trouvée.

Cette fois, c'est moi qui l'écoute avec attention.

– Au début, le truc que j'ai trouvé pour que ça fonctionne, c'était de me cacher derrière mon personnage. Nymphéa. C'était elle, la fille entreprenante, sexuelle, qui n'avait pas froid aux yeux. Je me suis convaincue que je jouais un rôle, ce qui me rassurait. Dans le fond, moi, Roxane, je n'étais pas comme ça. J'étais toujours la gentille fille élevée par mes parents, née à la campagne, qui a fait des études.

– Et maintenant, ce n'est plus le cas ?

Elle se fend d'un sourire qui fait palpiter l'intérieur de ma poitrine.

– Si, bien sûr, au fond, c'est toujours moi. Cette Roxane-là ne cessera jamais d'exister. Seulement, j'ai compris que je suis également Nymphéa. En tant qu'êtres humains, nous changeons, nous sommes en constante évolution. Les rencontres et les expériences que nous faisons au gré de notre chemin nous poussent dans un sens ou dans un autre. Au fond, je crois que le seul but de notre vie sur cette terre est d'apprendre à se connaître.

– Et tu ne te dis pas que ce que tu pourrais découvrir risque d'être pire que tout ce que tu as imaginé ?

– On est tous capables du meilleur comme du pire. La seule chose dont je suis persuadée, c'est qu'il faut embrasser ses parts sombres pour laisser notre lumière rayonner.

Je médite sur ces paroles étrangement philosophiques lorsque Roxane reprend d'un ton plus léger :

– Et si on faisait une partie de billard ? Il y en a un là-bas.

On démarre, mais ce n'est pas glorieux.

– J'ai dit que j'allais t'apprendre à jouer, pas à *bien* jouer, précise Roxane tandis qu'elle rate son trou pour la troisième fois d'affilée.

Je secoue la tête, hilare. Cette partie, c'est vraiment du grand n'importe quoi. Ça fait une demi-heure qu'on joue et on a tout juste réussi à rentrer deux boules. Même avec ma faible expérience de ce jeu, je comprends que ce n'est pas un succès.

– À mon tour ! Regarde le maître à l'œuvre.

Je me penche en avant, me concentrant au maximum pour viser… et je tape si fort que la boule rebondit plusieurs fois contre le bord.

Roxane a du mal à contenir son fou rire.

– Mais t'es vraiment une brute !

– Tu peux parler, t'as failli faire un trou dans le tapis !

– J'admets que la délicatesse n'est pas ma principale qualité.

– Sans blague. Tu as la grâce d'un routier.

Elle me prend par surprise en me décochant un coup de poing dans l'épaule. Je rattrape sa main de justesse alors qu'elle s'apprête à réitérer son geste.

– Du calme, Rambo. On s'est assez battus pour ce soir.

Je ne relâche ses doigts qu'à contrecœur, lorsque c'est à son tour de jouer.

Le bâton à la main, elle me contourne pour se diriger à l'extrémité de la table. Je la regarde onduler des hanches. Elle me sourit avant de jouer son coup.

– Si on était dans une série ou dans un film américain, j'aurais attendu ce moment pour te dévoiler qu'en fait, je suis une bête au billard. Mais je n'aurais rien dit, pour ne pas froisser ton petit ego de mâle fragile.

– Merci de me ménager, rétorqué-je d'un air amusé. Et ensuite, tu aurais fait quoi ?

– Ensuite, je me serais penchée de manière hyper sexy et j'aurais marqué le point sous tes yeux ébahis.

Elle tire sa boule blanche, qui finit par dépasser celle qu'elle tirait… et qui tombe pile dans le trou.

– Dommage, il y avait de l'idée. Deux coups pour moi.

Roxane grommelle quelque chose. Je me glisse à pas de loup derrière elle et pose ma main sur la sienne, toujours nouée à son bâton.

– Si on était toujours dans ce film américain, susurré-je, je trouverais le premier prétexte pour venir me coller à toi et te montrer comment il faut jouer.

Ma proximité la surprend, je le sens à sa façon de tressaillir. Pourtant, au lieu de se reculer, elle se tourne pour me faire face, un sourire mutin aux lèvres.

Ces lèvres pleines que je meurs d'envie d'embrasser.

– Et ensuite ? demande-t-elle à son tour.

Mon pouls augmente sensiblement. Mes pupilles happées par celles de Roxane, je perds complètement le fil de ce qui se passe autour de nous.

– Ensuite, je te dirais que tu es sexy même si tu es nulle au billard.

Elle se mord la lèvre inférieure et mon corps commence à s'échauffer. Les paroles qu'elle a prononcées plus tôt me reviennent en tête. Elle a raison, je muselle cette partie sauvage de ma personnalité par peur de perdre le contrôle comme je l'ai fait par le passé. Pourtant, avec elle, j'ai de plus en plus envie de me laisser aller. Après tout, elle n'a rien à voir avec les femmes que j'ai pu fréquenter dans ce passé obscur que je mets tant d'acharnement à expier.

Et si c'était elle, mon futur lumineux ?

Je tire et marque le point gagnant qui met fin à notre partie. Roxane soupire.

– Allez, il est tard. On ferait mieux de rentrer.

Sans réfléchir, je lui prends la main alors qu'elle fait mine de s'éloigner.

– Attends ! J'ai gagné. Quelle est ma récompense ?

Elle me lance un regard railleur.

– Je ne sais pas, tu veux une médaille ?

– J'avais une autre idée, en fait.

Avant qu'elle ne puisse ajouter un mot, je place un bras autour de sa taille, mes doigts autour de sa nuque, et je la colle contre mes lèvres. Mon baiser n'a rien de doux ni de modéré. Je l'embrasse avec un empressement auquel se mêle la fureur qui résonne au fond de mes entrailles. Cette pulsion, cette fureur de vivre, qui bat dans mes veines quand Roxane est près de moi. Quitte à me faire oublier mes sacro-saintes limites. Quitte à me faire abandonner toute notion de self-control.

– Je crois qu'on ferait mieux de rentrer, me souffle Roxane tandis que je ne me décroche de sa bouche que pour reprendre ma respiration.

Les yeux fermés, je pose mon front contre le sien un bref instant. Juste le temps de faire taire cette voix, à l'intérieur de ma tête, qui me crie de toutes ses forces de ne plus être raisonnable.

CHAPITRE 31

ROXANE

Un soupir m'échappe. J'ai passé la moitié de la nuit en escarpins et mes pieds me font un mal de chien. Tandis que je grimpe péniblement les marches dans la maison silencieuse, je regarde l'heure. Il est plus de 3 heures du matin. Ça explique mon état de fatigue. J'ai besoin d'une bonne nuit de sommeil et demain, je ferai le point sur tout ce que j'ai appris. Concernant Mikheev, sa fameuse application, Matthieu et… tout ce qui se passe avec lui. À cet instant, mes sentiments sont emmêlés comme une pelote de laine et je n'ai pas la force de faire le tri. J'enlève mes chaussures que je dépose sur le palier et, sur la pointe des pieds, entre dans la chambre plongée dans l'obscurité. Je prends mille précautions pour refermer la porte derrière moi et ne pas réveiller ma colocataire qui dort, quand la lumière s'allume brusquement, me faisant sursauter.

– Merde, tu m'as fait peur ! Tu ne dors pas ? chuchoté-je.

Mon regard se bloque alors sur Olympia. Assise sur le bord de son lit, les mains sur les genoux, elle est encore tout habillée. Ses yeux sont rouges, bouffis, et je peux deviner le sillon creusé par les larmes sur ses joues. Tout de suite, je me précipite vers elle.

– Olympia, ça ne va pas ?

– Ne m'approche pas !

Elle bondit sur ses jambes pour me tenir à distance. Sa voix légèrement tremblante sonne comme un coup de tonnerre dans la pièce. Je m'arrête net, battant des cils, les sourcils froncés. J'espère que rien de grave n'est arrivé. Je ne suis pas sûre de pouvoir supporter davantage d'émotions fortes pour ce soir. D'une voix douce, je reprends :

– Je ne comprends pas, qu'est-ce…

– Je crois que tu me dois des explications, me coupe-t-elle. Et n'essaie pas de m'embobiner cette fois, *Roxane*.

Sur le coup, mon cerveau a du mal à faire les connexions. Puis je vois mon ordinateur allumé, posé sur le matelas juste derrière Olympia. Tout s'éclaire.

Un frisson d'effroi me saisit. Prise au dépourvu, la seule chose que j'arrive à lâcher, c'est un misérable :

– Oh.

– Alors, c'est vrai ! Même en ayant vu tes dossiers, en ayant lu les notes horribles que tu as prises sur chacun d'entre nous, une partie de moi espérait encore… Je ne voulais pas y croire.

Elle se tait brusquement, ses grands yeux verts deviennent humides. Je secoue la tête et me décide enfin à déposer mon sac au sol, juste à nos pieds. Je lève les mains en l'air en signe de paix, mais n'ose m'approcher plus.

– Olympia, commencé-je, je suis tellement désolée ! Tu n'étais pas censée voir tout ça.

– Je veux bien te croire ! s'exclame-t-elle avec véhémence. Je venais de dîner avec Judith, je suis remontée dans la chambre pour me servir de ton ordinateur comme tu me l'avais proposé, et là… En allumant l'écran, j'ai vu un document intitulé « Joconde » encore ouvert… Puis j'ai trouvé le dossier et… et j'ai vu mon nom, alors j'ai cliqué dessus !

Cette fois, elle n'y tient plus et fond en larmes. Je passe mes paumes sur mon visage, comme pour vérifier que tout ceci est bien réel.

– C'est quoi tout ça, Nymphéa ? demande-t-elle en faisant défiler les fichiers sur mon écran. Toutes ces notes, ces renseignements que tu as sur chacun d'entre nous, sur les Kabinsky… Puis j'ai vu ce que tu as écrit sur moi… « nymphomane », « déconnectée de la réalité », « une relation vouée à l'échec »… C'est vraiment ce que tu penses ?

Un sanglot éteint sa voix et elle se détourne pour cacher sa détresse. Mon cœur se brise en mille morceaux. S'il y a bien une personne que je ne veux pas voir souffrir, c'est elle ! Je l'attrape par les épaules pour l'obliger à me regarder.

– Non, pas du tout ! Je veux dire, oui j'ai écrit ça, mais c'était il y a très longtemps. Je venais d'arriver, je ne savais rien de toi ni des autres. J'ai écrit mes impressions à chaud, pour m'aider à vous cerner, mais je m'en rends compte maintenant… je vous ai jugés sans chercher à comprendre. Je t'ai jugée et j'en suis désolée.

Je ne sais pas si c'est la fatigue, le choc ou le trop-plein d'émotions vécues aujourd'hui, mais la digue rompt. Moi aussi, je fonds en larmes. Tant bien que mal, je poursuis :

– Maintenant que je te connais, je sais la personne merveilleuse que tu es ! Les gens qui t'ont dans leur vie ont de la chance Olympia, tu es généreuse, attentionnée, toujours en train de voir le meilleur chez les autres.

– C'est vrai ? murmure-t-elle, la poitrine agitée de hoquets. Tu penses vraiment ça ?

– Bien sûr ! Ne laisse jamais personne te dire le contraire. Par pitié, ne sois pas blessée par ce que tu as lu dans ces stupides documents que j'ai écrits il y a dcs semaines de cela… Je suis si heureuse de t'avoir rencontrée ! Tu m'as aidée depuis mon premier jour ici, sans toi, j'aurais été perdue. S'il te plaît, ne m'en veux pas… Je ne suis qu'une idiote.

Cette fois, c'est moi qui suis obligée de me reculer pour étouffer le raz-de-marée qui me submerge. Tandis que je m'empare d'un mouchoir, Olympia s'approche et me prend la main d'un geste presque timide.

– Arrête de te rabaisser comme ça. Tu n'es pas idiote Nymphéa ! Tu sais, j'adore quand on passe du temps ensemble, je n'ai jamais eu d'amie comme toi avant… La plupart du temps, j'agace les autres femmes car je suis trop envahissante.

J'éclate d'un rire nerveux auquel elle prend part.

– Tu es un vrai chewing-gum, oui. Mais tu es mon petit pot de glu à moi. Je ne voudrais t'échanger pour rien au monde.

– Moi non plus, Nymphéa. Je suis tellement contente de t'avoir rencontrée !

Nous finissons par tomber dans les bras l'une de l'autre, épuisées. Ses mots m'ont fait du bien, ils ont réchauffé mon âme au moment où j'en avais le plus besoin. Pourtant, je ne suis pas complètement à l'aise. Il y a toujours trop de choses que je cache à Olympia, et une fois cet élan d'affection passé, elle va me demander des comptes sur le reste des fichiers qu'elle a probablement regardés.

Je prends une profonde inspiration avant de lancer :

– Je te dois une explication par rapport à ce que tu as vu. J'imagine que tu as des questions.

– Et comment ! m'interrompt-elle en reniflant. C'est quoi toutes ces notes ? T'es un agent du FBI ou quoi ?

– Non, heureusement pour eux ! Mais il est vrai que je n'ai pas atterri ici par hasard. À la base, je suis journaliste. Je me suis infiltrée au *Millésime* pour mener l'enquête sur les Kabinsky et leur relation avec Alexeï Mikheev. Puis, par hasard, j'ai découvert l'existence de *La Galerie* et je me suis fait embaucher.

Ses grands yeux verts s'ouvrent, ronds comme des billes.

– Tu enquêtes sur Mikheev ? Vraiment ?

J'acquiesce tandis qu'Olympia s'assied à nouveau en face de moi. La surprise se lit sur son visage. Je ne peux pas la blâmer : en relatant mon histoire à haute voix, je me rends compte à quel point tout ça paraît improbable. Moi, la petite pigiste sans le sou, qui joue les détectives pour faire tomber un mafieux.

Prenant place sur le matelas, j'ancre mon regard dans le sien avant de baisser la voix.

– Je vais tout te raconter, mais tu dois me promettre de garder ça pour toi. C'est sérieux Olympia, pas un mot, à personne ! Mikheev est un type dangereux, il ne faut pas que le bruit courre que quelqu'un tente de déterrer ses secrets.

Une fois qu'Olympia m'a promis de ne rien divulguer, je ne peux plus faire marche arrière. Je me lance et lui raconte en détail mes trouvailles depuis mon arrivée au *Millésime*, jusqu'aux informations découvertes le soir même, en parlant avec la sœur de Joconde.

Nous discutons un long moment, à voix basse pour ne pas risquer de réveiller une de nos colocataires.

Je ne sais même pas comment je fais pour rester encore éveillée tant mes muscles sont endoloris par la fatigue. Nous avons fini par nous allonger l'une à côté de l'autre. Elle m'écoute avec attention, n'osant pas m'interrompre, la joue posée sur son avant-bras replié.

– Et maintenant que tu as appris toutes ces choses grâce à Manuela, tu vas essayer de la recontacter ? Tu penses qu'elle serait d'accord pour t'en dire plus ? demande Olympia après avoir écouté tout mon récit.

– Je ne sais pas. Matthieu a dit qu'il allait prendre contact avec d'anciennes connaissances qui pourraient en savoir plus. Il m'a demandé de ne rien tenter de mon côté. Pour une fois… je crois que je vais l'écouter.

Je suis prise d'un spasme alors que je me rends compte que mes paupières sont en train de se fermer. Je regarde Olympia et je constate que ses yeux aussi commencent à papillonner, elle bataille tout comme moi contre le sommeil qui nous engourdit. J'avance ma main pour la passer dans ses longs cheveux roux.

– On en discutera demain si tu veux. Je pense qu'il est largement temps, pour toi comme pour moi, de nous reposer !

Elle acquiesce, déjà à moitié endormie. Alors que j'essaie de rassembler mes forces pour regagner mon lit, elle rapproche sa tête pour venir la poser contre mon épaule.

– Merci de m'avoir dit tout ça, Nymphéa.

– C'est normal. Je veux que tu saches que j'ai confiance en toi.

CHAPITRE 32

MATTHIEU

On est lundi et, depuis ce matin, j'ai le plus grand mal à me concentrer. C'est faux. Ça fait depuis cette partie de billard que ma concentration est grandement limitée, et pour cause : toutes mes pensées sont dirigées vers le seul et même objet. Roxane, ou Nymphéa, comme je suis censé l'appeler dans le cadre de notre collaboration à *La Galerie*. J'ai de plus en plus de mal à respecter les limites que je me suis imposées à moi-même.

J'ai de l'administratif à traiter, des plannings à établir, une nouvelle piste sur Mikheev à creuser et pourtant… Tout ce qui me vient en tête, c'est la douceur des lèvres de Roxane, délicieusement dessinées avec ce rouge à lèvres l'autre soir. Mon esprit échaudé n'arrête pas de se rejouer en boucle les différents scénarios de ce qui aurait pu se passer. J'étais prêt à craquer, c'est elle qui a freiné les choses entre nous. Ce constat devrait me refroidir, mais c'est tout le contraire. Je me suis ouvert à elle, je lui ai fait part de mes peurs et de mes névroses et elle ne m'a pas rejeté. Elle n'a pas non plus profité de ma vulnérabilité. Au contraire. Elle a respecté mon vécu et les choix qui en ont découlé.

Est-ce à cause de ça qu'elle n'a jamais été aussi attirante à mes yeux ? Ou est-ce parce que, contrairement à ce dont j'ai l'habitude avec les femmes, je sens que je dois faire mes preuves si je veux être avec elle ?

Devrais-je me battre pour passer outre nos différences de vie, de hiérarchie, et les démons de mon passé pour voir si l'étincelle qui est née entre Roxane et moi vaut la peine qu'on la cultive ?

Chez Mikheev, j'ai cru devenir fou lorsque j'ai vu ce gars s'en prendre à elle. Je suis prêt à protéger toutes nos recrues, je ne supporterais pas qu'il arrive malheur à l'une d'entre elles. Mais la simple idée qu'il arrive quelque chose à Roxane m'est tout bonnement insupportable.

Je soupire en m'emparant de mon téléphone qui vibre. Je suis perdu, c'est le moins que l'on puisse dire.

Roxane : J'ai enfin regardé la fin
de *La Casa de papel*. Je n'arrive pas
à y croire ! Ils ont vraiment osé
la tuer ? Pitié, dis-moi que non !

Un sourire vient détendre mes traits en lisant son message. Nous n'avons pas évoqué le baiser qui a failli déraper au billard, nous continuons à nous écrire comme si de rien n'était. Toutes les excuses sont bonnes pour lui parler.

– Dis donc, je ne sais pas ce que tu es en train de lire, mais ça a l'air de te mettre sacrément de bonne humeur ! clame Anton qui vient d'entrer dans le bureau.

Je repose brusquement l'appareil devant moi.

– C'est rien. Une blague sur Twitter.

Mon frère me lance un regard entendu par-dessus ses lunettes.

– Il va falloir que je m'y abonne, moi aussi. Ça fait plusieurs jours que je te trouve étrangement joyeux. Ce compte te fait un sacré effet.

Je m'apprête à riposter, mais vu l'expression taquine d'Anton, je comprends que ce n'est pas la peine. Il adore me faire tourner en bourrique, et ce depuis qu'on est gamins.

– À part pour me dire des conneries, il y avait une raison à ta venue ? demandé-je d'un ton bourru.

– J'allais partir et tu ne devineras jamais qui vient de m'être annoncé à l'accueil ?

Je hausse les épaules.

– Amar Al-Khan.

À l'évocation de ce nom, je fais de mon mieux pour masquer la crispation de mes épaules. Il est en avance. J'avais espéré le faire venir à 18 heures pour qu'il évite de croiser mon frère. Loupé.

– Voilà bien la dernière personne au monde que je m'attendais à voir ici, reprend Anton. Vous avez repris contact ?

La curiosité perce dans sa voix. Je décide de rester le plus évasif possible.

– En quelque sorte.

– C'était ton meilleur ami, notre conseiller juridique et vous avez coupé tout lien du jour au lendemain, quand tu es parti en cure de désintox. Tu ne vas vraiment rien me dire de plus ? Tu me dois bien ça, après le merdier dans lequel tu m'as laissé avec Mikheev l'autre soir, ajoute-t-il en plissant les yeux.

Mon frère et son foutu besoin de tout savoir ! J'aurais dû me douter qu'il ne lâcherait pas l'affaire si facilement. Quand il veut obtenir une information, il est pire qu'un chien avec un os. Tiens, j'en connais une autre comme ça… Je secoue la tête pour empêcher mes pensées de dévier une fois encore vers Roxane.

– Je t'ai dit que j'étais désolé pour Mikheev. Merci encore d'avoir ramassé les morceaux.

Voyant qu'il attend que je continue, je me décide à raconter le bobard le plus plausible :

– Je l'ai appelé pour lui proposer d'aller boire un verre. Voilà, tu es content ? Il n'y a pas grand-chose de plus à dire.

Son visage s'illumine d'un sourire.

– Oui, je suis ravi de l'apprendre. L'eau a coulé sous les ponts. Il est grand temps que tu sortes de ta caverne et que tu recommences à vivre, Matthieu.

Il me tapote l'épaule avant de s'éclipser en me souhaitant une bonne soirée.

Je prends une seconde pour détendre mes épaules. J'ai menti à mon frère, je déteste ça. La vérité est que j'ai longuement hésité à recontacter Amar. Nous avons beau nous connaître depuis de longues années, quand je pense à lui, les souvenirs qui remontent font partie de ceux que je désire à tout prix effacer de ma mémoire. Mais avec cette histoire d'application, toutes les informations sont bonnes à prendre. Je sais que même s'il est lui-même sorti du milieu, Amar a toujours le bras long. Il peut nous aider à en savoir plus.

Et quand je saurai enfin de quoi il retourne avec Mikheev, alors je dirai à Anton toute la vérité. Tant que rien n'est sûr, je préfère le garder dans l'ignorance de ce que j'ai découvert avec Roxane. Déjà, parce que je suis certain que cela le protégera, mais aussi parce que je ne sais pas comment il réagira en apprenant que Roxane s'est fait embaucher à *La Galerie* sous un prétexte.

– Toc, toc. Je peux entrer ?

Je me redresse pour accueillir Amar qui se tient à la porte, un léger sourire aux lèvres. Nous échangeons une poignée de main et je l'invite à s'asseoir, tout en refermant derrière nous. Il n'a pas changé, avec sa stature qui en impose et sa barbe coupée avec soin. Ce constat est loin de me rassurer. Même si j'éprouve un plaisir sincère à revoir celui qui a été mon ami depuis le lycée, je reste sur la défensive. Vu les banalités que nous échangeons, je pense qu'il s'en rend compte aussi.

– Je suis heureux de savoir que tout se passe bien pour ton frère et toi, mais j'imagine que si tu m'as demandé de venir après presque deux ans sans nouvelles, ce n'est pas pour parler de la pluie et du beau temps ?

Le silence tombe entre nous. Amar se tient devant moi, les mains jointes sur ses jambes croisées, un léger sourire flottant sur ses lèvres fines. Non, il n'a pas changé. Toujours aussi direct. Il n'a jamais aimé perdre son temps.

– En effet, admets-je en levant les yeux vers lui. J'ai besoin de ton aide. Alexeï Mikheev est en train de manigancer quelque chose, et je dois à tout prix savoir ce que c'est.

Il fronce les sourcils, attendant que j'en dise davantage, mais tout à coup, je bloque. Est-ce vraiment prudent de tout lui dévoiler ? Comme il l'a dit lui-même, nous ne nous sommes pas parlé depuis près de deux ans. Et si, contrairement à ce que j'ai entendu, il n'a pas décroché ? Pire encore, s'il avait fini par s'associer à l'un des mafieux qu'il défendait au tribunal par le passé ?

– J'ai besoin de savoir que je peux réellement te faire confiance.

Amar a une sorte de rictus, à mi-chemin entre l'amusement et l'agacement.

– Certaines choses ne changent pas. Tu as toujours autant de mal à te fier aux autres.

– Je dirais même que c'est encore pire qu'avant, confirmé-je avec un sourire crispé.

Il balance entre nous son téléphone, ouvert sur son agenda. D'un geste du menton, il m'invite à le regarder.

– Le rendez-vous du jeudi, à 20 heures. C'est mon groupe de soutien, que je vois toutes les semaines depuis dix-huit mois. J'ai mis un peu plus longtemps que toi, mais à la mort de ma mère, j'ai tout arrêté moi aussi. Tu peux vérifier dans l'historique, si tu veux être sûr.

Je tique sur ce qu'il vient de dire.

– Je ne savais pas pour ta mère. Je suis désolé.

– Comment le pouvais-tu ? Tu as décidé de filtrer tous mes appels et de me rayer de ta vie, dès ta sortie de désintox, dit-il en tendant le bras pour récupérer son portable.

Ses mots sonnent comme un reproche, pourtant, tout ce que je perçois dans ses yeux c'est une profonde tristesse. Ainsi que des regrets. Sûrement les mêmes que ceux qui m'habitent depuis cette fameuse nuit où tout a basculé.

Je m'aperçois que je lui demande des preuves de sa loyauté alors que lui-même n'a aucune raison de se fier à moi.

– À ce moment-là, j'étais au plus mal. Je n'arrivais plus à me regarder dans la glace. J'ai éprouvé le besoin de couper avec tout ce passé qui me faisait horreur.

– Et pour ça, il t'a fallu mettre tout le monde dans le même sac ?

– Ce n'était pas juste, je te l'accorde. Mais c'était le seul moyen de m'en sortir.

J'hésite avant de poursuivre.

– Tu sais, j'ai réussi. J'ai obtenu la garde de Mya un week-end sur deux.

Cette fois, le sourire qu'il m'adresse est sincère.

– C'était tout le mal que je te souhaitais, tu sais. De remettre ta vie sur les rails et d'être heureux.

Ses mots me percutent. Oui, j'ai remis ma vie sur les rails.

– J'ai besoin d'avoir des informations sur un business que Mikheev est en train de monter. Il s'agirait d'une sorte d'application.

En quelques phrases, je lui résume la situation actuelle ainsi que ce que j'ai appris grâce à Roxane – sans mentionner son nom, bien sûr. Elle est suffisamment exposée comme ça.

– Et quel est le rapport entre cette application et *La Galerie* ?

– D'après mes sources, Mikheev aurait envoyé ou souhaite envoyer une taupe au sein de mon équipe. Je ne sais pas ce qu'il compte déterrer comme informations en fouinant de la sorte, mais ça ne peut pas être une coïncidence qu'il démarre ce nouveau projet juste au moment où il vient renifler à notre porte.

– Il a toujours enragé de ne pas avoir la mainmise sur *La Galerie*, confirme Amar, pensif.

Je darde mon regard sur lui tandis qu'il sort une cigarette électronique de sa poche. Il s'est vraiment rangé sur toute la ligne. Pour ma part, la cigarette reste un vice dont je n'arrive pas à me défaire.

– Voilà pourquoi j'ai besoin de toi, ou plutôt, de ton réseau. Tu as encore quelques contacts dans le milieu ?

Il prend le temps de tirer une longue taffe avant de me répondre.

– J'ai encore deux-trois anciens clients qui me doivent un service. Je ne te promets rien, mais je vais voir ce que je peux faire.

Je hoche la tête pour le remercier. Après avoir expiré une volute de fumée, il range sa cigarette électronique et se redresse.

– Bon, je vais y aller. Je te tiens au courant quand j'ai un retour.

Je me redresse à mon tour, mais je suis distrait par mon téléphone qui vibre. Machinalement, je le déverrouille pour prendre connaissance du message.

Anton : Passe une bonne soirée avec Amar ! Je voulais te dire que je te trouve beaucoup plus en forme en ce moment, frangin. Tu as l'air de vouloir te réconcilier avec ton passé, je pense que c'est une excellente chose. Ce n'est que comme ça que tu parviendras à aller de l'avant. Ces derniers mois, tu faisais du surplace. Je suis vraiment content pour toi.

Après quelques secondes, une nouvelle notification retentit.

Anton : Au fait, n'hésite pas à inviter
Amar à la soirée d'anniversaire
de Narcisse, si ça lui dit !

Je ne peux m'empêcher de lever les yeux au ciel, ce qu'Amar remarque. Face à son air interrogateur, je me sens obligé d'expliquer :

– C'est Anton. Il me dit de t'inviter à la soirée libertine qu'il organise pour son petit ami.

Amar éclate de rire.

– En tout cas, ton frère, lui, n'a pas changé ! Enfin, si, il y a tout de même un détail qui m'interpelle : tu as bien dit « petit ami » ? Anton ?

– Il en est aussi entiché qu'un adolescent, tu le verrais ! Le pire, c'est qu'ils partagent les mêmes délires de couple libéré, tout ça.

– On dirait qu'il a trouvé sa parfaite moitié. Tant mieux pour lui.

Amar me tend la main pour me saluer, je l'attrape mais ne la lâche pas.

– Tu as quelque chose de prévu ce soir ? Il y a un pub irlandais, juste au coin de la rue. On pourrait aller se boire une pinte et rattraper le temps perdu.

– Tu sais bien que je ne dis jamais non à de la bière pression.

Nous échangeons un sourire et tout à coup, j'ai l'impression d'être de nouveau un adolescent. Je ne peux pas dire qu'à l'époque, tout était facile, mais je gardais en moi une certaine désinvolture, une forme d'optimisme face à l'avenir qui me fait cruellement défaut aujourd'hui. Et ça fait du bien.

On n'en est peut-être pas à se rendre ensemble à des soirées libertines, mais une bière, ça me paraît déjà un bon début.

CHAPITRE 33

ROXANE

Cinq jours ont passé depuis la soirée de Mikheev. La vie a repris son cours comme si de rien n'était. Mes journées et mes nuits sont bien chargées avec le programme de *La Galerie* et je crois que c'est pareil pour Matthieu, que je n'ai pas revu depuis notre soirée au bar. Par contre, on s'est pas mal écrit, toujours en prenant soin de ne pas revenir sur l'autre soir, l'après-soirée de Mikheev. Néanmoins, on se taquine encore plus qu'avant et depuis ce baiser, j'ai l'impression que nos sarcasmes ont un arrière-goût moins innocent. Assise en tailleur sur mon lit avec un petit en-cas, je passe en revue les messages que je viens de recevoir.

Roxane : Des nouvelles
de cette histoire d'application ?

Matthieu : Pas encore. Mes contacts
sont en train d'investiguer de leur côté.

Roxane : Est-ce que je peux faire quelque chose ?

Matthieu : Je ne crois pas. À part peut-être t'inscrire à des cours de billard. Je compte bien prendre ma revanche une prochaine fois.

Je souris et m'apprête à répondre quand Olympia entre dans la chambre. À la suite de mes explications, tout est redevenu normal entre nous. Elle ne m'en a pas voulu pour les notes qu'elle a découvertes sur mon ordinateur et qui étalaient sa vie en détail. S'il y a bien quelque chose que j'ai appris grâce à cet épisode, c'est qu'Olympia n'est pas rancunière. Et aussi, que son amitié m'est précieuse et que je n'ai aucune envie de la perdre.

– Hé, pas touche ! grogné-je.

Elle ricane alors que je repousse sa main qui tente d'agripper un cookie. Je l'adore mais personne ne touche à ma nourriture. Jamais ! Cela ne l'empêche pas pour autant de siroter une gorgée de mon thé tout en s'asseyant sur mon lit. Je lève les yeux au ciel, vaincue.

– Je pensais à un truc, m'apostrophe-t-elle en reposant la tasse sur ma table de chevet. Tu sais, par rapport à ton affaire. Je comprends que ce soit risqué d'essayer d'entrer de nouveau en contact avec Manuela, mais on habite avec sa sœur. Pourquoi ne pas lui demander à elle ?

– Après le coup chez Mikheev, où on s'est fait jeter dehors avec Matthieu, j'ai l'impression qu'elle m'aime encore moins. Je ne suis pas sûre qu'elle ait envie de me faire des confidences.

– C'est pourquoi je pensais que je pouvais lui parler, moi…

J'ouvre de grands yeux.

– Reste en dehors de tout ça, Olympia ! Tu en sais déjà beaucoup trop. Mikheev est un type dangereux, oublie tout de suite l'idée de t'en mêler.

– Oui, mais si je lui pose la question juste comme ça, par curiosité ou pour nouer des liens ? Ou même, je pourrais lui demander comment ça s'est passé à la soirée, lorsqu'elle a revu sa sœur…

D'un geste de la main, je lui fais signe d'arrêter. La lueur que je vois briller dans ses yeux ne me plaît pas du tout. La situation a fait que je ne pouvais plus lui mentir, mais je ne veux pas pour autant qu'elle se mette en danger à cause de moi.

– Olympia, je ne plaisante pas. Si jamais j'avance dans mon enquête et que ça tourne mal, je ne veux pas que ça retombe sur toi aussi. Alors, je te le demande : s'il te plaît, ne t'en mêle pas !

Sa mine boudeuse aurait pu me faire rire si le sujet n'était pas aussi sérieux. Avec sa queue-de-cheval et son visage démaquillé, parsemé de taches de rousseur, on dirait une gamine qui fait un caprice. Elle me fixe avec intensité mais, voyant que cela ne prend pas, finit par lâcher d'un air dépité :

– J'aimerais seulement t'aider.

– Ça tombe bien. J'ai besoin de toi, mais sur un tout autre sujet.

Je récupère mon téléphone pour ouvrir l'e-mail qui contient mon planning des prochains jours et le brandis sous ses yeux.

– Qu'est-ce que je suis censée voir au juste ?

– Demain, je suis attendue dans la Chambre verte.

– OK. Cool.

Je me mords la lèvre inférieure, ne parvenant pas à masquer ma gêne.

– Cool, sauf que… J'appréhende pas mal. La Chambre verte, c'est celle des rapports homosexuels.

Avec tout ce qui s'est passé ces derniers jours, ça m'était complètement sorti de la tête. J'ai déjà été initiée à pas mal de nouvelles choses sur le plan sexuel depuis mon arrivée à *La Galerie*, mais j'avoue être complètement perdue face à ce qui m'attend.

Ça n'a pas l'air de choquer Olympia, qui hausse les épaules.

– Tu as très bien géré les deux premières chambres, je ne vois pas pourquoi ce serait différent cette fois.

– Ce sera différent parce que je n'ai jamais couché avec une femme !

Cette perspective m'angoisse. J'ai peur de ne pas être à la hauteur. Un homme, même un client, je sais gérer. C'est pas si compliqué à satisfaire, un homme.

Du moins, ceux que j'ai rencontrés jusque-là. Mais une femme, c'est une tout autre affaire…

– Vois-le comme ça : en réalité tu pars avec un avantage, celui de connaître le corps féminin. Tu sais ce dont *toi* tu as besoin pour prendre ton pied, non ? Eh bien, dis-toi que même si chaque femme est différente, il y a des trucs qui marchent à tous les coups.

J'affiche une moue dubitative.

– J'ai regardé des vidéos pour essayer de m'instruire. Mais la vérité est que je n'ai pas la moindre idée de par où commencer. Et cette femme qui viendra là, elle attend de moi que je lui procure plus de plaisir qu'une amante lambda !

Ma tête effarée doit valoir le détour car Olympia éclate de rire.

– Sympa, tes séances de ciné, t'aurais pu m'appeler ! On aurait bien rigolé.

Elle ricane tout en se penchant sur le côté pour esquiver le coussin que je viens de lui lancer.

– OK, je plaisante. Plus sérieusement Nymphéa, tu dois lâcher prise. Je crois avoir exactement ce qu'il te faut pour ça !

Quand elle se retourne, je reconnais tout de suite ce qu'elle tient entre ses doigts et je pousse un petit cri de stupeur.

– Un joint ? m'exclamé-je, avant de baisser d'un ton. Je croyais que la politique de *La Galerie* vis-à-vis de la drogue était très stricte ?

Olympia hausse les épaules tout en s'approchant de la fenêtre pour l'ouvrir.

– C'est juste un peu d'herbe médicinale, ce n'est pas non plus de la drogue dure ! Et puis, on n'est pas en service là, que je sache. Si tu n'en parles pas, personne n'en saura rien.

Elle m'adresse un clin d'œil et, sans attendre ma réponse, dégaine un briquet apparu de nulle part. Les deux mains en coupe, elle allume le pétard et inspire de grandes bouffées, expirant des volutes de fumée grise.

– Alors, tu en veux ? Je t'assure que tu te sentiras mieux après ça.

– Et voilà ma technique pour faire des cunnilingus du feu de Dieu.

Allongée sur le lit, la tête en bas, Olympia ponctue sa phrase d'un gloussement. Ses jambes fines sont croisées au-dessus de nous contre le mur. Je bloque une seconde sur sa peau claire, parsemée de taches de rousseur discrètes. Je m'oblige à battre des paupières, histoire de reconnecter le semblant de neurones qu'il me reste. Alors, à mon tour, je me mets à pouffer. Le rire remonte le long de mon estomac, roule sur ma gorge et fait vibrer ma cage thoracique.

Brusquement, je me calme pour apprécier la caresse d'une mèche de mes cheveux particulièrement longue, que je roule et déroule au bout de mon doigt. Un soupir d'aise m'échappe. Je me sens si légère ! Comme c'est agréable. Je ne me souviens même plus pourquoi j'étais si stressée il y a encore une heure ou deux. Qui saurait le dire ? Mon appréhension à l'idée de faire l'amour à une femme s'est envolée, je n'éprouve plus qu'un émerveillement global vis-à-vis de tout ce qui m'entoure. Olympia avait raison, lâcher prise, c'était exactement ce qu'il me fallait. Jamais je ne me suis sentie aussi zen. Elle est bien, cette petite. D'ailleurs, j'éprouve le besoin impérieux de le lui dire.

– Merci de tes conseils ma poulette, t'es vraiment trop cool !

– Si t'as envie de me brouter le minou, pas la peine de tourner autour du pot. Je suis prête à me sacrifier pour que tu t'entraînes.

J'ouvre de grands yeux ébahis et nous nous esclaffons comme deux oies, sans tenir compte du niveau sonore.

– Désolée de te décevoir, mais si je devais faire une gâterie à quelqu'un de l'équipe, ça ne serait pas à toi !

– Oh oh ! Il va falloir que tu m'en dises plus !

– Même pas en rêve.

– Nymphéa !

Olympia m'écrase de tout son poids et je m'étrangle de rire.

– Enlève-toi, j'arrive plus à respirer !

Je crois qu'à mesure que la drogue fait effet, nous parlons de plus en plus fort. Je me redresse pour augmenter le volume du poste de radio, pile au moment où une nouvelle musique démarre.

– J'adore cette chanson ! Viens vite, s'écrie Olympia.

Elle bondit sur ses pieds et m'attrape par le bras pour m'entraîner au milieu de la chambre. C'est un miracle que je ne me casse pas la figure, vu comme mon centre de gravité me paraît instable à ce moment. Olympia se tortille comme si elle était en boîte de nuit, tout en chantant à tue-tête :

– *Hit me baby one more tiiiiime !*

– Mais enfin, c'est pas bientôt fini ce boucan ?

La porte s'ouvre avec fracas sur une montagne de muscles et de barbe que je reconnais comme appartenant à Hans. La main encore sur la poignée, il bloque, interdit, sur la scène qui se déroule devant lui, avant de déclarer avec son accent si particulier :

– Ça sent le cannabis ici.

Avec un gros temps de retard, je cache le joint derrière mon dos et couvre ma bouche avec ma paume, coupable.

– Tu aurais dû me prévenir Olympia, poursuit-il en fermant la porte derrière lui. Si j'avais su que vous faisiez une petite fête, j'aurais apporté un peu de ma récolte privée pour qu'on goûte ça ensemble.

J'ouvre la bouche, ahurie, en voyant Olympia poser sa tête contre l'épaule de Hans et se frotter à lui comme une chatte.

– Ne m'en veux pas Hansou, c'est une soirée improvisée. J'essayais juste de remonter le moral de Nymphéa.

Soudain, elle s'arrête de parler et pousse un nouveau cri.

– Mais c'est vrai qu'on peut envoyer deux ou trois invitations maintenant que l'ambiance est lancée, ça peut être cool ! Qu'est-ce que tu en penses, nounours ?

Hans ricane et essaie tant bien que mal de repousser la main insistante d'Olympia qui tente de lui pincer la joue.

– J'en pense qu'il va falloir changer de musique pour groover tout ça.

Je me joins à l'excitation de ma colocataire et amie. Faire la fête est exactement ce dont j'ai besoin ce soir. Oublier toutes ces machinations, me concentrer sur le moment présent. Et danser jusqu'au bout de la nuit !

– Je vais envoyer quelques messages pour voir qui est disponible, lancé-je à mon tour en attrapant mon téléphone.

En sueur, le débardeur collé à mon dos, j'essaie de repousser des mèches désordonnées qui me barrent le front. La fête a migré dans le salon, faute de place pour créer un dancefloor digne de ce nom dans notre chambre. Il faut dire qu'en un laps de temps très court, pas mal de personnes ont répondu présentes à notre invitation de dernière minute :

Narcisse, Judith, mais aussi deux autres hôtesses et un garde du corps brun que j'ai déjà vu quelques fois à *La Galerie*. La maison s'est maintenant transformée en discothèque, avec la boule à facettes ramenée par Narcisse et l'amas de bouteilles qui trônent sur la table de la cuisine. Entre le joint et les shots de tequila que j'ai ingurgités, dire que je suis lancée est un euphémisme.

– Et si on faisait un « Je n'ai jamais » ? demande Olympia après s'être assise à mes côtés sur le canapé, une bouteille de Pisang à la main.

– OK, mais prépare-toi à finir ronde comme une queue de pelle ma belle. Tu ne vas pas arrêter de boire, ricane Narcisse qui, au vu de son air guilleret, nous a déjà bien rattrapées.

Notre annonce attire également Hans et Judith, qui se placent de sorte qu'on forme un cercle. Pendant ce temps, Narcisse en profite pour resservir nos verres jusqu'à ras bord. Ça promet !

– Allez, je démarre, propose Olympia. Je n'ai jamais… couché avec une femme !

Elle glousse et me lance une œillade tout en buvant une grande gorgée.

– C'est pas sympa, ça ! Plus pour longtemps, de toute façon.

– Chérie, tu es censée dire quelque chose que tu n'as vraiment jamais fait. Le but du jeu, c'est de faire boire les autres, lui dit Narcisse.

– Elles sont nulles ces règles. Je préfère boire aussi.

Je secoue la tête, un sourire mutin aux lèvres.

– Puisque c'est comme ça, je prends la suite, dis-je. Je n'ai jamais… Dormi au téléphone en plein milieu d'une conversation coquine avec mon fiancé à l'autre bout du fil.

Olympia pose une main sur sa poitrine, l'air choquée.

– C'était une confidence privée, c'est petit de m'attaquer comme ça Nymphéa !

– C'est toi qui as commencé !

Pour toute réponse, elle me tire la langue avant de s'enfiler la moitié de son verre. À combien en est-elle depuis le début de la soirée ? J'ai perdu le compte. C'est dingue de tenir aussi bien l'alcool avec un si petit corps.

Les autres se lancent à tour de rôle, mais quand on en revient à Olympia, la lueur malicieuse qui brille dans ses pupilles ne me dit rien qui vaille.

– J'en ai une bonne. Je n'ai jamais… Fantasmé sur un membre de l'équipe.

Vu la façon dont elle darde ses iris sur moi, tout le monde se tourne pour me charrier. La garce ! Je lui balance une poignée de chips que j'avais sous la main pour me venger.

– On se calme et on boit son verre ! clame Narcisse en s'interposant entre nous en riant.

Puis il se tourne vers moi et termine l'intégralité de son verre en me faisant un clin d'œil. En effet, nous avons plus de points communs que ce qu'il croit. À cette différence près que lui, il a concrétisé son fantasme avec son Kabinsky. Moi… Je me contente des rêves torrides que je fais depuis quelques jours, et des non-dits qui rendent l'atmosphère électrique quand nous sommes seuls avec Matthieu.

– À mon tour, reprend mon ami et collègue. Je n'ai jamais fait de plan à trois.

Puis, après avoir croisé le regard d'Olympia :

– Quoi ? On a dit qu'on se fichait des règles. Puis j'ai soif.

Je constate que tout le monde picole ce coup-ci autour de moi. Même Hans, que je regarde sans masquer mon effarement.

– Je ne suis peut-être pas hôte, mais ça ne veut pas dire que je ne fais pas de folies de temps en temps moi aussi.

Il m'adresse un clin d'œil et je secoue la tête, amusée. Je crois qu'en définitive, il faut être un peu fou pour travailler ici. Narcisse pose une main compatissante sur mon épaule.

– Ne t'inquiète pas. Vu comme tu enchaînes les chambres, ça ne devrait plus tarder à arriver ! Et au pire, si tu en as envie, je peux toujours organiser quelque chose avec mon petit ami… Il ne peut rien me refuser, ajoute-t-il avec un clin d'œil coquin.

Je me sens rougir de la tête aux pieds.

– Euh, non merci. Ça a beau être dans le top trois de mes fantasmes, je préfère éviter de coucher avec mon boss qui est aussi ton mec pour le moment, merci.

– De toute façon, ce n'est pas ce Kabinsky-là qui l'intéresse, intervient Olympia en ricanant.

– On parle de moi ?

Cette fois, je sens tout le sang quitter mon visage. Je relève la tête pour me retrouver nez à nez avec Matthieu qui vient d'apparaître comme par magie. Face à moi, Olympia se plaque les deux mains contre la bouche, consciente de sa boulette. Je vais la tuer. J'espère que Matthieu vient juste d'arriver et qu'il n'a pas entendu ce qui a précédé.

– Qu'est-ce que tu fais là ? croassé-je en me redressant comme si le sol était en feu.

Il fronce les sourcils, l'air à la fois amusé et confus.

– C'est toi qui m'as invité.

– Comment c'est possible ? Je ne m'en souviens pas du tout !

Il brandit son téléphone et, en se penchant pour me montrer son écran, il pose sa main sur ma taille.

Roxane : Laisse tomber les superhéros
sur Netflix, et viens plutôt passer une
super soirée avec moi à la colocation !
P.-S. : Ramène de la bière. J'ai soif.

Oh mon Dieu. Comment j'ai pu lui envoyer un message aussi pourri ? Je vais me calmer sur la boisson, tout de suite.

– Je suis d'accord pour supprimer ce message et ne plus jamais le mentionner si tu acceptes ce verre d'eau. Tu as l'air d'avoir besoin de t'hydrater.

– Tu n'es vraiment pas marrant, grommelé-je.

Le sourire canaille qui s'étire jusqu'à ses yeux s'infiltre en moi comme une coulée de miel chaud. J'aimerais lancer une pique comme à mon habitude, mais je n'y arrive pas : mon esprit est entièrement tourné vers le contact de sa main qu'il n'a toujours pas enlevée.

CHAPITRE 34

MATTHIEU

Je hoche la tête tout en écoutant d'une oreille distraite Hans qui me parle des dernières améliorations qu'il a faites sur sa moto. On partage la passion des deux roues et des grosses cylindrées. Pourtant, je n'arrive pas à me concentrer tout à fait sur ce qu'il dit. Même si j'apprécie toujours de discuter avec lui, ce n'est pas pour lui que je suis venu ce soir. Je balaie la pièce du regard pour la troisième fois. Rien à faire. Roxane reste introuvable. Elle n'est tout de même pas partie se coucher ? Elle m'aurait prévenu. Quoiqu'en y repensant, elle n'aurait eu aucune raison de le faire.

Entre les vapeurs d'alcool et les corps qui se déhanchent, l'air commence à se faire étouffant dans l'appartement. Je décide de m'éclipser dans le jardin pour m'en griller une. Alors que je joue avec un caillou au sol, je l'aperçois enfin. Elle est assise dos contre la façade, sur le côté de la maison. Une couverture recouvre ses épaules tandis que ses bras encerclent ses jambes. Le nez en l'air, elle semble perdue dans ses pensées. J'hésite à la déranger, mais l'envie de lui parler est trop forte.

– C'est donc là que tu te caches, dis-je en m'approchant.

– J'avais besoin de prendre l'air. Tout le monde commence à être survolté, et le karaoké, ce n'est franchement pas mon truc.

– Tu n'aimes pas pousser la chansonnette ? la taquiné-je.

Elle fait la grimace.

– Oh, moi, si. Mais vous autres ne méritez pas de subir ça.

Je ris doucement avec elle. Lorsque le silence retombe, je ne peux m'empêcher de passer une main sur ma nuque. Je me sens embarrassé, un brin fébrile. Rien à voir avec l'alcool ingurgité ce soir. J'ai limité ma consommation à trois verres, c'est mon maximum. C'est la présence de Roxane qui fait que je ne tiens pas en place.

Ridicule. On dirait un gamin de dix-sept ans qui vit sa première amourette.

– Au fait, si je te dérange, je peux te laisser tranquille.

Elle balaie l'air avec sa main.

– Pas du tout.

– Je peux m'asseoir avec toi ?

– Bien sûr, si tu ne crains pas de te rouler dans l'herbe !

Je m'accroupis près d'elle. Nous sommes si proches que nos genoux se frôlent. Moi qui ne suis pas du tout tactile, je ne peux m'empêcher de chercher le contact.

– Tu veux une cigarette ? demandé-je tout en tirant mon paquet de ma poche.

Elle secoue la tête.

– Je crois que j'ai assez fumé pour la soirée. Et puis, je bosse demain. Je ne peux pas me permettre de sentir le vieux cendrier froid. Ça risquerait de ne pas plaire à ma cliente.

Tout à coup, des images d'elle dans la Chambre verte viennent parasiter mon esprit. Après tout, je ne suis qu'un homme. Imaginer Roxane partager un moment sensuel avec une autre femme m'émoustille à tel point que je commence à me sentir serré dans mon pantalon. Mais je crois que le simple fait de me remémorer son corps nu, en train de prendre du plaisir, est ce qui me met le plus dans tous mes états.

Je décide de faire diversion. Je me penche vers elle, la bousculant légèrement de l'épaule.

– Tu sens… un mélange de fleurs et d'amande, je crois ?

J'ai l'impression qu'elle retient son souffle lorsqu'elle me répond :

– C'est mon shampoing, à l'amande douce.

– J'adore. Ça sent très bon. Ça me rappelle les pâtes sucrées qu'on mangeait quand on était petits, et que j'achète parfois à Mya.

– Moi aussi j'en mangeais ! Je l'utilisais pour faire des décorations sur mes gâteaux.

Le sourire qu'elle m'adresse illumine la pénombre dans laquelle nous sommes plongés. Mon estomac se serre. Elle est vraiment belle quand elle sourit comme ça.

– D'ailleurs, comment va Mya ?

– Très bien, merci. Elle est avec sa mère la semaine, je ne l'ai qu'un week-end sur deux. Et parfois, pendant les vacances.

J'ai du mal à croire qu'il y a quelques mois encore, elle n'était qu'une inconnue, que je n'appréciais pas particulièrement et que je soupçonnais de travailler pour mon ennemi. Notre relation a énormément évolué depuis. Elle en sait plus sur moi que beaucoup de gens que je côtoie depuis des années. En fait, je ne m'étais jamais autant confié à quelqu'un sur ma situation personnelle en dehors d'Anton et, à l'époque, d'Amar. J'ai toujours préféré rester discret. D'une, parce que je suis convaincu que moins les autres en savent sur moi, mieux je me porte. Pour vivre heureux, vivons cachés. De deux, parce que je ne suis pas fier de ce que mes abus passés ont eu comme incidence sur ma relation présente avec ma fille.

– Toi et la mère de ta fille, ça fait longtemps que vous êtes séparés ?

Je m'allume une nouvelle cigarette, ce qui me laisse le temps de réfléchir à la meilleure manière de formuler ma réponse.

– On s'est séparés peu après la naissance de Mya. Juliette et moi, on était ensemble depuis l'adolescence. On s'est mariés très jeunes, on avait à peine vingt ans.

– Oh. C'était du sérieux alors.

– Je pensais que c'était l'amour de ma vie.

Roxane détourne le regard pour fixer un point indistinct par-delà le portail. Je me demande à quoi elle songe, tout à coup. J'esquisse un sourire un peu amer.

– On a tendance à être naïf, quand on a vingt ans. J'ai fait beaucoup d'erreurs tout au long de notre relation, surtout à la fin. Ce dont je suis sûr aujourd'hui, c'est qu'on n'était pas faits pour durer. Nous avons grandi et nos chemins ont pris des directions radicalement différentes. Elle avait cette vision d'une vie de famille paisible, le rêve américain avec la grande maison, la clôture et le chien. Et moi, j'avais beaucoup trop de choses à régler avec mon père et mon frère qui sortait tout juste de sa dépression. Quand j'ai commencé à travailler à temps plein avec Anton, elle ne l'a pas supporté. La vérité est que ça faisait déjà un moment que nos liens étaient distendus. Je pense qu'elle n'avait plus de sentiments pour moi depuis longtemps, mais qu'elle n'osait pas se l'avouer. Enfin, je te dis ça avec le recul que j'ai aujourd'hui. À l'époque, notre séparation m'a dévasté. La suite, tu la connais déjà.

Elle hoche la tête tout en remettant en place la couverture sur ses épaules. Un instant, je m'imagine la prendre dans mes bras pour la réchauffer.

– Et maintenant, ça se passe mieux avec Juliette ?

– On arrive à mieux communiquer pour tout ce qui concerne Mya. Elle a encore du mal à me faire confiance, mais elle fait des efforts et moi aussi. Et avec sa nouvelle grossesse, je crois que ça l'arrange que je garde la petite un peu plus souvent.

Roxane écarquille les yeux.

– Elle attend un bébé ?

– Eh oui, elle est enceinte de six mois. C'est un garçon. Mya est ravie d'avoir un petit frère. Elle a refait sa vie assez vite quand nous avons divorcé. Tu veux savoir le plus drôle ? Son nouveau mari, Benjamin, est expert-comptable. Un boulot tout ce qu'il y a de plus *normal*.

Malgré l'amertume qui transparaît dans mes paroles, j'esquisse un sourire. Je n'ai pas l'habitude de parler de Juliette, le souvenir de notre couple est toujours douloureux. Pas parce que j'ai encore des sentiments pour elle, mais parce que je regrette la façon dont les choses se sont terminées entre nous. Je regrette de l'avoir blessée au point qu'elle en vienne à ressentir le besoin de protéger ma fille de mes démons.

– Et toi, tu as réussi à refaire ta vie depuis Juliette ? demande Roxane à brûle-pourpoint.

Malgré son air détaché, j'ai l'impression que sa question n'est pas si anodine. C'est pourquoi je décide de dire la vérité, toute la vérité.

– Je n’ai fréquenté personne depuis que nous avons divorcé. Je me suis concentré sur Mya, sur ma guérison et sur le travail. Ça me suffisait amplement.

En le disant à voix haute, je me rends compte que ce n’est plus le cas. C’est peut-être ce constat, ou alors le regard clair de Roxane, la proximité de sa peau dont je sens le parfum d’ici, qui me pousse à ajouter :

– Et je n’avais rencontré personne d’intéressant… jusque-là.

Je passe une main dans mes cheveux car je ne sais plus quoi faire de mes dix doigts. Nous nous dévisageons si intensément que j’ai l’impression que ma rétine me brûle.

La perche est lancée. Elle est peut-être subtile, mais je suis certain que Roxane a compris. Va-t-elle la saisir ou me renvoyer dans les cordes, comme lors de notre dernier tête-à-tête ?

– Et toi ? Tu m’avais dit que tu avais aussi vécu une rupture compliquée ?

Je me rends compte que je n’en sais pas beaucoup sur son passé, à part quelques bribes d’informations récoltées dans des discussions ici et là.

– En effet. Ç’a été difficile car nous habitions ensemble et tout mon univers gravitait autour de lui. C’est la première personne que j’ai rencontrée quand je suis arrivée à Bruxelles, mes amis étaient les siens… Enfin, en réalité ses amis étaient ses amis et rien d’autre, comme ils me l’ont prouvé en ne me donnant plus de nouvelles à partir du moment où nous avons rompu, ajoute-t-elle, sarcastique.

– Sympa, commenté-je en haussant un sourcil.

– Ouais. Après ça, je me suis fait la promesse de ne plus jamais laisser un homme devenir ma priorité.

– Tu as raison. Tu dois être ta propre priorité, renchéris-je avec un peu trop de véhémence, ce qui la fait sourire.

– Quoi qu'il en soit, ça fait plus d'un an. De l'eau a coulé sous les ponts.

– Tu n'as pas rencontré d'autres hommes après lui ?

Elle secoue doucement la tête.

– Personne qui en valait la peine… jusque-là.

L'air autour de nous se charge d'électricité. Alors que je ne parviens pas à détacher mes pupilles de ses lèvres, elle ajoute :

– Peut-être que je fais fuir les hommes. Les quelques rendez-vous que j'ai eus après Thibault ont toujours tourné court. Je ne compte plus le nombre de fois où je me suis fait ghoster… Il doit y avoir un truc qui les rebute, je ne sais pas.

Elle dit ça sur le ton de la plaisanterie, mais j'entraperçois la fragilité qui perce sous ses propos. La sensibilité exacerbée qu'elle masque sous ses blagues et les rires. Si *La Galerie* l'a aidée à prendre confiance en elle et en sa féminité, je crois qu'une part d'elle croit vraiment ce qu'elle dit.

Je rassemble tout mon courage pour franchir les derniers centimètres qui nous séparent et effleurer sa joue du bout des doigts.

– Crois-moi, il n'y a rien de rebutant chez toi. Au contraire. Si ces types n'ont pas vu à quel point tu es spéciale, c'était qu'ils n'en valaient pas la peine.

Ses cils papillonnent tandis que nos visages se rapprochent lentement.

– Tu te souviens de ce que je t'ai dit l'autre fois, au billard ? Avant qu'on parte ? murmure-t-elle si près que je sens son souffle sur mon visage.

Je cligne des yeux pour lui signifier que je sais à quoi elle fait référence.

– Eh bien, je n'ai plus du tout envie d'être raisonnable.

L'instant d'après, ma bouche rencontre la sienne et des frissons remontent le long de ma colonne vertébrale. Mes doigts se glissent dans ses cheveux tandis qu'elle vient se coller à moi, une main sur mon torse, l'autre sur ma nuque. C'est encore mieux que dans mes souvenirs, encore mieux que tout ce sur quoi j'ai fantasmé ces dernières semaines.

La flamme qui s'est allumée dans ma poitrine est en train de se propager à mon corps tout entier. J'ai l'impression que je brûle au contact de sa peau si douce. Sa langue qui vient taquiner la mienne finit d'envoyer valser mes résolutions. Je l'allonge sur l'herbe et me place au-dessus d'elle pour venir frôler la chair tendre de son cou du bout des lèvres.

Son parfum est exquis et ses baisers ont un goût de paradis.

– Tu veux qu'on monte dans ma chambre ? halète-t-elle contre mon oreille.

Soudain, je me crispe. Je m'imagine très bien grimper jusqu'à son lit, verrouiller la porte et lui faire l'amour pendant des heures. Puis, quoi ? Se retrouver lors de ses missions dans les chambres, faire comme si de rien n'était quand je lui confierai de nouveaux boulots, tout en entamant une relation de couple à côté ?

Je crève d'envie de me sentir en elle, comme l'atteste l'érection qui pulse douloureusement dans mon jean. Pour autant, dans ce même pantalon se trouve le jeton qui atteste de ma sobriété depuis plus de deux ans. J'ai beau avoir franchi toutes les étapes et ne jamais avoir rechuté, on n'arrête pas de nous répéter à quel point la guérison est fragile. Suis-je prêt à chambouler l'équilibre précaire que j'ai réussi à me construire, tout ça pour une fille que je connais depuis trois mois, et qui vend son corps sous ma direction ?

Je me redresse, plus confus que jamais. Maudit cerveau. Toujours à prendre le dessus dans les pires moments…

– Tout va bien ? me demande Roxane sans oser enlever sa main qui est passée sous mon tee-shirt.

Le contact de ses doigts me fait frémir. Je pourrais lui proposer un coup d'un soir, et en rester là. Assouvir cette tension latente entre nous et passer à autre chose. Mais tout ça, ça fait également partie du passé, et ces vieux schémas n'ont jamais réellement réussi à me satisfaire…

– Arrête de réfléchir. Regarde-moi, dit-elle tout à coup en tournant mon menton dans sa direction.

Je la regarde et je la trouve furieusement belle, avec ses cheveux en bataille et ses lèvres rougies par notre baiser.

– Je sais que tu crains ce qui pourrait arriver si tu perdais le contrôle. Tu as peur de retomber dans une spirale de vices comme par le passé. J'ai une nouvelle suggestion à te faire.

Elle bat des cils puis retire sa couverture pour l'étaler devant nous. Avec une lenteur extrême, elle s'allonge dessus et, sans arrêter de me fixer, commence à défaire les boutons de son pantalon. Mon pouls se met à pulser au niveau de mes tempes.

– Qu'est-ce que tu fais ? On pourrait nous voir, chuchoté-je en jetant un regard paniqué autour de nous.

– Tout le monde est à l'intérieur, personne ne nous cherche. On a la nuit pour se cacher.

C'est vrai que nous sommes à l'abri, cachés par le flanc de la maison et ce vieil arbre. Je finis par m'allonger aussi, la tête tournée vers elle, l'excitation qui palpite au niveau de mon bas-ventre.

– Tu restes de ton côté, moi du mien. Si on ne se touche pas l'un l'autre, c'est un peu comme si rien ne s'était réellement passé, non ?

Le temps s'arrête, tout comme mon cœur qui rate un battement. À l'instant T, le fait qu'elle travaille pour moi, qu'on soit dehors, avec les autres juste à côté, mes angoisses et mes névroses, tout ça n'a plus aucune importance. Seul compte le mouvement incroyablement sensuel des doigts de Roxane qui glissent entre ses cuisses entrouvertes. Sa tête est tournée vers moi, ses yeux sont mi-clos par le plaisir qu'elle se donne. Sans réfléchir, je me retrouve à défaire la boucle de ma ceinture. Elle rouvre les paupières pour m'observer me caresser à travers mon caleçon. Il a beau faire nuit, mes yeux se sont depuis longtemps habitués à l'obscurité. Je parviens même à distinguer les détails de son visage. Ses joues qui s'empourprent. La fine pellicule de sueur qui se forme sur son front. Sa bouche entrouverte.

– Matthieu…

Elle expire mon nom dans la nuit et l'air semble s'embraser. Ou peut-être est-ce moi qui me consume chaque seconde un peu plus, face à cette fille qui me rend complètement dingue. Mon excitation me rend si dur que c'en est douloureux. J'augmente la cadence tandis qu'elle se cambre de plus en plus, son regard toujours accroché au mien. Tous mes sens me semblent décuplés, mon souffle est erratique et mon cerveau s'est complètement éteint. Débranché. Alors, sous ces pupilles couleur ciel d'été qui me harponnent, à la fois candides et effrontées, je m'autorise à lâcher prise.

Roxane a tort. Jamais je ne pourrais faire comme si rien ne s'était passé car pour la première fois depuis longtemps, je ne me perds pas dans les souvenirs de mes erreurs ni dans la crainte d'un futur hypothétique. Je suis bien là, avec elle, ancré dans le présent.

Et je ne regrette rien.

CHAPITRE 35

ROXANE

Si je pensais que ma proposition indécente allait me permettre de me sortir Matthieu de la tête, je me trompais. Loin de réussir à atténuer cette tension qui subsiste entre nous, j'ai l'impression qu'elle a été multipliée au centuple. Plusieurs jours ont passé et je n'arrête pas de rêver de lui, de nous… et ces rêves sont loin d'être chastes, cela va sans dire. Même au travail, j'ai la tête ailleurs. Ma libido frise des sommets mais, aussi doué que soit mon partenaire, je ne peux pas m'empêcher d'imaginer ce que ça serait si Matthieu était à sa place.

Résultat, je suis allée courir tous les matins depuis le début de la semaine pour essayer de me vider l'esprit et me concentrer. Si ce dernier point est un échec, au moins, ça aura le mérite de me maintenir en forme. Après m'être descendu la moitié de ma bouteille d'eau, je ne peux m'empêcher de jeter un coup d'œil à mes messages. Encore une fois.

Le matin après la soirée à la colocation, Matthieu m'a écrit. Rien de spécial, il m'a seulement demandé si j'avais passé une bonne nuit et si j'étais d'attaque pour la Chambre verte – j'en étais même venue à oublier mon stress à ce sujet. Seulement, depuis ça, nos échanges par SMS ne sont pas comme d'habitude. J'ai l'impression que chaque mot écrit est à double sens, et je ne sais pas si Kabinsky le fait exprès ou si c'est mon esprit échauffé qui invente ça. Quoi qu'il en soit, j'attends notre prochaine entrevue avec impatience…

– Ah, tu es là ! Je me demandais si tu bossais aujourd'hui, s'exclame Olympia en entrant dans la cuisine.

Je secoue la tête, ma bouteille d'eau fraîche plaquée contre mes joues qui irradient, et pas seulement à cause de l'activité physique que je viens de faire.

– Je n'ai pas de mission avant demain soir.

Olympia s'appuie contre le bar tout en picorant des fruits secs dans un bocal qui est toujours en libre-service.

– Ça va, toi ? J'ai l'impression que tu as la tête ailleurs depuis quelques jours.

C'est le moins que l'on puisse dire. Les images de ce moment *hot* partagé avec Kabinsky me hantent. J'ai été la première surprise par mon audace, et je l'ai été encore plus quand Matthieu a accepté mon petit jeu.

Et quel jeu, mes aïeux. Je revois encore son regard voilé par le désir, la veine saillante sur son cou, sa main qui…

– Ça va très bien. J'ai juste beaucoup de choses à faire, entre le travail, l'exercice et tout ça, dis-je en m'efforçant d'afficher un air innocent.

J'ai hésité à me confier sur ce qui s'est passé avec Olympia. Après tout, c'est la personne de qui je suis la plus proche, dans et en dehors de *La Galerie*. Je sais qu'elle ne me jugerait pas. Au contraire, j'ai plutôt peur qu'elle s'emballe et qu'elle m'oblige à mettre des mots sur ce qui est en train de naître entre Matthieu et moi… Et la vérité, c'est que je n'en sais rien, et que je n'ai pas envie d'y penser. Cette tension latente entre nous est similaire à une douce torture et, aussi frustrante soit-elle, je ne suis pas encore prête à y mettre un terme.

– C'est l'enquête qui te donne du fil à retordre ? Tu ne m'en as plus parlé depuis un moment, je me demandais si tu avais pu avancer.

– Je ne t'en ai pas parlé parce qu'il n'y a rien de nouveau. On attend toujours des informations des contacts de Matthieu, et de mon côté, je tiens ma parole de ne pas tenter de recontacter Manuela.

C'est la vérité. Rien n'a avancé depuis la soirée chez Mikheev, on ne sait rien de plus concernant cette mystérieuse application. Côté Alexeï, tout semble tranquille. Je ne l'ai plus croisé à *La Galerie* depuis un moment. Seulement, je ne sais pas s'il faut s'en réjouir ou se méfier.

Olympia est sur le point de répondre quand la voix guillerette de Narcisse nous salue. Je lance à Olympia un regard d'avertissement pour lui signifier de faire attention à ce qu'elle dit à présent.

– Narcisse, ça fait plaisir de te voir ! Que nous vaut l'honneur de ta présence ?

Je me hisse sur la pointe des pieds pour répondre à l'accolade de mon ami.

– Je venais prendre des nouvelles de mes deux copines préférées, s'exclame-t-il sur un ton badin. Ça fait une éternité qu'on ne s'est pas vus pour papoter. On baise, on baise, mais on ne discute plus !

Sa remarque nous fait rire. Il y a quelques mois de ça, ça m'aurait sans doute choquée. À croire qu'on s'habitue à l'humour d'hôte !

– Tu as l'air bien en forme. Tu as reçu des bonnes nouvelles ? demandé-je en lui faisant signe de s'asseoir avec nous.

– Mieux encore. Le grand jour approche mesdames. Ne me dites pas que vous l'avez oublié ?

Olympia et moi échangeons un regard entendu. Celle-ci s'exclame :

– Comment oublier ? Tu nous casses les oreilles au sujet de ton anniversaire depuis une semaine !

Il fait semblant d'être vexé, une main posée sur son thorax.

– Vingt-cinq ans avec un tel corps de dieu, ça se célèbre ! Et croyez-moi, ça va donner. Pour l'occasion, *La Galerie* sera fermée pour soirée privée et nous aurons accès à toute l'aile de la Chambre violette.

Il se lève pour se servir un café, puis se rassied en croisant les jambes. Il a l'air excité comme une puce.

– J'espère que vous avez acheté mon cadeau.

Je pouffe.

– T'inquiète, on s'est déjà occupées de tout, répond Olympia.

– Et vous avez vos tenues ? Non pas que vous alliez les garder longtemps, bien entendu.

Il tape dans ses mains, ravi, tandis que je lève les yeux au ciel.

– Qu'est-ce qu'il y a ? Tu ne t'es toujours pas faite à l'idée de participer à une soirée libertine ?

– Elle a dit qu'elle viendrait seulement boire quelques verres, mais qu'elle ne ferait rien avec personne, intervient Olympia en mimant un bâillement d'ennui.

Je me penche pour lui pincer le bras.

– On n'est pas tous fans des ébats en public, vous savez !

– Tu ne disais pas ça l'autre jour dans la Chambre jaune, me lance Narcisse avec un clin d'œil.

Évidemment, mes joues s'empourprent. Être audacieuse dans les chambres, j'y arrive de mieux en mieux, mais en parler reste toujours terriblement gênant pour moi. Et mes amis le savent, bien sûr.

– Elle est trop mignonne quand elle se la joue petite prude, ricane Olympia.

– C’est ma fête ou quoi ? grommelé-je.

– Non, mais ça pourrait l’être après-demain soir !

Puis, avant que je comprenne ce qu’il se passe, il se met à genoux devant moi et attrape ma main.

– Oh, dame Nymphéa, écoutez mon humble requête ! Ouvrez votre cœur et vos cuisses à la fête. Et si, lors de cet événement folâtre, vous croisiez un ou plusieurs bellâtres, ne déclinez pas leur désirable proposition, et laissez-les vous la mettre dans le…

– Ma parole, tu es survolté !

Narcisse se relève puis esquisse une courbette, le sourire aux lèvres face à une Olympia secouée par un fou rire.

– J’aurai tout essayé pour te convaincre de rester ouverte à l’imprévu, soupire-t-il. Mais finalement, c’est comme tu le souhaites bien sûr, trésor. L’important, c’est que vous soyez présentes toutes les deux, et pas trop loin de moi, c’est encore mieux.

En disant cela, il nous presse l’épaule.

– Tu parles ! Tu vas être le roi de la soirée, à mon avis tu auras autre chose à faire que de rester avec nous.

– En tout cas, Anton doit être sacrément mordu pour t’avoir organisé une pareille soirée, ajouté-je en le regardant avec malice.

Je sais que Narcisse est raide dingue d’Anton. Bien plus qu’il ne veut l’avouer.

– Il faut dire que je l’ai bien orienté sur ce qui me ferait plaisir !

– Tu parles, je suis sûre qu'il n'a jamais rien préparé de tel pour aucun autre de ses partenaires, renchérit Olympia.

Narcisse cache son visage derrière sa tasse, mais on voit bien qu'il est ravi. Il me fait rire. On dirait un enfant à qui on a annoncé que Noël arriverait en avance cette année.

– Alors, vous deux, c'est du sérieux ? questionné-je.

Narcisse hausse les épaules, sans se départir de son sourire.

– C'est la première fois que j'ai une relation aussi ouverte – mes ex n'étaient pas vraiment aussi réceptifs qu'Anton à cette idée – et je me rends compte qu'aujourd'hui en tout cas, c'est ce qui me convient le mieux.

– Tu n'es jamais jaloux ?

Il hausse les épaules.

– Pas vraiment. Je ne sais pas ce que l'avenir nous réserve à Anton et moi, mais pour l'instant, je ne veux pas m'en préoccuper. Dans le contexte actuel de nos vies, ce serait difficile de prétendre à une relation monogame classique, on en souffrirait plus qu'autre chose. Alors, dès qu'on s'est avoué notre attirance mutuelle, on a été clairs sur les règles du jeu, et ça nous va très bien. Aujourd'hui, je veux juste profiter de chaque instant passé avec lui. C'est ça qui est précieux ; demain, tout peut changer, on n'en sait rien. Tu sais, il y a un proverbe chinois qui dit : « Hier est derrière, demain est mystère, et aujourd'hui est un cadeau. C'est pour cela qu'on l'appelle le présent. »

Un ange passe. Narcisse est sérieux comme un pape. Olympia, elle, s'agite sur sa chaise et finit par exploser de rire.

– J'y crois pas, tu viens de citer *Kung Fu Panda* là ? Je te rappelle qu'on a regardé ce dessin animé ensemble !

Narcisse se met à pousser Olympia du pied sous la table d'un air outré.

– Espèce de bécasse, tu viens de casser mon moment philosophique ! Oui, je l'ai entendu dans *Kung Fu Panda* la première fois, et alors ? C'est un vrai proverbe, j'ai vérifié !

Je souris distraitement devant leurs chamailleries. Mon esprit est parti ailleurs. Les paroles de Narcisse tournent dans ma tête. Je n'ai jamais été le genre de fille spontanée, même si mon tempérament sanguin me fait parfois partir au quart de tour. J'ai tendance à ruminer les situations, à les inciser pour en découvrir les revers et les endroits, à les disséquer au scalpel comme les pauvres petites grenouilles de mes cours de biologie, à l'école.

Depuis mon arrivée à *La Galerie*, j'ai appris à lâcher prise. À accepter comme *normaux* des idées et des actes qui me paraissaient impensables, que ce soit à cause de mon éducation ou de ma pudeur. Surtout, j'ai appris à saisir les opportunités, à croquer dans l'instant présent comme dans une pomme rouge bien juteuse – et tant pis si le jus me dégouline sur le menton et me colle aux doigts.

Oui, décidément, cette philosophie *carpe diem* prônée par beaucoup de mes amis me séduit. C'est à moment-là qu'une nouvelle notification apparaît sur mon portable.

Matthieu : Un de mes contacts
vient de me répondre. Il a trouvé
des informations sur l'application
de Mikheev, on va se voir
après-demain en début de soirée
pour en parler de vive voix.
Je te rejoins après pour débriefer ?

Après-demain, c'est l'anniversaire de Narcisse… Pourquoi pas, après tout ? Jusque-là, prendre les choses en main m'a plutôt bien réussi.

Roxane : Je serai à la fête
de Narcisse. On se retrouve là-bas ?
On pourra discuter…
et plus si affinités.

C'est le point de bascule. Le moment de choisir si on va au bout de ce petit jeu qu'on a commencé, ou si on s'arrête et qu'on rembobine tout. Pour ma part, le choix est fait. J'espère qu'il sera le même que le sien…

CHAPITRE 36

MATTHIEU

Cette fois, quand Amar arrive à l'accueil du *Millésime*, je suis déjà là pour l'accueillir. Mon empressement n'a fait que croître ces derniers jours. S'il a demandé qu'on se voie en personne plutôt que d'en parler par téléphone, c'est que les informations qu'il a à me partager sont sensibles. J'ai voulu avancer notre rendez-vous, mais il n'était pas disponible. J'ai donc passé les quarante-huit dernières heures à trépigner d'impatience. Les minutes se sont écoulées à une lenteur infernale. Si j'étais honnête, j'avouerais que ce n'est pas seulement à cause de la discussion avec Amar que je suis si agité.

En réalité, je ne tiens pas en place depuis qu'une petite blonde a mis tous mes sens à l'envers par ses gestes et ses mots plus qu'impudiques.

– Merci d'être venu une nouvelle fois, salué-je Amar en lui serrant la main.

– Pas de problème. C'est mieux de parler de vive voix, vu ce que j'ai à dire, répond-il d'un air sombre.

– Alors ? Tu as pu découvrir quelque chose ?

– J'ai des nouvelles, mais je préfère te prévenir : elles ne sont pas très encourageantes.

Les lèvres pincées, les mains nouées sur la table devant moi, j'attends avec appréhension qu'il se mette à parler.

– Un ancien lascar que j'ai défendu au tribunal fréquente toujours les établissements de Mikheev. Il y côtoie régulièrement une fille, une Vénézuélienne, qui lui a expliqué il y a quelques semaines qu'elle allait être moins disponible car elle allait être mutée. Je lui ai demandé de se renseigner, et elle lui a confirmé ce que tu as appris. Mikheev est bien en train de développer une application. Et devine quoi ?

Je remue la tête pour l'inciter à cracher le morceau.

– Il s'agirait d'un service premium, qu'il développe pour une clientèle aux goûts très particuliers et qui a beaucoup, beaucoup d'argent. Sa promesse, c'est de pouvoir réserver en quelques clics sa pute pour assouvir tous ses fantasmes.

– C'est la définition même de la Chambre rouge qu'a créée Anton. Le lieu où tous les fantasmes prennent vie, dis-je, perplexe.

Amar m'interrompt en secouant la tête de gauche à droite.

– Quand je dis assouvir tous les fantasmes, c'est vraiment tous. Si les contrats que vous m'avez fait rédiger au lancement de *La Galerie* n'ont pas changé, il y a un grand nombre de pratiques qui demeurent interdites.

– Des pratiques illégales, barbares et monstrueuses.

Le regard dégoûté d'Amar me confirme qu'il partage mes sombres pensées.

– Il y a des malades dans ce monde et Mikheev est le pire de tous. Tout est monnayable pour lui. Même les pires horreurs.

– Surtout les pires horreurs.

Je me passe les mains sur le visage, estomaqué. Mon imagination galope dans des coins sombres que je préfère ne pas explorer. Amar et moi avons côtoyé Alexeï Mikheev de près à l'époque, mais en dehors de ses trafics de drogue, nous n'avons jamais réellement eu vent de ses autres business illégaux. Bien sûr, comme tout le monde, on connaissait les rumeurs. Mais je crois que l'un comme l'autre, on préférait simplement fermer les yeux et prétendre que ce qu'on entendait n'était que pure invention.

N'importe quoi qui nous permette de dormir la nuit.

– Et concernant une personne infiltrée à *La Galerie* ?

– Mon client n'a rien entendu de la sorte. Ce type d'information ne doit pas arriver jusqu'aux oreilles des employées. Mais j'ai réfléchi, et je pense que ça n'est pas déconnant. Mikheev a toujours jalousé votre clientèle. Des hommes d'affaires, des magistrats… Malgré votre sélection ultra-stricte, il doit bien y en avoir quelques-uns frustrés par votre règlement et qui cherchent vraiment un plaisir sans limites.

Amar a raison. Parmi la liste de personnalités de tous horizons qui font partie de la clientèle de *La Galerie* et surtout de la Chambre rouge, certaines intéressent forcément Mikheev. Ça expliquerait pourquoi il traîne autant chez nous ces derniers temps. Que cherche-t-il à faire ? Nous intimider ? Nous faire une offre ? Non, il aurait déjà tenté une approche sinon. Quoi qu'il en soit, je crois qu'il est grand temps de mettre Anton dans la confidence. Sans lui, rien de tout ça n'existerait. Je lui ai caché la vérité pendant trop longtemps, il a le droit de savoir. Et je ferai en sorte d'assurer sa sécurité, ainsi que celle de toutes les équipes.

En commençant par Roxane… Je dois la retrouver pour l'informer des découvertes d'Amar. Mais d'abord, je vais tenir la promesse faite à mon frère et à Roxane, et faire un saut à *La Galerie*.

– Mon frère organise une soirée pour l'anniversaire de son petit ami ce soir. Tu sais, je t'en avais parlé. Ça te dit d'y passer avec moi ? J'ai quelqu'un à voir et après, on pourra aller boire un verre.

– OK pour aller faire un saut à cette soirée coquine, mais c'est seulement pour la science hein ? répond Amar avec un grand sourire, en se levant à ma suite.

Une fois que nous sommes arrivés à *La Galerie*, je m'engage directement dans l'aile réservée à la Chambre violette. D'habitude, ce sont les clients qui la privatisent pour leurs soirées. En voyant les serveurs en costume qui se promènent avec les bouteilles de champagne, et le danseur qui voltige sur la scène improvisée au fond de la salle, je me dis qu'Anton n'a pas fait semblant.

– Tu aurais dû me prévenir qu'il y avait un dress code. J'aurais sorti la cravate, me dit Amar à l'oreille.

– De toute façon, on ne reste pas longtemps.

Je finis par apercevoir Anton et Narcisse, assis tous les deux dans de grands fauteuils de style Renaissance, une coupe à la main. On s'approche pour les saluer et souhaiter l'anniversaire de ce dernier. Mon frère s'arrête sur ma tenue, mais s'abstient de tout commentaire. Quoi ? J'ai au moins fait l'effort de mettre une chemise !

– Tu n'aurais pas vu Nymphéa ? glissé-je à Narcisse après avoir refusé le verre qu'il me tend.

Face à son air curieux, je préfère préciser :

– Je dois lui parler, pour le travail.

– Tss tss. Ce soir, on ne parle pas boulot ! On est là pour s'amuser !

– Je n'en ai pas pour longtemps.

Il échange un regard avec Anton, qui lui décoche un clin d'œil.

– La dernière fois que je l'ai vue, elle était avec Olympia par là-bas.

J'entraîne Amar dans le coin qu'il nous indique. En chemin, nous dépassons des alcôves depuis lesquelles s'élèvent des gémissements lascifs. Jusque-là, ça ne me faisait rien, mais quand j'aperçois Roxane et que son regard me harponne, quelque chose se met à crépiter dans mon ventre. Assise sur un canapé à côté d'Olympia, elle croise les jambes. Sa robe rouge fendue jusqu'en haut de sa cuisse dévoile la dentelle d'un porte-jarretelles.

Je dois me concentrer. Si je suis ici, c'est pour l'enquête. Nos petits jeux devront attendre… encore un peu.

– On peut te voir une minute, seule ? demandé-je en guise de salutations.

Olympia, qui ne s'offusque pas de mon comportement, se lève et nous salue d'un geste de la main. Elle décoche un sourire qui ne laisse pas Amar indifférent, si j'en juge par la façon dont il la suit du regard.

– Alors, tu es venu, me lance-t-elle en se mettant face à moi.

Putain. La manière dont elle me regarde… Elle me bouffe des yeux. Et moi, si je m'écoutais, j'aurais bien envie de la dévorer tout entière.

Son regard se pose sur Amar, qui lui adresse un sourire charmeur. Je m'empresse de faire les présentations.

– Voici Amar, un ami de longue date. Et Amar, je te présente Nymphéa, dont je t'ai déjà parlé.

– C'est donc vous, l'hôtesse qui se la joue détective.

– Journaliste d'investigation, corrige-t-elle.

Il fait une courbette, puis s'empare de sa main pour y apposer un baiser.

Je fronce les sourcils tandis qu'elle rit de son geste. Amar est un vrai aimant à femmes, je ne le sais que trop bien. Par le passé, même s'il nous est arrivé de convoiter les mêmes femmes, ça ne m'a jamais vraiment dérangé. J'imagine que je ne m'attendais pas à ce qu'il soit d'humeur badine après la discussion que l'on vient d'avoir. Mais après tout, ça ne le concerne pas directement.

– Le contact d'Amar a confirmé les dires de Manuela : Alexeï Mikheev est bien en train de déployer un nouveau business qui fonctionnera *via* une application.

Instinctivement, je me rapproche pour lui résumer en quelques phrases l'essentiel de notre conversation. J'ai un mal fou à me concentrer sur la gravité de la situation quand son parfum de fleur et d'amande chatouille mes narines.

– Amar a aussi émis l'hypothèse que Mikheev s'intéresse à la liste des clients privilégiés de *La Galerie*.

– Amar a dit ça, hein ? Il en sait des choses, dit-elle d'un ton pensif.

Je comprends ses soupçons. Après tout, il débarque de nulle part, elle ne connaît rien de lui, et il semble avoir toutes les réponses. Il faut que je la rassure.

– On peut lui faire confiance. Lui et moi, on se connaît depuis très longtemps. On s'est perdus de vue il y a un moment, mais il était comme un frère pour moi.

Le sourire d'Amar ne m'échappe pas. Je n'ai pas l'habitude de m'épancher sur mes émotions, mais je dois avouer que je suis content de renouer petit à petit le lien avec lui. Après ma désintox, je me suis isolé de tous mes faux amis – tous ces vautours qui me tournaient autour et qui profitaient de mon désespoir. Je l'ai rangé à tort dans cette case. Je m'en rends compte à présent.

– D'ailleurs, on a partagé la même chambre à l'université. Et ce joyeux luron est même venu vivre chez moi pendant deux mois, l'été de nos dix-huit ans.

– Ça devait être fameux !

– Tu n'imagines pas.

Amar tourne son regard clair vers moi et, l'espace d'un instant, je revois sur son visage l'adolescent qu'il a été. Celui à qui je disais tout et qui me suivait partout, jusqu'au plus bas.

– On passait nos journées à jouer aux jeux vidéo, et nos soirées à se faire la malle en douce pour aller draguer les filles dans les bars. On avait à peine trois poils au menton et ça n'était pas très concluant, mais on se marrait bien !

– Matthieu Kabinsky, un dragueur ? Je n'arrive pas y croire !

Un petit rire m'échappe devant son expression sceptique.

– Tu parles, c'est Amar qui faisait tout. Il a toujours été un beau parleur.

– Le mot-clé principal ici étant *beau*, précise ce dernier en esquissant un clin d'œil.

– Ah oui, je vois ce que tu veux dire.

Ça y est, Amar est lancé. On ne l'arrête plus. Son manège semble beaucoup amuser Roxane, qui croise les bras pour écouter le baratin de mon ami.

– Ah, merci ! Mais soyons honnêtes, la plus belle ici, c'est toi. Mon moi de dix-huit ans serait tombé follement amoureux de toi rien qu'en te regardant.

– Uniquement le toi de dix-huit ans ? Tu ne tomberais pas follement amoureux de moi maintenant ?

Amar hausse les sourcils, visiblement surpris, puis joint ses deux mains sur sa poitrine avec emphase.

– Ma douce, tu n'as qu'un mot à dire et je t'enlève sur-le-champ pour t'épouser et te faire deux ou trois bambins. Des petits métis aux yeux clairs ! Imagine comme ils seraient beaux.

Roxane secoue la tête, hilare. Quel mariole ! Il n'y va pas de main morte.

– Heureusement qu'on n'est plus au XVIIe siècle. Tu m'excuseras, mais j'aspire à autre chose qu'à convoler en justes noces avec toi, aussi charmant sois-tu.

– On pourrait commencer par boire un verre ?

Mon amusement retombe face au sérieux qu'affiche à présent Amar.

– Eh bien, on devait aller boire une bière tous les deux mais tu peux tout à fait te joindre à nous, commencé-je.

– C'est gentil, mais c'est l'anniversaire de Narcisse. Je lui ai promis de rester encore un peu.

Son air déçu doit refléter le mien. J'hésite à rester pour passer un moment avec elle, mais j'ai à faire. Et puis, il y a Amar. Je ne peux pas le laisser en plan.

– Pas de souci. De toute façon, ça ne va pas durer longtemps. Je dois passer des coups de fil et organiser une réunion avec le chef de la sécurité dès la première heure demain.

Je me penche vers Amar, mais je constate qu'il ne suit pas mon mouvement. Il m'adresse un sourire gêné.

– En fait, je me disais que j'allais rester encore un peu ici moi aussi, si tu n'y vois pas d'inconvénient.

Il se tourne ensuite vers Roxane pour effleurer sa joue du bout des doigts.

– On pourrait aller chercher un coin plus tranquille pour… faire plus ample connaissance. Si tu en as envie, bien sûr.

Je me fige sur place, attendant la réponse de Roxane qui tarde à venir.

CHAPITRE 37

ROXANE

J'ouvre la bouche puis la referme, comme un poisson hors de l'eau. Celle-là, je ne m'y attendais pas. Pourtant, Amar flirte gentiment avec moi depuis un moment. Je pensais seulement qu'en tant qu'ami de Matthieu, il ne tenterait rien… Il faut que je me rende à l'évidence : il ne lui a pas parlé de moi, ni de ce qui se trame entre nous. Tandis que je demeure interdite, Matthieu se penche vers Amar. Il baisse la voix, mais j'entends tout de même ce qu'ils se disent.

– Je croyais qu'on devait aller boire un coup ensemble ?

Amar pose sa paume sur son épaule.

– Mon vieux, je t'adore, mais j'ai plutôt envie de rester ici. Et comme tu viens de le dire, on n'allait pas traîner de toute façon, non ? On peut remettre ça à ce week-end, avec plaisir.

Matthieu fronce les sourcils et à ce moment-là, je donnerais tout ce que j'ai pour savoir à quoi il pense.

– C'est comme tu veux.

C'est tout ? Sérieusement ? On ne s'est rien promis, on ne se doit rien, mais tout de même… Je croyais que l'attirance que j'éprouvais pour lui était partagée. Je lui avais très clairement proposé qu'on se retrouve ce soir pour passer un moment tous les deux. S'il était intéressé, il aurait au moins montré un minimum de jalousie ou d'agacement face à la proposition d'Amar.

J'ai donc la preuve ultime qu'il n'en a rien à foutre et que tout ça, pour lui, ce n'est qu'un petit jeu pour passer le temps. Une étincelle de colère s'allume en moi, de celles que seul Matthieu Kabinsky sait faire naître.

Il veut jouer ? Eh bien, soit. Jouons.

– Tu peux toujours annuler tes plans et te joindre à nous, lancé-je sur un ton ouvertement provocateur.

Ses yeux s'ouvrent de surprise. Amar, qui ignore tout de la lutte silencieuse qui se joue entre nous, esquisse un sourire en coin.

– Je ne pensais pas que la soirée allait prendre cette tournure mais… pourquoi pas, finit-il par dire. Comme au bon vieux temps, hein ?

Cette dernière phrase, destinée à Matthieu, me foudroie sur place. Mais ce n'est rien en comparaison de ce que je ressens lorsque Kabinsky déclare, en me regardant droit dans les yeux :

– D'accord. Après tout, il est déjà tard. Ce que j'ai à faire peut bien attendre demain matin.

La suite des événements est assez floue. Je suis comme en transe. Jamais je n'aurais cru que Matthieu allait accepter, sinon, je n'aurais pas proposé… Ou alors, si ?

Les deux hommes posent chacun leur tour une main sur le bas de mon dos et m'entraînent à la recherche d'un coin à l'écart. Au passage, Amar récupère une bouteille de champagne et trois flûtes. Nous trouvons assez vite une alcôve, qu'il est possible de fermer grâce à un épais rideau de velours. Dans cet espace confiné, il n'y a pour tout mobilier qu'un grand lit et un tapis aux motifs persans. De quoi annoncer la couleur…

Il y a également une petite enceinte dans le recoin de la pièce qui laisse échapper un son électronique, doux et envoûtant. Je me retrouve à boire une flûte, puis une autre. Amar me complimente encore. Matthieu ne dit rien, comme à son habitude, mais ses yeux rivés sur moi me brûlent comme des billes de feu. Mon cerveau est complètement déconnecté, je ne comprends pas vraiment ce qui m'arrive jusqu'à ce qu'Amar me prenne la main et me colle à lui pour un slow langoureux. Là, tous mes sens se réveillent et je perçois avec acuité la chaleur qui m'envahit.

J'en profite pour l'observer plus en détail. Avec sa barbe noire taillée à la perfection, ses boucles brunes et son teint ambré, il est très séduisant. Ses yeux, d'une couleur grise tout à fait particulière, sont hypnotiques. Il me fait tourner et me plaque dos contre lui. Ses doigts viennent jouer avec la bretelle de ma robe, puis remontent jusqu'à mes cheveux qu'il place sur le côté.

Lorsqu'il se penche pour poser sa bouche dans le creux de mon cou, je retiens mon souffle. Matthieu nous observe, assis sur le coin du lit. Ses pupilles sont dilatées, ardentes. Il me fixe comme un lion qui traque une gazelle et s'apprête à la dévorer toute crue.

Dieu sait que j'en crève d'envie.

Tandis qu'Amar ondule toujours contre moi, je lève une main timide. Mon appel silencieux fait son effet puisqu'en moins de deux secondes, Matthieu est face à moi. Avec une lenteur exquise, il vient accrocher ses doigts à ma hanche, puis les fait remonter sensuellement jusqu'à ma joue. Il dessine le contour de ma bouche entrouverte puis vient y glisser le bout de son pouce. Ce geste me rend folle, ou peut-être sont-ce les baisers d'Amar le long de ma clavicule. Je ne sais plus trop.

Ce que je sais, c'est que je suis au bord de l'apoplexie, que mon bas-ventre est en feu et que je désire plus que tout goûter aux deux beaux mâles qui me cajolent.

Matthieu me jauge du regard. Quelque chose le retient, c'est comme s'il attendait une confirmation.

– J'en ai envie, lui confirmé-je dans un murmure.

Un sourire vient éclairer ses yeux noisette.

– Ce n'est plus du tout le temps d'être raisonnable, hein ?

Je secoue la tête avec vigueur et, l'instant d'après, il fond sur ma bouche. Amar s'éloigne d'un pas, caressant mes cheveux tout en nous laissant le loisir de nous découvrir.

Notre baiser est à l'image de notre relation : plein de non-dits, de tensions, d'envies refoulées. Mais ça m'importe peu. Je me contenterai du langage non verbal créé par la danse suave de sa langue contre la mienne.

Je chancelle, entraînée par la fureur de Matthieu et ses paumes en coupe autour de mon visage. Un de mes bras repose sur son flanc, tandis que l'autre est réquisitionné par Amar qui fait courir sa bouche tout le long de mon épiderme, s'attardant sur le creux délicat de mon coude. Je frissonne, étonnée par la sensibilité de cette zone érogène qui m'était inconnue jusque-là.

D'un geste moins délicat qui atteste de son excitation, Amar colle son bas-ventre durci dans le creux de mon dos. Mon cri de surprise meurt contre la bouche de Matthieu, très vite remplacé par un halètement alors que l'un des deux hommes – je ne saurais dire lequel – vient caresser la pointe tendue de mes seins à travers mon corset.

Oh mon Dieu. Ça va vraiment arriver, alors ? Je vais franchir le pas et m'abandonner à ces deux beaux mâles. Savoir qu'ils sont deux à me toucher, à me désirer me met dans tous mes états. Je pense que je pourrais jouir comme ça, sans aller plus loin.

Les limites de mon corps m'échappent alors, ma vision devient floue. J'ai l'impression que leurs mains se baladent partout sur moi, effleurant chaque parcelle de ma peau. Des doigts habiles défont les lanières de mon porte-jarretelles, d'autres cajolent mes cuisses puis se pressent sur mes fesses… Il n'y a plus de Roxane, plus de Nymphéa. Je ne suis plus que sensations, spasme divin des sens.

– Je peux ? me murmure Matthieu toujours collé à moi.

Je hoche la tête, incapable de répondre tant le bruit de mon cœur cognant contre ma cage thoracique est assourdissant. Ses doigts habiles défont les laçages de ma robe, qui tombe au sol, dévoilant ma poitrine. Je me recule pour me débarrasser du vêtement et jeter un regard aux deux hommes devant moi. Amar, si élégant avec sa coiffure impeccable et sa chemise d'un blanc immaculé. Et Matthieu, son perpétuel air énigmatique et sa barbe de trois jours. Il porte une chemise noire dont les manches sont remontées au niveau de ses avant-bras.

Il est si beau que j'ai du mal à croire qu'il va enfin être à moi, ce soir. En quelque sorte. Car dans la continuité du petit jeu qui me consume, nous choisissons des chemins détournés pour nous autoriser à être ensemble.

Amar est charmant, cela ne fait aucun doute, et vu la précision de ses caresses, il me promet de passer un moment délicieux en sa compagnie.

Mais Matthieu… L'alchimie qu'il y a entre nous est incomparable. Ça bouillonne, ça crépite, ça explose parfois. Je n'ai jamais rien ressenti de comparable. Il me pousse, il me défie. Quand je suis avec lui, je me sens bien. Entière. Il a vu les différentes facettes de ma personnalité, moi les siennes. On est tous les deux conscients de nos fêlures et de nos parts d'ombre, et pourtant, quand on est ensemble, rien de ça ne compte.

Dans le plus simple appareil, je m'avance vers Matthieu pour l'aider à se défaire de sa chemise. Il s'attaque à la pointe de mes seins, quand je me rends compte qu'Amar reste en retrait. Je m'empresse de lui faire signe d'approcher.

Ce soir, il ne s'agit pas de lui ou de Matthieu. Seulement de moi, de mes désirs et de ce fantasme que j'ai très envie de réaliser…

Après tout, c'est ça, la raison d'exister de *La Galerie* non ? Donner vie à nos fantasmes les plus fous. Aujourd'hui, je n'ai plus peur de les explorer, surtout en si bonne compagnie.

Les vêtements de mes amants d'un soir rejoignent les miens au sol. Je ne peux m'empêcher d'admirer, les joues en surchauffe, leurs virilités nues qui se dressent devant moi. Je suis obligée de serrer les cuisses pour calmer ma tempête intérieure.

Comme s'ils étaient synchronisés, ils se rapprochent, m'entourant de leurs bras protecteurs. Cette fois, c'est Amar qui m'embrasse avec gourmandise, sa main cajolant un de mes seins.

Ne pouvant plus refréner mon désir, la mienne glisse jusqu'à son pénis, qui frémit à mon contact.

Mon autre main n'est pas en reste : Matthieu s'en empare et la pose sur son sexe bandé, que je m'empresse de flatter à son tour. Il se colle ensuite contre ma cuisse, m'obligeant à écarter les jambes. Mon baiser devient plus agressif, mes dents s'entrechoquent contre celles d'Amar lorsque je sens les doigts de Matthieu caresser mon intimité déjà trempée.

La tête enfouie contre mon épaule, Matthieu se met à grogner de plaisir avant de susurrer :

– Laisse-moi te goûter. J'en rêve depuis si longtemps.

Avant que je ne comprenne ce qui se passe, il passe sa main sous une de mes fesses et pose ma jambe sur son épaule. Pour garder l'équilibre, mes doigts s'accrochent à ses cheveux tandis que son souffle répand une chaleur presque démoniaque sur mon entrejambe. Je vacille légèrement sous son premier coup de langue, et au deuxième, Amar me serre fermement contre lui pour que je ne tombe pas. Il ne me faut pas plus de cinq minutes pour jouir, la caresse de la bouche de Matthieu étant prodiguée avec plus de délicatesse que je ne l'aurais imaginé.

Il plonge un doigt en moi que je sens à peine, tant je suis prête. Et affamée. Ma faim est insatiable. J'ai envie de me repaître de leurs corps avec autant de voracité qu'ils me le permettront, et qu'ils en fassent de même avec le mien.

Mes membres tremblent quand je réponds à l'interrogation muette d'Amar. Avec une témérité nouvelle, je plaque mes paumes sur les abdominaux saillants de Matthieu et le pousse sur le lit, où il s'assied. Je fais courir mes doigts sur ses cuisses, jouant de mes ongles tandis qu'Amar s'agenouille à son tour derrière moi, frôlant mes courbes.

Mon regard croise à nouveau celui de Matthieu, enfiévré comme je ne l'ai jamais vu, même pendant notre dernier jeu sensuel.

– À mon tour, maintenant.

Sa verge gonflée est à la fois dure comme la pierre et douce comme la soie sous mes doigts. Je l'empoigne une nouvelle fois, avec la ferme intention de le faire chavirer. L'occasion est trop belle : j'ai envie de voir Matthieu Kabinsky perdre pied, se laisser totalement aller sous mes caresses. Il prend une profonde inspiration alors que ma langue vient taquiner son gland. Avec une lenteur mesurée, je lèche et suçote, prenant soin de ne pas aller trop loin, trop vite. Il est entièrement à ma merci, et j'adore ça…

Néanmoins, mes efforts sont légèrement mis à mal par Amar, qui cajole mon postérieur. Lorsqu'il se met à frôler ma fente humide du bout de son sexe, je dois rassembler tout le self-control dont je suis capable pour continuer ma besogne et ne pas me laisser aller à mes propres sensations uniquement.

C'est technique, à trois !

Mais c'est divin, aussi.

Des mains dans le creux de mon dos, d'autres dans les boucles de mes cheveux, je me courbe et me penche pour prendre enfin Matthieu dans ma bouche, ce qui lui arrache un râle de plaisir qui résonne jusqu'au creux de mes reins. C'est à ce moment-là qu'Amar me pénètre par-derrière, mettant un terme à sa délicieuse torture. Sa brusque entrée en moi est si voluptueuse que mes yeux s'écarquillent tout seuls. Je m'arrête un instant afin de caler le rythme de ma gâterie sur le va-et-vient de ses coups de hanches.

Une merveilleuse danse débute. Je ferme les yeux pour savourer au maximum toutes ces sensations qui m'envahissent. Le plaisir se propage dans chacun de mes pores, mon cerveau reçoit tellement d'informations et de stimuli qu'il a du mal à tous les assimiler. Je me concentre alors sur le bruit de nos chairs qui s'entrechoquent. Ça pourrait paraître cru, mais c'est étonnamment harmonieux.

Une mélodie décadente qui me berce.

Mes gémissements, à demi étouffés par Matthieu toujours entre mes lèvres, emplissent la pièce, de plus en plus forts à mesure qu'Amar augmente la cadence.

S'il ne se calme pas un peu, je vais probablement exploser en plein vol alors qu'on vient à peine de commencer. Car j'en suis convaincue, nous n'en sommes qu'aux prémices d'une nuit aussi indécente qu'incroyable.

Matthieu semble lui aussi s'en rendre compte et me caresse la nuque pour attirer mon attention. Il dit quelques mots à Amar que je n'entends pas, mais très vite – bien trop vite à mon goût –, celui-ci stoppe ses assauts sensuels et se retire. Je relève la tête et Matthieu m'aide à me mettre debout, les mains de part et d'autre de ma taille. Je lui en suis reconnaissante : mes jambes tremblent tellement que mes genoux s'entrechoquent. Je les masse un instant, ils sont rougis par le frottement contre la moquette.

Mais je n'ai pas le temps de m'y attarder. M'attrapant par la nuque, Matthieu renverse ma tête en arrière pour m'embrasser. Il aspire ma langue, la suçote, la mordille. Il se recule, et j'ai à peine le temps de reprendre mon souffle qu'une deuxième bouche est sur la mienne.

Très vite, le rodéo reprend, et nos trois corps s'explorent et s'entremêlent. Je commence à distinguer le style de chacun : Amar, appliqué, autoritaire, et Matthieu, plus fougueux. Je remarque que les deux amis prennent de grandes précautions pour ne pas se toucher. Même s'ils se font confiance au point de partager un moment si intime, ils ne sont pas attirés sexuellement l'un par l'autre. Ils sont deux forces contraires, opposées, reliées à cet instant par une seule et même entité frémissante : moi. Je suis le jouet de leur luxure, ils peuvent faire de moi ce qu'ils veulent et je suis vraiment prête à tout leur donner.

Emportée par la vague de folie sensuelle qui nous submerge, je suis émerveillée par le nombre de combinaisons qu'il est possible de créer avec plus d'un partenaire. Debout, assis, à genoux, sur le côté. Mes mains caressent, mes lèvres embrassent, ma langue lèche et mon intimité devient aussi lisse que de la soie pour accueillir tour à tour les deux hommes en moi.

Quelle folie. Quel pied. Je n'ai jamais rien ressenti de comparable. Je transpire à grosses gouttes, des mèches de cheveux sont collées à mon front, je suis trempée… absolument de partout.

Le temps a arrêté de s'écouler lorsque j'ai sombré dans les premiers spasmes de la jouissance. Mon pouls tambourine jusque dans mes tempes lorsqu'Amar me demande d'une voix rauque, tout en me caressant les fesses :

– Nymphéa… Est-ce que tu nous autorises à te prendre tous les deux en même temps ?

– Tu as le droit de dire non, renchérit Matthieu.

Je mets quelques secondes à comprendre ce qu'ils veulent dire. Mon regard passe de l'un à l'autre. Leurs cheveux désordonnés, leurs lèvres gonflées par nos baisers, leurs torses luisants qui se soulèvent de manière saccadée… Le spectacle qu'ils m'offrent à ce moment-là appelle tellement à la luxure que c'en est indécent. Je suis certaine que je ne revivrai jamais une nuit comme celle-ci, même si je m'initie à la Chambre bleue. Jamais ça ne sera aussi spontané, aussi imprévu, aussi intense. Alors, je fais le choix de me livrer entièrement à eux.

– Oui, c'est d'accord. J'en ai envie.

De nouveau, leurs mains se mettent à parcourir mes courbes. Mon corps est tellement sensible grâce à toutes leurs caresses que le moindre contact m'arrache un frisson, comme s'ils soufflaient sur des braises incandescentes.

– Viens sur moi.

Matthieu s'allonge directement sur le sol, un coussin sous la tête. Je me passe la langue sur les lèvres en voyant à nouveau son sexe rose fièrement dressé en direction du ciel. Ils ont pris un truc, ce n'est pas possible d'avoir cette endurance ! Il le malaxe, tout en m'observant prendre place à califourchon sur lui. Sa paume sur ma fesse, il m'accompagne tandis que je l'enfonce en moi jusqu'à la garde sans la moindre difficulté.

Ses doigts autour de ma taille, il se met à onduler du bassin. Lentement. Très lentement. Je geins. Putain, que c'est bon.

Amar vient de changer de préservatif et revient vers nous, les mains luisantes.

– Penche-toi, belle Nymphéa.

Mon cœur bat furieusement jusque dans mon estomac. Je ressens une légère appréhension, mais l'excitation la surpasse au centuple. Oh, c'est indécent, mais j'ai tellement envie de le sentir là. De les sentir tous les deux en moi, en même temps.

Je me cambre, les bras posés sur le torse presque glabre de Matthieu et en profite pour lui ravir un baiser. Au même moment, Amar se place dans mon dos, je sens son souffle dans mon cou. Je tressaille lorsque son doigt se fraie un chemin sur cet endroit sensible, peu souvent sollicité

J'ai bien essayé ce genre de pratique une ou deux fois, quand j'étais avec Thibault, mais je n'en ai jamais retiré un plaisir extrême. C'était davantage un cadeau que je lui faisais car il insistait.

Mais aujourd'hui, c'est différent. Matthieu et Amar sont des virtuoses de la volupté, et les tableaux qu'ils esquissent avec mon corps enfiévré sont parmi les plus harmonieux que j'aie connus.

Alors que Matthieu se met à augmenter la cadence, me faisant soupirer d'aise, le doigt d'Amar glisse en moi. À son contact chaud et humide, je comprends qu'il a mis du lubrifiant. Ce n'est pas douloureux. Il y a même un côté agréable à ce frottement lent qu'il exécute, en contraste avec les assauts de Matthieu.

Il se penche et mordille d'abord mon oreille, puis la peau fine sous mon cou, ce qui m'envoie une petite décharge électrique jusqu'entre les cuisses.

– Prête ? souffle-t-il.

Je confirme avec empressement, presque frustrée par la mesure dont il fait preuve alors que chaque parcelle de mon être le réclame.

L'instant d'après, mes fesses s'écartent et je sens le bout de son gland pulser contre moi. Il se met à effectuer de minuscules cercles. Malgré moi, je retiens mon souffle, mais me cambre davantage encore pour lui faire comprendre que je suis prête à l'accueillir. Matthieu reprend un rythme modéré pour nous faciliter la tâche.

Un petit cri m'échappe lorsque je sens Amar pénétrer mon antre interdit, centimètre par centimètre, avec une douceur dont je lui suis reconnaissante, car je sens bien à sa paume brûlante contre ma cuisse qu'il est impatient de se mettre à l'ouvrage.

Je ferme les yeux, savourant chaque sensation envoyée à mon cerveau. Quand il semble être correctement positionné, je n'attends pas qu'il me demande confirmation pour lui lancer :

– Vas-y, continue.

Ce qui s'ensuit alors est au-delà de tous mes rêves érotiques les plus osés. Matthieu et Amar coordonnent leurs mouvements, infligeant à mon corps une délicieuse torture. Je pensais avoir mal, mais la douleur a duré à peine une seconde. Je me surprends même à leur demander d'augmenter la cadence, tant je suis affamée, avide de cette expérience sensuelle qu'ils m'offrent.

Mes sens sont à cran, mes sensations sont décuplées lorsqu'ils me prennent ainsi.

Devant, derrière.

Les ongles de Matthieu s'enfoncent dans mes hanches.

Les bras d'Amar enserrent ma poitrine.

Leurs halètements remplissent la pièce. Ils expirent mon surnom – ce nouveau nom que j'endosse depuis des mois maintenant avec de plus en plus de facilité – avec une ferveur presque religieuse : Nymphéa.

De mon côté, la boule de jouissance qui monte en moi est tellement intense que je ne sais plus à quel saint me vouer, ni quel nom crier – j'ai pourtant le choix.

Nous nous mettons à vibrer ensemble, de plus en plus fort, jusqu'à ce que la digue cède. Je crie. Aucun nom, juste un cri de pure libération, l'alarme qui annonce la fin de la tempête.

L'extase déferle en moi, puissante, dévastatrice, avec tant de fureur que je tremble encore de longues minutes après l'arrêt de nos va-et-vient.

CHAPITRE 38

ROXANE

Amar se retire le premier. J'en profite pour m'effondrer sur Matthieu, épuisée. Une joue posée contre son torse, j'essaie de reconnecter mes neurones entre eux, mais c'est peine perdue. Ma tête est vide, remplie de coton.

Ont-ils joui eux aussi ? Je me rends compte que je n'y ai même pas fait attention. À en juger par leurs respirations saccadées et par l'expression de bien-être de Matthieu qui me caresse le dos, les traits détendus, les yeux clos, je dirais que oui.

Je pourrais me sentir coupable de ne pas m'en être inquiétée avant, mais non. Je me suis trop longtemps préoccupée du plaisir de mes partenaires, dans ma vie privée comme professionnelle. Pendant cette nuit de luxure, ma priorité, c'est moi. Nymphéa.

Au début, je pensais qu'elle était ma part sombre. Mais non, elle est juste ma part libérée, affranchie des limites que m'imposent ma conscience, mon éducation, la société. Ma part de désir à l'état brut, ma pulsion de vie vertigineuse.

Aujourd'hui, elle est plus lumineuse que jamais.

Tandis que je me décide à me détacher de Matthieu, je remarque qu'Amar est déjà en train de se rhabiller.

– Merci pour cet instant de pur délice, Nymphéa. Matthieu, on se voit bientôt.

Il nous salue de loin et juste comme ça, en un instant, il est parti. Je remarque seulement alors que je suis toujours dans les bras de Matthieu, qui me tient fermement. Peut-être qu'Amar s'est senti de trop ? Je dois avouer que maintenant que mon plaisir est assouvi et que je plane encore sur mon petit nuage orgasmique, je n'ai envie de partager ça avec personne d'autre qu'avec Matthieu. Tout à coup, Amar m'apparaît comme un sex-toy géant que j'aurais utilisé pendant ma partie de jambes en l'air avec Kabinsky.

Oups. Je me sentirais presque coupable.

Ou pas.

Un frisson me parcourt. Mon corps et mon esprit se refroidissent, l'effet de la fatigue se fait ressentir et je remarque l'air mordant de la climatisation.

– Tu as froid ?

Je me tourne vers Matthieu et ne peux m'empêcher de sourire devant sa mine endormie. Il est vraiment craquant comme ça. Les cheveux en bataille, la paupière lourde, vulnérable.

– Un peu, mais ça va.

– Viens là, me murmure-t-il en me serrant un peu plus contre lui.

J'enfouis ma tête dans son cou, appréciant le contact de son corps brûlant contre le mien. Je me rallonge et il me serre entre ses grands bras, si bien que je me sens toute petite contre lui. Une flamme se rallume en moi, mais je ne suis plus tout à fait sûre que ce soit mon bas-ventre qu'elle embrase cette fois.

– Ta peau est si douce.

Je ferme les yeux sous la caresse de son pouce contre ma joue. En temps normal, la Roxane saine d'esprit et raisonnable crierait « Alerte rouge, éloigne-toi de cet homme séduisant et compliqué qui t'utilise comme un doudou géant ». Je crois qu'elle est restée à la maison ce soir.

Lorsque je sens son souffle frôler mes lèvres, je rouvre les yeux. Avec une lenteur infinie, il m'embrasse. Longtemps. Son baiser, si doux et tendre, me bouleverse bien plus que la myriade de sensations incroyables qu'il m'a fait découvrir tout au long de cette soirée. Nos corps entremêlés, ce n'est plus ma peau qu'il marque au fer rouge, mais mon cœur. Et cette fois, je suis allée beaucoup trop loin pour m'en sortir indemne.

Délicatement, une main posée sur son torse, je me recule.

– Ça va être difficile de faire comme si rien ne s'était passé, sur ce coup-là.

Ma remarque lui arrache un petit rire. Ce son est une caresse à mes oreilles.

– Tu as raison. Je pense qu'il faut qu'on en parle, d'ailleurs.

Il se soulève sur les coudes, me redressant en même temps. Mon pouls s'accélère. Est-ce le moment où il va me dire que c'était bien sympa, mais que ça s'arrête là ? Avec toutes les émotions qui m'ont secouée ce soir, je ne suis pas sûre de pouvoir l'encaisser.

– Nos deux premiers baisers, c'était par défi. Un challenge pour nous prouver l'un à l'autre quelque chose.

On dirait qu'une éternité s'est écoulée depuis ce temps-là.

– Nos deux derniers baisers, poursuit-il, c'était par provocation. Par jeu, pour tester nos limites. Mais je n'ai plus envie de jouer.

Il glisse ses doigts entre les miens et me regarde de ses prunelles lumineuses, dans lesquelles je crois déceler des paillettes dorées.

– Notre prochain baiser, je n'ai plus envie qu'il soit calculé. Je veux qu'on brise toutes ces barrières que j'ai érigées autour de nous depuis le début. Plus de non-dits, plus de faux-semblants. Je veux qu'on soit honnêtes l'un envers l'autre : je te veux, Roxane.

Une intense chaleur se répand à l'intérieur de ma poitrine. Je regarde un instant son visage ridiculement parfait tandis qu'il caresse ma joue du bout des doigts.

Il me sourit, d'un sourire sincère et spontané qui fait apparaître ses fossettes qui me rendent dingue. Puis il se penche pour capturer mes lèvres, ce qui signe la fin absolue de ma santé mentale. Mon corps, c'est de la guimauve, ma tête, de la confiture, et je ne suis plus bonne qu'à être enfermée – tant que c'est avec lui.

– Allez viens, je vais te ramener.

Sur le chemin du retour, nous restons silencieux. Mais ce n'est pas un silence lourd, gêné, comme ça peut être le cas avec certaines personnes. Je me sens sereine, en paix avec moi-même dans cette voiture qui file dans la nuit, ma main entrelacée à celle de Matthieu qui ne me lâche pas.

Cette soirée ne s'est pas du tout déroulée comme je l'imaginais. Et la réalité a mille fois surpassé mes espérances. J'ai du mal à croire que c'est vraiment arrivé.

Déjà, j'ai passé un moment de pur plaisir décomplexé avec deux hommes séduisants et qui étaient là pour moi. Je vais devoir revoir mon classement : c'est cette nuit qui va arriver tout en haut de mon top des fantasmes !

Encore plus invraisemblable : Matthieu m'a fait part de son attirance pour moi.

– À quoi tu penses en souriant comme ça ? demande Matthieu qui me regarde en coin.

– Rien. Que c'était une sacrée soirée.

– C'est le moins que l'on puisse dire.

On sourit tous les deux comme des idiots quand les vibrations de mon téléphone qui m'annoncent que je n'ai presque plus de batterie attirent mon attention. Je remarque seulement alors que j'ai plusieurs messages non lus. Tous d'Olympia.

Olympia : Je rêve ou tu viens
de partir avec Matthieu Kabinsky
et un autre homme charmant
que je ne connais pas ?

Olympia : Je n'arrive pas à y croire.
Petite cachottière ! Et dire que tu m'as
suppliée de rester près de toi
et de ne pas rentrer trop tard !

Olympia : Tu ne réponds pas,
j'en déduis que ça se passe bien ?
Petite veinarde ! Je suis
un peu jalouse quand même.
T'as intérêt à tout me raconter demain.
Je veux des détails !

Olympia : Bon, je commence
à m'ennuyer. J'aurais dû proposer
à Pablo de venir.

Olympia : J'ai bu un peu trop
de champagne. Je crois que
je vais rentrer à pied pour dégriser.

Olympia : Nymphéaaa,
réponds-moi bébé.

J'y crois pas. Il y en a encore une demi-douzaine comme ça. Quelle fouine ! Je lirai le reste plus tard.

– Olympia nous a vus partir ensemble. Si elle l'a remarqué, ça ne doit pas être la seule. Ça risque de jaser demain.

Matthieu se contente de hausser les épaules.

– Laissons-les parler. Je n'en ai jamais eu grand-chose à faire de ce que les gens pensaient de moi. Ce n'est pas maintenant que ça va changer.

– Pourtant, même Anton et Narcisse préfèrent ne pas ébruiter leur relation.

– On verra bien.

OK. Cette nouvelle philosophie *carpe diem* de Kabinsky me surprend, mais elle me plaît bien aussi. Alors que je reconnais les rues qui avoisinent la colocation, je me décide à dire ce qui me trotte en tête depuis tout à l'heure. Après tout, on a dit qu'on arrêtait les faux-semblants.

– Je n'en reviens pas que tu aies accepté ma proposition tout à l'heure.

– J'étais prêt à refuser. Mais ça a fait *tilt* dans ma tête.

– Quoi donc ?

Matthieu coule un nouveau regard dans ma direction.

– J'ai enfin compris que je devais arrêter de me poser mille questions et seulement essayer de profiter de l'instant présent. Et à ce moment-là, j'avais une furieuse envie de me sentir en toi. Comme depuis des semaines d'ailleurs.

Je serre les cuisses pour essayer de dompter le feu que je sens de nouveau monter en moi.

– Et Amar ? Tu aurais pu simplement lui dire de partir.

– C'est vrai.

Il réfléchit, comme s'il cherchait ses mots.

– Tu vas trouver ça complètement stupide mais j'avais besoin qu'il soit présent pour me prouver quelque chose.

– Ce n'est qu'une histoire d'ego masculin mal placé, alors ? le taquiné-je.

– Non, mais ce n'est pas mieux. Je me suis dit qu'il m'empêcherait de retomber à nouveau dans mes vices passés, si jamais cette soirée réveillait la part sombre en moi.

– Et moi alors ? J'aurais pu faire ça aussi.

Son visage s'illumine sur un sourire canaille.

– Pas vraiment, puisque je te considérais comme un nouveau vice. Mais j'ai compris que ce n'est pas le cas. Tu n'es pas juste une passade, une distraction passagère. En te voyant avec Amar, ce soir, j'ai ressenti beaucoup de sentiments contradictoires. De l'excitation, en te voyant aux portes du plaisir, mais aussi… de la possessivité, je crois.

Il lâche ma main pour la passer dans sa tignasse en bataille.

– Je n'ai jamais été du genre jaloux. Avec Juliette, on n'a rien expérimenté de comparable, mais je n'ai jamais ressenti ça… Ce besoin que tu sois mienne, pas seulement dans le sens physique du terme.

La voiture se gare en douceur devant le portail de la colocation. Il se tourne vers moi après avoir éteint le contact.

– J'ai aimé nos petits jeux, c'était galvanisant et excitant. Et ce soir, je me suis prouvé à moi-même que je pouvais de nouveau vivre sans craindre à tout instant de replonger. Mes monstres intérieurs ne sont pas terrassés, mais ils sont au moins domestiqués, pour le moment. Alors, j'ai envie qu'on essaie de voir ce que ça peut donner. Parce que tu me plais vraiment, avec tes sarcasmes, ta maladresse et ta curiosité maladive.

Nos regards s'accrochent. Jamais je n'aurais cru – espéré – un tel discours de sa part.

– La prochaine fois qu'on sera nus tous les deux, ce sera sans personne d'autre autour. Et je te promets que je ne me retiendrai pas, me souffle-t-il en caressant ma pommette du bout des doigts.

Le contraste entre ces mots directs et la tendresse dans sa voix me provoque un frisson. C'est sur cette belle promesse, et après un long baiser dans lequel j'abandonne mes dernières forces, que nous nous quittons. Pour le reste de la nuit, du moins. Il le faut : je tombe de fatigue.

Tout en entrant dans la maison plongée dans l'obscurité, je réfléchis à ses paroles. Si ça avait été un autre homme que Matthieu, ce moment à trois, bien que terriblement excitant, n'aurait pas eu la même saveur. Je le désire, lui, tellement fort, depuis si longtemps, qu'en fin de compte la présence d'Amar n'était qu'anecdotique. Il a été l'instigateur de notre rapprochement, le briquet de cette mèche incandescente qui était prête à s'enflammer entre nous depuis des semaines. Arrivée en bas de l'escalier de la maison, j'ôte mes chaussures pour ne pas faire de bruit et gravis les marches deux à deux, un sourire toujours plaqué sur le visage. Le moins que l'on puisse dire, c'est que cette nuit restera gravée dans ma mémoire. J'ai le net sentiment qu'après ce soir, tout va changer.

Lorsque je pousse la porte de la chambre, tout est silencieux autour de moi. Je prends mille précautions pour ne pas faire de bruit. Olympia dort sûrement, vu l'heure. Pourtant, face à moi dans la faible clarté qui s'infiltre par un volet mal fermé, j'aperçois une longue silhouette.

– Olympia, c'est toi ? chuchoté-je, intriguée.

Pas de réponse. J'avance à tâtons. Ma main touche un lit vide. Sans que je comprenne pourquoi, une peur panique monte en moi.

J'allume la lampe de chevet et là, tout bascule.

Mes yeux tombent sur la figure longiligne devant la fenêtre et immédiatement, je porte mes mains à ma bouche, horrifiée.

Une femme est suspendue, solidement attachée à la poutre qui décore le fond de la pièce. Ses bras et ses jambes pendent le long de son corps inanimé.

Une ceinture en cuir bien trop longue pour sa taille fine entoure son cou. Son teint est cireux. Ses grands yeux verts sont éteints, vides.

Un vertige me saisit.

Ses grands yeux verts…

– OLYMPIA ! Oh non, mon Dieu non… Pitié…

Mon hurlement déchire la quiétude des lieux. Je me précipite sur elle, entoure ses cuisses de mes bras, faisant de mon mieux pour la soulever. Au passage, je bouscule un tabouret sur lequel était entreposé un tas de feuilles. Les larmes commencent à dévaler mes joues, la terreur s'infiltre dans mes veines, aussi violemment que si on m'y enfonçait des lames de rasoir.

– Au secours ! Appelez quelqu'un !

Je m'époumone, je crie de toutes mes forces qui menacent de me quitter, mais je tiens bon. Pour elle. Mon Dieu non, elle ne peut pas être… Je ne peux pas l'envisager.

À travers le rideau de mes cheveux collés à mes joues mouillées, j'aperçois enfin Judith qui arrive, affolée. Joconde la suit de près. Je me mets à leur hurler d'appeler une ambulance, d'appeler la police, d'appeler Matthieu… D'appeler quelqu'un.

Pitié, non… N'importe qui, mais pas elle.

CHAPITRE 39

ROXANE

Le bruit des sirènes me casse les oreilles. Mon crâne est comme scié en deux. Emmitouflée dans une couverture de survie, je fixe un point invisible devant moi, incapable de me concentrer sur quoi que ce soit d'autre. Si je regarde ne serait-ce qu'une seconde ce qui se passe autour, je crains de me remettre à hurler et de ne plus jamais pouvoir m'arrêter.

Le tremblement de mes bras se propage jusqu'à mes dents, qui se mettent à claquer. J'inspire et expire, faisant de mon mieux pour les maîtriser. Dans mon esprit, c'est le brouillard. Je ne sais même pas depuis combien de temps je suis assise là. Je sais que plusieurs personnes sont venues pour me faire desserrer ma prise du corps froid d'Olympia, mais je tenais bon.

« C'est trop tard », répétaient-elles. Ces mots se répercutent comme un écho sans fin dans mon crâne, si bien que je ferme les yeux pour étouffer la panique qui monte.

– Roxane !

Je lève la tête et croise le regard de Matthieu qui vient vers moi. Je remarque confusément qu'il n'est pas seul. Anton et deux hommes en uniforme l'accompagnent, mais je n'en ai cure. Je me jette contre lui comme si ma vie en dépendait. Il est la seule personne que j'ai envie de voir en ce moment. Il referme ses bras autour de moi, me serrant fort.

Les sanglots reprennent de plus belle. Je hoquette comme une folle.

– Viens, me murmure-t-il quand mes spasmes se sont un peu calmés.

Nous traversons quelques rues et entrons dans un petit hôtel. J'entends Anton réserver des chambres individuelles pour chacune d'entre nous, et je ne peux que lui en être reconnaissante. Je ne me serais pas vue dormir avec une autre fille ce soir.

Une autre fille qu'Olympia.

Anton ne tarde pas à nous rejoindre dans la petite chambre et Matthieu verrouille en vitesse la porte derrière lui. Assise sur le lit qui trône au centre d'un tapis, je lève la tête vers lui, les yeux encore pleins de larmes. Je ne sais plus du tout où j'en suis, j'ai l'impression qu'un camion m'a roulé dessus. Il y a à peine quelques heures, je profitais d'un instant de volupté prolongé dans ses bras. À présent, mon cœur est en miettes et mes yeux sont fatigués de toute l'eau qu'ils ont versée. Assis sur une chaise à quelques centimètres de moi, Matthieu me fixe avec inquiétude, comme si je risquais de m'effondrer à tout instant. Ce qui n'est pas loin d'être le cas, d'ailleurs.

Un soupir. Anton passe ses paumes sur son visage, l'air profondément ébranlé. Il finit par se tourner vers moi pour me demander à voix basse :

– Nymphéa, je suis vraiment navré, je me doute que tu n'es pas en état d'avoir cette discussion maintenant, mais il le faut. Je dois savoir… toi qui vivais avec elle, est-ce que tu as déjà surpris des comportements autodestructeurs chez Olympia ?

– Des comportements autodestructeurs ?

Les deux frères échangent un regard, ce qui a le don de m'irriter. Qu'est-ce qu'ils ne me disent pas ? Finalement, c'est Matthieu qui se décide à lâcher le morceau.

– Est-ce qu'elle a déjà tenté de se faire du mal ? C'est très important. D'après ce qu'ils ont retrouvé sur place, la police pense qu'il s'agit d'un suicide.

Ces mots me font l'effet d'un électrochoc. Je me dresse sur mes jambes, abandonnant la couverture de survie qui tombe au sol. Olympia, se suicider ? Ils ne l'ont jamais rencontrée ou quoi ? Cette fille n'appréciait rien de plus que la vie. Elle n'aurait jamais eu envie de mourir. Au contraire. Elle est toujours si enjouée, si prompte à faire des expériences, à profiter de chaque instant.

Enfin… Elle *était*.

Je secoue la tête, une colère indescriptible monte en moi.

– C'est impossible, déclaré-je sèchement. Jamais Olympia ne ferait un truc comme ça enfin, à quoi rime cette question ? Même si elle a été retrouvée pendue, c'est quelqu'un qui l'a mise là, c'est évident.

Je m'arrête juste à temps avant de proférer une bêtise. Mais au fond de moi, la question me taraude : est-ce que tout ça, c'est ma faute ? C'est moi qui ai mis Olympia en danger à partir du moment où je lui ai fait part de mes soupçons sur Mikheev. Elle était si déterminée à m'aider, même si elle m'avait juré de ne rien tenter. Est-ce qu'elle a découvert quelque chose qui l'a menée à sa perte ?

– Ils ont retrouvé deux lettres, m'explique Matthieu. La première était écrite à la main, signée du nom de Pablo, son fiancé. Le papier était plein de taches, comme si elle avait pleuré en la lisant. Il lui annonçait qu'il ne l'aimait plus, qu'il voulait rompre, qu'il était tombé amoureux d'une autre.

Cette information me prend de court. Pablo, rompre avec Olympia ? D'après ce qu'elle m'en a toujours dit, il semblait fou amoureux d'elle. Enfin, je me décide à regarder Matthieu bien en face. Son expression est impénétrable, je ne saurais dire ce qui lui passe par la tête à cet instant. Moi non plus, je ne sais pas quoi penser. Il ajoute, insistant :

– Tu sais comme moi combien Pablo comptait pour Olympia. Elle parlait tout le temps de lui, à qui voulait bien l'entendre. Elle avait bâti toute sa vie autour de lui. S'il l'avait vraiment quittée, alors…

– Et la deuxième lettre ? le coupé-je, ne pouvant en supporter davantage.

– Il s'agit d'un document imprimé, mais c'est bien Olympia qui a signé à la fin. Elle explique son geste. Elle dit que sans Pablo, sa vie n'a plus aucun sens, et… je t'épargne la suite.

– Je peux voir ces lettres ? murmuré-je, une boule en travers de la gorge.

– La police a tout pris. Désolé.

Face à mon soudain silence, Matthieu se détourne et se met à arpenter la pièce de long en large, nerveux.

– C'est n'importe quoi ! Olympia ne s'est pas donné la mort. Tout ça, c'est une mise en scène grotesque. La personne qui l'a tuée a voulu déguiser son meurtre en suicide, c'est évident.

Cette fois, c'est Anton qui s'adresse à moi, me décochant un regard pénétrant à travers ses lunettes en écaille :

– Comment peux-tu en être aussi sûre ?

– Tout simplement parce qu'Olympia m'a écrit pendant une bonne partie de la soirée. Elle était un peu pompette et comme j'étais… partie ailleurs, elle m'a envoyé des messages pour me taquiner.

– C'est donc pour ça que vous n'êtes pas rentrées ensemble. Où étais-tu à ce moment-là ?

La question d'Anton me prend de court. J'échange un regard avec Matthieu, qui a l'air aussi embarrassé que moi. Anton fronce les sourcils.

– Je t'expliquerai plus tard, lui lance Matthieu avec un geste impatient.

Je ne sais pas si Matthieu comptait se confier à son frère sur notre relation, mais j'imagine que ce n'était pas comme ça qu'il s'imaginait avoir cette conversation.

– Quoi qu'il en soit, il suffit de voir le ton de ses messages. Ça vous semble l'état d'esprit d'une personne qui s'apprête à se donner la mort, ça ?

Je sors mon téléphone de ma poche pour le brandir sous le nez de mes interlocuteurs. Anton s'en empare et ses yeux parcourent en vitesse le contenu des textos d'Olympia. Il finit par me le rendre, sans faire de commentaires.

– Les enquêteurs vont venir t'interroger dans quelques instants, Nymphéa. Peux-tu leur répéter exactement ce que tu viens de nous dire ?

Je hoche la tête avant de me rasseoir sur le lit, les bras autour des genoux. Quand je repense à son visage, à son corps raide… Cette image va me hanter jusqu'à la fin de mes jours. La nausée remonte, je ferme les yeux. Je presse très fort mes doigts contre mes paupières pour chasser ces idées noires. Je dois rester lucide et maîtresse de mes émotions pour l'enquête. La police a besoin de moi. Olympia a besoin de moi.

Lorsque les agents s'en vont enfin, me laissant seule dans la pièce vide, le soleil a déjà fait son apparition dans le ciel. Je ferme la persienne et m'écroule sur le lit. Je suis physiquement et mentalement épuisée, il faut que je dorme au moins quelques heures, même si l'idée de fermer les yeux et de revoir son visage me terrifie. Je fais de mon mieux pour vider mon esprit.

Quand je me réveille quelques heures plus tard, une migraine terrible me fend le crâne. Je n'ai aucune idée de l'heure qu'il est. Je file directement sous la douche, puis enfile mes vêtements. En déverrouillant mon portable, je vois un message de Matthieu qui date d'il y a moins d'une heure.

Matthieu : On est tous dans la salle
du déjeuner pour manger un bout.
N'hésite pas à nous rejoindre,
si tu le sens.

On est bien loin du ton badin qu'on adoptait il y a encore quelques heures pour se parler.

J'attache à la va-vite mes cheveux, puis referme derrière moi. Maintenant que j'ai pu reprendre des forces, le silence qui règne dans ma chambre m'oppresse. Arrivée dans la pièce attenante à la réception, je repère tout de suite mes collègues. En effet, tout le monde est là : les Kabinsky, Judith, Joconde, et même Hans.

Je m'approche sans un mot et m'assieds à côté de ce dernier. Il lève de grands yeux humides vers moi. J'évite de le regarder quand il serre mon épaule entre ses doigts. De nouveau, l'émotion m'étreint la gorge et la poitrine.

Tout le monde est là.

Sauf Olympia.

Et elle ne le sera plus jamais.

– La police est toujours en train d'investiguer, nous informe Anton. Ils se sont rendus à *La Galerie*, mais je n'en sais pas plus. Néanmoins, le médecin légiste a examiné le corps d'Olympia et il a découvert plusieurs marques sur ses bras, ainsi qu'une ecchymose au crâne.

– Ce qui veut dire ? intervient Joconde.

– Ce qui veut dire qu'ils ne sont plus tellement sûrs qu'il s'agisse d'un suicide. Ils étudient maintenant la piste du meurtre.

Le silence retombe autour de la table à la suite de ces révélations. J'essaie de capter le regard de Matthieu, mais il fixe un point indistinct devant lui. On dirait qu'il est épuisé. Il a sûrement encore moins dormi que moi. Pourtant, l'heure des révélations a sonné. Il a insisté pour ne rien dire à Anton depuis le début, mais il est grand temps de lui avouer la vérité. Sur notre enquête, sur les informations qu'on a découvertes concernant Mikheev et son application. On n'a plus le choix. Comme il le dit, ça pourrait aider Olympia. Je décide de lui envoyer un message.

Roxane : On doit parler à Anton
au plus vite.

De là où je suis, je le vois consulter son appareil. Il lève enfin la tête vers moi et sa douleur me serre la poitrine. Il esquisse un mouvement discret pour me signifier son accord.

– La police a encore besoin d'examiner les lieux, alors, pour un petit moment, nous allons rester dormir ici. Je ne sais pas combien de temps, au cas où, les chambres ont été réservées pour la semaine. Nous savons que vous êtes profondément choqués et attristés par la disparition d'Olympia. Aussi, nous avons décidé de fermer exceptionnellement *La Galerie* pour les sept prochains jours. Les clients vont être prévenus aujourd'hui.

Nous acquiesçons tous, vaguement rassurés à l'idée de ne pas avoir à travailler pendant une semaine. Je dois admettre que je n'en aurais pas eu la force.

– Est-ce que des dispositions ont été prises concernant ses funérailles ? murmure Judith en jouant nerveusement avec ses longs cheveux d'ébène.

– Nous ne savons pas encore. Olympia n'était pas très proche de sa famille, nous n'avons réussi à prévenir personne. La police recherche activement Pablo, son compagnon, qui est bien évidemment le témoin clé de cette affaire. Ils ne l'ont pas encore trouvé, ses collègues de travail nous ont dit qu'il est injoignable depuis les dernières vingt-quatre heures. Mais, soyez-en sûrs, Matthieu et moi-même veillerons à ce que tout soit pris en charge de ce côté-là. Néanmoins, je dois vous demander un service.

Il se tourne vers son frère, visiblement à la recherche de son appui, mais Matthieu s'obstine à regarder fixement devant lui, les mains à plat sur la table.

– En tant qu'employés au sein de *La Galerie*, vous ne devez pas vous exposer en allant aux funérailles. Comme vous le savez, l'anonymat est notre règle numéro un. Vu les circonstances, il est plus que jamais essentiel pour nous d'assurer votre sécurité, ainsi que celle des clients. J'en suis absolument navré, mais vous ne pourrez pas y assister. Néanmoins, nous pensions organiser une petite cérémonie, entre nous, pour lui rendre hommage.

Complètement abasourdie, je bats des paupières plusieurs fois pour être sûre de bien comprendre. Une vague de colère me submerge. Pour une fois, le visage parfaitement impassible d'Anton me met hors de moi. Comment peut-il être aussi peu empathique ?

– Pardon ? Vous n'avez pas le droit de nous interdire ça, explosé-je. Olympia était mon amie, si je veux me rendre à son enterrement, c'est mon droit !

– Je comprends, et j'en suis navré, répète patiemment Anton, mais ça ne va pas être possible. Il en va de la sécurité de tout le monde, et *La Galerie* ne peut pas se permettre…

– Mais je m'en fous de *La Galerie*, Anton ! le coupé-je. Olympia est morte ! Morte, tu comprends ça ? On ne verra plus jamais son visage, on n'entendra plus jamais sa voix ! Si tu veux prendre des dispositions pour la sécurité de tout le monde, il n'y a aucun problème, mais ne compte pas sur moi pour obéir gentiment sur ce coup-là.

Une vague de fureur m'envahit. Je me retrouve debout, les poings serrés, prête à en jouer contre quiconque me dirait un mot de travers. J'entends un hoquet à côté de moi. Judith enfouit son visage dans un mouchoir.

Je ne veux pas seulement aller à cet enterrement, j'en ai besoin. Je veux pouvoir lui rendre ce dernier hommage, je ne peux pas envisager de commencer un jour à faire mon deuil sans ça…

Et sans avoir trouvé le salopard qui l'a tuée. C'est dorénavant mon but premier et je n'aurai pas de repos avant d'avoir vengé mon amie.

Anton soupire, toujours très calme, mais je vois d'après l'étincelle qui s'est allumée dans ses yeux qu'il ne tolère pas mon éclat de voix.

– Nymphéa, calme-toi je t'en prie. Je comprends ton chagrin et je le partage, mais nous en avons discuté. Malheureusement, il est impossible de faire autrement. Si tu as un doute quant à la conduite à suivre, nous pouvons prendre un moment ensemble pour parcourir à nouveau ton contrat. Il y est clairement stipulé qu'en cas de mise en danger de l'anonymat de nos employés et, par extension, de nos clients, des mesures devront être prises.

Son ton est froid, détaché, sa menace à peine voilée. Si je m'écoutais, je ferais un scandale.

Mais la dernière parcelle de bon sens qu'il me reste m'intime de rester tranquille. Ce n'est pas en me faisant virer de *La Galerie* que je vais réussir à foutre le responsable de ce crime odieux derrière les barreaux. Faute de mieux, je contracte tous mes muscles pour tenter de me calmer. Mes ongles s'enfoncent dans mes paumes à m'en faire mal.

Je me contente de jeter un regard noir à Anton avant de lui lâcher de ma voix la plus neutre :

– Ce ne sera pas nécessaire. Tu t'es très bien fait comprendre, Anton. Maintenant, si vous le permettez, je retourne dans ma chambre.

– Nymphéa, attends, m'appelle Matthieu en tentant de me retenir.

Sans trop faire de manières, je me dégage de sa poigne et leur tourne le dos, tous autant qu'ils sont.

Le bruit de mes chaussures qui claquent contre le sol parvient à peine à couvrir celui de mes ruminations tandis que je remonte dans la chambre d'hôtel où personne ne m'attend.

CHAPITRE 40

ROXANE

Plusieurs heures passent et je plonge dans une sorte d'apathie, avachie devant la télévision. Je ne descends même pas pour le déjeuner, que je préfère me faire livrer dans ma chambre. Je n'ai envie de voir personne. Pourtant, alors que la nuit s'est installée, je suis bien obligée de me lever de mon lit : on toque à la porte. Je reconnais la voix de Matthieu qui m'interpelle. En ouvrant, je tombe nez à nez avec les deux frères Kabinsky.

– On te dérange ? Tu dormais ? demande tout de suite Matthieu en voyant ma mine froissée.

Je lisse mes mèches rebelles sur mon crâne et leur fais signe d'entrer.

Anton m'observe d'un air interrogateur.

– Matthieu a insisté toute la journée pour qu'on vienne te voir. Apparemment, vous auriez des choses à me dire tous les deux.

Ça y est, l'heure des révélations a sonné. Ce n'est pas plus mal. J'ai beaucoup réfléchi de mon côté, et j'ai l'intime conviction que tout est lié. Notre enquête, Mikheev, le meurtre d'Olympia. Olympia n'a pas d'ennemis, aucune dette. Ça ne peut pas être une coïncidence que quelqu'un cherche à maquiller son meurtre en suicide pile au moment où on découvre de nouvelles informations compromettantes sur Alexeï. J'avais bien dit à mon amie de rester à l'écart de tout ça et de ne pas fouiner de son côté… Et si elle m'avait désobéi ? Après tout, je ne connaissais que trop bien sa curiosité maladive.

L'emploi de ce temps passé me serre l'estomac.

Personne ne dit rien. Anton croise les bras, visiblement dans l'attente que quelqu'un se lance. Comme Matthieu ne semble pas savoir par où commencer, je commence.

– C'est vrai, Matthieu et moi, on a besoin de t'avouer certaines choses. Il faut que tu comprennes qu'on n'avait pas l'intention de te tenir à l'écart, on comptait te le dire tôt ou tard, on attendait juste que ça devienne plus concret, disons.

Anton lève une main pour m'arrêter, un sourire fatigué sur le visage.

– Écoute, Nymphéa, si vous souhaitez m'annoncer que vous sortez ensemble, je suis content pour vous. Mais le moment est très mal choisi.

J'ouvre la bouche puis la referme, interdite.

– Quoi ? Non, c'est pas du tout ça…

– Anton, il n'y a pas de façon simple de dire ça, alors je vais y aller franco : l'embauche de Roxane à *La Galerie* n'était qu'un prétexte. Elle est journaliste et elle cherchait à déterrer des informations compromettantes sur nous et sur Mikheev. Je l'ai découvert il y a quelques mois déjà, et j'ai accepté qu'elle reste pour m'aider à y voir plus clair sur ce qu'Alexeï manigance.

D'une traite, il se met à raconter dans le détail nos découvertes, depuis l'éventualité d'une taupe infiltrée dans l'équipe en passant par la création de l'application premium, semblable en tout point à la Chambre rouge – en pire. Il lui fait également part de nos soupçons sur le responsable de la mort d'Olympia : Mikheev, encore et toujours.

– C'est aussi pour ça que j'ai repris contact avec Amar – enfin, dans un premier temps. Il a fait jouer ses relations pour moi.

Je n'ai jamais vu Matthieu si agité. Il se passe la main sur la nuque et ne tient pas en place. Avec sa tignasse rebelle qu'il n'a sûrement pas eu le temps de discipliner, on dirait qu'il a mis les doigts dans une prise. Et il reste toujours aussi beau.

– Je n'étais sûr de rien, jusqu'à ce que son contact nous confirme l'existence de l'application. C'est pour ça que je ne t'ai rien dit. Je ne voulais pas te tenir à l'écart, mais j'ai pensé que moins on était à savoir, mieux ça vaudrait pour notre sécurité. Si on était trop nombreux à effectuer des recherches, Mikheev aurait flairé que quelque chose n'allait pas…

Son regard est vissé sur Anton. Il a l'air de craindre la réaction de son frère. Après tout, il est le fondateur du *Millésime* et de *La Galerie*, il pourrait mal vivre le fait d'avoir été mis à l'écart. Je sais que Matthieu est très attaché à son frère et qu'il fait tout pour ne pas le froisser.

Je porte mon attention sur Anton, qui reste immobile. Puis, avec un long soupir, il ôte ses lunettes pour les nettoyer sur son pull.

– Merci pour votre franchise. À mon tour d'être honnête : j'étais déjà au courant.

Coup de massue. Mon regard passe entre les deux frères, et à en juger par l'expression figée de Matthieu, lui non plus ne comprend pas.

– J'ai commencé à remarquer des faits étranges ces derniers mois. Des voitures garées toujours au même endroit, des papiers qui disparaissaient ou qui avaient été déplacés. J'ai confiance en mon frère, je sais que son instinct le trompe rarement. Même s'il t'avait donné son feu vert pour intégrer *La Galerie*, ton insistance lui avait semblé louche. J'ai décidé de creuser.

Je croise les bras à mon tour. Super, on était tous à investiguer les uns sur les autres sans le savoir. On ne peut pas dire que notre collaboration ait débuté sur des bases saines.

– Qu'est-ce que tu as fait ? demande Matthieu, la mine sombre.

C'est pourtant à moi qu'Anton s'adresse pour répondre.

– Nous surveillons de près toutes les personnes qui gravitent autour des chambres, qu'ils soient employés ou clients. L'un de nos agents de sécurité, Alexander, est aussi connu pour ses talents de hacker. Une fois que tu t'es connectée au wifi de ton nouvel appartement, il ne lui a pas fallu plus de dix minutes pour récupérer tes dossiers avec tes notes.

Matthieu se pince l'arête du nez, visiblement mécontent, tandis que j'ouvre de grands yeux.

– Tu m'as fait espionner ? m'exclamé-je, incrédule.

Il hoche la tête.

– C'est comme ça que j'ai appris aussi que Matthieu avait découvert ton infiltration, et qu'il a décidé de partager ses informations avec toi.

– Mais… tu n'avais pas le droit ! Ce sont mes données privées !

Anton lève un sourcil amusé. Son air de monsieur je-sais-tout commence à me taper sur les nerfs.

– Tu ne t'es pas beaucoup plus gênée pour déterrer un maximum d'informations sur nous, rétorque-t-il.

Cela a pour effet de me clouer le bec. Pendant quelques secondes, du moins.

– Une fois que tu as découvert mes intentions, pourquoi ne pas m'avoir virée sur-le-champ ? Ou du moins, pourquoi ne pas nous en avoir parlé, à Matthieu et à moi ?

– J'étais du même avis que mon frère : tu pouvais nous être utile. Je me suis contenté de vous observer, pour voir quel chemin tout ceci allait prendre.

– Pourquoi ne pas m'en avoir parlé à moi ? répète Matthieu.

– Pour les mêmes raisons que toi, j'imagine.

Les deux frères se jaugent, et je crois que malgré leur apparence calme, il y a une certaine tension entre eux.

– En tout cas, je suis d'accord avec vous : Mikheev a quelque chose à voir avec la mort d'Olympia. Il n'y avait pas de signes d'effraction sur la porte, mais en revenant dans mon bureau ce matin j'ai clairement identifié que des affaires avaient été déplacées. Comme si on avait fouillé à l'intérieur.

J'assimile tant bien que mal ce qu'il est en train de me dire. En partant de la Chambre violette, on passe devant le bureau des Kabinsky pour sortir quand on va vers la rue. Se pourrait-il qu'Olympia ait surpris quelque chose, ou quelqu'un ?

– Tout ça, c'est n'importe quoi. Si on s'était tous parlé bien plus tôt, on aurait peut-être pu éviter une tragédie.

Une question se met à tourner dans ma tête, obsédante.

– Alors tu savais que Mikheev tramait quelque chose, et tu n'as juste… rien fait ?

Je serre les poings. Une vague de rage pure déferle en moi, d'une telle intensité que j'en tremble. Je ne sais pas d'où elle sort, je ne sais pas pourquoi elle est si violente, mais je sais que selon ce qu'Anton va répondre, je risque de très mal réagir.

– Lorsque j'ai compris qu'une taupe était parmi nous, j'ai demandé qu'on renforce la sécurité à *La Galerie*. Les documents confidentiels ont été déplacés dans un endroit connu de nous seuls, les dispositifs d'audiosurveillance ont été doublés dans les chambres, et…

– Laisse-moi reformuler, le coupé-je, tu n'as rien fait pour garantir la sécurité de tes employés ? La sécurité d'Olympia ?

Au regard froid qu'il me lance, je comprends qu'Anton n'apprécie pas mon ton accusateur.

– Je t'assure que nous disposons de moyens efficaces pour la sécurité de nos équipes.

– Pardonne-moi d'être sceptique ! m'exclamé-je. Olympia est morte, Anton ! Tuée sauvagement, juste sous votre toit ! Ils étaient où, tes grands moyens, à ce moment-là ?

Je ne sais pas pourquoi je ressens tellement le besoin de m'en prendre à lui. Mais il est planté là, devant moi, imperturbable. Je me demande même si la mort d'Olympia l'affecte réellement ! J'ai vu Matthieu ce matin, il était dans un état piteux, comme moi. Comme tous les autres membres de l'équipe. Il n'y a qu'Anton qui n'a pas manifesté un seul signe d'émotion. Pas une seule larme.

– L'accident d'Olympia était impossible à prévoir. Nous ne savons pas exactement ce qui lui est arrivé, mais d'après ce que j'ai lu sur tes notes, elle posait beaucoup de questions sur Mikheev, elle voulait t'aider. Alors peut-être que si tu…

– Anton, l'avertit Matthieu.

Il se tait brusquement. Mon crâne surchauffe, je serre tellement mes mains que mes ongles s'enfoncent dans mes paumes. Je vois rouge. La vague de colère, de tristesse, de désespoir qui déferle en moi depuis plusieurs heures menace d'être relâchée. Je suis comme une Cocotte-Minute prête à exploser.

– Si quoi ? Dis-le, Anton ! m'écrié-je. Dis ce que tu penses, ne te censure pas ! Après tout, c'est ce que tu nous as toujours conseillé, non ? De ne pas nous censurer, de toujours repousser nos limites… Regarde où ils nous ont menés, tes putains de conseils.

– Nymphéa, je sais que tu souffres, mais je ne tolère pas que tu me manques de respect, gronde-t-il en perdant enfin de sa superbe.

– Alors, va au bout de ta pensée ! Dis-le, putain !

Le visage d'Anton est livide, je ne l'ai jamais vu comme ça. En même temps, je ne me suis jamais sentie comme ça non plus. Matthieu ouvre la bouche pour l'en empêcher, mais son frère rétorque d'une voix sifflante :

– Puisque tu veux tellement que je le dise… Il est fort probable qu'Olympia se soit retrouvée au mauvais endroit, au mauvais moment. Mais il est aussi possible qu'elle ait cherché à comprendre ce qui se tramait parce que tu lui avais tout dit. Elle s'est peut-être sentie investie d'une mission, pour t'aider. Il est possible que ça l'ait mise en danger.

– Tu veux dire que je l'ai mise en danger ? répliqué-je avec hargne.

– C'est toi qui le dis, pas moi.

Il n'a pas élevé la voix, pourtant, le contrecoup est le même que s'il m'avait hurlé dessus. Je ne sais pas pourquoi je lui en veux autant à cet instant, peut-être parce qu'il met le doigt sur la culpabilité qui me ronge depuis que j'ai suivi Matthieu et Amar dans la Chambre violette, laissant Olympia toute seule derrière moi.

Mon cerveau se déconnecte, ma raison s'envole. Je ne suis plus que fureur. J'éprouve le besoin physique de me défaire de toutes mes émotions, sauf cette putain de fureur qui me donne envie de tout casser.

La scène suivante se déroule comme au ralenti. Une chaise valse. Je me mets à hurler et à vociférer contre Kabinsky comme si j'étais possédée. Je m'étonne que le personnel de l'hôtel ne débarque pas pour voir ce qui se passe.

Anton s'est reculé au fond de la pièce, comme si j'étais un animal sauvage qui risquait de lui sauter à la gorge à tout instant. Il faut dire que c'est exactement comme ça que je me sens. J'entends Matthieu lui intimer l'ordre de partir tandis que des larmes de rage me brouillent la vue. Je me rends confusément compte qu'il quitte la chambre, mais je continue à crier comme une damnée.

Matthieu essaie de m'attraper les bras, les mains, les doigts, pour me tranquilliser, mais cela ne fait qu'augmenter la violence destructrice que je sens pulser dans mes veines. Je le griffe, me débats dans tous les sens. Je l'insulte de tous les noms quand il me hisse sur son épaule comme un vulgaire sac à patates.

Il ouvre la première porte à notre gauche qui mène vers la salle de bains. Avant que je ne comprenne ce qu'il m'arrive, je me retrouve les deux fesses par terre, les paumes posées à plat sur du carrelage. Je pousse un hurlement strident lorsqu'un jet d'eau glacée se met à couler sur mes cheveux et mes vêtements. Matthieu tombe à genoux en face de moi tandis que je lui lance une nouvelle flopée d'insultes.

– Je suis désolé ! se met-il à crier à son tour. Calme-toi, je t'en supplie !

Je me tais tout à coup, abasourdie par l'expression désemparée et inquiète de son visage. Puis, aussi brusquement que ma crise de rage a démarré, je me mets à pleurer. Je sanglote à m'en faire mal à la poitrine, mes larmes salées se mêlant à l'eau douce de la douche. Mon corps tout entier me fait souffrir. J'ai juste envie de m'enfoncer dans le sol et de disparaître.

CHAPITRE 41

ROXANE

– Elle est morte ! À cause de moi… C'est ma faute, sangloté-je. Parce que je l'ai laissée toute seule. Si j'avais été avec elle, j'aurais pu empêcher ça.

Après avoir tendu le bras pour couper le jet d'eau de la douche, Matthieu secoue la tête. Comme le froid me fait grelotter, il s'approche pour poser ses mains sur mes bras humides.

– Ce n'est pas ta faute ! Tu ne pouvais pas prévoir ce qui allait lui arriver. Personne ne le pouvait. Tu as entendu Anton ? Quelqu'un s'est introduit dans le bureau. Même si tu étais partie avec elle, tu ne sais pas combien ils étaient. Tu n'aurais rien pu faire. Tu aurais peut-être même risqué de finir comme elle…

Sa voix s'étrangle sur la fin de la phrase. Je lève les yeux vers lui. Il a l'air profondément secoué lorsqu'il répète :

– Tu n'aurais rien pu faire. Elle était au mauvais endroit, au mauvais moment.

J'entends ce qu'il me dit, je le comprends, mais je ne l'intègre pas. La culpabilité me ronge comme un acide corrosif, brûlant tout sur son passage.

Le regard figé vers un point indistinct derrière lui, je me recroqueville sur moi-même en me balançant d'avant en arrière, frigorifiée par le contact de mes vêtements collés à ma peau. J'inspire profondément pour essayer de me calmer, mais ma poitrine est encore parcourue de spasmes. Après un long moment où l'unique bruit est celui des gouttes qui tombent sur le carrelage, Matthieu reprend la parole, la voix brisée.

– Ne fais pas ça. Ne pense pas que tu aurais pu d'une quelconque manière empêcher ce qui est arrivé. Crois-moi, ce type de regrets finit par te hanter et t'empêcher de vivre… Je ne le sais que trop bien.

Je repousse une mèche humide qui retombe lourdement devant mes yeux. Sans que je demande rien, il poursuit :

– Je t'ai dit qu'Anton avait traversé une mauvaise passe, quand on était jeunes.

Il prend une grande inspiration.

– Il a fait une tentative de suicide. C'est moi qui l'ai retrouvé pendu dans le garage.

Le choc me fait tressaillir. Je ne m'attendais pas à cette révélation, surtout après tout ce que je viens de balancer à la figure d'Anton.

La souffrance se lit sur le visage crispé de Matthieu.

– Pourquoi il a fait ça ?

Il soupire en se passant une paume sur le visage. Il est à présent assis au sol, le dos appuyé au mur. Si près que je peux percevoir l'inspiration qu'il prend.

– C'était juste après le décès de ma mère. Même si elle était malade depuis un moment, ça a tout de même été un choc. Nous étions tous les deux proches d'elle, Anton encore plus. Il est né deux minutes avant moi donc, techniquement, c'était son fils aîné, celui qui l'avait fait devenir mère. Quand elle est morte, Anton l'a très mal vécu. Il commençait déjà à dérailler. Il a toujours été hypersensible, il a toujours tout ressenti plus intensément que les autres. Il avait déjà eu des épisodes dépressifs, adolescent. Il prenait des médicaments puissants pour dépasser ces phases. Mais ce jour-là… Je n'ai jamais su ce qui s'était passé. On n'en parle pas. J'imagine que c'était trop.

Il ferme les yeux un instant. Le simple fait d'évoquer ces souvenirs à voix haute semble lui être physiquement douloureux. Plus je le connais, plus je me rends compte de sa sensibilité et de tout ce qu'il a enduré.

– Nous n'étions pas du même sang, mais je considérais Olympia comme une sœur. Je suis prête à tout pour faire payer celui qui lui a fait ça, répliqué-je d'une voix douce.

– Je veux que tu saches que je ne laisserai jamais rien t'arriver. Je te le promets.

– Je le sais.

À cet instant précis, je le crois. J'ai la certitude absolue que tant que je resterai près de Matthieu, que nous serons ensemble, tout ira bien. Nous avons mis du temps, mais nous avons fini par nous apprivoiser et je me rends compte aujourd'hui que même si nos caractères et nos opinions divergent parfois, nous sommes les mêmes. Taillés dans la même étoffe. Deux solitudes qui se rencontrent enfin, cachées derrière le voile de leurs insécurités.

Nos regards s'ancrent, cherchant l'un dans l'autre un réconfort silencieux que nous ne nous autorisons pas à nous donner. Lentement, il vient poser une paume sur mon cou, puis ma joue. Ce contact m'arrache un frisson douloureusement évocateur. Mon épiderme se charge d'électricité. Brusquement, je comprends l'immense chance que j'ai d'être en vie.

Alors, je rends les armes. Je me débarrasse de toute la colère, la culpabilité, l'anxiété qui me colle à la peau pour me concentrer uniquement sur cet homme qui est devant moi. Si beau avec toutes ses failles et ses écorchures.

Sans plus réfléchir, j'embrasse Matthieu.

– Fais-moi ressentir autre chose que de la peine.

– Roxane…

Mon vrai prénom dans sa bouche agit comme un baume sur mes blessures. Le monde autour de nous a beau être rempli de mensonges et de laideur, cet instant, lui, est vrai. Matthieu et moi, c'est du vrai.

– S'il te plaît, supplié-je en caressant du bout des doigts ses lèvres pulpeuses.

Le temps se fige. Une, deux, trois secondes, suspendues dans le temps, où plus rien ne semble exister, si ce n'est le regard intense de Matthieu sur moi. Nos deux corps frémissants, presque l'un contre l'autre.

Il se décide enfin à prendre possession de mes lèvres. Les doigts enfouis dans mes cheveux trempés, il vient plaquer son torse contre ma poitrine, m'envahissant de sa chaleur, me ramenant à la réalité, me rappelant une chose essentielle.

Je suis en vie. *Nous* sommes en vie.

Nos langues s'entremêlent avec l'ardeur brûlante du désespoir. On se mord, on se lèche, on s'apprivoise. Je n'ai jamais eu autant conscience de le désirer, mon être tout entier a envie de le caresser, mon cœur ralenti bat au rythme du sien.

– Oh, Matthieu, gémis-je alors qu'il recouvre mon cou de ses lèvres.

Nos mains jouent avec nos ceintures pour nous défaire de nos jeans qui pèsent une tonne. Mon tee-shirt trempé passe au-dessus de ma tête. Nos halètements remplissent la pièce, pleins d'espoir.

– Tu me rends fou, grogne Matthieu en parcourant ma poitrine de ses doigts légers.

Il descend le long de mon abdomen, puis passe sur mes cuisses. Lorsque sa langue rentre en contact avec mon intimité, je renverse la tête en arrière pour profiter de cette gâterie.

– Ne t'arrête pas.

Je me cambre au maximum. Mon plaisir se met à grimper, grimper, grimper…

Tout à coup, la tension se relâche, des petites étincelles se mettent à crépiter dans mon bas-ventre et remontent le long de ma colonne vertébrale. Matthieu, à genoux devant moi, se redresse, un adorable sourire aux lèvres. Je ne peux m'empêcher de le lui rendre en passant mes doigts dans ses cheveux mouillés.

– J'ai tellement envie de toi, chuchote-t-il à mon oreille d'une voix rauque.

Il caresse son sexe dressé et se relève, admirant mon corps nu sans la moindre gêne tandis que je fais de même. La seconde d'après, je me retrouve plaquée contre la paroi carrelée. Le contact froid me fait frémir.

Ses deux mains sous mes fesses, il me soulève avec empressement. Instinctivement, mes jambes se serrent autour de sa taille, mes bras s'enroulent autour de son cou, comme si ça avait toujours été leur place. Ma respiration s'accélère lorsqu'après avoir enfilé un préservatif, il vient frotter son membre contre mon clitoris déjà gonflé. Il esquisse des petits cercles, allant de gauche à droite, puis de haut en bas, sans se décider à pousser plus loin. Je mords son lobe d'oreille, aussi frustrée qu'excitée par son petit manège. Je m'agrippe de toutes mes forces à ses épaules pour lui signifier mon envie – pire, mon *besoin* – de le sentir en moi.

Quand il se décide enfin, tout doucement, à me pénétrer, j'en ai le souffle coupé. Mes gémissements emplissent l'air tandis que Matthieu se met à battre avec ses hanches la cadence de mon cœur, coup de reins après coup de reins.

Matthieu grogne mon nom en répétant avec ardeur ses va-et-vient en moi. Les muscles de ses bras sont bandés, je les caresse un instant avant de venir enfoncer mes ongles dans son dos, pour lui signifier d'augmenter encore la cadence.

– Fais-moi jouir, dis-je en plantant mon regard dans le sien.

Le souffle court, je me cambre pour accompagner ses mouvements, les cuisses et les abdominaux brûlants. De nouveau, la boule de chaleur grandit dans mon ventre. La jouissance se fraie un chemin en moi.

– Roxane, hoquette Matthieu, comme un avertissement.

Mes yeux plongés dans les siens, je m'abandonne alors complètement. J'atteins la ligne d'arrivée une seconde après lui, laissant exploser un plaisir si intense que j'en tremble de la tête aux pieds. Chancelant, Matthieu me repose au sol mais ne me lâche pas pour autant. Encore au chaud dans ses bras, j'enfouis ma tête dans son cou, l'esprit délicieusement vide, flottant dans une mer de coton.

Le pouce sous mon menton, il m'oblige à lever le visage vers lui et m'embrasse de nouveau. Ce n'est plus le baiser plein de rage, de désespoir, de désir qui nous a fait basculer de l'autre côté il y a encore quelques minutes. Ce baiser-là est rempli de tendresse, d'aveux silencieux et d'espoir. Un cocktail bien plus explosif qui me terrifie et me bouleverse.

CHAPITRE 42

ROXANE

– Tu es sûr que c'est là ? insisté-je, nerveuse.

De son ton bourru, Hans me rétorque :

– Oui, j'en suis sûr. C'est ici qu'Anton m'a demandé de faire livrer la gerbe de fleurs. Il me fait confiance, Anton…

Tandis qu'il se gare, j'observe ses traits tirés, son air inquiet. Même si j'ai réussi à le convaincre de venir avec moi à l'enterrement d'Olympia, je vois qu'il se sent coupable de trahir ainsi la confiance de son patron.

– C'est d'Olympia qu'il s'agit.

Il hoche la tête. Je n'ai pas besoin d'en dire plus. S'il est là, c'est qu'Olympia comptait énormément pour lui, comme pour moi. Il n'était pas seulement son chauffeur et l'homme qui veillait à sa sécurité. Avec le temps, ils ont créé des liens d'amitié solides et son absence lui pèse comme à moi.

Cinq jours ont passé depuis la découverte de son corps. Cinq jours où je n'ai pas réussi à mettre le pied dans mon ancienne chambre. Je me suis contentée de séjourner à l'hôtel, profitant des visites régulières de Matthieu et, parfois, des autres membres de l'équipe et d'Anton, qui vient vérifier qu'on a tout ce qu'il nous faut.

Tout oublier dans les bras de Kabinsky a été facile, mais je me rends compte que ça ne pourra pas durer éternellement. Bientôt, il va falloir reprendre du service, recevoir des clients et surtout avancer sur ce qui est désormais devenu mon objectif principal : faire arrêter Alexeï Mikheev.

Mais aujourd'hui encore, je m'accorde un dernier instant de calme. Encore quelques heures où je vais laisser libre cours à ma douleur, pleurer mon amie disparue. Demain, je me remets au travail. Il le faut, sinon je vais devenir dingue.

Nous arrivons au lieu dédié à la cérémonie et apercevons, à quelques mètres de nous, une dizaine de personnes habillées en noir. Elles sont recueillies autour d'un homme à la tenue facilement reconnaissable : un prêtre. Ça m'étonne jusqu'à ce que je me rappelle qu'Olympia venait d'une famille très catholique.

La tristesse m'envahit en voyant un couple d'âge moyen qui se serre l'un contre l'autre autour du cercueil. La femme a les cheveux d'un roux flamboyant. Les parents d'Olympia. Mes yeux se mettent à piquer en songeant que, malgré tous leurs désaccords, ils sont présents.

– Oh.

Hans se paralyse sur place, et voyant ce qui a attiré son attention, j'en fais autant. Posée sur un chevalet, il y a une grande photographie d'Olympia en couleurs. Ses cheveux sont plus courts, son teint, plus juvénile. Elle est au naturel, sans aucun maquillage, aucun artifice. Sa peau laiteuse parsemée de taches de rousseur met en exergue la lueur de malice qui brille dans ses grands yeux émeraude, si pleins de joie.

Oh, Olympia.

J'ai l'impression qu'une main glacée vient m'enserrer les entrailles. Tout compte fait, je me demande si c'est une bonne idée d'être là. Hans vient naturellement serrer ma main, et je m'accroche à lui comme à une bouée salvatrice.

– On va rester ici, dans notre coin, d'accord ? Et on ira lui rendre hommage une fois que la cérémonie sera terminée.

Je hoche la tête tout en enfilant mes lunettes de soleil. Je ne sais pas si c'était le souhait de la famille ou l'idée d'Anton, mais les funérailles ont lieu en plein air, dans un petit cimetière à l'est de Bruxelles. Comme nous sommes restés à distance, nous n'entendons pas distinctement les paroles du prêtre. Ce n'est pas plus mal. Je ne suis pas sûre de pouvoir supporter d'entendre ses grands discours sur ma collègue et amie. Quant à ses parents, depuis combien de temps ne la côtoient-ils pas ? Comment peuvent-ils prétendre la connaître vraiment, alors qu'ils l'ont rejetée quand elle était à peine majeure ?

Mon chagrin me pèse. La sueur commence à perler sur ma nuque. En ce milieu d'après-midi, la chaleur est écrasante. Le soleil brille haut dans le ciel, comme un pied de nez à la convenance établie. Comme s'il était à l'image du caractère d'Olympia. Chaleureux, réconfortant, plein de joie.

Comme une ode cruelle à la vie dans cette journée dédiée à sa mort.

Des larmes silencieuses dégringolent sur mes joues. La douleur que j'ai essayé de refréner ces derniers jours m'assaille, plus vive que jamais. Je ne tourne pas le regard vers Hans, mais, à en juger par les soubresauts de son corps qui se répercutent jusque dans ma main qu'il étreint, il n'est pas dans un meilleur état que moi.

Comme convenu, nous attendons la toute fin des discours et la dispersion du convoi pour nous approcher. Le cercueil a été mis en terre, il n'est pas encore recouvert. Après un dernier regard humide au portrait, je jette une fleur dans le trou fraîchement creusé.

Un coquelicot. Sa fleur préférée.

Je me recueille sur la tombe de celle qui fut mon amie dès le premier jour, envers et contre tous. Envers et contre *moi*. Qu'est-ce que je peux être stupide, parfois.

Jamais plus je n'entendrai son rire chantant. Jamais plus elle ne me racontera ses histoires rocambolesques avec ses clients. Jamais plus je ne me confierai à elle.

– On s'attend à la voiture, susurré-je.

Submergée par une épaisse montée d'angoisse, je fais signe à Hans qui sanglote à côté de moi. Je m'éloigne en direction de la sortie, tremblante et transpirante comme si j'avais de la fièvre.

Je suis désolée Olympia, mais c'en est trop pour moi. Tu es à peine partie que tu me manques déjà.

Alors que je me retourne pour jeter un dernier coup d'œil à la scène, je remarque une silhouette sous un platane, à quelques pas de Hans et de la tombe fraîchement creusée. Un homme, assez jeune à en juger par les traits lisses de son visage que j'arrive à apercevoir. Il est vêtu tout en noir, lui aussi, et, un mouchoir à la main, il semble attendre que Hans lui libère la place. Ses cheveux noirs lui arrivent juste au-dessus des épaules.

J'écarquille les yeux. Je ne l'ai vu qu'en photo, mais le téléphone d'Olympia était suffisamment rempli de son image pour qu'aucun doute ne soit permis sur son identité. Le cœur animé d'une fureur nouvelle, je contourne le petit chemin qui traverse le cimetière pour arriver à ses côtés sans qu'il m'aperçoive.

– Pablo ?

Le jeune homme, occupé à se ronger l'ongle du pouce, sursaute violemment et visse son regard apeuré au mien.

– Je suis désolé, vous devez me confondre avec quelqu'un d'autre.

Je le vois hésiter, puis il amorce un geste pour partir. Je le retiens par le bras.

– Attends ! S'il te plaît. Je suis Nymphéa.

À ces mots, il s'arrête, hésitant. Il passe sa paume sur son visage, l'air complètement perdu.

– Nymphéa, je suis désolé, murmure-t-il. Si quelqu'un apprend que je suis ici… Mais je ne pouvais pas, tu comprends… Oh mon Dieu, elle me manque tellement !

Ses traits se décomposent sous mes yeux. J'aimerais savoir quoi faire, quoi lui dire pour le réconforter, mais le temps presse.

– Elle me manque à moi aussi, Pablo. Ce qui lui est arrivé est horrible et tellement, tellement injuste. C'est pour ça qu'on a besoin de toi. S'il te plaît, si tu sais quelque chose, tu dois le dire.

Pablo ferme les paupières un instant, et lorsqu'il les rouvre, elles sont humides de larmes.

– Je ne peux pas. On m'a prévenu : si jamais je me hasarde à dire quoi que ce soit aux autorités, je subirai le même sort qu'elle, s'étrangle-t-il.

– Je ne suis pas la police. Tu peux me parler.

Il fixe un point au-dessus de moi, l'air absent. Seulement alors, je remarque les cernes sous ses yeux et la pâleur presque maladive de son visage. Il n'a pas l'air en très grande forme, lui non plus.

– Est-ce qu'ils t'ont menacé ? Que t'ont-ils dit ? insisté-je.

Pablo porte ses mains à sa tête, puis se met à marcher en rond devant moi. Finalement, il lâche :

– Ils étaient deux, grands, costauds, style armoire à glace. Je ne les avais jamais vus avant. Ils ont débarqué comme des furies dans mon studio, ils ont tout retourné. Ils m'ont dit que je ne devais plus m'approcher d'Olympia, que je ne devais plus jamais la voir, sous peine de représailles.

En disant cela, il se masse machinalement l'estomac. J'imagine sans peine que ces sales types n'ont pas dû y aller de main morte pour faire passer leur message.

– Au début, j'ai cru qu'il s'agissait de clients jaloux ou quelque chose comme ça. J'ai essayé d'appeler Olympia, mais ça sonnait dans le vide. Je n'osais pas passer à l'appartement de peur de les recroiser. Puis, le lendemain, quand j'ai vu les actualités… J'ai compris.

Son ton solennel me donne la chair de poule. J'ai beau avoir essayé de ne pas lire les informations, il a été difficile de passer à côté de la nouvelle de la mort d'Olympia. L'affaire a été relayée par toute la presse locale, *La Gazette libre* en tête. Par je ne sais quel miracle, les Kabinsky ont réussi à éviter que *La Galerie* ne soit citée. Dans les journaux, il était seulement question du suicide sordide d'une jeune femme dans la maison où elle vivait en colocation.

– Et ensuite ? insisté-je en reportant mon attention sur Pablo. Tu les as revus ?

Il secoue la tête. Lorsqu'il reprend, il parle si bas que je dois m'approcher pour tout comprendre.

– Non, mais le lendemain, j'ai reçu une enveloppe sans nom d'expéditeur. Elle contenait un tas de billets et un mot. Je l'ai immédiatement brûlée comme il m'était indiqué de le faire, mais en gros, ça disait : pars, loin, et ne reviens jamais. Il était aussi précisé que j'étais sous surveillance et que si l'idée me venait d'aller voir la police, ils me feraient la peau.

Il prend une profonde inspiration tandis que des petites larmes brillent encore au coin de ses yeux légèrement en amande.

– J'étais effrayé, je n'ai pas réfléchi. Olympia était tout pour moi, tout, tu comprends ? Je ne sais pas ce que je vais faire maintenant. Je n'ai plus personne. Elle était mon âme sœur, celle avec qui je devais passer ma vie…

Pablo déglutit tandis que ses paroles se perdent dans un souffle. Les traits de son visage sont tirés comme s'il n'avait pas dormi depuis plusieurs jours, ses yeux me renvoient des émotions confuses.

Peur. Angoisse. Culpabilité.

À peu près le même cocktail explosif qu'on doit lire dans les miens.

La pitié m'envahit en le regardant. Si jeune, si fragile. Ce n'est qu'un gamin ! Tout comme Olympia. Un gamin esseulé et perdu, à qui la vie n'a jamais fait de cadeaux, et qui une fois encore vient de se prendre un uppercut en pleine tronche.

Je me force pour le regarder bien en face et lui dire d'une voix bienveillante :

– Pars, Pablo. Prends cet argent et achète-toi un billet pour le Costa Rica, comme vous l'aviez planifié toi et Olympia. Fais-le pour elle, c'est ce qu'elle aurait voulu. Tu n'as pas à t'en vouloir de sauver ta vie, n'importe qui en ferait autant vu les circonstances.

Pablo ouvre la bouche et me dévisage, aussi stupéfait que reconnaissant. C'est comme s'il avait besoin que quelqu'un lui donne l'autorisation de continuer, d'aller de l'avant. Et pour *elle*, je me devais de le faire. Il me remercie, prêt à partir, mais avant qu'il tourne les talons, j'ajoute :

– Juste, avant que tu partes, dis-moi… As-tu noté un détail, un signe distinctif, n'importe quoi qui me permettrait d'identifier les salopards qui ont fait ça à Olympia ?

Il semble réfléchir une seconde avant de tourner la tête de droite à gauche d'un air navré.

– Rien qui me vienne à l'esprit, je suis désolé. Je te l'ai dit, ils étaient tous les deux assez grands, la quarantaine je dirais, l'un plus gros que l'autre… Ils parlaient avec un fort accent aussi.

Mon estomac fait un salto arrière.

– Quel genre d'accent ?

– Assez fort, avec des R roulés, du genre pays de l'Est.

– Russe ?

– Oui, je crois ! Ça ressemblait bien à l'accent russe, quand j'y pense.

Pablo continue à me parler mais je n'écoute plus. La seule chose qui compte, c'est de trouver le moyen de faire payer Mikheev pour l'assassinat de mon amie.

CHAPITRE 43

ROXANE

Voilà dix minutes que je fais des allers-retours devant la porte d'entrée de la colocation, sans oser y entrer. Même si les barrières ont été enlevées, je n'arrive pas à oublier le cirque d'il y a encore quelques jours, quand la police et les pompiers étaient là. Ce que je redoute plus que tout, c'est de monter jusqu'à ma chambre. Pourtant, je sais très bien qu'il n'y a plus rien, tout a été nettoyé et le corps d'Olympia n'y est plus depuis plusieurs jours – je reviens de son enterrement, je le sais mieux que quiconque. Mais cette sensation d'angoisse me colle à la peau.

Pourtant, il va bien falloir que j'y retourne. Ne serait-ce que parce que j'y vis, et que, même si je ne me vois pas quitter l'hôtel pour l'instant, je dois aller récupérer des affaires propres.

– Je suis là, qu'est-ce qui se passe ? Tu vas bien ?

Je lève les yeux vers Matthieu qui arrive au pas de course, visiblement inquiet. Je m'empresse de le serrer dans mes bras pour le rassurer.

– Ça va. Je reviens des funérailles d'Olympia, et tu ne devineras jamais qui j'y ai vu.

Matthieu fronce les sourcils, mais ce n'est pas à cause de ma désobéissance directe aux ordres de son frère. Je ne lui ai jamais caché que j'irais à cet enterrement, coûte que coûte. Ce n'était pas un caprice. C'était quelque chose dont j'avais besoin si je veux pouvoir, un jour, faire mon deuil.

– Qui ?

– Pablo. Le fiancé d'Olympia.

Je lui résume notre discussion en quelques phrases. Son visage se décompose quand je l'informe qu'il s'agit probablement des hommes de Mikheev. Il passe sa main sur sa nuque, nerveux.

– Putain. Le salopard, siffle-t-il, lèvres pincées.

C'est encore trop faible pour exprimer tout ce que je ressens pour ce type.

– Il faut qu'on aille donner ces informations à la police.

– Je sais. Mais avant ça, je veux m'assurer qu'ils n'ont laissé passer aucun indice. C'est pour ça que je suis venue ici. Il va bien falloir que j'arrive à entrer, à un moment donné.

Je fixe la bâtisse devant moi comme s'il s'agissait d'un animal particulièrement menaçant. Matthieu glisse ses doigts entre les miens et embrasse ma tempe. Son parfum familier m'apaise et le savoir près de moi m'apporte le courage qui me manque. Nous montons les marches qui mènent à l'étage côte à côte, et à mesure que nous approchons de la chambre, la boule dans ma gorge grossit.

Je pousse la porte comme si je m'attendais à ce qu'elle explose à mon contact, mais alors que je croyais trouver la chambre vide, une grande silhouette se dessine.

– Narcisse ! Je suis tellement contente de te voir.

Je n'ai eu aucune nouvelle de sa part depuis la découverte de la mort d'Olympia. Je sais par Anton qu'il était en état de choc, ça explique pourquoi il n'a retourné aucun de mes appels ou de mes messages. Après tout, chacun réagit comme il le peut face au décès d'un proche, surtout quand c'est aussi brutal.

Je m'approche pour le prendre dans mes bras, il me rend mon étreinte d'un air absent.

– Comment tu vas ? demandé-je à voix basse.

Je suis frappée par les cernes violacés qui creusent son regard, autrefois si pétillant de vie. Il va s'asseoir avec précaution sur le bord du lit d'Olympia et hausse les épaules.

– Ce n'est pas la grande forme. J'imagine que toi non plus.

Il parle avec difficulté, comme si le moindre mot qui sortait de sa bouche le blessait. Il était très proche d'Olympia, il la connaissait depuis bien plus longtemps que moi. Si je suis bouleversée alors que je ne l'ai côtoyée que quelques mois, je ne peux pas imaginer ce que lui doit ressentir.

Pressant son épaule du bout des doigts, je lui assure, plus décidée que jamais :

– Nous allons trouver les salopards qui lui ont fait ça. Ils auront ce qu'ils méritent.

Narcisse blêmit. Le pauvre, il a l'air vraiment exténué. Alors que je m'apprête à lui proposer de déjeuner ensemble, il nous demande sans nous regarder :

– Il y a eu du nouveau sur l'enquête ?

Matthieu se tourne vers moi, comme s'il attendait mon consentement avant de répondre. Je hoche la tête et il explique :

– En vérité, oui. Nous allions justement nous rendre au commissariat de police. Nymphéa a réussi à avoir des informations de la part de Pablo concernant cette fameuse nuit.

– Nous savons qui est derrière tout ça, Narcisse, ajouté-je pour le conforter.

– Ah, bien. Très bien.

Mais cette nouvelle n'a pas l'effet escompté. Il me semble encore plus mal à l'aise. Du bout des doigts, il triture le bord de son tee-shirt puis finit par se lever. Je fronce les sourcils en constatant que ses mains tremblent.

Quelque chose cloche. Narcisse n'est pas dans son état normal.

– Tu es sûr que tout va bien ? demandé-je à nouveau d'une voix plus douce.

Il inspire profondément, puis se met à parler très vite, visiblement en proie à un début de crise d'angoisse.

– Oui, oui, ça va... J'ai juste hâte que tout ça soit derrière nous. Ce qui est arrivé à cette pauvre Olympia, c'est vraiment affreux. J'en fais des cauchemars toutes les nuits... Qu'on l'ait pendue pour faire passer ça pour un meurtre, mon Dieu ! C'est tellement brutal ! Vivement qu'on attrape les deux *filhos da puta* qui lui ont fait ça, et que tout soit fini, termine-t-il presque dans un souffle.

Alors que je m'apprête à lui attraper le bras pour l'aider à se calmer, je me fige.

– Comment sais-tu qu'ils étaient deux, Narcisse ?

Un frisson me secoue le corps. Tout à coup, l'atmosphère devient glaciale.

Narcisse se pétrifie sur place à quelques centimètres de moi. Il me tourne le dos, et je vois à travers le tissu de son tee-shirt qu'il est trempé. Très lentement, il essaie de se justifier, mais sa voix chevrotante le trahit encore plus :

– Je... C'est Anton qui me l'a dit, bien sûr.

Matthieu, qui a lui aussi compris le doute cuisant qui me saisit, rétorque en baissant la voix :

– Anton n'est pas au courant de ce détail. Nous n'avons pas encore eu le temps de lui en parler.

Une seconde passe, puis deux. Il nous tourne toujours le dos mais cette fois, je n'ai plus aucune envie de le réconforter.

– C'est toi la taupe, finis-je par murmurer.

Cette phrase éclate dans la pièce comme un coup de tonnerre. Très lentement, Narcisse finit par se retourner. Ses yeux sont rougis par les larmes qui coulent abondamment sur ses joues. Je recule, horrifiée. Il ne répond pas, il n'en a pas besoin.

Son silence est pire qu'un aveu. Je porte ma main à ma bouche, comme pour couvrir le hurlement qui est coincé en travers de ma gorge.

Ce n'est pas possible. Narcisse est la taupe.

Narcisse travaille pour Mikheev.

Narcisse nous a trahis, les Kabinsky, Olympia et moi.

Une nouvelle fois, mon monde s'écroule.

– Je suis désolé, mais maintenant tu vas devoir nous donner des explications, gronde Matthieu, tout en reculant pour fermer la porte à double tour.

Mon pouls s'emballe furieusement dans ma poitrine, au point de me faire mal. Je me fais violence pour visser mon regard au sien et le questionner :

– Ça fait combien de temps ?

– Combien de temps que quoi ? répète-t-il d'une voix faible.

– Combien de temps que tu fais passer des informations à Mikheev, putain !

Cette fois, il s'empresse de répondre.

– Depuis la fin de l'année dernière.

Ses larmes coulent à nouveau, avant qu'il ne se décide à réagir. Si tout à l'heure il était silencieux, maintenant, il semble ne plus pouvoir s'arrêter de parler.

– Je n'avais pas le choix, ils ont menacé ma famille ! Ils ont débarqué chez moi, ils ont tout saccagé, ils ont fait peur à ma mère et à mes sœurs. Au début, ça ne devait pas être grand-chose, juste leur répéter ce que j'entendais, leur donner des informations sur l'organisation de *La Galerie*. Et puis, ils ont commencé à devenir plus exigeants, ils m'ont demandé de voler des documents… Jusqu'à cette nuit-là, où ils m'ont demandé de les aider à pénétrer dans le bureau de la direction.

Tout à coup, je comprends.

– Ta fête d'anniversaire, tu as tellement insisté pour qu'elle ait lieu à *La Galerie*, pour que tout le monde soit présent. C'était une diversion, n'est-ce pas ?

Narcisse me jette un coup d'œil navré, puis hoche la tête. Je serre les poings, la mort dans l'âme, tandis que la colère et le chagrin montent à nouveau en moi, ravageant tout sur leur passage.

– Les hommes de Mikheev m'ont demandé de mettre en place un stratagème fiable pour savoir exactement où seraient Anton et Matthieu tandis qu'ils se trouveraient au bureau. Je suis désolé, je ne voulais pas te mêler à ça Nymphéa, geint-il.

Écœurée, je détourne le regard, ne pouvant supporter davantage son air désespéré. Matthieu finit par poser la question qui me brûle les lèvres mais que je ne parviens pas à formuler :

– Mais au moment où ils voulaient passer à l'action, Olympia a débarqué, c'est ça ?

La voix de Narcisse n'est plus qu'un chuchotement.

– La soirée battait son plein, je savais où tout le monde était. J'ai laissé Anton avec un des danseurs, Matthieu venait d'arriver et discutait avec toi et Olympia… C'est à ce moment-là que je les ai fait entrer dans le bureau. Olympia n'aurait jamais dû venir là, je ne sais pas pourquoi elle n'était plus à la fête.

J'échange un regard avec Matthieu. Ça coïncide avec le moment où je suis partie avec Amar et Matthieu. Peut-être qu'Olympia s'ennuyait, elle aura voulu partir, ou sortir prendre l'air… On ne le saura jamais exactement. Ce qui est sûr, c'est qu'à partir du moment où elle n'était plus avec moi, elle est allée se jeter tout droit dans la gueule du loup.

Ma gorge se met à brûler, mais je m'efforce de ravaler les larmes qui remontent.

– Que s'est-il passé ensuite ? demande Matthieu.

– Ça a dû durer en tout et pour tout trente minutes. Je ne sais pas ce qu'ils cherchaient, mais ils ne l'ont pas trouvé, et ils étaient furieux. J'allais les faire sortir quand Olympia a débarqué. Elle était surprise de me voir là, de voir ces types qu'elle ne connaissait pas…

La respiration de Narcisse devient sifflante, entrecoupée par ses sanglots.

– J'ai essayé de la protéger, je vous jure. J'ai voulu les convaincre qu'elle ne dirait rien à personne… Ils ne m'ont pas écouté. Olympia s'est évanouie quand ils l'ont assommée, et quand j'ai voulu m'interposer, ils m'ont roué de coups dans l'estomac. Ils m'ont parlé de mes sœurs qui étaient sous leur étroite surveillance, pour me convaincre de poursuivre le plan initial. De retourner avec Anton et de faire comme si de rien n'était. Ensuite, ils sont partis en emmenant Olympia.

Cette fois, c'en est trop. La scène devient trop nette, trop réelle dans mon imagination fertile. Je visualise sans peine le corps inanimé d'Olympia embarqué par ces brutes, laissant derrière elle Narcisse, *La Galerie*, et toute forme d'espoir. Qu'a-t-elle ressenti ? Avait-elle conscience à ce moment-là que c'était la fin ?

Mes joues s'inondent de larmes. Je ferme très fort les paupières et essaie de me concentrer sur ma respiration pour ne pas me laisser submerger par la vague d'angoisse qui me saisit les tripes.

Après je ne sais combien de temps, j'entends la voix désincarnée de Matthieu comme si elle venait de très, très loin.

– Après tout ça, tu as retrouvé Anton ?

Je rouvre les yeux. Son visage exprime un mélange d'écœurement et de tristesse. Quant à Narcisse, je n'arrive plus à le confronter. C'est trop dur. J'appuie mon front contre la vitre froide de la fenêtre, le regard perdu à l'extérieur.

– Je n'ai pas réussi à faire comme si de rien n'était. J'ai attendu encore une heure ou deux, je ne sais pas, puis j'ai prétexté une migraine pour partir. J'ai appelé Olympia un millier de fois, elle n'a jamais répondu. Ce n'est qu'en tout début de matinée que j'ai trouvé le courage de me rendre à la colocation pour voir si elle y était. Quand je suis arrivé, j'ai vu l'ambulance et les voitures de police… j'ai compris qu'il était trop tard.

Narcisse se laisse tomber à genoux, le visage enfoui entre ses mains. Son corps est agité de spasmes. Matthieu s'approche silencieusement de lui. Dans un geste infiniment doux, il soulève son tee-shirt. J'ai un mouvement de recul spontané lorsque je découvre l'état de son épiderme. Des bleus recouvrent tout son abdomen, une longue trace jaunâtre part du haut de sa hanche jusqu'à son estomac. Je tressaille lorsqu'il tourne son visage larmoyant vers moi.

– J'ai essayé de la protéger, répète-t-il. Je te le jure Nymphéa. Je suis tellement désolé.

La pitié m'envahit en le voyant si démuni, si blessé, si pitoyable. Je finis par le rejoindre et, l'agrippant par le bras, je l'aide à se relever avant de le guider sans trop de manières jusqu'à mon lit où il s'assied. Je l'observe un moment, recroquevillé sur lui-même, sanglotant comme un enfant. Alors que je crois qu'il s'est un peu calmé, il murmure, terrorisé :

– Je vous ai tout dit. Et maintenant, ils vont venir pour moi… Ils vont venir me tuer !

Je lève la tête et plonge mes pupilles embuées de larmes dans celles tout aussi humides de Matthieu.

Les émotions se bousculent douloureusement en moi.

Colère. Désespoir. Trahison.

Mais aussi la peur. Peur de voir celui que je considérais il y a encore quelques heures comme mon ami finir de la même façon qu'Olympia, si ce n'est pire. J'imagine sans peine ce dont Mikheev est capable maintenant.

– Mikheev ne vous fera aucun mal, ni à toi, ni à ta famille, déclare Matthieu d'une voix assurée. Je te le promets, Narcisse. Nous allons vous mettre en sécurité, ainsi que tous les employés de *La Galerie* et leurs proches. J'ai quelques coups de fil à passer. Restez là, enfermez-vous, je reviens dans dix minutes.

Il s'éclipse, me laissant seule avec Narcisse à l'autre bout du lit. Je m'efforce de ne pas trop le juger. Mikheev a menacé sa famille, les gens qui comptent le plus pour lui. Qui peut prévoir quelle serait sa réaction s'il se trouvait à sa place ?

Je me lève pour ouvrir un tiroir et en extraire une petite trousse à pharmacie que je lance à côté de lui.

– Tiens, il devrait y avoir de quoi soulager ta douleur, ainsi qu'une pommade à l'arnica. Olympia s'en servait quand elle se cognait au yoga.

Les mots restent coincés en travers de ma gorge. Les yeux noirs et humides de Narcisse croisent les miens. J'y lis une profonde détresse qui me bouleverse. J'aimerais avoir la force d'aller vers lui. De le serrer dans mes bras, de lui dire que ce n'est finalement pas sa faute. Que tout ira bien.

Mais j'en suis tout bonnement incapable. Ça sonne trop faux.

Alors, je me contente de rester plantée là, sans rien dire, évitant soigneusement de le regarder tandis qu'il passe de la pommade sur ses ecchymoses, tout en s'efforçant de ne pas montrer à quel point il souffre. Tout comme moi.

Mais quand les blessures ont été infligées au niveau de l'âme, existe-t-il seulement un remède pour les guérir ?

Après ce qui me semble être une éternité, Matthieu revient dans la chambre.

– J'ai appelé la police. Ils vont venir prendre ta déposition puis vous irez chercher ta mère et tes sœurs, dit-il à l'intention de Narcisse. Je leur ai expliqué la situation, ils vont vous transférer dans un logement sécurisé. Des gardes seront avec vous jour et nuit pour assurer votre protection. Pour le reste de l'équipe, vous allez pouvoir réintégrer la colocation mais sous étroite surveillance. Des vigiles seront placés dans la rue autour de chaque appartement et du *Millésime*, et les chauffeurs vous emmèneront pour tous vos déplacements. En attendant que je parle de tout ça à Anton et qu'on décide quoi faire, *La Galerie* reste fermée. C'est trop dangereux de vous y rendre pour l'instant.

Je ne peux m'empêcher de m'approcher pour lui prendre la main, reconnaissante. Je sens le regard de Narcisse sur nous, mais je m'en contrefiche. Matthieu semble enfin assumer ses responsabilités de dirigeant, donnant la priorité à la sécurité de ses employés. Chose qu'Anton a l'air d'avoir quelque peu oubliée ces derniers temps… Je ne peux donc que le soutenir.

– Nymphéa, on va aller chercher tes affaires qui sont restées à l'hôtel et les rapporter. Comme ça, tu vas pouvoir te réinstaller dans ta chambre au plus vite.

Une vive angoisse me compresse la poitrine. Je regarde autour de moi, cette chambre que j'ai longtemps partagée avec Olympia. Ce sera la première fois que j'y dormirai sans elle depuis que j'ai intégré *La Galerie*.

– Tu ne te sens pas bien ? me demande tout à coup Matthieu en s'approchant.

Je lève les yeux vers lui, et il comprend que quelque chose ne va pas. Il intime à Narcisse l'ordre de nous attendre en bas. Une fois seule avec lui, j'articule avec peine :

– Je… Je ne sais pas si je suis capable de dormir ici ce soir. Partout où je regarde, je la vois…

Matthieu attrape mes doigts que je suis en train de triturer nerveusement et m'oblige à lever la tête vers lui. Dans ses yeux, je ne vois pas de jugement. Que de l'empathie et autre chose que je n'arrive pas à définir.

– Je comprends, tu n'as pas besoin de te justifier. Tu vas venir dormir chez moi, ce soir, et aussi longtemps que tu le voudras.

La proposition est plus que séduisante, surtout quand Kabinsky me dévisage avec une telle intensité. C'est un fait : depuis la mort d'Olympia, j'avance dans une sorte de brouillard, faisant de mon mieux pour ne pas me laisser submerger par ma tristesse. Les seuls moments où je me suis sentie redevenir moi-même, c'était dans ses bras.

– Tu es sûr ? Je ne veux pas m'imposer.

– Tu ne t'imposes pas, vu que je te le propose. On va aller chercher tes affaires, passer au commissariat puis je te ramène à mon appartement. Je t'y rejoindrai un peu plus tard dans la soirée.

– Tu vas aller où ?

L'expression de son visage s'assombrit.

– Je vais aller voir Anton pour lui annoncer que Narcisse est la taupe. Il faut qu'il l'entende de ma bouche, ça atténuera peut-être le choc…

Anton. Je n'y avais même pas pensé ! Il va être dévasté quand il apprendra que Narcisse nous a tous trahis. Je coule un regard vers Matthieu. Encore une fois, il endosse toutes les responsabilités. Il prend tellement soin des autres, quitte à s'oublier lui-même.

Mais cette fois, je veux qu'il sache qu'il n'est pas seul.

– Je suis là, murmuré-je en me hissant sur la pointe des pieds pour embrasser le coin de ses lèvres.

Sa main chaude remonte le long de ma joue tandis qu'il me rend mon baiser avec plus d'intensité.

– Je suis là pour toi aussi.

– Je sais.

CHAPITRE 44

MATTHIEU

Je n'arrête pas de courir depuis ce matin. *La Galerie*, la colocation où nous avons appris la vérité sur Narcisse, le commissariat… Nymphéa et moi, nous avons attendu des heures avant de pouvoir faire notre déposition. Je viens à peine de la laisser chez moi avec ses affaires que j'ai déjà dû repartir. Sur la route, j'ai passé un coup de fil à Anton pour vérifier qu'il était bien chez lui. Au ton de ma voix, il a bien compris que quelque chose clochait, mais j'ai préféré rester évasif. C'est une discussion que nous devons avoir en face à face.

J'appréhende sa réaction. Il éprouve des sentiments forts pour Narcisse, je crains que sa trahison ne le foute en l'air comme il l'a déjà été par le passé. Il a été profondément ébranlé par le décès d'Olympia, cette attaque brutale de Mikheev perpétrée juste sous notre toit… Comme moi d'ailleurs. Olympia était un vrai rayon de soleil, toujours joyeuse et accommodante. Elle était très appréciée et elle nous manquera à tous.

Arrivé en bas de l'immeuble de mon frère, je grimpe deux par deux les marches jusqu'au troisième étage. Il m'attend sur le palier, devant sa porte ouverte. Son air calme ne me trompe pas : il a compris que ce que j'ai à lui annoncer est grave. Anton s'efforce de garder son masque de self-control en permanence, mais je le connais depuis toujours. Je sais lire entre les lignes de ce visage qui ressemble tant au mien et dans lequel, pourtant, je ne me reconnais pas.

– Je vais te servir un café. Tu as l'air d'en avoir besoin, ironise Anton en refermant derrière nous.

Je hoche la tête, tendu comme un arc prêt à tirer. J'ôte ma veste pour la poser sur le dossier d'une chaise avant de m'y asseoir. Seulement alors, je prends conscience de la fatigue qui tiraille mes muscles. Je ne sais plus où donner de la tête au boulot et je dors très mal, pas étonnant que je sois K.O.

– Quelles sont les nouvelles ? demande mon frère en s'asseyant face à moi, la cafetière au poing.

– Je sors du commissariat, dis-je tout en frottant mon visage avec ma paume.

– Vraiment ?

– Roxane… Je veux dire, Nymphéa a parlé avec Pablo, le petit ami d'Olympia. Elle est tombée sur lui par hasard. Il lui a révélé que deux hommes étaient venus le voir pour l'obliger à écrire la lettre de rupture, puis l'ont menacé pour qu'il n'aille pas parler à la police.

– Nymphéa l'a trouvé où ?

J'espérais qu'il ne me pose pas cette question, mais c'était couru d'avance. Je soutiens son regard pour déclarer d'une voix blanche :

– Elle s'est rendue à l'enterrement d'Olympia. C'est là-bas qu'elle est tombée sur lui.

Anton pince les lèvres, contrarié. Il peine à accepter qu'on mette à mal son autorité. Pourtant, sur ce coup-là, je n'ai pas pu être d'accord avec lui. Je comprends que Roxane ait eu besoin d'aller aux funérailles de son amie pour lui rendre un dernier hommage.

Et puis, si elle s'était contentée de suivre docilement les instructions de mon frère comme les autres hôtes, nous n'aurions jamais obtenu ces précieuses informations sur le meurtre d'Olympia.

Est-ce pour ça qu'elle m'attire autant ? Pour sa fâcheuse tendance à aller à l'encontre de l'ordre établi, qui entre en collision avec mon passé chaotique et mon présent régi par les règles ?

– Oublions ça, veux-tu ? Les circonstances sont exceptionnelles. Nymphéa est bouleversée, je te rappelle que c'est elle qui a découvert le corps d'Olympia pendu. Tu ne sais pas quel choc ça a été pour elle.

Ma gorge se serre. Anton comprend que cela me renvoie à un autre épisode, tout aussi douloureux pour moi, il n'insiste donc pas. Il se sent toutefois obligé d'ajouter :

– Je suis d'accord pour ne pas lui en tenir rigueur pour cette fois. Mais tu es étonnamment tolérant avec elle. Il va falloir que tu m'expliques ce qu'il y a entre vous, un de ces jours.

– Chaque chose en son temps.

Anton hoche la tête pour signifier que ce chapitre est clos.

– Ce n'est pas tout. Nous avons démasqué la taupe.

Comme mon frère ne dit rien, attendant visiblement que je poursuive, je me lance :

– C'est Narcisse. Je suis désolé Anton.

Pour la délicatesse, on repassera. De toute façon, existe-t-il une manière douce d'annoncer à son frère que son amant est envoyé par son pire ennemi pour le détruire de l'intérieur ?

Anton a un mouvement de recul. Il cligne des paupières plusieurs fois, comme s'il était en train de faire un mauvais rêve et qu'il essayait de se réveiller. Si seulement c'était aussi simple.

– Comment ? finit-il par demander à voix basse.

Je lui relate les aveux de Narcisse, la pression que Mikheev faisait peser sur lui. Quand j'en arrive à la partie concernant sa fête d'anniversaire qui a servi de leurre, je remarque que sa main posée sur sa tasse se met à trembler.

– Il a profité du fait que nous étions tous réunis au même endroit pour leur donner accès à notre bureau. Je ne sais pas exactement ce qu'ils cherchaient, mais selon lui ils ne l'ont pas trouvé et ça les a contrariés. C'est en partant qu'ils ont croisé Olympia… Elle n'aurait pas dû se trouver là, c'était un hasard. Lorsque les sbires de Mikheev lui sont tombés dessus, Narcisse a essayé de la défendre, mais ils l'ont passé à tabac…

Je m'interromps. Anton s'est levé pour arpenter la pièce d'un air nerveux. Peut-être que j'y suis allé trop fort. Je n'aurais pas du tout lui dire d'un coup, j'aurais peut-être mieux fait d'attendre qu'il encaisse avant de poursuivre.

– C'est pour ça qu'il n'est pas resté avec moi. Il m'a dit qu'il se sentait mal, il était fuyant. Je n'ai pas compris son comportement. J'ai été glacial avec lui, car j'ai cru qu'il était jaloux parce que j'avais passé un moment avec un des danseurs. Jamais je ne me serais douté… Ou peut-être n'ai-je pas voulu voir, murmure-t-il.

Il est visiblement perdu dans ses pensées, il ne s'adresse pas à moi. Je me lève à mon tour, pose ma main sur son épaule pour le forcer à me regarder.

– Je sais que c'est beaucoup à encaisser. Mais si tu l'avais vu, Anton… Il regrette. Il s'est fait piéger par Mikheev, il n'avait pas le choix. Tu sais comme moi de quoi cette ordure est capable.

Comme il ne dit rien, se contentant de me fixer, j'insiste d'un ton que j'essaie de rendre rassurant :

– Ça ne veut pas dire que ce que vous avez vécu n'était pas sincère. Je vous ai vus ensemble, il est fou de toi, c'est certain.

Anton ferme les yeux, puis les rouvre. Je peux percevoir le tourbillon d'émotions qui se bousculent en lui. J'aimerais lui dire de se laisser aller, qu'il peut s'épancher avec moi, mais il ne m'en laisse pas le temps.

– Où est-il, à présent ?

– Avec la police. Il a été placé dans le programme de protection des témoins. Avec sa famille, il va être transféré dans un logement surveillé, je ne sais pas encore où exactement. Si tu veux le voir…

– Je ne le veux pas, me coupe-t-il avec raideur. Pas maintenant. Il y a plus urgent : on doit régler tout ce bazar. Il est hors de question que la mort d'Olympia sous notre toit reste impunie.

J'acquiesce. Je peux comprendre qu'il ait besoin de rester dans l'action pour ne pas se torturer l'esprit avec tout ça. Je sais que Narcisse attend de ses nouvelles, mais je ne vais pas le brusquer. Il le contactera quand il se sentira prêt.

– Ça va aller ?

– Ne t'inquiète pas pour moi. J'ai un business à diriger. Rien d'autre ne compte. Je vais aller à *La Galerie* ce soir, mais je ne resterai pas longtemps. Tu peux rentrer chez toi, on se voit demain.

Il s'éclipse dans la pièce à côté, j'hésite un instant à le suivre. À quoi bon ? S'il souhaite me parler, il sait où me trouver. Même si j'appréhende de le laisser seul vu ce qui vient de lui tomber dessus, je dois respecter son silence. Je dois arrêter de laisser les fantômes de mon passé – de notre passé – me ronger et m'empêcher de vivre.

Nous ne sommes plus des gamins. Anton est un homme adulte qui a les capacités de surmonter ses démons tout seul. Quant à moi, la seule chose que j'ai envie de faire maintenant, c'est de rentrer à mon appartement et de retrouver Roxane. Je crève d'envie de me perdre dans ses bras et sur ses lèvres afin d'oublier, ne serait-ce qu'un instant, les horreurs que nous venons de vivre.

CHAPITRE 45

ROXANE

Avachie sur le canapé, encore en pyjama, je regarde d'un œil distrait la télévision. Trois jours ont passé depuis que Narcisse m'a raconté la vérité. Trois jours que je squatte l'appartement de Matthieu, incapable de faire autre chose que manger, dormir, manger. Ça ne me ressemble pas de rester aussi inactive, mais je lui ai promis de ne pas prendre de risques inconsidérés – ce qui est ma spécialité, avouons-le – et je crois que j'avais besoin de souffler un peu. De prendre du recul par rapport à toute cette situation.

Les policiers se sont chargés de transférer Narcisse et sa famille vers une résidence protégée, des patrouilles ont été placées jour et nuit devant les résidences accueillant les hôtes et hôtesses de *La Galerie*. Je n'ai pas revu mes colocataires depuis que nous avons quitté l'hôtel, mais j'ai discuté hier avec Judith par téléphone et Hans me donne régulièrement des nouvelles par SMS.

Les Kabinsky et les forces de l'ordre ont donc pris la relève. Je n'ai rien de mieux à faire que suivre les consignes établies pour garantir ma sécurité et… attendre.

Mais aujourd'hui, je commence à trouver le temps long. Il est 17 heures et cela fait presque huit heures que Matthieu est parti sans me donner de nouvelles. Quand, enfin, je reconnais le bruit de la clé dans la serrure, je bondis hors du divan.

– Ah, enfin ! Tu es là, m'exclamé-je avec soulagement.

Je m'arrête net devant les deux paires d'yeux grands ouverts qui me dévisagent avec curiosité. Hissée dans les bras musclés de son père, Mya finit par esquisser un petit sourire en faisant remuer ses couettes blondes.

– Bonjour ! Tu es la copine de papa ?

– Bonjour Mya ! Euh, oui, je suis Roxane. Tu te souviens, on s'était déjà vues.

Je croise le regard de Matthieu et ne peux m'empêcher de rougir. Sous son innocence enfantine, Mya ne se doute pas qu'elle pointe du doigt un sujet plus qu'épineux entre son père et moi. Que suis-je pour lui, au juste ? Son employée ? Son flirt ? Sa collègue ? Son amie *et plus si affinités* ?

Ce serait mentir si je disais qu'il ne s'était plus rien passé entre nous depuis que j'ai élu domicile dans son appartement. Mon sommeil est toujours agité, et la vérité est que je n'arrive à bien dormir que lorsqu'il est à mes côtés. Une chose en amenant une autre, il nous est arrivé de faire plus que discuter dans son lit.

– Tu vas poser tes affaires dans ta chambre, ma puce ?

La petite fille bondit au sol et traîne son sac tout le long du couloir. Je m'approche de Matthieu, gênée, ne sachant trop comment le saluer. De lui-même, il me serre brièvement dans ses bras, mettant fin à mon combat intérieur.

– Je suis vraiment désolé, ce n'était pas prévu que Mya soit avec moi cette semaine mais sa mère m'a appelé en catastrophe. Elle vient d'être admise à l'hôpital et va sûrement accoucher dans les prochains jours. Je ne pouvais pas refuser, même si, avec tout ce qui se passe, ce n'est pas l'idéal qu'elle soit là, me glisse-t-il d'un ton inquiet.

Je me souviens alors qu'il avait évoqué le fait que son ex était enceinte lors de la soirée à la colocation. Avant que ça ne dérape entre nous deux…

Tout en l'aidant à ranger ses sacs pleins de courses dans la cuisine, je m'empresse de le rassurer.

– Voyons, tu n'as pas à t'excuser, tu es chez toi ! Et Mya est très gentille. Je suis sûre qu'on va bien s'entendre toutes les deux.

– C'est-à-dire que… Depuis le divorce, il y a très peu de femmes à qui j'ai présenté ma fille. Aucune, en fait.

Ma bouche s'ouvre et se referme, mais aucun son n'en sort. Que répondre à ça ? Qu'est-ce que ça veut dire, au juste ? Ce n'est pas comme s'il avait fait exprès de me présenter sa fille. C'est la deuxième fois qu'on se voit, et chaque fois c'était par un concours de circonstances. De toute façon, j'aurais bien du mal moi-même à définir notre relation. Je ne le vois pas en parler à sa gamine de trois ans…

Avant que j'aie eu le temps de renchérir en lui demandant si ça ne le dérange pas que je reste malgré tout, Mya débarque en sautillant dans la pièce et se pend au pantalon de son père.

– Papa, papa, on fait le gâteau alors ? S'il te plaît !

Matthieu lui adresse un sourire à faire fondre un glacier avant de lever les yeux vers moi.

– Bien sûr ! Peut-être que Roxane veut nous aider ? On va cuisiner une babka, c'est un gâteau typique polonais. C'est une sorte de brioche avec du lait, du sucre et du chocolat.

– Tu m'as convaincue dès que tu as prononcé le mot « gâteau », le coupé-je en levant une main en l'air.

– Miam miam ! s'écrie Mya, déjà en train de sortir les ingrédients.

– Prends le grand saladier ma puce, celui en métal. On y mettra la farine, lui indique Matthieu. Je peux te laisser sortir les œufs du frigo, Roxane ?

J'acquiesce et passe tout près de lui pour lui glisser à l'oreille :

– Peut-être qu'en même temps, tu pourrais me débriefer ta journée ?

Après s'être assuré que Mya est captivée par sa tâche, il me dit à voix basse :

– Les hommes de Mikheev sont passés à *La Galerie*. Apparemment, le grand chef n'a pas apprécié d'être banni de nos établissements sans préavis.

– Tu m'étonnes !

– Ils sont venus avec leurs grands airs pour sommer Anton de leur accorder une entrevue, mais ils se sont fait refouler à l'entrée. Eh, Mya, mais qu'est-ce que tu fais là ? Tu en mets partout ! s'interrompt-il brusquement.

Je me tourne vers la petite fille et ne peux m'empêcher de pouffer en la voyant recouverte de farine jusqu'à la pointe des cheveux. La table basse sur laquelle elle est appuyée et le tapis ne sont pas en reste. À croire qu'elle a directement mélangé la mixture à même le sol.

Matthieu l'attrape par la main pour la ramener dans la cuisine tout en pestant, ce qui me fait d'autant plus rire. Voilà enfin le Matthieu que j'ai toujours connu ! Je trouvais ça incroyable qu'il fasse preuve d'autant de patience. Je m'avance, amusée :

– Allez Mya, je vais t'aider ! Montre-moi ce qu'il faut faire : on doit mettre les œufs dans le bol, c'est ça ?

– Je te la confie, je vais me nettoyer.

Matthieu s'éclipse, mais lorsqu'il revient cinq minutes plus tard, il ouvre de grands yeux.

– Mais enfin, qu'est-ce qui s'est passé encore ici ?

Je hausse les épaules d'un air navré tout en essuyant un bout de mixture au chocolat qui est collé à ma joue.

– Roxane elle a oublié de mettre le couvercle, se marre Mya.

Son père lève les yeux au ciel et lâche un soupir exaspéré.

– J'y crois pas, tu es encore moins douée qu'une enfant de trois ans.

– Oh allez, ne joue pas les rabat-joie, chantonné-je, viens plutôt goûter la pâte qu'on a faite ! Même crue, elle est super bonne.

Une fois la préparation terminée, Matthieu se tourne vers sa fille.

– Allez petit monstre, c'est l'heure d'aller se mettre en pyjama !

Nous profitons de l'absence de Mya pour reprendre la conversation que nous avons laissée en suspens.

– Qu'est-ce qui s'est passé après que les sbires de Mikheev se sont fait refouler ?

– Anton a eu Mikheev au téléphone et a joué cartes sur table. Il lui a dit qu'on savait ce qu'il avait fait, que nous avions doublé la sécurité dans nos établissements, déplacé toutes les informations sensibles en lieu sûr et que la police le surveillait de près. Surtout, il a conclu en disant qu'il n'était plus le bienvenu chez nous et qu'il avait tout intérêt à rester éloigné de nos affaires.

Je lâche un soupir. Même si je n'ai pas reparlé à Anton depuis ma crise de colère contre lui, je suis contente d'apprendre qu'il a enfin osé tenir tête au mafieux.

– J'imagine qu'Alexeï ne devait pas être très content ?

Matthieu hausse les épaules.

– Sur le coup, il n'a pas pris les paroles d'Anton très au sérieux. Mais le soir même, quand il a tenté de réserver une séance à *La Galerie*, il a compris. Il a envoyé des hommes au *Millésime* pour faire du grabuge. Ils ont essayé d'attiser une bagarre, ils ont insulté les vigiles, ils ont dit que leur patron ne comptait pas en rester là. Bref, des menaces typiques de sales types dans leur genre, mais leurs ardeurs ont été vite maîtrisées.

Je fronce les sourcils, étonnée par sa décontraction.

– Il ne faut pas prendre ces menaces à la légère, Matthieu ! Tu as vu de quoi Mikheev est capable.

Le contact de la main de Matthieu sur ma joue m'apaise. Ma peau frissonne et les petits cheveux sur ma nuque se dressent malgré moi.

– Je prends tout ça très au sérieux, je t'assure. Anton aussi.

– Comment va-t-il ?

Il recule et entreprend de mettre le gâteau dans le four avant de me répondre, la mâchoire crispée :

– Pas très bien. Il n'arrive pas à digérer ce que Narcisse a fait. Je crois qu'il était plus attaché à lui que ce qu'il voulait admettre.

J'éprouve un petit pincement au cœur à cette évocation. Même si Anton et Narcisse ne forment pas un couple classique, il est évident qu'ils éprouvent des sentiments forts l'un pour l'autre. Une vague de compassion pour Anton m'envahit.

– Dans tous les cas, il a fait le nécessaire pour assurer sa protection ainsi que celle de sa famille en attendant qu'on trouve une meilleure issue à tout ça. Pour l'instant, malgré ses torts, il est toujours un employé de *La Galerie*.

– Et après ?

– Après, c'est moins sûr. Tout de même, je n'aurais jamais pensé que c'était lui, la taupe. Je ne l'ai jamais vu échanger plus de quelques mots avec Mikheev, et il fait partie de nos premières recrues.

Je ne résiste pas à l'envie de lui lancer une petite pique.

– Tu étais peut-être trop occupé à me surveiller *moi* pour te rendre compte des éventuels signes de son implication !

– Il faut dire que c'était bien joué de la part d'Alexeï Mikheev, te tourner autour juste sous notre nez alors que tu étais nouvelle… N'importe qui serait tombé dans le panneau, se justifie-t-il.

Après un court instant, il ajoute :

– On ne peut jamais vraiment être certain de la loyauté de quelqu'un avant de l'avoir observé lorsqu'il n'a plus rien à perdre.

Je suis du regard Mya, revenue dans le salon. Perdue dans mes réflexions, je me mets à nettoyer le plan de travail. Matthieu revient vers moi après avoir mis un programme pour enfants à la télévision.

– La police a prévu une descente chez Mikheev, reprend-il comme si de rien n'était.

Mon pouls s'accélère.

– Quand ?

– Ce soir, tard. Ils espèrent que l'effet de surprise va les aider à glaner des éléments concrets. Car pour l'instant, malgré le témoignage de Narcisse et de Pablo, ils ont trop peu de preuves matérielles pour procéder à une arrestation.

– Que leur faut-il de plus ?

Mon éclat de voix est parti tout seul, et je n'ai pas besoin du regard appuyé de Matthieu pour m'empresser de baisser d'un ton. Je me mords la joue pour essayer de freiner la vague de colère qui refait surface. Agrippée au chiffon comme si ma vie en dépendait, ce n'est que lorsque Kabinsky vient me l'ôter délicatement des doigts que je me rends compte combien tous mes muscles sont crispés.

– Essaie de ne pas trop y penser, me chuchote-t-il. Pour l'instant, il n'y a rien à faire de plus qu'attendre.

***

– Je crois qu'elle s'est endormie, remarqué-je en posant un regard amusé sur Mya.

La petite fille est à demi avachie contre le rebord du canapé, une peluche de lapin entre les bras. Matthieu caresse avec tendresse sa petite tête blonde. Je fonds devant tant de douceur. D'un geste, il brandit la télécommande et éteint la télévision.

– Je vais aller la coucher, je reviens.

Tandis qu'il prend la fillette dans ses bras, je débarrasse les assiettes sales et les mets dans le lave-vaisselle. Je me sens bien. Nous avons passé une agréable soirée avec Mya, qui est adorable, et j'ai presque eu l'impression d'être dans une bulle à part, hors du temps. Bien loin des drames qui ont marqué les dernières semaines.

– Laisse, on finira demain.

La voix grave de Matthieu résonne dans la pièce, juste derrière moi. Un frisson me parcourt de la tête aux pieds lorsqu'il pose ses deux mains sur ma taille, m'obligeant à me tourner vers lui. Le sourire qu'il m'adresse éclaire son visage et je suis, une fois encore, subjuguée par la beauté de ses traits. Il resserre sa poigne, nos bouches ne sont plus qu'à quelques centimètres.

– Je sais que ce n'était pas prévu que Mya soit là, mais j'espère que tu as passé une bonne soirée malgré tout, s'enquiert-il en plongeant ses yeux dans les miens.

Je hoche la tête, hypnotisée par le galbe rose et parfait de ses lèvres.

– C'était super.

Ses doigts viennent jouer avec une mèche de cheveux qui retombe sur ma joue et j'inspire profondément, essayant de calmer mon pouls effréné. Lorsque son pouce vient caresser mon cou, puis mon menton, je frôle la tachycardie.

Tout ça est si nouveau pour moi ! Toute cette intimité découverte avec Matthieu ces derniers jours, c'est allé tellement vite… Ça m'attire autant que ça m'effraie.

Matthieu Kabinsky finit par rompre le silence en me lançant, avec un rictus narquois :

– Roxane, tu cogites tellement fort que je pourrais presque voir un petit rouage au-dessus de ta tête ! Arrête un peu de réfléchir, ça fera des vacances à ton pauvre cerveau.

Je laisse échapper un petit rire en posant finalement mes paumes sur ses avant-bras.

– Impossible, je réfléchis même quand je dors ! À quoi est-ce que je pourrais m'occuper, sinon ?

– J'ai ma petite idée.

L'instant d'après, il presse sa bouche sur la mienne. Nos langues viennent naturellement se rencontrer, se titiller, s'apprivoiser. Lorsqu'il remonte ses doigts le long de mes côtes, jusqu'à ma poitrine tendue sous mon tee-shirt, mon corps s'embrase tout entier. À mon tour, je parcours avec avidité son ventre et ses abdominaux si finement dessinés.

– J'ai eu envie de t'embrasser toute la soirée, me souffle-t-il alors qu'il parsème mon cou de baisers.

Je souris contre son oreille, que je mordille gentiment.

– M'embrasser ? C'est tout ?

Avant que je puisse esquisser un geste, il vient coller son bas-ventre durci contre le mien, et j'en ai le souffle coupé.

– À ton avis ?

Cinq minutes plus tard, nous sommes entièrement nus dans sa chambre à peine éclairée par la lumière provenant de la fenêtre entrouverte. Trop impatiente, je le pousse sur le matelas et grimpe sur lui. Alors que mes gémissements deviennent de plus en plus forts, il tire gentiment sur mes cheveux puis m'embrasse de plus belle.

– Doucement, rit-il, la chambre de Mya est juste à côté.

Je souris et enfouis ma tête dans son cou pour étouffer mon plaisir qui monte, qui monte… Mon corps se contracte tout entier sur le sien. Je mords son épaule pour retenir mon cri. Lorsque je me détache de lui, en sueur et haletante, je remarque la petite marque laissée par mes dents sur sa peau. J'en éprouve une étrange satisfaction. Comme si cela me permettait de laisser ma trace sur Matthieu, quoi qu'il se passe entre nous par la suite.

Tandis que je me couche sur le côté, il passe son bras autour de moi. Instinctivement, je viens accrocher mes doigts aux siens, enivrée une fois de plus par son odeur et sa chaleur. Hélas, bien trop vite après ce moment d'extase, mon cerveau reprend le dessus. Étant à peu près sûre que Matthieu dort déjà, je susurre dans le silence de la pièce :

– Je suis tellement bien. Je n'ai pas envie que ça s'arrête.

– Ça n'a pas à s'arrêter si on ne le veut pas.

Mes lèvres s'ourlent dans la nuit en entendant sa voix rauque, à demi-endormie. J'hésite un instant, avant de poursuivre, le cœur battant :

– Il va bien falloir que je retourne travailler à un moment donné, et que toi tu reprennes pleinement tes fonctions à *La Galerie*. Qu'est-ce qui va se passer quand ça sera le cas ? Je veux dire… pour *nous*.

Ma voix déraille sur ce *nous* qui me glisse sur la langue et perle sur mes lèvres, comme si c'était un mot précieux mais interdit. Le seul fait de le prononcer à haute voix me paraît tabou.

Matthieu resserre son étreinte et embrasse mon épaule avant de me répondre, plus pragmatique :

– On avisera à ce moment-là.

Je tente de masquer ma déception, mais il reprend tout bas :

– Malgré tout ce qui se passe, je dois avouer que ça fait très longtemps que je ne me suis pas senti aussi bien. Et c'est grâce à toi.

Une vague de chaleur traverse ma poitrine, inondant mon ventre qui se met à pulser lui aussi.

Je me retourne pour lui faire face, touchée par cette déclaration brûlante de sincérité.

– C’est pareil pour moi.

Sa bouche s’étire en un magnifique sourire. Je me penche et pose mes lèvres sur les siennes, encore et encore. Son corps tout entier est comme un aimant qui attire le mien, le faisant vibrer de la plus délicieuse des manières. L’attraction entre nous est de plus en plus forte, le vide que je ressens en son absence, de plus en plus dur à combler.

Roxane, ma vieille, tu es dans la merde.

– Tout ira bien, souffle-t-il en écho à mes pensées.

Je hoche la tête, vaincue, puis referme les yeux, ma tête posée contre son torse. Mes angoisses, mes peurs et mes incertitudes m’attendent au pas de la porte, je ne me leurre pas. Mais pour l’heure, elles peuvent bien patienter quelques jours de plus.

CHAPITRE 46

ROXANE

Le surlendemain, alors que je rentre d'une promenade avec Mya, le téléphone de Matthieu se met à sonner. En le voyant s'éloigner, je comprends que quelque chose ne va pas. Une fois Mya installée devant la télévision, je m'approche pour en savoir plus.

– Attends, calme-toi, je ne comprends rien !

À mesure que son mystérieux interlocuteur parle, son visage se décompose. Il raccroche après quelques instants et ferme les yeux, se pinçant l'arête du nez, signe évident de son agacement.

– Qu'est-ce qui se passe ?

– Il y a un problème à *La Galerie*. Anton est arrivé il y a une demi-heure, il a trouvé la porte ouverte et un bordel monstre à l'intérieur des chambres. Tout a été saccagé. Il était avec la police, en train de faire le point pour voir s'il s'agit d'un vol ou d'un acte de vandalisme.

Je porte mes mains à ma bouche, horrifiée. Avant que je ne pose la question, il poursuit :

– Il n'y avait personne, les femmes de ménage étaient déjà parties, heureusement. En tout cas, ce n'était pas un hasard. Quelqu'un connaissait les horaires de relève des vigiles et a agi pile à ce moment-là.

Je m'adosse contre le plan de travail, sous le choc.

– « Quelqu'un »… Je pense que toi comme moi savons très bien de qui il s'agit !

– Sûrement. Je dois aller à *La Galerie*, tout de suite. Mais je ne peux pas emmener Mya, et il est trop tard pour appeler une nounou. Je ne sais pas comment je vais faire…

Timidement, je pose ma main sur son avant-bras, dans un geste que je veux assuré.

– Je peux la garder, si tu veux.

Il lève vers moi des yeux où je peux lire un mélange de confusion et d'inquiétude.

– Tu es sûre ? Je ne veux vraiment pas t'imposer ça.

– Mais oui, le coupé-je, Mya est adorable et tu as été assez aimable pour m'accueillir chez toi. Il n'y a aucun problème, je peux bien la surveiller pour la soirée.

Il semble prêt à riposter, mais se ravise. Rejoignant Mya devant la télévision, il se baisse à son niveau pour lui annoncer :

– Ma chérie, papa va devoir s'absenter quelques heures pour le travail. C'est Roxane qui va te garder ici, d'accord ? Tu vas être bien sage avec elle ?

Hypnotisée par l'écran, la petite fille a l'air bien moins perturbée que nous deux par cette perspective. Je grimace un sourire à l'intention de Matthieu, qui se relève et qui s'empare de ses clés.

– Bon… J'y vais alors. Mon portable va rester à proximité. N'hésite pas à m'appeler s'il y a quoi que ce soit. Pour le dîner, il y a des pâtes dans le placard, et du jambon dans le frigo.

– Ne t'inquiète pas, tout va bien se passer.

J'ai dit ça pour me rassurer tout autant que lui. Après nous avoir jeté un dernier regard et m'avoir promis de me tenir au courant, il quitte l'appartement, refermant la porte derrière lui.

Mais oui, tout va bien se passer. J'ai géré des types complètement saouls au *Millésime*, et même les participants des soirées dépravées d'Alexeï Mikheev. Je peux bien m'occuper d'une enfant.

Je soupire. Roxane baby-sitter, voici un rôle que je ne pensais pas endosser quand j'ai signé avec les Kabinsky.

Ma parole, cette gamine est infatigable ! Nous avons joué ensemble à la dînette, aux poupées, regardé un film, fait un puzzle, dîné, et elle ne manifeste toujours pas le moindre signe de fatigue. Quant à moi, les effets de ma courte nuit précédente commencent à se faire sentir. Mes yeux me piquent autant que si j'avais versé du citron dedans, je ne peux m'empêcher de bâiller.

En plus, j'ai comme l'impression que cette petite me fait tourner en bourrique. Son sourire innocent aurait dû me mettre la puce à l'oreille lorsque je lui ai demandé à quelle heure son père l'envoyait dormir et qu'elle m'a répondu « Quand je veux ». De même lorsqu'elle m'a proposé de se mettre au lit si je lui lisais une histoire. Quelle erreur ! Cela fait plus d'une heure que je lui relate les aventures de Jojo Lapin, la Belle, la Bête et tous leurs copains. Elle est toujours aussi alerte, tandis que moi, je lutte pour garder mes paupières ouvertes.

La sonnette retentit, ce qui me fait sursauter. Je me lève précipitamment en lançant à Mya :

– Ce doit être ton papa, mais c'est bizarre, il me semblait qu'il avait pris ses clés.

– Il les oublie tout le temps. Tu lui dis pas que je suis réveillée hein ! supplie-t-elle en tirant la couverture sur elle et en fermant les yeux.

Je grogne, à la fois agacée et amusée de la voir jouer les petites filles parfaites.

Les filles et leur père… Toute une histoire. La sonnette insiste, j'allonge le pas pour me dépêcher d'aller ouvrir.

Puis, tout se passe très vite. J'ai à peine le temps de distinguer les silhouettes devant moi qu'on m'attrape par le bras et qu'on me colle une sorte de chiffon humide sous le nez. Une odeur infâme, piquante, me monte aux narines. Je me débats, luttant de toutes mes forces pour ne pas perdre connaissance, mais c'est peine perdue. Ma conscience dérive petit à petit vers un océan de coton. Le noir se fait. Le noir complet, absolu, glaçant.

Une dernière pensée confuse résonne dans ma tête : *Mya*.

CHAPITRE 47

ROXANE

– Nymphéa, réveille-toi ! Reviens avec nous !

Une chaleur diffuse au niveau de ma joue me permet de reprendre peu à peu connaissance. Puis je prends conscience de la douleur lancinante de mon crâne. J'émerge difficilement, le corps endolori, les bras qui me tiraillent et la bouche pâteuse, comme si je me réveillais après une cuite monumentale.

– Ma… tthieu ? bégayé-je.

Je bats des cils, et la scène se fait plus nette. Une paire de lunettes en écaille bouge de droite à gauche devant moi.

– Non, c'est Anton, mais Matthieu est là aussi.

Tout à coup, la raison de mon évanouissement me revient et je bondis. Du moins, j'essaie. Mes fesses s'élèvent à peine de quelques centimètres avant de retomber lourdement sur la surface plate d'une chaise. Mes bras engourdis ne me répondent plus. Je lâche un petit cri de douleur lorsque je tire dessus. J'ai l'impression qu'on m'enfonce des lames dans la peau. C'est là que je comprends, et mon souffle devient précipité. Je commence à paniquer. Anton s'empresse de venir derrière moi et me dit d'une voix douce :

– Attends, calme-toi Nymphéa, je vais te détacher !

J'ai à peine le temps de me remettre debout et de masser mes poignets endoloris que Matthieu surgit dans la pièce et m'attrape par les épaules.

– S'il te plaît, dis-moi que tu sais où elle est ! Dis-moi qu'elle va bien !

Ses yeux sont humides, ses traits, creusés par l'inquiétude. Je comprends immédiatement ce qui s'est passé. Mya. Ils ont pris Mya ! Une vague de terreur pure, impitoyable et glacée me saisit les entrailles. Je déglutis péniblement. Impossible de parler, alors je secoue la tête avec difficulté. Je crois que je vais vomir.

Lorsque Matthieu me relâche, je chancelle. Anton m'attrape la main, m'aide à me rasseoir, mais je n'ai d'yeux que pour son frère qui se met à faire les cent pas dans l'appartement. Il passe ses doigts dans ses cheveux, tirant dessus comme s'il voulait se les arracher.

– Tiens, bois ça.

Anton me tend un verre d'eau que je saisis d'une main tremblante. La première gorgée me donne l'impression d'avaler une poignée de clous, mais la deuxième passe un peu mieux. Il s'assied en face de moi, passant sa paume sur son visage, et me demande :

– Est-ce que tu te souviens de ce qui est arrivé ? C'est important, essaie de te concentrer.

Je tente de me racler la gorge avant de répondre d'une voix enrouée :

– On a sonné. J'ai ouvert, on m'a balancé un mouchoir ou je ne sais quoi sur le visage. Je me suis évanouie. Je n'ai rien vu…

Les mots se brisent sur la fin de ma phrase.

– Ils ont enlevé Mya, murmure Matthieu.

Les larmes me montent aux yeux. De son côté, il tourne dans le salon comme un lion en cage, les joues déjà humides. Je porte ma main à ma bouche, horrifiée, ne pouvant retenir un hoquet lorsque je souffle un pathétique :

– Je suis désolée.

– Qu'est-ce que c'est que ça ? m'interrompt brusquement Anton en m'attrapant le bras.

Il remonte ma manche, dévoilant une suite de chiffres écrits à la va-vite au feutre noir. Un numéro de téléphone. J'écarquille les yeux, mais alors que je comprends à peine ce que tout cela signifie, Matthieu est déjà en train de composer le numéro d'un air fébrile.

– Mets-le sur haut-parleur, lui demande Anton en se plaçant à côté de lui.

Il s'exécute, et trois longues sonneries retentissent avant que quelqu'un daigne répondre.

– Ah, enfin ! Je commençais à m'impatienter.

Mon regard croise celui d'Anton. Cette voix… Sifflante, froide, sans émotions. Ça ne fait aucun doute.

C'est celle d'Alexeï Mikheev.

Ça n'a pas l'air de déstabiliser Matthieu, qui se met à hurler :

– Écoute-moi bien espèce de fils de pute, tu vas tout de suite me dire où se trouve ma fille !

À l'autre bout du fil, un rire retentit.

– Eh bien, quel langage coloré ! Si Mya était à côté de moi, je serais obligé de lui boucher les oreilles pour qu'elle n'entende pas les vilains mots qui sortent de la bouche de son papa.

– Putain, je te jure, si tu touches à un seul de ses cheveux… menace Matthieu.

– Ce ne sera pas nécessaire monsieur Kabinsky, si toi et ton frère acceptez de coopérer.

– Qu'est-ce que tu veux, Alexeï ? intervient Anton

Un bref silence se fait entendre, et je peux presque voir le sourire goguenard de Mikheev. Il reprend avec calme :

– Bien, très bien, toute la famille est là alors ! C'est parfait. Ce que je veux est très simple : *La Galerie*, tous ses employés et tous ses clients.

Sa requête sonne comme un coup de tonnerre dans la pièce. Les frères Kabinsky ne répondent pas tout de suite. Mikheev poursuit d'une voix plus dure :

– Nous avons essayé la méthode douce, mais ça n'a pas fonctionné. Il est donc temps que nous passions à la méthode forte. Au début, je comptais me montrer courtois et seulement récupérer votre liste de clients premium, tous les ambassadeurs, ministres, personnalités influentes qui viennent assouvir leurs penchants dans vos ridicules petites chambres. Mais me bannir, moi et mes hommes, et surtout nous envoyer les flics ! Ce n'était vraiment pas très sympathique, Anton. Et surtout, très, très mal joué de votre part.

Anton et Matthieu échangent un regard. Ce dernier serre tellement fort son téléphone que ses jointures deviennent blanches. Tremblant de colère contenue, il s'efforce de se maîtriser lorsqu'il demande :

– Si on accepte, tu me garantis qu'aucun mal ne sera fait à ma fille ?

– Bien sûr, si vous faites un pas en ma direction, j'en ferai un vers vous. La petite Mya retrouvera son papounet sans la moindre égratignure.

– Quand ? articule péniblement Anton qui a enlevé ses lunettes pour masser ses tempes d'un air las.

– Dimanche soir, à 20 heures tapantes. Je vous enverrai l'adresse le matin même. Et ne vous inquiétez pas, je m'occupe de la paperasse : vous n'aurez qu'à venir armés de votre joli sourire et de votre meilleur stylo pour signer tout ça.

Voyant qu'Anton ne réagit pas, Matthieu répond, en fixant son frère d'un air hostile.

– C'est d'accord, on y sera.

– Ah, et j'oubliais, ajoute Mikheev, si jamais l'idée vous venait d'inviter vos copains de la police à notre petite fête, je le saurai, soyez-en sûrs. Et là, je serai beaucoup moins courtois. Je vous conseille de ne pas me tester : vous avez vu de quoi mes hommes sont capables.

Sur cette menace directe, il raccroche, nous laissant tous les trois face à une tonalité vide. Matthieu jette pratiquement son portable sur la table avant de proférer un énième juron. Anton, quant à lui, pousse un profond soupir et s'adosse au plan de travail de la cuisine, pensif. Après quelques minutes passées à écouter le tic-tac oppressant de l'horloge, je me décide à prendre la parole d'une toute petite voix :

– Qu'est-ce qu'on fait maintenant ?

– On peut essayer d'appeler la police, et…

– C'est hors de question, le coupe Matthieu, tu l'as entendu, si on appelle les flics, il le saura. Il a réussi à s'introduire de nouveau sans difficulté à *La Galerie* et dans mon appartement, malgré la sécurité renforcée. On doit encore être sous surveillance, il sait tout. C'est trop risqué.

– Pas autant que de laisser Mya quatre jours avec Mikheev et ses hommes, rétorque Anton. Je ne te parle pas des enquêteurs qui investiguent sur le meurtre d'Olympia, mais d'appeler certains de nos contacts haut placés pour qu'ils puissent parler aux autorités compétentes.

Voyant que Matthieu reste fermé, il insiste.

– On a quatre jours. Laisse-moi essayer de trouver une solution alternative.

Matthieu attrape une chaise et s'assied lourdement dessus, passant ses paumes sur son visage. Je remarque seulement alors combien il est blême. Sa jambe est prise d'un tic nerveux. Il semble prêt à exploser, ce qui ne tarde pas puisqu'il finit par s'écrier :

– Anton, c'est de ta nièce qu'il s'agit ! Putain, c'est ma fille, ta famille. S'il faut sacrifier ton sacro-saint business pour la sauver, je n'hésiterai pas une seconde, tu m'entends ? Et tu ferais mieux de m'en dire autant, sinon, on va avoir un sacré problème tous les deux.

Une nouvelle fois, il se redresse, envoyant valser son siège, et se remet à arpenter la pièce, tremblant de rage. De mon côté, je me plaque contre le mur opposé pour me faire toute petite.

Anton vient attraper son frère par l'épaule, le forçant à le regarder. Leurs yeux si similaires s'accrochent. Des iris pleins d'angoisse et de haine pour Matthieu. Une fois de plus, je reste confuse devant le calme apparent d'Anton. Il fait vraiment preuve d'un self-control à toute épreuve. Ça pourrait presque passer pour du désintérêt si le petit muscle qui tressaille sur sa joue gauche ne trahissait son inquiétude. Les deux frères restent plantés l'un face à l'autre quelques instants, sans rien dire. Mais par je ne sais quel pouvoir magique gémellaire, le feu qui se dégage de Matthieu semble s'atténuer.

– Il nous reste quatre jours, répète Anton sans ciller. Nous allons récupérer Mya saine et sauve, je te le promets. Entre-temps, laisse-moi faire le maximum pour trouver une solution et empêcher Mikheev de prendre possession de *La Galerie*. Si je n'y arrive pas d'ici dimanche, je te promets que je signerai ces papiers sans aucune hésitation. D'accord ?

Très lentement, Matthieu baisse le regard et acquiesce. Je sursaute lorsqu'il se laisse glisser au sol, genoux à terre, enfouissant son visage entre ses paumes. De nouveau, ma vue se brouille. Anton se tourne vers moi et me murmure :

– Peux-tu contacter les autres hôtes, voir si quelqu'un a entendu quelque chose ? N'importe quoi qui serait lié de près ou de loin à Mikheev et à ses affaires. À ce stade, toute information est bonne à prendre.

Je m'empresse d'accepter, bien évidemment, et je chasse d'un geste vif les larmes qui ont recommencé à couler jusqu'à mon menton.

Quatre jours. Quatre jours pour délivrer Mya et préserver *La Galerie*.

Quatre jours pendant lesquels je suis prête à rester éveillée toutes les nuits pour trouver une alternative et envoyer ce salopard de Mikheev pourrir en prison – ou au fond d'un fleuve, peu m'importe en réalité.

Je n'arrive pas à croire qu'encore une fois, en un instant, tout a basculé.

Olympia, Narcisse, et maintenant, Mya.

Cet enfoiré prend un malin plaisir à nous détruire de l'intérieur.

À cette pensée, une idée me vient. Une idée folle, dangereuse, probablement perdue d'avance, mais je suis prête à tout pour réparer mes erreurs et sauver la situation.

CHAPITRE 48

ROXANE

Deux jours plus tard.

À l'heure convenue, Hans vient me chercher en bas de l'appartement de Matthieu. J'y vis toujours pour l'instant, mais nous nous sommes à peine croisés ces deux derniers jours, occupés tous les deux à essayer de trouver une solution. Le Porsche Cayenne se gare devant moi et, en ouvrant la portière, je découvre Joconde déjà assise sur la banquette arrière. Ses bras sont croisés, son air est grave. Pour la première fois, je vois l'inquiétude qu'elle s'efforce de cacher sous son masque de digne indifférence. C'est un fait, ce qui est arrivé à Olympia, ce qui arrive aux Kabinsky, ce qui va probablement arriver à *La Galerie*… Ça nous affecte tous.

– Alors, tu as réussi à retrouver la trace de ta sœur ?

Joconde pince les lèvres, signe évident que le sujet la contrarie. Même si nous n'avons jamais été très proches, nous travaillons ensemble depuis des mois. Je commence à la connaître.

– J'ai questionné les quelques connaissances que nous avions en commun, mais elles ne m'ont été d'aucune utilité. Manuela s'est isolée de tous ceux dont nous étions proches. Et, comme je te l'ai dit, ça fait des mois qu'on ne se donne plus de nouvelles.

Même si je m'y attendais, cette information me donne un coup au moral. Je lâche un soupir.

– C'est la seule qui serait susceptible de nous aider à retrouver Mya.

– Je sais, rétorque-t-elle. C'est pourquoi j'en ai discuté avec Hans… et une idée nous est venue.

Elle échange une œillade énigmatique avec le garde du corps à l'avant du véhicule. Tout de suite, je pressens que ça ne va pas me plaire.

– Narcisse, dit-elle simplement.

J'appuie mon front contre l'appuie-tête de mon siège en prenant une profonde inspiration.

Voilà, j'avais bien senti que ça n'allait pas me plaire.

– Quoi, Narcisse ? répété-je.

– Il a été la taupe de Mikheev pendant des mois. Il doit savoir comment le joindre, ou à défaut, ceux qui travaillent pour lui.

– Peut-être, mais aux dernières nouvelles, il était planqué à triple tour derrière une porte blindée avec sa famille et des policiers chargés d'assurer sa tranquillité. Et puis, ce n'est vraiment pas dit qu'il accepte de nous aider, vu tout ce qui s'est passé.

– C'est justement au vu de tout ce qui s'est passé que je pense qu'il va nous aider, rétorque Joconde. On a exposé l'idée à Matthieu, il a déjà communiqué son adresse à Hans. C'est à une trentaine de minutes d'ici, en direction de Louvain. Ça vaut le coup d'essayer, non ?

***

Alors que Hans se gare devant une grande bâtisse un peu à l'écart de la ville, je ne peux m'empêcher d'observer avec appréhension les lieux autour de nous. Tout semble calme. On est devant une petite maison de ville, parfaitement anodine, au milieu d'un quartier dont je n'ai jamais entendu parler.

– Je suis désolé, mais je ne crois pas pouvoir venir avec vous, déclare brusquement notre chauffeur. Je croyais que j'en étais capable, mais en voyant Narcisse… J'ai peur de ne pouvoir penser qu'à Olympia, vous comprenez ? C'est trop dur.

Ses grands yeux bleus d'enfant parsemés de cils blonds, presque blancs, se voilent de larmes. Je détache ma ceinture et le serre brièvement contre moi.

– Ne t'inquiète pas, on va très bien s'en sortir avec Joconde. Attends-nous ici.

Hans hoche la tête et, tandis que nous nous extirpons du véhicule, je l'entends renifler. Le nœud dans mon estomac se serre à mesure que nous approchons de la porte en bois. Assis devant l'entrée, un homme est en train de lire un livre, mais en l'écoutant échanger avec Joconde, je comprends qu'il s'agit d'une des personnes chargées de la protection de la famille de Narcisse. Par chance, il travaille aussi à *La Galerie* et se souvient de nous ; il finit par se laisser convaincre de nous accorder l'accès.

À peine dix secondes passent avant qu'une silhouette longiligne ne vienne nous ouvrir.

– Nymphéa et Joconde ? s'exclame Narcisse. Mais… qu'est-ce que vous faites là ? Toutes les deux, en plus ?

– On a besoin de te parler.

Son visage, d'abord perplexe, devient circonspect. Toutefois, il hoche la tête et recule d'un pas en nous invitant à le suivre.

– On va monter à l'étage, on sera plus tranquilles.

Alors que nous traversons un petit couloir étroit, des éclats de rire me font tourner la tête. Je tombe nez à nez avec deux fillettes aux traits identiques qui doivent avoir une dizaine d'années, et une troisième plus grande, au teint beaucoup plus hâlé. À part ça tout, depuis leurs yeux sombres jusqu'à leurs cheveux noirs, trahit leur lien de sang avec Narcisse. Elles nous adressent un petit signe de la main auquel nous répondons après une seconde d'hésitation.

– Les filles, retournez dans le salon s'il vous plaît. Maman ne va pas tarder à se réveiller de sa sieste, et vous n'avez toujours pas fini vos devoirs, les gronde-t-il.

Il se retourne ensuite vers Joconde et moi, l'air de plus en plus embarrassé.

– Désolé, mes petites sœurs ne sortent plus, alors dès qu'elles voient une personne de l'extérieur, elles sont ravies.

Nous montons un escalier étroit qui conduit à un étage à la décoration tout aussi impersonnelle que le rez-de-chaussée. Seule la chambre, au plafond haut et aux murs peints en gris clair, atteste d'un peu de vie. Les vêtements de Narcisse sont éparpillés aux quatre coins de la pièce, ainsi que deux énormes valises.

– Ta famille… Qu'est-ce que tu leur as dit ? demande tout à coup Joconde.

Après avoir refermé avec précaution la porte derrière nous, Narcisse s'adosse au mur, les bras croisés.

– À mes sœurs, pas grand-chose. Qu'on devait déménager et que pour un temps, elles suivraient l'école à la maison. À ma mère, j'ai dit la vérité… Enfin, presque toute la vérité. Je lui ai avoué qu'il y avait eu un décès à *La Galerie* et que l'on devait partir se cacher pendant un temps. Elle a fui une situation plus que tendue au Brésil, comme tu le sais. Elle est donc prête à faire ce qu'il faut pour assurer sa sécurité et celle des siens.

Joconde hoche la tête sans rien ajouter. Mon regard s'attarde sur les traits tirés de Narcisse, ses cernes encore visibles. Sa mère est-elle au courant de la réalité de son emploi ? Mille questions me traversent l'esprit, je me rends compte que j'en sais très peu à son sujet. Ce qui est assez normal, étant donné qu'une des premières règles de *La Galerie* est de préserver l'anonymat de son personnel… Mais tout de même. Jusqu'à il y a peu, je le considérais comme mon ami.

– Nous n'allons pas abuser de ton temps. Nous sommes venues pour une raison bien précise : je souhaite entrer en contact avec Manuela. Est-ce que tu sais où on peut la trouver ?

Il fronce les sourcils, de plus en plus étonné.

– C'est possible, dit-il très lentement. Mais pourquoi veux-tu renouer avec elle, maintenant ?

On échange un regard et je décide d'opter pour la vérité.

– On veut la convaincre de venir témoigner contre Mikheev.

Mauvaise pioche. Ces paroles plongent Narcisse dans une profonde agitation.

– Tu n'es pas sérieuse ? Vous avez vu de quoi il est capable, c'est un fou ! Et vous, vous seriez tout aussi folles d'aller lui chercher des noises après tout ce qui s'est passé. De toute façon, c'est peine perdue, laissez-moi vous le dire : jamais Manuela ne se mettra en danger comme ça, pas maintenant, pas après tout ce qui s'est passé.

– C'est précisément maintenant qu'on a le plus besoin d'elle, Narcisse. Il y a quelque chose que tu ne sais pas…

À voix basse pour éviter qu'un membre de sa famille ne nous entende, je lui résume les derniers événements. En apprenant que la fille de Matthieu a été enlevée, il devient blanc comme un linge. Joconde lui présente une chaise sur laquelle il se laisse choir, la tête entre les mains. Malgré mon impatience et mon envie de le secouer comme un prunier, j'attends quelques minutes, le temps qu'il digère les informations.

– Écoutez, je comprends ce que vous essayez de faire. Mais c'est inutile, croyez-moi. Mikheev surveille tout et tout le monde. Si Manuela esquisse ne serait-ce qu'un geste pour vous aider, il sera au courant et elle risque gros. Et… moi aussi.

Il prend une profonde inspiration avant de poursuivre.

– Ce qui intéresse Mikheev depuis longtemps, c'est *La Galerie*. Une fois qu'il aura eu ce qu'il veut, il rendra Mya à son père et il nous laissera tous tranquilles. Je suis désolé, je ne peux rien pour vous. Le mieux qu'il y a à faire, c'est attendre les deux jours qu'il reste avant que la négociation soit finalisée.

– C'est impossible, réplique Joconde qui commence elle aussi à perdre patience. D'ici deux jours, les Kabinsky auront cédé *La Galerie*. Toi comme moi, on va tout perdre, Narcisse. C'est ça que tu veux ? Tu as envie de travailler sous les ordres de Mikheev, après ce qu'il t'a fait ? Ce qu'il a fait à Olympia ?

Narcisse se met à fixer ses pieds, l'air penaud.

– Ce ne sera pas un problème pour moi. Anton m'a fait comprendre qu'une fois que ma famille et moi serions hors de danger, il ne voudrait plus rien avoir affaire avec moi. Personnellement comme professionnellement.

Je demeure silencieuse un moment, encaissant le coup. Matthieu m'avait dit que son frère avait été particulièrement blessé par la trahison de Narcisse, mais je ne pensais pas qu'il irait jusque-là. Plus d'Olympia, plus de Narcisse.

– Anton souffre beaucoup, tu sais. Je suis sûre que sa décision n'est pas irrévocable. Et pense à nous, Narcisse. À Joconde, Judith, Hans, moi… Nous allons être à la merci de Mikheev et de ses larbins ! Qui sait ce que *La Galerie* va devenir ?

– Tu peux faire le choix de partir, toi aussi. De toute façon, soyons réalistes, tu n'aurais sûrement pas fait ce métier toute ta vie, non ? Peut-être est-il temps de reprendre un quotidien plus normal.

Mes ongles s'enfoncent dans mes paumes au point qu'ils risquent d'y laisser des traces. Je m'étais promis de ne pas m'énerver, mais c'est peine perdue. J'explose alors, ignorant Joconde qui essaie de me calmer :

– Putain, mais tu ne peux pas être aussi lâche ! Olympia est morte, Narcisse, on l'a assassinée, et tu es le dernier à l'avoir vue ! On ne pourra plus jamais reprendre une vie *normale*, ça n'existe plus, ça ! On en a trop vu, trop entendu toi et moi. Moi aussi, j'ai peur, mais je me refuse à rester les bras croisés quand tout fout le camp. On a encore des cartes à jouer avant que ce soit trop tard, alors jouons-les.

Un instant, je me demande si je n'ai pas été trop dure. Les yeux foncés et si expressifs de Narcisse deviennent humides, et je me sentirais presque coupable si je n'étais pas persuadée que cet électrochoc était nécessaire pour le sortir de sa léthargie. Je m'approche et pose ma main sur son bras.

– Je sais que tu t'en veux et que tu te sens coupable de ce qui s'est passé, murmuré-je en le regardant droit dans les yeux. Mais tu n'as rien à voir avec la bande de Mikheev. Tu es une bonne personne, j'en suis persuadée. Tu ne peux pas juste te cloîtrer derrière quatre murs et laisser la peur te gouverner. Ce n'est pas ça, la vie ! La vie, c'est sortir, rire, pleurer, prendre des risques ! On a cette chance immense d'être vivants, alors, utilisons-la. Aide-nous à réparer les dégâts et à rendre justice à toutes les personnes que Mikheev a persécutées.

Dans un premier temps, il me fixe sans rien dire, comme dans un état second. Il cligne des yeux et une larme vient perler sur le bord de ses cils épais avant de rouler le long de sa joue. Son chagrin me touche mais je reste stoïque, campée sur mes positions.

Je veux qu'il se secoue, j'ai besoin qu'il réagisse. Enfin, contre toute attente, il franchit d'une enjambée la distance qui nous sépare et me serre dans ses bras.

Surprise, je me crispe à son contact mais finis par me détendre et par entourer son large dos de mes bras. On ne se connaît que depuis quelques mois, mais on a déjà vécu beaucoup de choses ensemble. Cette étreinte inattendue renforce ma certitude que ce qu'on a vaut la peine d'être sauvé.

Il se recule et essuie ses joues d'un revers de la main.

– D'accord, je vais vous aider.

Mes épaules s'affaissent comme si on les avait libérées d'un poids immense.

– Alexeï Mikheev m'avait donné différents numéros de téléphone pour le contacter. Ils étaient tous contrôlés par une seule et même personne, une femme. Je n'ai jamais connu son nom, mais c'était toujours elle qui prenait les rendez-vous. Je devais lui envoyer un SMS et, au lieu de lui décrire la fille que je voulais, je lui donnais un mot de passe pour demander une entrevue avec Mikheev ou un de ses hommes. J'imagine qu'il nous suffira de demander à réserver Manuela, comme si nous étions un client régulier… Après ça, elle devrait nous donner une heure et un lieu de rendez-vous.

Joconde se crispe à côté de moi. J'admire son sang-froid, ça ne doit pas être facile pour elle de retrouver sa sœur dans ces conditions.

Quand je suis allée la voir pour lui exposer mon plan et lui demander son aide, j'ai cru qu'elle allait m'envoyer paître. Mais elle a été étonnamment conciliante. La mort d'Olympia semble l'avoir plus affectée que ce qu'elle ne montre, et je crois qu'au fond d'elle, elle souhaite tout autant que moi voir Mikheev croupir dans une cellule de prison…

Si ce n'est plus.

En quelques minutes, nous montons tous les trois notre plan : Narcisse nous confie la liste des numéros à contacter ainsi que les mots-clés à utiliser pour accéder à notre requête. De notre côté, Joconde et moi, nous nous occuperons d'acheter un téléphone jetable pour la prise de contact et d'organiser notre escapade avec Hans. D'après Narcisse, nous devrions obtenir un rendez-vous dès ce soir. Pour le reste… Ce sera à nous de jouer.

Au moment de partir, je me sens un peu plus légère. Même si la partie est encore loin d'être gagnée, on ne baisse pas les bras. J'ai déjà réussi à convaincre Joconde et Narcisse, c'est une petite victoire.

Alors, on va se battre jusqu'au dernier moment. Jusqu'à ce que la dernière petite lumière d'espoir soit perdue au plus profond du brouillard.

CHAPITRE 49

ROXANE

Depuis vingt bonnes minutes, nous tournons dans les quartiers les moins fréquentés de Bruxelles et mon angoisse va croissant. Et si c'était un piège ? Peut-être que Mikheev a compris qui se cachait derrière cette réservation de dernière minute, et qu'il nous attend avec ses sbires pour nous faire passer un sale quart d'heure ? Je jette un coup d'œil vers mes acolytes. À ma gauche, Hans a l'air aussi nerveux que moi, mais Joconde sur la banquette arrière ne laisse rien filtrer de ses émotions, comme d'habitude. Pourtant, j'imagine sans mal qu'elle doit être celle de nous trois qui redoute le plus cette entrevue.

– On y est. C'est l'adresse que j'ai rentrée dans le GPS.

Collant mon nez contre la vitre teintée, j'observe avec appréhension les lieux autour de nous. Nous nous trouvons dans une ruelle assez large, où des sacs-poubelles à moitié éventrés trônent un peu partout. Devant l'enseigne à la peinture écaillée de l'hôtel, une demi-douzaine de filles aux tenues plus qu'évocatrices.

Narcisse n'a pas menti. En plus de ses bordels et établissements privés, Mikheev ne lésine pas sur les bons vieux tapinages à l'ancienne. Quelques mètres devant nous, une voiture s'arrête et une portière s'ouvre. Une femme de petite stature en sort en boitillant, et manque de se faire bousculer par le véhicule qui repart en trombe la seconde d'après. Ma mâchoire se serre.

À mon entrée à *La Galerie*, j'ai eu beaucoup de scrupules. Le métier d'hôtesse est moralement discutable, mais ce qui se passe dans les chambres est fait dans le respect des lois et du consentement de chacun. Jamais les Kabinsky ne réduiraient leurs employés à ça.

Il est hors de question qu'Alexeï Mikheev y parvienne.

– Elle est là, s'exclame tout à coup Joconde. Je la vois, Manuela est juste là.

– Je fais quoi alors, je l'interpelle juste comme ça ? demande Hans d'une voix plus aiguë que d'habitude.

Mon regard se pose sur mon chauffeur et ami qui, pour l'occasion, a laissé tomber le costume-cravate impeccable qu'il porte toujours. Ça me fait tout drôle de le voir comme ça, vêtu d'un simple jean, une casquette vissée sur la tête. Mais nous ne voulions pas davantage attirer l'attention, déjà que le Porsche Cayenne lustré de Hans fait tache dans l'environnement.

– Approche-toi et donne-lui le numéro qui est écrit sur le SMS. Nous, on va essayer de se faire discrètes, approuvé-je.

Hans ralentit en s'engouffrant dans la rue et je m'aplatis contre mon siège, le cœur battant à tout rompre. Une fille vêtue d'une robe moulante vient se pencher à la vitre.

– Alors mon beau, on s'est perdu ?

– Non, j'ai… fait une réservation, bafouille Hans en lui mettant sous les yeux l'écran de son téléphone.

La blonde s'allume une cigarette avant de répondre :

– OK, tu as rendez-vous avec Manuela. Tu vas voir, elle est très jolie. Tu ne seras pas déçu.

Alors que je commence à me dire que notre plan va peut-être bien se passer, la fille hoche la tête en direction d'une personne qu'on ne voit pas. J'imagine dans un premier temps qu'il s'agit de Manuela, mais lorsque j'aperçois deux types tout en muscles qui s'approchent de la voiture, je comprends que je me suis trompée.

– Sortez, tout de suite ! s'écrie une voix masculine.

Mon sang ne fait qu'un tour lorsque je vois Tatiana, la femme de Mikheev, arriver à grands pas. *Oh non, non, non.* Qu'est-ce qu'elle fait là ?

– Il faut qu'on y aille, vite, murmure Joconde.

Mais je ne l'écoute pas. On ne verra pas Manuela, tant pis. Je ne peux pas partir d'ici sans avoir au moins essayé d'arranger les choses. J'ouvre la portière.

– Nymphéa, remonte !

J'entends ma collègue pester avant de me suivre hors du véhicule. Tatiana se tient devant nous, entourée par ses deux gardes du corps. Son ventre rond ne laisse plus de doute sur le fait qu'elle est enceinte, mais elle n'en demeure pas moins hostile.

– Alexeï m'avait prévenue qu'on risquait d'avoir une petite visite. Mais je n'y croyais pas, je ne vous imaginais pas aussi stupides.

Sa voix, que j'entends pour la première fois, sonne à mes oreilles comme le sifflement d'un serpent. J'opte pour une semi-vérité.

– On est venues voir Manuela. Joconde veut parler à sa sœur, ce n'est pas interdit, que je sache ?

Ses yeux bleu-gris, durs comme l'acier, me harponnent.

– Et vous n'avez rien trouvé de mieux que de venir papoter sur ses horaires de travail ? Peut-être que tu avais envie de te souvenir du bon vieux temps, Isabella ?

– J'ai à lui parler pour des affaires de famille. Rien qui vous concerne, rétorque-t-elle.

– À d'autres ! Vous venez désespérément essayer de glaner des informations pour sauver votre petit bordel de bourges, n'est-ce pas ? Voilà qui va beaucoup intéresser mon mari. Nul doute qu'il pourra en tenir compte dans ses négociations. Les Kabinsky ne jouent pas le jeu, c'est fort dommage.

Mes ongles s'enfoncent dans la paume de mes mains. Joconde me murmure à l'oreille qu'on doit s'en aller, j'ignore une nouvelle fois son avertissement. Mue par la colère et le désespoir, j'explose.

– Comment vous pouvez faire ça et vous regarder dans un miroir ? Vous n'avez donc aucune conscience ? La menace, la violence, la drogue que vous injectez à ces pauvres filles, c'est déjà abject. Mais kidnapper une enfant innocente pour parvenir à vos fins ? Même vous, je ne pensais pas que vous tomberiez aussi bas !

Un instant, il me semble voir une lueur de surprise passer sur son visage blême. Elle ne s'attendait sûrement pas à mon éclat de voix.

– Fais attention à ce que tu dis, gronde-t-elle.

Mais je n'ai pas envie de faire attention à mes mots. Pas maintenant. Je vois rouge, aveuglée par ma colère et mon indignation. Foutu pour foutu, autant vider mon sac et dire à cette abominable bonne femme le fond de ma pensée.

Qu'est-ce qui pourrait encore plus mal tourner ?

– Non, je ne m'arrêterai pas ! Vous avez arraché une petite fille à sa famille pour servir vos intérêts, tout ça pour quoi ? De l'argent ? Du pouvoir ? Elle n'a que trois ans, bon sang ! Vous attendez un enfant, vous aussi. Peut-être une fille, comme elle.

Comment pouvez-vous laisser faire ça ? Vous êtes des monstres ! Vous…

La fin de ma phrase se perd dans l'air quand Tatiana m'assène une claque magistrale. Je porte ma main à ma joue brûlante, me rendant à peine compte des larmes qui ont commencé à couler. Elle s'approche de moi, si près que nos nez pourraient se frôler. Son expression est indéchiffrable, son corps tremble presque autant que le mien.

– Tais-toi, petite sotte ! Tu ne sais pas de quoi tu parles. Sais-tu qui est mon mari ? Sais-tu seulement ce dont il est capable ?

Sa main passe machinalement sur son ventre rond, dévoilant un avant-bras nu couvert d'ecchymoses. Un instant, elle visse ses pupilles aux miennes, et je la vois traversée par une vive émotion que je ne reconnais pas.

– Tatiana, vous n'êtes pas obligée de faire ça, reprends-je en baissant la voix. Je comprends que vous ayez peur de lui, de ce qu'il peut faire à votre enfant. Mais on peut vous aider. On peut aller voir la police, ils vous protégeront. On peut même vous négocier une réduction de peine si vous témoignez…

Elle me coupe la parole sans ménagement.

– Je vous conseille vivement de foutre le camp, tout de suite. À moins que je ne demande à Youri et Stan de vous tirer de là ?

D'un geste du menton, elle fait signe à ses deux gardes du corps qui s'avancent.

– Nymphéa, il faut qu'on y aille. Maintenant, me presse Hans.

Joconde me tire en arrière et me jette pratiquement dans le Porsche, et Hans remet le contact. La voiture quitte précipitamment la ruelle sous les vociférations des filles qui se sont attroupées au bord de la route, comme si tout ça n'était qu'un spectacle.

J'essuie rageusement les larmes sur mes joues. Notre dernier espoir vient de s'évaporer.

Nous avons échoué. Ou plutôt, *j'ai* échoué, et lamentablement.

Mya… Il ne me reste plus qu'à prier pour que Mikheev tienne parole et ne lui fasse aucun mal, jusqu'à ce qu'il obtienne ce qu'il a toujours voulu : *La Galerie*.

Mes pensées se tournent vers Matthieu. J'ai tout fait pour ne pas songer à lui ces derniers jours, redoublant d'efforts pour sauver la situation. Situation que j'ai contribué à créer… Après tout, sa fille était sous ma garde lorsqu'elle s'est fait enlever. J'avais la charge de sa protection et encore une fois, je n'ai été bonne à rien.

Mes yeux se mettent à piquer. Je plaque mon front contre la vitre froide de la voiture pour que mes deux acolytes ne me voient pas pleurer.

Si jamais par miracle Matthieu ne me haïssait pas avant, il va sûrement le faire maintenant. Je nous ai mis en danger, Joconde, Hans et moi, et tout ça pour quoi ?

Pour rien.

Je n'arrive pas à me défaire de la culpabilité qui me noue la gorge.

Ni de ce sentiment sombre et implacable que tout est fini… avant même d'avoir réellement commencé.

CHAPITRE 50

MATTHIEU

Ces dernières années, j'en ai vécu, des moments difficiles. Le décès de ma mère, mon père qui nous a tourné le dos, la tentative de suicide de mon frère, mon divorce, mon addiction à la cocaïne… Combien de fois ai-je cru que ma vie était sur le point de s'effondrer, pour finalement réussir à m'en sortir ? De justesse, l'âme et parfois le corps cabossés, mais j'ai tout de même réussi à aller de l'avant.

Cette fois, c'est différent. Ça fait des jours que je tourne en rond, que je me démène sans résultat. Mya a disparu. Elle a été enlevée. Ils ont pris la chair de ma chair, mon bébé, ma fille unique. Et je sais déjà que si quelque chose lui arrive, je ne m'en remettrai pas. Je ne peux même pas y penser.

D'une main fébrile, je me sers un nouveau verre d'eau. Je viens de rentrer chez moi, déposé par Amar qui m'a accompagné à une réunion des Narcotiques anonymes. J'y suis allé tous les jours cette semaine. C'est paradoxal : me défoncer la tête n'a jamais semblé aussi tentant, et pourtant je n'en ai pas envie. Jamais je n'ai autant voulu garder la tête froide et être conscient de ce qui se passe. Si je me suis rendu à ces réunions, c'était pour m'occuper l'esprit. J'ai voulu aider Anton et nos agents de sécurité, mais on m'a renvoyé chez moi car, selon mon frère, je ne suis « pas en état ».

Conneries. C'est ce salopard de Mikheev qui ne sera plus en état de quoi que ce soit si jamais il touche à un seul cheveu de ma gamine.

Trois nuits que Mya n'est pas là. Trois nuits que je ne dors pas. Amar m'a filé des somnifères, mais je n'ai pas voulu en prendre. C'est stupide car j'ai besoin d'être en pleine possession de toutes mes facultés pour la rencontre de demain soir, mais je ne me sens pas en droit de me reposer. Ni de manger, ni de rire, ni de respirer en réalité. Mon souffle est parti en même temps que Mya, caché Dieu sait où. C'est ma punition pour avoir trop longtemps été un père médiocre. Un père même pas foutu de garder sa fille en sécurité !

D'un geste plein de rage, je balaie d'un coup de main ce qui se trouve sur la table. Le verre et la carafe d'eau explosent au sol en mille morceaux. Sans réfléchir, je me baisse pour les ramasser. Je me recule d'un coup : un éclat de verre a tailladé ma paume. Je regarde une goutte de sang qui roule jusqu'au parquet, comme hypnotisé.

Où est-elle ? Que fait-elle ? Est-ce qu'elle a peur ? Elle doit sans doute se demander où est passé son papa…

Je serre le poing et le sang s'étale sur mes doigts.

Juste au moment où je songe que je suis en train de devenir fou, la sonnette de l'entrée retentit. Je me dirige vers la porte comme un zombie, sans trop savoir ce que je fais.

– Oui ?

En passant ma tête par l'entrebâillement, je la vois. Roxane. Belle comme le jour. Belle comme une lumière au milieu de cette obscurité qui m'entoure. Nous ne sommes pas restés en tête à tête depuis le soir de l'enlèvement. Je n'étais pratiquement pas chez moi, et elle a décidé de retourner dormir dans la chambre d'amis que je lui avais initialement attribuée.

Ces derniers jours sont flous dans ma tête, la temporalité est distordue : j'ai l'impression que le temps a filé et en même temps qu'il s'est passé une éternité depuis notre dernière nuit ensemble. En la voyant devant moi, je m'aperçois du point auquel elle m'a manqué.

– Salut… C'est moi. Enfin, comme tu le vois…

En se rendant compte de l'absurdité de sa phrase, Roxane affiche un sourire gêné.

– Je vois ça, répliqué-je d'une voix rauque.

J'ouvre la bouche pour lui signifier d'entrer, mais elle me fait signe de me taire en levant le doigt.

– Je vais parler en premier, si tu veux bien. J'imagine que je suis la dernière personne que tu as envie de voir, mais si tu m'accordes cinq minutes, j'aimerais te dire quelques mots. Si après ça tu veux que je parte, je le ferai.

Je la regarde, sans trop comprendre ce qu'elle raconte. Elle enfouit son visage dans ses mains un bref instant avant de redresser la tête et de me regarder droit dans les yeux.

– Je suis désolée. Je suis tellement désolée, Matthieu ! Tout ça, c'est ma faute. Si j'avais été plus prudente, moins naïve, Mya serait encore avec nous, enfin, avec toi, et rien de tout ça ne serait arrivé ! Anton et toi ne devriez pas vendre *La Galerie*, cette entreprise que vous avez bâtie ensemble. Tu m'as demandé de garder ta fille quelques heures, et même ça, j'ai réussi à le foirer ! Juste quand les choses commençaient à aller bien entre nous. Je foire toujours tout, de toute façon…

– Roxane, dis-je d'une voix rauque.

– S'il te plaît, laisse-moi finir. Je veux être honnête, je te dois au moins ça après le bordel que j'ai foutu dans ta vie. J'ai voulu aider et encore une fois, tout est allé de travers. Je suis allée voir Manuela, la sœur de Joconde, pour lui demander de témoigner, mais la femme de Mikheev était là. Non seulement elle nous a empêchés de la voir, mais en plus, elle a déjà dû tout raconter à son mari. Qui sait ce qu'il est encore en train de manigancer pour nous pourrir la vie ! Je te jure que je croyais bien faire.

J'entends les mots qui sortent de sa bouche, mais elle va si vite que je ne suis pas sûr de tout comprendre. À l'évocation de Mikheev, mes muscles se crispent.

– Tu m'as beaucoup aidée à gérer la mort d'Olympia et je voulais être là pour toi à mon tour. Ces derniers jours passés ensemble, je me suis sentie si bien, j'ai cru… J'ai cru que quelque chose était peut-être possible entre nous. Maintenant, j'ai tout gâché. Tu dois me détester, je ne t'en blâme pas. Mais sache que moi, je tiens à toi. Énormément. Et si jamais tu voulais encore de moi, je ne serais pas loin, achève-t-elle, les larmes aux yeux.

Son laïus s'interrompt aussi vite qu'il a commencé. Je reste planté là, les bras ballants, plein de toutes ces émotions qui me bouffent de l'intérieur. Ce n'est pas elle qui est à l'origine du kidnapping de Mya. Ils l'ont endormie, elle a eu de la chance. Ils auraient pu faire bien pire. Mon estomac se tord à cette idée.

Je la plaque contre mon torse et enfouis mon nez dans ses cheveux. J'inspire son odeur sucrée comme si elle avait un pouvoir apaisant. Soudain, je comprends pourquoi je n'ai pas eu envie de me faire un rail quand tout est allé en empirant.

C'est elle, ma nouvelle came. La serrer contre moi, si douce et si forte à la fois… C'est comme si je remontais à la surface prendre une bouffée d'oxygène après des jours et des jours à me noyer.

– Reste, s'il te plaît.

Elle relève son visage vers moi, et je m'aperçois qu'elle pleure. Moi aussi, d'ailleurs.

– Alors, tu ne me détestes pas ? demande-t-elle d'une toute petite voix.

Je secoue la tête.

– Non. Loin de là, même.

Je mets ma main sur sa joue.

– Ce n'est pas ta faute, poursuit-il. Tu t'es fait agresser, jamais je ne pourrais t'en vouloir pour ça. C'est moi qui aurais dû être là pour vous protéger, ma fille et toi. Tu sais, Roxane, ma vie était un énorme foutoir bien avant que tu n'en fasses partie. S'il faut rejeter la faute sur quelqu'un, c'est sur moi, personne d'autre.

Je me perds dans les grands yeux bleus de Roxane et je me souviens qu'il y a quelques jours à peine, tout était différent. J'en étais venu à croire que le bonheur m'était de nouveau accessible. Elle tend les bras pour glisser ses doigts entre les miens, ce qui m'arrache une grimace. Elle remarque alors ma blessure et ouvre de grands yeux.

– Comment tu t'es fait ça ?

– Mon verre m'a glissé des mains.

En voyant mon expression, elle comprend que c'est faux, mais elle s'abstient de tout commentaire.

– Viens, il faut nettoyer la plaie.

Je vais chercher ma trousse de premiers secours et nous nous installons dans la cuisine. Lorsque Roxane appuie la compresse imbibée de produit sur ma paume, je grimace. Curieusement, la douleur sur ma chair à vif m'apporte un certain réconfort. C'est comme si, l'espace d'un instant, elle me permettait d'alléger celle de mon âme.

– Je n'arrive pas à croire que ça va vraiment se terminer comme ça. Que *La Galerie* va appartenir à Mikheev, dit Roxane en face de moi, en attrapant les pansements.

– Anton garde espoir, mais je ne vais pas te mentir, ça s'annonce mal. Même si ses méthodes t'ont parfois fait douter, la protection des salariés est un des points qui le préoccupent le plus. D'ailleurs, Hans est déjà venu nous parler de votre initiative concernant Manuela, il n'a pas du tout apprécié.

Je ne peux pas dire que ça m'étonne.

– À quel point est-il en colère ?

– Au début, beaucoup. Mais je l'ai calmé en lui disant que si Joconde et Hans ont accepté de te suivre, c'est que ça n'était pas une idée si folle que ça.

Elle fait la moue et je vois dans son regard qu'elle n'aime pas mon raisonnement.

– Je dois comprendre que vous avez plus confiance en eux qu'en moi ?

Pour la première fois depuis ce qui me semble être une éternité, un sourire naît sur mon visage.

– Ce n'est pas la même chose. Pour ma part, j'ai confiance en toi, mais je connais Hans depuis longtemps. Je sais comment il réfléchit, contrairement à toi.

– Et moi, tu ne le sais pas ? Tu parles, s'exclame-t-elle. Je suis aussi transparente qu'un livre ouvert… Ou un truc du genre.

– Tu plaisantes ? Depuis que je te connais, pas une seule fois je n'ai réussi à comprendre ce que tu avais en tête. Chaque fois que j'étais persuadé de savoir comment tu allais réagir, tu n'as fait que me surprendre. C'est ce qui m'a plu chez toi, je crois. Tes mille et une facettes.

J'observe avec un plaisir non dissimulé les joues de Roxane qui virent au cramoisi. J'adore qu'elle soit si facilement affectée par mes paroles. Elle a le même effet sur moi, même si elle ne s'en rend pas compte.

– Tu veux qu'on en parle, des mille et une facettes, Kabinsky ? Au début, tu changeais de personnalité si souvent que je me suis demandé si tu n'étais pas cinglé.

Un petit rire m'échappe, et ça me fait un bien fou. D'être là, avec elle, de nous taquiner comme si tout était normal. Elle a ce don de me faire oublier mes craintes et mes angoisses pour me concentrer sur le moment présent.

– Désolé pour ça. J'admets que mes attitudes à ton égard ont peut-être été un peu confuses, mais qu'est-ce que je peux dire ? Tu me rendais fou ! C'est toujours le cas, d'ailleurs. Mais plus tout à fait de la même façon… Enfin, *pas que*.

Nos regards se harponnent, l'atmosphère autour de nous change. Je n'arrive pas à croire qu'elle ait pu s'imaginer que je la détestais. Loin de là. Mes sentiments à son égard sont de plus en plus forts, et dans d'autres circonstances, ça m'aurait fait peur. Aujourd'hui, il y a bien assez de choses qui me terrifient et l'idée de faire de ses bras mon refuge n'en fait plus partie.

Tout à coup, je ressens le désir brûlant de la sentir contre moi. Ma main valide sur sa nuque, je me redresse pour venir frôler ses lèvres des miennes. Notre baiser est beaucoup plus doux que tous ceux que nous avons échangés jusque-là.

Je fais courir mes doigts sur son cou. Sa peau chaude et douce ravive en moi des envies auxquelles je ne peux pas succomber. Pas maintenant, alors que la vie de Mya est en danger.

Je repousse gentiment ses doigts qui se faufilent sous mon tee-shirt.

– Roxane, j'ai toujours envie de toi, mais ce soir… Je ne peux pas, tu comprends ?

Elle se redresse, l'air confuse.

– Bien sûr, à quoi est-ce que je pensais ! Ta fille a été enlevée, et moi je te saute dessus. Oh mon Dieu, je suis désolée Matthieu. Évidemment que tu n'as pas la tête à ça ! Excuse-moi.

– Eh, eh, calme-toi, dis-je en posant mon front contre le sien. Tu n'as rien fait de mal. Et on devrait peut-être arrêter de s'excuser, tu ne crois pas ?

Elle hoche la tête, puis se mord la lèvre inférieure.

– Est-ce que tu peux rester avec moi cette nuit ? Ta présence m'aide à mieux supporter tout ça.

Les mots sont sortis tout seuls. C'est plus fort que moi, j'ai besoin de la toucher, de sentir sa présence. Demain, les dés seront jetés, notre sort à tous sera scellé entre les mains d'Alexeï Mikheev. Mais ce soir, il nous appartient à nous et à personne d'autre.

Elle acquiesce sans rien dire. Je l'entraîne avec moi dans ma chambre plongée dans une semi-obscurité. Tant mieux : une migraine commence à poindre et je me sens tout à coup très, très las. Tout habillés, nous nous allongeons sur le lit et Roxane se met dos à moi. Je l'entoure de mes bras et pose mon menton sur son épaule. Lorsqu'elle me demande d'une voix timide si elle peut venir au rendez-vous avec Mikheev, je n'ai pas la force de refuser. J'ai besoin qu'elle soit là pour m'éviter de disjoncter, et sa présence rassurera Mya.

Je soupire. La douceur de son cou sur lequel je fais courir mes lèvres m'enivre, tout comme son parfum : ce mélange de fleurs et d'amande douce qui lui est si propre. La torpeur m'envahit et, pour la première fois en soixante-douze heures, j'envisage de dormir plus d'une heure.

Un dernier aperçu du paradis avant de me rendre tout droit en enfer. Ce n'est pas du sexe, mais c'est tout aussi bon, si ce n'est meilleur.

CHAPITRE 51

ROXANE

Le lendemain matin, je me réveille de bonne heure, mais Matthieu dort toujours. Il s'est endormi contre moi en cinq minutes hier soir. Il a enchaîné douze heures de sommeil, je crois qu'il en avait vraiment besoin. Je suis contente si ma présence lui a au moins permis de s'apaiser pendant quelques heures. Vu ce qui nous attend, ce n'est pas du luxe.

Je reste un instant sur le seuil de la chambre pour observer son visage assoupi. Ses cheveux blonds se parent de reflets dorés dans la lumière qui filtre par le volet entrouvert.

Malgré toutes mes appréhensions, je suis contente d'être venue le trouver. Si je l'ai fui ces derniers jours, par culpabilité, par crainte qu'il me haïsse après mon imprudence qui a conduit au kidnapping de sa fille, je ne pouvais plus nier l'essentiel : il me manquait.

Notre relation, aussi complexe et floue soit-elle, me rend plus heureuse que je ne l'ai été depuis longtemps avec un homme. À son contact, je lâche prise, je n'ai besoin de jouer aucun rôle.

Quand je l'ai retrouvé hier soir, sa vulnérabilité m'a bouleversée. Depuis que je connais Matthieu Kabinsky, je l'ai vu passer par un arc-en-ciel d'humeurs. Colérique, sarcastique, parfois mesquin. Mais aussi drôle, affable, séducteur.

Aujourd'hui, je le vois brisé. Sa douleur résonne en moi comme si c'était la mienne, comme s'il existait un fil invisible qui reliait son cœur au mien. Si je le pouvais, j'absorberais toutes ses peurs et ses inquiétudes pour les faire miennes.

C'est pourquoi je veux l'accompagner au rendez-vous avec Alexeï Mikheev ce soir, en étant préparée du mieux que je peux. Je ferme en douceur la porte d'entrée derrière moi, ses clés en poche. Il ne m'en voudra pas si j'emprunte sa voiture pour une petite heure. De toute façon, s'il savait ce que je m'apprête à faire, ça serait le cadet de ses soucis. J'ai eu beau retourner la situation dans tous les sens, aucune issue ne me semble possible. Nous n'avons aucune preuve concrète pour inculper Mikheev ne serait-ce que pour le meurtre d'Olympia. Si on parle du kidnapping de Mya à la police, il a été très clair sur ce qu'il risquait d'advenir. Et nous n'allons pas nous risquer à le provoquer sur ce terrain-là.

Alors, je suis là, à cinq minutes de réaliser probablement une fois de plus une belle connerie. Mais que faire d'autre ? On ne peut pas faire confiance à Mikheev. Et si à l'avenir *La Galerie* est condamnée à pourrir entre ses griffes, il est hors de question que la fille de Matthieu soit de nouveau mêlée à tout ça.

Je me suis presque rongé les ongles jusqu'au sang lorsqu'une Peugeot blanche vient se garer juste devant l'entrepôt. Un homme de taille moyenne en sort, une chemise à manches courtes sur le dos, le visage à moitié masqué par une casquette. Sans prendre la peine de me saluer, il m'aborde directement après avoir pris soin de vérifier les alentours.

– C'est vous, la livraison d'Amar ?

Je hoche nerveusement la tête, serrant l'enveloppe contenant les billets contre moi.

– Vous avez l'argent ?

– Oui. En cash, comme vous l'avez demandé.

– Ça vous embête pas si je compte ? C'est pas que je vous fais pas confiance, mais…

– Faites donc, le coupé-je en lui jetant le pli entre les mains.

Pendant un temps qui me paraît durer une éternité, l'homme dont je ne connais pas le nom s'évertue à compter le contenu de l'enveloppe. Vu la somme qu'elle contient, ça se comprend qu'il tienne à vérifier. Cette situation ne me plaît pas du tout, mais je n'ai pas trouvé mieux pour me sentir un minimum en sécurité.

Quand j'ai demandé l'aide d'Amar, je n'en menais pas large. Je sais que Matthieu me tuerait s'il savait que je lui avais demandé ça. Déjà, il me tuerait s'il savait que j'ai fouillé dans son téléphone hier soir, pendant qu'il dormait, pour récupérer le numéro de son ami et lui demander ce service foireux. Je pensais d'ailleurs devoir argumenter beaucoup plus pour le convaincre, mais ça n'a pas été le cas. Il m'a tout de suite donné le contact dont j'avais besoin.

Une preuve de plus, s'il en fallait, du point auquel la situation est désespérée.

– C'est bon ? finis-je par demander, n'y tenant plus.

Avec une lenteur exaspérante, l'homme referme le pli et le cale dans la poche arrière de son jean, avant d'acquiescer en m'indiquant sa voiture

– C'est OK. Le paquet est dans mon coffre, vous pouvez vérifier la marchandise avant si vous le voulez.

– Vous m'avez bien apporté ce que je vous ai demandé ?

Il acquiesce, et je prends une profonde inspiration.

– Alors, pas la peine de vérifier. Donnez-moi juste ce que je suis venue chercher, s'il vous plaît.

Au moment de me tendre le précieux sésame, l'homme lève enfin la tête vers moi et me fixe de ses yeux vert clair, presque délavés. Il paraît marqué, son visage est creusé par des rides, pourtant il ne doit pas avoir plus d'une cinquantaine d'années.

– Vous savez vous en servir, au moins ? demande-t-il tout à coup, l'air gêné.

– C'est juste par précaution, je ne compte pas vraiment l'utiliser, lâché-je en détournant le regard.

C'est ce que j'ai répété à Amar, au moins dix fois. Je ne sais pas si c'était lui ou moi que je tentais de convaincre en réalité.

– Bon, eh bien… Bonne journée alors.

J'ai un petit rire nerveux face à l'absurdité de la situation tandis que je salue l'homme qui manœuvre son véhicule pour quitter l'allée. J'ouvre brusquement la portière côté passager, avant de me reprendre et de déposer avec milles précautions le petit carton sur le siège. Lorsque je m'installe, mes mains se crispent sur le volant et je suis obligée de prendre une minute pour inspirer et expirer profondément afin de calmer les battements de mon cœur affolé.

Mais qu'est-ce que je suis en train de faire ?

Après avoir vérifié pour la millième fois que je suis bien toute seule dans la rue, j'entrouvre le carton. Je sais très bien ce qu'il contient, mais cela n'empêche pas une goutte froide d'angoisse de couler le long de mon dos lorsque je le vois.

Le pistolet. En métal noir, comme dans les films, sauf que cette fois, c'est en vrai. J'hésite un instant à le prendre en main pour voir ce que ça fait, mais je décide d'attendre d'être de retour à l'appartement pour ça.

Putain. Si Matthieu savait que je compte apporter ça à notre rendez-vous avec Mikheev, il deviendrait dingue. Tout comme moi je le serais s'il faisait une connerie pareille.

Tandis que je quitte le quartier peu recommandable et m'engage sur l'autoroute, je m'efforce de me rassurer. Ce n'est qu'une précaution. Je sais que les Kabinsky veulent la jouer pacifistes et conciliants ce soir, mais je n'ai aucun doute sur le fait que Mikheev n'est pas dans le même état d'esprit.

Avec ce flingue, je nous garantis un minimum de sécurité, voilà tout. De toute façon, si nous donnons à Mikheev exactement ce qu'il a demandé, il n'y a pas de raison que les choses tournent mal.

Quelques heures plus tard, alors que la nuit est en train de tomber, je me ratatine à l'arrière de la voiture à côté de Matthieu. Il regarde distraitement le paysage par la fenêtre, mais même s'il ne dit mot, je ne m'y trompe pas. Vu comme il serre fort ma main dans la sienne, il est loin d'être aussi calme et résigné qu'il en a l'air.

– On arrive, annonce Anton.

Le silence qui accompagne sa déclaration est tellement dense que j'ose à peine respirer. Ce soir, pas de chauffeur privé. Anton conduit lui-même sa voiture, nous amenant, nous, son comptable et lui, à bon port. Quelques mètres derrière nous, trois des gardes du corps de *La Galerie* nous suivent, dont Hans. Cela a le don de me rassurer. *Un peu.*

Je presse contre mes cuisses mon sac à main où j'ai soigneusement rangé le pistolet calibre 315 et le peu de raison qu'il me restait. Il m'a été difficile de masquer ma nervosité, mais tout le monde était tellement sur le qui-vive que c'est passé inaperçu. L'anxiété était générale, mon comportement n'avait pour une fois rien d'étrange. Après tout, ne sommes-nous pas en train de nous jeter dans la gueule du loup sans filet de sécurité ?

Alors que je m'extirpe du véhicule, les jambes tremblantes, je reconnais l'entrepôt d'apparence désaffecté où Mikheev avait donné sa réception privée il y a quelques semaines. Les choses étaient si différentes, alors. Olympia était encore en vie, pour commencer. Mais s'il y en a bien une qui n'a pas changé, c'est mon manque d'enthousiasme face à ce qui m'attend une fois passée la porte de l'édifice. Si, lors de cette soirée, j'étais morte de trouille, ce soir, je suis tout bonnement au bord de l'apoplexie.

La seule chose qui me donne le courage de mettre un pas devant l'autre dans notre sinistre cortège, ce sont les doigts de Matthieu entrelacés aux miens.

CHAPITRE 52

ROXANE

– Vous êtes pile à l'heure. J'apprécie.

Je tressaille lorsque la voix d'Alexeï Mikheev retentit. Nous venons de traverser un étroit couloir pour arriver dans le premier espace de l'entrepôt, celui où avait été aménagée la piste de danse, avec les cages suspendues. La pièce étant plongée dans une semi-obscurité, je mets un moment à m'habituer.

Mikheev se tient au centre de la pièce, à quelques mètres devant nous, avachi dans un grand canapé en velours sombre quelque peu abîmé. Des hommes habillés tout en noir trônent à côté de lui, debout. Il nous adresse un sourire goguenard lorsque nous arrivons à sa hauteur.

– Bienvenue, mes chers. Asseyez-vous, je vous en prie.

Soudain, il s'aperçoit de ma présence, de ma proximité avec Matthieu, et ses yeux s'illuminent.

– Ma belle, ça me fait plaisir de te voir ! s'exclame-t-il. C'est pour moi que tu es là ?

– Certainement pas, répliqué-je tout à trac.

Il se met à rire de manière tellement forcée que ça en est ridicule.

– On peut dire que tu en as fait, du chemin, depuis notre première rencontre. Je t'ai sous-estimée, j'aurais peut-être dû miser sur un autre poulain que cette petite tafiole de Narcisse.

À côté de moi, Anton esquisse un mouvement, comme s'il allait répliquer, mais il n'en fait rien.

– En tout cas, poursuit Mikheev en se tournant vers Matthieu, nous avons plus en commun que ce que je pensais !

Le regard plein de vice qu'il me lance me donne envie de dégobiller. Anticipant la réaction de son frère, Anton se décide enfin à prendre la parole.

– Nous sommes là comme convenu Alexeï. Je te propose qu'on procède à l'échange sans tarder ?

– Quelle impatience, quelle impatience ! C'est bien ça le problème de votre génération, vous ne prenez pas le temps de savourer.

Tout à coup, Matthieu lâche ma main et avance d'un pas, les poings serrés.

– Ça suffit, on n'en a rien à foutre de tes bavardages ! On est là, avec les papiers que tu as demandés. Maintenant, rends-moi ma fille.

Loin de l'impressionner, sa tirade a pour effet d'éclairer davantage encore le rictus sur le visage du Russe. Malgré les hommes à la musculature imposante qui l'entourent, je ne peux m'empêcher de river mon regard sur lui. Il est impeccablement vêtu d'un costume gris clair et d'une chemise blanche. Comme d'habitude, ses longs cheveux gris sont rassemblés en catogan. Jambes croisées, un bras posé sur l'accoudoir, il respire l'assurance.

– Toujours aussi direct, mon cher Matthieu. Eh bien, soit. Restons debout si vous préférez.

Joignant le geste à la parole, il se lève tout en lissant sa veste à deux boutons. D'un geste évasif, il désigne un type à l'écart des autres.

– Maître Chamberland, un de mes avocats, va vous donner le contrat qu'il a soigneusement rédigé avec son équipe et qui stipule que vous me cédez l'entière gestion de *La Galerie*, sa clientèle et ses salariés. Je vous laisse quelques minutes pour en prendre connaissance.

L'avocat en question s'avance, comme mû par un ressort, et s'exprime d'une voix laconique en déposant une liasse de papiers sur la table :

– Il vous faudra signer et parapher les différents exemplaires de l'acte de vente tous les deux.

À ma gauche, Anton esquisse un pas mais Matthieu tend le bras pour lui bloquer le passage.

– Pas si vite ! Avant toute chose, je veux m'assurer que vous avez tenu parole et que Mya va bien. Montrez-moi ma fille !

– Très bien. *Tatiana !*

Silencieuse comme un fantôme, Tatiana apparaît depuis une porte cachée au bout de l'entrepôt.

Mon cœur se met à battre frénétiquement lorsque je reconnais la frêle silhouette qui l'accompagne. En écho à mes pensées, j'entends Matthieu gémir.

– Mya !

– Papa !

Sa petite main agrippée à celle de Tatiana, Mya contourne le canapé et les fauteuils pour venir se placer sagement à côté de Mikheev. À partir du moment où elle a reconnu son père, son visage s'est illuminé d'un adorable sourire. Je ne dois pas baisser ma vigilance, tant qu'on n'est pas tous sortis de cet endroit, sains, saufs et *ensemble*, ce n'est pas terminé.

– Je peux aller retrouver mon papa, maintenant ? demande Mya de sa petite voix, en levant la tête vers Tatiana.

– Pas encore, *moya dorogaya*. Dans cinq minutes, d'accord ?

La petite fille hoche la tête et je croise le regard de Tatiana tandis qu'elle harponne ses doigts sur son épaule. Son visage est hermétique, indéchiffrable comme toujours. Je ne peux m'empêcher d'observer le tableau qu'ils nous offrent tous les trois : la solaire petite Mya, l'innocence à l'état pur, et Tatiana et Alexeï, grands, élancés et terriblement menaçants. Leur aura sombre écrase totalement celle de Mya, et je n'ai qu'une envie, la tirer par le bras et l'arracher à leurs griffes le plus vite possible.

Patience. On y est presque.

– C'est bon pour toi ? questionne Anton en posant sa paume dans le dos de son frère.

Matthieu se frotte la nuque, fixant sa fille sans ciller. Il ne faut pas être devin pour lire dans son regard affolé que *non, ce n'est pas bon*, que rien n'est bon dans cette situation désastreuse. Néanmoins, il finit par hocher la tête.

– Allons-y. Signons ce putain de contrat et tirons-nous d'ici, grommelle-t-il.

Les deux frères s'emparent des papiers et entament une lecture silencieuse. Je me dandine d'un pied sur l'autre, mal à l'aise, priant intérieurement pour en arriver au moment où on sera hors d'ici. Pourtant, même lorsque je vois Anton et Matthieu signer à tour de rôle les maudits contrats, je ne me sens pas mieux. Au contraire, mon angoisse se fait de plus en plus vive. Je commence à avoir des sueurs froides.

– Voilà, tu as obtenu tout ce que tu voulais de nous, lance Anton sur un ton écœuré. Maintenant, à toi d'honorer ta part du marché et de nous laisser tranquilles.

Après avoir brièvement parcouru des yeux les papiers que maître Chamberland lui a collés sous le nez, Mikheev acquiesce et ouvre grand les bras.

– Je n'ai qu'une parole mes amis ! Vous pouvez récupérer la petite.

Le visage blême de Matthieu semble reprendre des couleurs tandis qu'il lâche un soupir de soulagement.

– Néanmoins, tant que nous y sommes, j'aimerais tout de suite commencer à profiter des avantages liés à ma nouvelle acquisition.

Il darde ses iris vénéneux sur moi.

– Toi. Viens ici.

Je me pétrifie sur place et, avant que je ne puisse esquisser un geste, Matthieu s'interpose.

– Il est hors de question qu'elle aille où que ce soit avec toi, rugit-il.

Mikheev fait claquer sa langue contre son palais, visiblement très amusé par la situation.

– Je crois que tu n'as pas bien compris ce qu'il en est à présent. *La Galerie* m'appartient et tous ses employés aussi. Et si je ne m'abuse, cette charmante demoiselle fait partie des effectifs, non ? Contractuellement, elle est donc sous mes ordres.

La tête commence à me tourner tandis que je me rends compte de ma stupidité. Avec tout ce qui s'est passé ces derniers jours, je n'ai même pas pris la peine de m'occuper de mon propre avenir. Les Kabinsky ont offert l'opportunité aux employés de partir, mais moi, ai-je réfléchi un instant à ce qui allait se passer à partir de ce soir ? Non, bien sûr, j'étais trop occupée à essayer de consoler Matthieu. Je crois qu'au fond, je n'arrivais pas à y croire. Je n'avais pas *envie* de croire que ça pouvait réellement se terminer comme ça.

Voyant que je ne réagis pas, les yeux de Mikheev se plissent.

– Ne t’inquiète pas, ma belle. Je vais prendre bien soin de toi, on va se faire un max de cash ensemble ! Tu es prometteuse, nul doute que tes nouveaux clients vont te trouver très à leur goût.

Ensuite, tout se passe très vite. Mikheev s’exclame :

– Attrapez-la.

Simultanément, ses sbires se mettent en mouvement, Matthieu s’avance en s’écriant « non », les poings levés, moi je recule, et avant que je ne comprenne ce qui se passe, mes mains fouillent dans mon sac.

– Je n’irai nulle part avec toi !

Pour la première fois, je vois un éclair de surprise traverser le regard d’Alexeï Mikheev, avant qu’il ne se mette à ricaner.

– Qu’est-ce que tu fais avec ça, gamine ? Repose-le vite avant de te faire mal.

Mais je n’obéis pas. Malgré mes doigts tremblants, je ne desserre pas ma prise du pistolet que je brandis devant moi et dont le canon est pointé droit sur une personne : Mikheev.

– Fais attention à ce que tu fais, m’avertit Anton.

– Tu ferais mieux de l’écouter et de baisser ton arme.

Puisant dans toute ma réserve de courage, et sûrement d’inconscience, je n’en fais rien.

– D’accord, mais seulement une fois que vous nous aurez rendu Mya et que vous nous aurez laissés partir sans problème, répliqué-je.

Cette fois, il n'y a plus aucune trace d'amusement sur le visage aux traits tirés du Russe. Me lançant un regard dédaigneux, il se détourne pour s'adresser à Matthieu d'un ton indolent, comme si tout ceci l'ennuyait profondément.

– Dis à ta petite poupée d'arrêter tout de suite son manège, sinon, il se pourrait bien que notre deal ne tienne plus.

Après avoir bloqué un instant sur la scène qui se joue devant lui, Matthieu vient vers moi, mais je ne me tourne pas vers lui, me concentrant de toutes mes forces pour tenir ma cible en joue. Il se met à parler avec calme, d'une voix basse. Son souffle qui caresse mon cou m'indique qu'il est tout près, pourtant, il ne me touche pas.

– Roxane, calme-toi, tout va bien se passer. Jamais je ne te laisserai partir avec lui, tu peux en être certaine. Maintenant, pose ça s'il te plaît, et rentrons tous ensemble à la maison, Mya, toi et moi.

Un tsunami d'émotions monte en moi, mes yeux me piquent.

D'un côté, je suis touchée par ses mots, de l'autre, je sais qu'il dit ça pour me convaincre d'obtempérer. Tout à coup, comme un uppercut en plein crâne, l'image d'Olympia me revient en tête, et le trou dans mon cœur se met à brûler, plus vivement que jamais.

– Comment peux-tu être en être sûr ? Comment peux-tu avoir confiance en sa parole ? Tu as vu ce qu'il a fait à Olympia, murmuré-je tandis que les larmes se mettent à rouler sur mes joues.

– Olympia ? demande Mikheev qui ne perd pas une miette de notre échange.

Il se tourne vers ses hommes de main, et l'un des deux lâche placidement :

– La tentative de cambriolage à *La Galerie*, monsieur.

– Oh, je vois, lâche-t-il. Une grande rousse, plutôt jolie, n'est-ce pas ? Un dommage collatéral, comme on dit. Sa mort m'a posé un dilemme moral pendant au moins cinq minutes, tu sais ? Avec un corps pareil, elle aurait eu toute sa place dans ma nouvelle équipe.

Cette fois, mon léger tremblement se mue en spasmes. J'avance d'un pas.

– Je vous interdis de parler d'elle. C'est vous qui méritez de croupir dans un trou, à vous faire bouffer par les vers !

Mikheev ne bouge pas d'un pouce malgré ma proximité, pourtant, je vois bien que ses deux billes bleues sont à présent fixées sur le calibre 315 dans ma main. L'air autour de nous se charge d'une tension qui ne présage rien de bon. Pour une fois, une trace d'humanité passe dans son regard. Malgré ce qu'il essaie de faire croire, il a peur, je le sens. Et ça renforce ma détermination à ne rien lâcher.

Il finit par pousser un profond soupir.

– Bon, ça commence à bien faire tout ça. Visez la petite, qu'on en finisse.

Plusieurs déclics résonnent et je découvre avec horreur non pas un, mais deux pistolets dirigés tout droit sur Mya.

– Mya ! NON ! hurle Matthieu.

Je ne sais pas si elle comprend entièrement ce qui se passe, mais en voyant le visage décomposé de son père, la fillette se met à pleurer.

Ses pleurs me vrillent le cœur. Je chancelle.

Merde, qu'est-ce que je suis en train de faire ? Alors que je m'apprête enfin à baisser mon arme pour oser espérer me sortir vivante de ce merdier, une voix perçante s'élève au-dessus de tous les cris.

– Maintenant, ça suffit.

Un nouveau déclic, un éclair argenté. La stupeur manque de me faire baisser le bras tandis que j'observe, médusée, le revolver posé à même la tempe de Mikheev.

CHAPITRE 53

ROXANE

C'est impossible. Je dois rêver. La scène qui se déroule sous mes yeux est tout bonnement ridicule, digne du plus cliché des films d'action. Devant moi, deux types pointent leur arme sur Mya, terrorisée, tandis que je tiens moi-même en joue Mikheev.

Et pour en rajouter encore à cette image déjà surréaliste, il y a Tatiana.

Tatiana, la beauté froide, la mère en devenir, l'épouse bafouée. Elle ne cille même pas en enfonçant son canon dans le visage de son mari, qui tout à coup se montre beaucoup moins loquace.

– Tatiana ? Je peux savoir ce que tu fais ? finit-il par demander, stupéfait.

– C'est pourtant clair, non ? Je mets fin à ton règne tyrannique et je t'empêche de verser encore plus de sang que tu ne l'as déjà fait. Et vous là, les molosses, vous feriez mieux de baisser vos armes si vous ne voulez pas que je tire une balle dans le crâne de votre chef.

Les deux hommes observent à tour de rôle Tatiana et Alexeï, confus. Ce dernier, toujours parfaitement immobile et raide comme un piquet, hoche lentement la tête.

– Faites ce qu'elle dit.

Mya pleure toujours et, pendant une longue minute, ses sanglots sont le seul bruit qui résonne dans le grand entrepôt vide. Enfin, les types obtempèrent et baissent leur arme.

Je hoquette tandis que l'air emplit à nouveau mes poumons en voyant la fillette libérée de sa mortelle couronne de métal. À côté de moi, son père pousse un juron. Je me risque à jeter un coup d'œil. À demi prostré sur le sol, Matthieu garde sa tête entre ses mains tandis qu'Anton appuie son poing contre sa bouche, comme s'il voulait s'empêcher de crier, entouré par Hans et deux autres vigiles, sur le qui-vive.

– Maintenant, *moya dorogaya*, tu peux aller retrouver ton papa. Vas-y, je te promets que le jeu est presque terminé, dit Tatiana sans détourner le regard du profil de son mari.

Mya renifle et son hoquet se calme, elle est surprise par le ton doux de Tatiana. Son regard passe de cette dernière à son père, qui s'empresse d'essuyer ses yeux tout en l'encourageant.

– Tout va bien, ma puce. Tu peux venir me voir !

Après quelques secondes d'hésitation, elle esquisse un pas, puis un autre, avant de courir se jeter droit dans les bras ouverts de Matthieu. Il expire bruyamment. J'entends sa voix se briser tandis qu'il murmure à sa fille des mots que je ne comprends pas.

Je garde ma position, les deux mains sur le pistolet, incertaine de la conduite à adopter. La voix aigre de Mikheev interrompt mes pensées.

– Je ne sais pas à quoi tu joues, Tatiana, mais tu vas me le payer si tu n'arrêtes pas tout de suite. Ne crois pas que parce que tu portes mon enfant, je serai plus clément ou que j'éprouverai de la pitié au moment de te châtier comme tu le mérites.

– De la *pitié* ? répète-t-elle. En as-tu seulement fait preuve une fois dans ta vie ? Tu n'as jamais eu une once de clémence quand tu passais tes colères sur moi, Alexeï.

– Depuis que tu es enceinte, j'ai fait des efforts, tu ne peux pas le nier…

Elle l'interrompt une nouvelle fois en éclatant d'un rire qui me glace les sangs tout autant que ses paroles.

– Ah oui, depuis que je suis enceinte, tu as consenti à ne plus me frapper dans l'estomac, c'est vrai. Je devrais m'estimer chanceuse ! Je subis tes coups seulement sur tout le reste de mon corps, sans parler des brûlures, des insultes et des femmes dont tu profites juste sous mes yeux.

Les abominables vérités énoncées par son épouse ne semblent pas secouer Mikheev plus que cela. Il hausse les épaules avant de rétorquer d'un ton froid :

– Tu étais prévenue. Tu savais ce que c'était, de m'épouser. Et pourtant, tu as tout de même accepté.

– Comme si on pouvait te dire non, s'écrie-t-elle, sa voix partant dans les aigus pour la première fois.

Elle se reprend très vite et poursuit plus calmement :

– Mais tu as raison sur un point : je savais tout ça et j'ai préféré fermer les yeux, dans l'espoir égoïste qu'au moins, tu me laisserais tranquille. Je connaissais tes combines, tes menaces, ton sang-froid lorsqu'il s'agit d'éliminer ceux ou celles qui deviennent gênants… Et je t'ai laissé faire en toute connaissance de cause. Mais plus maintenant.

– Mon amour, écoute-moi, susurre Mikheev sur un ton doucereux.

Il esquisse un geste en sa direction, mais elle enfonce plus profondément l'extrémité de l'arme dans sa peau blafarde. En faisant cela, sa paume remonte sur son ventre rond, qu'elle effleure d'une caresse. Puis, sous nos yeux ébahis, elle crache avec dédain aux pieds de son mari qui se met à jurer.

– Tu as dépassé les bornes lorsque tu as enlevé cette enfant. Je ne te laisserai pas la chance de faire du mal à notre fille quand elle sera née.

– Espèce de petite salope, tu vas me le payer !

– Oh non *mon amour*, c'est toi qui vas payer pour tous tes crimes et tous tes vices. Tu vois ça ?

Elle soulève le col de sa robe, dévoilant une minuscule pastille noire collée sur son décolleté.

– Il s'agit d'un microphone. Un appareil de surveillance directement relié au récepteur d'une patrouille de police, installée à quelques mètres seulement de l'entrepôt. Tu commences à comprendre où je veux en venir ? J'ai déjà fait ma déposition au poste, mais au cas où tes aveux de meurtre ne seraient pas suffisants, j'ai également communiqué aux policiers l'adresse de tes box sécurisés, du moins, de ceux que je connais. À l'heure qu'il est, ils ont déjà sûrement saisi tous les téléphones qui servaient à faire le lien entre tes prostituées et les clients, et ils ont épluché les comptes pour découvrir en détail tes petits blanchiments d'argent. C'est fini.

Des officiers vêtus de gilets pare-balles, l'arme au poing, commencent à apparaître de part et d'autre de la salle, entrant depuis chaque ouverture. Tout comme mes amis à côté, je reste interdite, les bras ballants, tandis qu'ils rattrapent les hommes de Mikheev qui tentent de s'enfuir, paniqués. Pendant un instant, tout n'est que confusion. On m'attrape le bras, on me tire sur le côté, pourtant, je n'arrive pas à détacher mes yeux du visage livide de Mikheev. Tandis qu'il se fait passer les menottes aux poignets, il vocifère des mots en russe à celle que, il y a quelques heures encore, il considérait comme sa femme et son alliée.

Les vingt minutes qui suivent se déroulent comme dans un rêve. Je suis là et pourtant, pas vraiment. Je suis encore tellement sous le choc de ce revirement inattendu que tout me passe au-dessus, je suis comme dépossédée de mon corps, mon esprit flotte dans une sorte de brouillard. On me questionne, on me donne des informations sur la suite mais je ne suis capable que de réagir comme un automate. Maintenant que la pression est retombée, je me demande si je vais me sentir rassurée, heureuse, ou peut-être même si je vais me mettre à pleurer. En réalité, je me sens juste… *vidée*.

Ce n'est que lorsque je me rends compte que les policiers sont en train d'emmener Tatiana, que je me débarrasse du verre d'eau qu'on m'a apporté et me remets en mouvement.

– Attendez ! Je souhaiterais lui dire un mot, si possible.

Tatiana interroge du regard un officier qui hoche la tête, avant de nous laisser en tête à tête. Je passe ma paume sur mon front, un mal de crâne commence à poindre. Je regarde la femme que j'ai si vite jugée et qui vient de tout faire basculer.

– Je voulais seulement… Eh bien… Merci, en fait. Merci pour votre courage. Sans vous, il est certain que les choses se seraient beaucoup moins bien terminées.

– On peut dire que c'était mal parti, oui.

Un court instant, le visage de Tatiana s'éclaire et je la vois pour ce qu'elle est réellement. Une jeune femme, sûrement pas beaucoup plus âgée que moi, qui est allée visiter le bas-fond des Enfers et qui en est revenue. Pas indemne, sûrement recouverte de bien plus de cicatrices que celles que j'ai entrevues, mais vivante.

– Je n'étais pas au courant pour l'enlèvement de Mya avant que vous m'en parliez. Ça m'a mise hors de moi. Je m'en doutais déjà, mais lorsque j'ai demandé au médecin, il m'a confirmé que le bébé que j'attends est une fille. Lorsque j'en ai fait part à Alexeï, il m'a juré qu'elle ne manquerait de rien et qu'elle serait sous sa protection, comme ses autres enfants… Mais ça m'a frappée. Comment puis-je le croire ? Comment puis-je lui faire confiance ? Au fil de ces dernières années, j'ai vu ce dont il était capable. J'ai accepté d'être sa complice par peur, par couardise… Mais j'ai décidé de prendre mes responsabilités pour arrêter ses actes monstrueux. Pour ma fille… Et pour toutes les autres.

De nouveau, elle pose ses deux mains sur son ventre et le caresse avec tendresse. Mon estomac se serre. Bien qu'elle soit loin d'être innocente, je ne peux m'empêcher d'éprouver une certaine compassion pour elle. Qui suis-je pour juger qu'elle ne mérite pas de seconde chance ? Quand on entre dans une spirale d'horreur et de violence, il ne doit pas être facile d'en sortir. Après tout, c'est la dure loi de la nature : dévorer ou être dévoré.

J'ai envie de croire qu'après toute sa succession de mauvais choix, dénoncer son mari aux autorités est le premier pas vers la rédemption.

– Qu'est-ce qui va vous arriver à présent ? Vous ne risquez pas des poursuites ?

– Je me suis arrangée pour couvrir mes arrières. J'ai négocié pour être protégée et obtenir un allégement des charges à mon encontre en échange de mon témoignage et de ma totale coopération. Avec les preuves matérielles que je leur ai fournies, je devrais être assez vite tirée d'affaire, même en passant devant un juge.

Un officier l'interpelle à ce moment-là. Après un bref échange, elle me fait signe et s'éloigne avec lui. Le cœur un peu plus léger, je retourne vers les Kabinsky. Anton m'adresse un sourire radieux tandis que Matthieu est assis sur une chaise, Mya sur les genoux. Cette dernière pousse des exclamations enthousiastes dès qu'elle me voit approcher.

– Roxane, on va aller manger des frites, puis une glace ! Tu vas venir avec nous ? Dis oui !

Je souris à mon tour, touchée par son innocence enfantine. Maintenant qu'elle est auprès de son père, elle semble aller nettement mieux. J'espère qu'elle ne gardera pas de séquelles de tout ce qui vient de se passer. À son âge, on se remet bien plus vite de ses blessures que lorsque l'on est adulte.

Face à mon silence prolongé, Matthieu toussote, gêné.

– Ma puce, je ne suis pas sûr que Roxane ait envie de venir avec nous. Elle doit sûrement être très fatiguée, il est tard.

Je l'interromps en posant délicatement mes doigts sur son bras. Comment lui avouer qu'au contraire, j'en rêve ? Lorsque père et fille me dévisagent de leurs prunelles noisette si semblables, c'est bien simple, je fonds.

– Non, j'en ai envie. En fait, je crois que c'est exactement ce dont j'ai besoin : une bonne frite et une glace. Et peut-être une croquette au fromage !

– Je vais partir avec Hans, nous allons repasser à *La Galerie*. J'ai promis à l'équipe de les tenir au courant. Mais je vous rejoins tout de suite après, d'accord ? ajoute Anton.

Je me joins à l'enthousiasme communicatif de Mya tandis que nous quittons l'entrepôt sordide. Alors que nous nous engouffrons dans notre voiture, je ne parviens pas à détacher mon regard de Matthieu.

Il est radieux. On dirait un autre homme, rien à voir avec la pâle copie que j'ai côtoyée ces derniers jours. Je ne peux même pas imaginer un tiers du soulagement qu'il doit ressentir en retrouvant son enfant après ce cauchemar.

Je détaille son profil parfait, son menton anguleux, son nez droit. Ses fins cheveux blonds qui retombent sur sa nuque, ce sourire si sincère qu'il adresse à sa fille.

Toute la tension que j'avais accumulée ces derniers jours s'évapore. Mes muscles se détendent enfin, mon corps se transforme en un grand marshmallow.

Je ne me souviens plus de la dernière fois que je me suis sentie si bien.

Le futur et son lot d'incertitudes ne me paraissent plus si menaçants.

Tout va bien. Tout est terminé.

Ou plutôt, tout va enfin pouvoir commencer.

ÉPILOGUE

ROXANE

Trois semaines plus tard.

– Et là, c'est bon ?

– Encore un peu à droite, encore… Voilà, ça m'a l'air bon.

Je descends de mon escabeau en prenant appui sur l'épaule de Matthieu. En levant la tête, je m'aperçois que malgré ses indications, le cadre que je viens d'accrocher est complètement de travers.

– Tu te fous de moi ? C'est ça que t'appelles droit ? m'exclamé-je en lui donnant un coup de coude dans les côtes.

– Ben quoi ?

– Tu ne vois pas l'arête du mur ? C'est complètement de traviole !

Il roule des yeux et soupire exagérément fort, avant de râler.

– Quelle idée de me demander à *moi* ! Je t'ai bien dit que je n'étais pas doué pour ce genre de trucs. Et puis, on ne va pas se mentir, tu as toujours su que j'étais un peu tordu, non ?

Joueur, Matthieu m'adresse un clin d'œil et un franc sourire et à ce moment-là, je n'ai qu'une envie : l'embrasser. Comme je suis d'humeur badine, je me contente de me hisser sur la pointe des pieds pour lui mordiller la lèvre inférieure – je sais que ça le rend fou. Son grognement me fait rire, et je le repousse pour en revenir à ma tâche.

Après avoir replacé correctement le cadre photo, je recule pour regarder avec émotion le visage souriant d'Olympia et la plaque commémorative dorée qui l'accompagne. Cet hommage placardé dans les vestiaires de *La Galerie* était mon idée, et je suis heureuse qu'Anton ait accepté.

Trois semaines ont passé depuis l'arrestation d'Alexeï Mikheev. Si les policiers ont réussi à garder la nouvelle sous silence les premières quarante-huit heures, la rumeur s'est vite répandue et a mis le feu aux poudres. La presse ne parlait plus que de ça, spéculant à qui mieux mieux sur l'étendue de l'empire du mafieux russe et ses trafics cachés. Jusqu'à ce qu'un petit journal local obtienne l'exclusivité et publie deux doubles pages entières, rétablissant ainsi la vérité.

Ce journal ? *La Gazette libre*, tenue par Jefferson Broucque. Son auteur ? Moi.

Cela fait une semaine que mon article est paru, je n'en reviens toujours pas que ce soit moi qui aie écrit ça. Je crois que M. Broucque, que j'ai rappelé après des mois de silence pour lui envoyer le fruit de mon travail, n'en revenait pas non plus. J'aurais pu l'envoyer à un journal de plus grande renommée, mais après tout, le patron de *La Gazette* a été le seul à m'accorder une chance quand j'en avais le plus besoin. Si je me suis lancée là-dedans, c'est aussi grâce à lui. Alors, le lendemain de cette folie, je me suis retroussé les manches et je me suis mise à compiler mes notes pour leur donner forme.

Parmi la liste des dizaines de femmes proposées sur cette fameuse application premium que préparait Mikheev, plus de la moitié étaient mineures. La plus jeune avait quatorze ans et correspondait au profil d'une adolescente signalée comme disparue en France depuis plusieurs mois.

Anton n'avait pas tout à fait raison : ce n'était pas la liste de leurs clients premium que Mikheev cherchait, mais la liste des clients bannis pour avoir enfreint le règlement. Nul doute que cela lui composait une première base de clients solide pour le lancement de son application.

Avec tout ça, le procès a été avancé et les chefs d'accusation se sont accumulés : trafic de stupéfiants, proxénétisme en bande organisée, traite d'êtres humains, exploitation sexuelle de mineurs, pour n'en citer que quelques-uns.

De quoi assurer un bel emprisonnement à perpétuité pour le Russe et ses acolytes les plus proches. Quant à Tatiana, grâce à son accord, elle s'en est sortie avec trois ans d'incarcération dont un de prison ferme, à compter de la naissance de son enfant.

Par je ne sais quel miracle, j'ai également réussi à obtenir une interview de la part de Manuela. Elle décrit son quotidien infernal et l'addiction à l'héroïne à cause des pratiques violentes auxquelles elle était soumise. Après ça, Manuela a tenu parole : elle est partie dans un centre de désintoxication pour se faire soigner. Les relations avec Joconde sont encore tendues, mais sa sœur a promis que cette fois, elle voulait réellement s'en sortir.

De mon côté, j'ai tenu à publier cet article non seulement pour aller au bout de mon projet initial et me prouver que j'en étais capable, mais aussi pour donner une voix à tous ces hommes et femmes de l'ombre. J'ai annoncé ma décision aux Kabinsky avant d'envoyer mon texte et, contre toute attente, ils m'y ont tous les deux encouragée. En fait, Anton m'a même remerciée pour mon aide. J'ai balayé sa gratitude car ce qui est certain, c'est que tout le mérite revient à Tatiana et au courage dont elle a su faire preuve.

J'en ai profité pour lui présenter mes excuses pour la façon dont je me suis énervée contre lui. Nous avons eu nos différends, j'ai parfois douté de ses intentions, c'est certain. Il faut dire que l'aîné des Kabinsky ne manque pas d'ambition. Avec le recul, j'éprouve une certaine admiration pour lui.

Quand je repense à notre première rencontre au *Millésime*… Tout ça me paraît tellement loin !

J'ai changé, c'est évident. Je ne suis plus cette fille stressée, solitaire, en manque d'affection. Et si c'est le cas, c'est grâce aux Kabinsky, à Olympia, à *La Galerie* et à toutes les personnes que j'ai croisées sur ma route.

C'est pour ça que j'ai longuement hésité avant de donner ma démission pour retrouver une vie « normale ». Car à quoi se résumait ma normalité, avant ma rencontre avec les Kabinsky ? Une succession de jours et de nuits fades, à vivoter en attendant que quelque chose – ou *quelqu'un* – d'intéressant vienne me sortir de ma torpeur.

La vérité, c'est que j'ai aimé la vie que je me suis construite à *La Galerie*. Cette tension brûlante dans le ventre lorsque je choisissais mes tenues et que j'enfilais le masque de Nymphéa. L'excitation et l'appréhension avant chaque nouvelle mission. Cette impression, pour la première fois de ma vie, de faire partie d'un tout, d'y avoir ma place.

Si je suis honnête, je n'ai jamais autant appris sur moi-même que depuis mon embauche. *La Galerie* a révélé des facettes de ma personnalité que je ne soupçonnais pas, que je redoutais, mais en fin de compte elle m'a appris à les accepter car elles font partie de moi.

Nymphéa fait partie de moi.

Pourtant, avec le recul, je ne me vois pas continuer à travailler en tant qu'hôtesse. Ce qui me plaisait dans ce job, ce frisson d'excitation, ne m'est plus aussi essentiel. Je crois qu'avec les événements de ces dernières semaines, j'ai eu mon compte d'action pour toute une vie ! Maintenant, j'ai envie de réfléchir à mon futur. De toute façon, avec ce que j'ai amassé en tant qu'hôtesse, j'ai assez d'argent pour m'assurer une vie confortable pendant un bon moment. J'ai déjà commencé à chercher un appartement, plus petit, mais qui correspondra mieux à mon nouveau quotidien.

Et puis, il y a Matthieu. Matthieu que je n'ai pas quitté ces dernières semaines, même si je suis retournée habiter avec les filles. Vu nos débuts, je n'aurais jamais cru que ce serait si facile entre nous. Nous ne sommes pas les plus doués pour communiquer, mais nous faisons de notre mieux. Après tout, une relation, ce n'est pas magique, ça se construit à deux. Pour l'heure, nous apprenons à nous connaître et à nous apprivoiser.

Il est des personnes avec qui il est facile de parler, il en est d'autres avec qui il est encore plus facile de se taire. C'est dans nos silences communs que Matthieu et moi nous comprenons le mieux.

Je ne me sens pas capable de poursuivre ma carrière d'hôtesse en me donnant tous les soirs à d'autres alors que le seul pour qui je brûle, c'est lui. Notre couple est encore fragile et je veux mettre toutes les chances de notre côté pour que ça fonctionne. Matthieu doit sentir mon regard insistant sur lui, car il se tourne vers moi.

– Comment les autres ont-ils pris le fait que tu quittes ton job d'hôtesse ?

– Bien. Ça ne les a pas tellement étonnés. Après tout, je n'ai plus eu un seul client depuis des semaines.

Sur le visage de Matthieu, je lis clairement que ça n'est pas pour lui déplaire, mais il n'en dit rien. À la place, il poursuit :

– Ça va être bizarre à *La Galerie* sans toi. J'ai aimé qu'on travaille ensemble.

Je ne peux m'empêcher d'éclater de rire.

– Non, c'est faux ! J'étais la pire employée.

– Toujours quelque chose à redire, aucune discipline, soupire-t-il. Tu m'en as fait baver !

– Et toi alors !

Il se fend de ce petit sourire narquois dont lui seul a le secret.

– Désolé, je me sentais obligé de dire un mot gentil, vu que tu pars, se moque-t-il.

– Tu n'es pas très doué, fais-je en rentrant dans son jeu. Tu ferais mieux de laisser ça à Anton.

En disant ça, je me suis approchée à pas feutrés pour enrouler mes bras autour de son cou. Il glisse ses mains autour de ma taille en réponse, me collant contre son torse.

– Tu as raison, ce n'est pas mon truc, la parlotte. Je suis plutôt un homme d'action.

Je reconnais la flamme qui s'est allumée dans son regard. De mon côté, la morsure dans mon bas-ventre est sans équivoque. On échange un baiser langoureux qui m'envoie des frissons de la racine des cheveux jusqu'au bout des orteils.

– Je ne serais pas contre un peu d'action, lui susurré-je à l'oreille. On a plein de chambres à proximité, il doit bien y en avoir une de libre.

– En fait, il y en a une où je voulais t'emmener.

J'écarquille les yeux de surprise. J'avais dit ça comme une plaisanterie. Je ne connais que trop bien le sacro-saint self-control de Matthieu sur son lieu de travail. Je ne pensais pas qu'il accepterait mon invitation coquine…

– Qui êtes-vous et qu'avez-vous fait de M. Kabinsky ?

– Je sais, avant, j'avais des principes solides. Puis, tu es arrivée, véritable raz-de-marée qui a bousculé tous mes repères…

– Un raz-de-marée ? répété-je, amusée.

– Plutôt un bulldozer, surtout au début.

– Hé !

Il ricane avant de mordiller le lobe de mon oreille.

– Arrête un peu de te plaindre et suis-moi.

Il glisse ses doigts entre les miens et m'entraîne par le dédale de couloirs jusqu'à une pièce située un étage encore en dessous.

Mon excitation augmente d'un cran lorsqu'il déverrouille l'accès, ouvrant la porte sur une gigantesque chambre aux murs tapissés de bordeaux.

– Est-ce que c'est…

Matthieu hoche la tête.

– La Chambre rouge. Normalement, ne peuvent y accéder que les hôtes et hôtesses confirmés. Mais je sais à quel point tu voulais la voir. Alors, j'ai décidé de faire une petite exception.

– Enfin, des avantages à coucher avec le boss ! Je commençais à croire que ça ne servait à rien.

Je lâche un cri surpris lorsqu'il m'attrape par les fesses pour me soulever. Il esquisse trois pas et m'assied sur une large table au coin de la pièce. Je regarde en l'air. Au-dessus de ma tête, solidement attachés à une poutre, pendent deux liens en cuir. Un frisson me parcourt.

La fameuse Chambre rouge. La Chambre de tous les fantasmes.

Matthieu se glisse entre mes jambes et j'agrippe son dos pour le rapprocher de moi.

– Je croyais qu'avoir accès à tout ça, c'était déjà un sacré avantage, répond-il en montrant du doigt son corps d'apollon d'un air faussement contrarié.

Je me mords la lèvre inférieure. Ma température corporelle est en train de grimper en flèche et je n'ai plus qu'une idée en tête : tracer le contour de ses abdominaux avec ma langue.

– Je vais devoir vérifier pour en être sûre, rétorqué-je en commençant à le déshabiller.

Il rit en se faufilant hors de ma portée.

– Minute, papillon. J'ai quelque chose à te montrer avant.

J'ouvre la bouche pour lui exprimer à haute voix des pensées peu catholiques, mais il sort un papier de sa poche. Un papier plié en deux, qui, lorsqu'il l'ouvre et me le tend, ressemble étrangement à un contrat.

Je fronce les sourcils.

– Lis-le avant de me poser mille questions.

Je parcours les premières lignes et, en lisant l'intitulé, je ne peux déjà m'empêcher de réagir.

« Conteuse de fantasmes. »

– Qu'est-ce que c'est que ça ?

Le sourire de Matthieu fait apparaître une fossette sur sa joue.

– Une offre d'emploi. Tu as dit que tu ne voulais plus travailler en tant qu'hôtesse, mais que la vie à *La Galerie* allait te manquer… J'en ai discuté avec Anton. Pour l'instant, il est le seul à s'occuper de la rédaction des scénarios des clients. Avec tout ce qui s'est passé, sa récente rupture avec Narcisse, plus le succès que rencontre *La Galerie*, on a décidé qu'il aura besoin d'aide. Et on a naturellement pensé à toi.

– Pour écrire des scénarios ?

– Pour donner vie aux fantasmes des clients. Anton lui-même a avoué qu'il commençait à manquer d'inspiration, et on est sûrs qu'une touche féminine ne serait pas de trop. Ce serait une manière de continuer à travailler ensemble, mais d'égal à égale : Anton serait ton unique boss. Toi et moi, on serait au même niveau. En plus de ça, tu pourrais continuer à bénéficier d'un logement de fonction si tu le souhaites, et tu serais avantageusement rémunérée. Le salaire n'est pas le même qu'en tant qu'hôtesse, surtout sans les pourboires. Mais son montant est inscrit en deuxième page, je pense que tu pourras convenir qu'il est plus qu'intéressant…

– Matthieu, le coupé-je en secouant la tête. Arrête ton monologue ! J'accepte.

Il semble si heureux que ça me met des papillons dans le ventre.

– C'est vrai ?

– Bien sûr ! Enfin, si tu penses réussir à me supporter au quotidien.

Il colle sa bouche contre la mienne et m'embrasse comme si j'étais la chose la plus précieuse du monde.

– Je vais faire de mon mieux. Et toi, tu y arriveras ?

– Péniblement, sans doute. Mais si je ne travaille plus sous toi, tu ne devrais plus avoir de raison de m'engueuler comme du poisson pourri !

Ses mains remontent le long de mes côtes, vont frôler ma poitrine. Je le sens sourire lorsqu'il m'embrasse dans le cou et déclare d'un ton coquin :

– J'espère tout de même que tu continueras à travailler *sous moi*, à certains moments.

J'enroule mes jambes autour de ses hanches et rapproche nos corps. La perspective de continuer à travailler à *La Galerie*, près de mes amis et de Matthieu, ainsi que la solide érection qu'il commence à frotter contre mon intimité à travers nos jeans, me mettent en joie.

– Comme tu préfères. Après tout, on est dans la Chambre rouge et aujourd'hui, c'est toi qui commandes.

Je n'en attendais pas plus pour me jeter sur ses lèvres. Nos mains se font pressantes, son corps brûle contre le mien. La passion qui monte en moi est si dévorante que j'ai tout à la fois envie de l'embrasser et de le mordre. La moitié de nos vêtements sont tombés au sol, ainsi que le contrat, quand il se décolle de moi.

– Alors, Roxane ? Que puis-je faire pour toi aujourd'hui ? demande-t-il, le souffle court, les lèvres rougies par l'ardeur de nos baisers.

Je n'ai pas à réfléchir longtemps. Le désir qui pulse en moi a besoin d'être assouvi, vite. Il m'aide à me soulever de la table pour enlever mes chaussures et mon pantalon, embarquant mon sous-vêtement en même temps.

J'écarte les jambes de manière provocante. Nymphéa ou Roxane, qu'importe ? Mon expérience à *La Galerie* m'a non seulement appris qu'il y a toutes sortes de fantasmes et de manières de prendre du plaisir, mais aussi que le mieux qu'on ait à faire en matière de désir, c'est de l'assumer. Sans honte, sans jugement, sans tabous. Et avec un ou une partenaire qui est prêt à vous suivre, bien entendu.

Je me délecte de l'image de Matthieu, torse nu, qui s'agenouille entre mes cuisses. Je renverse la tête en arrière, mes doigts enfouis dans ses cheveux. Un gémissement m'échappe lorsque sa langue vient me caresser avec la douceur d'une plume.

Tandis que je me laisse transporter par les vagues de plaisir de plus en plus intenses, je souris.

Conteuse de fantasmes. Je sens que ça va me plaire. Des fantasmes, j'en ai plein. Maintenant, j'ai aussi trouvé quelqu'un avec qui je meurs d'envie de les assouvir…

En réalité, je sais pourquoi c'est si bon avec Matthieu. Aussi fou soit le sexe, aussi séduisant soit le partenaire, aussi dingue soit le fantasme, rien n'est comparable à l'alchimie de deux amoureux.

L'amour est au sexe ce que la crème chantilly est au chocolat chaud : il sublime ce qui est déjà délicieux pour le rendre meilleur encore.

C'est un alignement parfait : l'alignement entre la tête, le corps et le cœur.

REMERCIEMENTS

Toi qui lis ces lignes, que tu viennes d'arriver dans mon univers ou que tu connaisses déjà ma plume, merci d'être là ! J'espère que tu as aimé ta lecture. Le concept de *La Galerie* m'est apparu dans un rêve (drôle de rêve, n'est-ce pas ?) et le personnage de Nymphéa a tout de suite été une évidence. Lorsque j'ai commencé à écrire cette histoire en 2018, elle était loin de ressembler à ce qu'elle est aujourd'hui. Très loin, même : elle était écrite à la troisième personne et la romance n'était pas au cœur de l'intrigue. Mais le personnage de Matthieu est venu se nicher dans mon cœur et dans celui de Roxane… comment lui résister ?

Il est temps pour moi de poser véritablement le mot « FIN » sur cette histoire qui m'a donné beaucoup de fil à retordre. Je l'ai travaillée, peaufinée, réécrite, revue, reprise environ… trois cents fois depuis le début ? Mais je dois dire que je suis extrêmement fière et heureuse de voir ce qu'elle est devenue.

En premier, je tiens à remercier Alice, mon éditrice, qui a sué avec moi et qui a porté cette histoire contre vents et marées au gré des milliers de relectures (j'exagère à peine). Je râle un peu, mais j'adore ce qu'on a réussi à faire de ma Nymphéa. Merci encore pour ton soutien, tes suggestions et tes conseils précieux que je m'applique toujours à suivre (presque sans débattre).

Merci à Estelle, ma bêta-lectrice de toujours. Elle aussi a vu et lu cette histoire en à peu près trois versions différentes, et tout ça sans jamais se plaindre ! Merci aussi au reste de ma team d'écriture, Charlotte, Molly et Camille, pour vos avis et votre soutien quand je doutais ou que j'avais un coup de mou (longue vie à nos raids du mercredi soir).

Merci à Élodie, qui a été ma bêta après que Nymphéa a participé à son deuxième concours Fyctia et qui a milité pour garder le personnage de Jefferson. Tu vois, il est toujours là avec sa moustache !

Merci à mon mari pour m'avoir soutenue tout au long de cette aventure, et pour m'avoir dit qu'il était fier de moi en voyant l'aboutissement de tout ce travail. Il m'a aussi dit, je cite : « Peut-être que je le lirai celui-là. » On va voir si c'est vrai, n'est-ce pas…

Merci à toi, lectrice, lecteur, qui arrives au bout de ces quelques lignes et qui permets de rendre tout ça réel. J'espère que tu auras ri, frissonné, rêvé, peut-être même un peu pleuré en découvrant l'histoire de Nymphéa.

N'hésite pas à venir me partager ton ressenti en m'écrivant sur mon site ou sur mes réseaux sociaux :

@margherita.gabbiani

www.margheritagabbiani.com

C'est toujours un plaisir d'échanger ensemble, que ce soit en vrai ou derrière un écran.

Je te dis à très vite pour de nouveaux projets.

Composition et mise en pages
Nord Compo à Villeneuve-d'Ascq